GAROTA.11

AMY SUITER CLARKE

GAROTA.11

TRADUÇÃO
Helen Pandolfi

Copyright © 2021 by Amy Suiter Clarke

Grafia atualizada segundo o Acordo Ortográfico da Língua Portuguesa de 1990, que entrou em vigor no Brasil em 2009.

Título original
Girl, 11

Capa
Guilherme Xavier

Preparação
Manoela Alves

Revisão
Adriana Bairrada
Renata Lopes Del Nero

Dados Internacionais de Catalogação na Publicação (CIP)
(Câmara Brasileira do Livro, SP, Brasil)

Clarke, Amy Suiter
    Garota, 11 / Amy Suiter Clarke ; tradução Helen Pandolfi. — 1ª ed. — Rio de Janeiro : Suma, 2021.

    Título original: Girl, 11.
    ISBN 978-85-5651-123-2

    1. Ficção de suspense 2. Ficção norte-americana I. Título.

21-69939   CDD-813

Índice para catálogo sistemático:
1. Ficção de suspense : Literatura norte-americana   813

Cibele Maria Dias – Bibliotecária – CRB-8/9427

[2021]
Todos os direitos desta edição reservados à
EDITORA SCHWARCZ S.A.
Praça Floriano, 19, sala 3001 — Cinelândia
20031-050 — Rio de Janeiro — RJ
Telefone: (21) 3993-7510
www.companhiadasletras.com.br
www.blogdacompanhia.com.br
facebook.com/editorasuma
instagram.com/editorasuma
twitter.com/editorasuma

Para minha mãe, que leu milhares das minhas palavras antes mesmo de uma frase ser publicada; e para meu pai, que me incentivou a dizer a verdade mesmo na ficção.

*Preciso ver seu rosto. Ele perde força
quando conhecemos seu rosto.*

Michelle McNamara

PARTE I
A CONTAGEM REGRESSIVA

1

Podcast *Justiça Tardia*
5 de dezembro de 2019

Transcrição: Primeiro episódio da quinta temporada

NARRAÇÃO DE ELLE
Minnesota é um estado conhecido pelo frio, pelos invernos congelantes e pela estoica sensibilidade nórdica de seus habitantes. Nessa ensolarada manhã de novembro, enquanto dirijo em direção sudoeste na terra dos dez mil lagos, o vento sopra carregando montes de neve pela rodovia, que flutuam e rodopiam como fantasmas. Num momento estou desbravando meu caminho por um longo trecho plano de pradarias e plantações e, no minuto seguinte, chego na cidade, onde tudo é cimento e luzes e gramados discretos e bem cuidados. Como em muitos estados americanos no centro-oeste, há uma linha que percorre a invisível, porém impenetrável, fronteira entre o rural e o urbano. Bastam alguns quilômetros para que os grupos demográficos, as ideologias, as culturas e os costumes mudem completamente.
    Mas, de vez em quando, acontece algo que abala um estado inteiro. Um acontecimento cujo impacto é sentido por todos, unindo as pessoas em luto e em um propósito em comum.
    Há pouco menos de vinte e quatro anos, na agitada comunidade universitária de Dinkytown, uma jovem chamada Beverly Anderson desapareceu.

[*MÚSICA TEMA*]

INTRODUÇÃO DE ELLE
Os casos foram arquivados. Os criminosos acreditam ter se safado. Mas, com sua ajuda, me certificarei de que ainda que a justiça tarde, ela não falha. Meu nome é Elle Castillo e esse é o *Justiça Tardia*.

[*DESCRIÇÃO SONORA: Neve estalando sob passos; ecos de —* "I'll Make Love to You"— *de Boyz II Men tocando à distância; jovens riem ao fundo.*]

NARRAÇÃO DE ELLE
Em fevereiro de 1996, a jovem Beverly, então com vinte e dois anos, foi embora de uma festa onde estava com seu namorado e vários outros amigos da Universidade de Minnesota. Quando o grupo saiu da festa, o namorado de Beverly tentou convencê-la a ir com eles para o Annie's Parlour para comer um lanche fora de hora e tomar milk-shakes. Mas Beverly precisaria acordar cedo na manhã seguinte, então insistiu em ir para casa. Ela estava a apenas três meses da conclusão de seu curso de psicologia e já começara a estagiar em uma clínica local. Eles tiveram uma discussão — nada sério, apenas uma briguinha como é comum entre casais jovens. No fim das contas ele desistiu e foi sozinho com os amigos. Dali até o apartamento dela eram apenas cinco quarteirões — uma distância curta que ela já percorrera sozinha centenas de vezes. Beverly subiu o zíper de seu casaco preto de lã, acomodou o cachecol em volta do pescoço e acenou em despedida para os amigos.

Foi a última vez que qualquer um deles a viu com vida.

Quando ela não apareceu no estágio na manhã seguinte, seu supervisor ligou para sua casa. Sua colega de quarto, Samantha Williams, foi quem atendeu o telefone.

SAMANTHA
Não sei explicar. Assim que recebi o telefonema tive a sensação de que algo estava errado. Subi até seu quarto para verificar, apenas por via das dúvidas, e foi isso. A cama dela estava intacta. Nenhuma das coisas dela estava lá, tipo a bolsa e as chaves e todo o resto. Dava para ver que ela não tinha voltado para casa.

NARRAÇÃO DE ELLE
Estou com Samantha Williams, hoje Samantha Carlsson, na cozinha de sua casa. Ela mora a cerca de uma hora de Minneapolis com seu marido e seus dois beagles, que anunciaram minha chegada antes mesmo de eu tocar a campainha.

SAMANTHA
[Aumentando a voz para sobrepor os latidos dos dois cachorros.] Silêncio! Já para a casinha. Eu falei *já para a casinha*. Isso, boas garotas. Está vendo? Elas são bem treinadas quando querem ser.

ELLE
E então, o que aconteceu quando você percebeu que Beverly não voltara para casa?

SAMANTHA
Bom, eu avisei ao supervisor dela e ele me disse para falar com a polícia. Foi o que fiz. No começo não queriam investigar. Sabe como é, ainda não fazia muito tempo e tal. Mas quando eu e o namorado dela dissemos a eles que ela havia sido vista indo embora sozinha e que era uma aluna dedicada que havia acabado de começar um estágio, eles começaram a ficar mais preocupados. Soube que interrogaram [censurado], mas os amigos dele confirmaram um álibi convincente. Exceto pela discussão de dois ou três minutos sobre ela ir para o restaurante com ele, ele esteve com os amigos pelo restante da noite. A polícia me procurou naquele dia, acho que à tarde. Pode verificar o relatório deles, caso tenha acesso.

NARRAÇÃO DE ELLE
Sim, tenho acesso. Segundo o detetive Harold Sykes, Samantha foi interrogada no dia 5 de fevereiro de 1996, às 15h42, aproximadamente dezessete horas depois de Beverly ter sido vista pela última vez.

ELLE
E, de acordo com o que se lembra, o que aconteceu em seguida?

SAMANTHA
Nada, na verdade. Os amigos mais próximos estiveram com ela naquela noite, e eles ficaram no Annie's Parlour por pelo menos duas horas depois de ela ter ido embora. A família dela morava a horas de distância, em Pelican Rapids. Concluíram que não havia chance de ter sido o namorado, porque ele ficou longe dos amigos por questão de minutos. Ela simplesmente... sumiu. Todo mundo pensou que ela pudesse ter se perdido ou ficado desorientada, talvez ela estivesse mais bêbada do que os amigos tinham percebido e acabou caindo no rio Mississippi e se afogando. Isso já aconteceu antes. Mas eles ficaram dias procurando nas encostas e nos acúmulos de neve e nem sinal dela. Não até uma semana depois.

NARRAÇÃO DE ELLE
Sete dias depois do desaparecimento de Beverly, o gerente do Annie's Parlour estava fechando o restaurante quando, do lado de fora, avistou alguém encolhido contra a parede. Ele imaginou ser alguém em situação de rua e se abaixou para se oferecer para levá-lo a algum abrigo. Quando a pessoa não respondeu, o gerente afastou o cachecol que ela usava e descobriu o rosto sem vida de Beverly Anderson.

SAMANTHA
[Em prantos.] As pessoas só conseguiam falar de Beverly. Todo mundo estava aterrorizado, sabe. Uma garota doce, inocente, inteligente, agora morta. Eu não conseguia acreditar. Eu mal saí de casa por semanas depois disso, eu estava com muito medo. No fim das contas, eu tinha razão para estar.

ELLE
Você se lembra de quando ficou sabendo das outras vítimas?

SAMANTHA
Não falaram nada nos jornais até perceberem que a segunda garota, Jillian Thompson, morreu da mesma maneira que Beverly. E ela ficou desaparecida pelo mesmo período de tempo — sete dias. Acho que encontraram algo no corpo de Jillian que fez com que a conectassem a Beverly, algum DNA ou algo assim.

NARRAÇÃO DE ELLE
Foram células epiteliais no casaco dela. A polícia concluiu que Jillian deve tê-lo oferecido para Beverly quando ela ficou com frio, onde quer que elas tenham sido mantidas juntas. Jillian Thompson desapareceu de um estacionamento na Universidade Bethel três dias depois de Beverly. A família dela imaginou que ela tivesse fugido com um namorado que eles desaprovavam. Ele era o suspeito principal até que foi estabelecida uma conexão entre os casos.

[*DESCRIÇÃO SONORA: Uma cadeira rangendo; um homem pigarreando ao fundo.*]

ELLE
Pode se apresentar para os ouvintes?

MARTÍN
Ah, sim, sou o dr. Martín Castillo, trabalho como médico-legista no condado de Hennepin.

ELLE
O que mais?

MARTÍN
E, botando todas as cartas na mesa, sou marido de Elle.

ELLE
Ouvintes assíduos talvez se lembrem da participação do Martín na primeira e na terceira temporadas, quando ele compartilhou uma percepção de especialista sobre as autópsias de Grace Cunningham e Jair Brown, respectivamente. Ao identificar uma mancha de hipóstase em formato estranho nas costas de Jair, ele nos ajudou a fazer uma conexão com um sofá na casa de seu tio, o que foi primordial para ajudar a Divisão de Crimes Infantis de Minneapolis a solucionar o caso. Eu o trouxe até o estúdio novamente para discutir a outra maneira pela qual os casos dessas garotas assassinadas estavam conectados, antes mesmo dos resultados do teste de DNA feitos no corpo de Jillian.

MARTÍN
A resposta mais simples é que elas foram mortas da mesma maneira. De maneira igual e peculiar.

ELLE
Fale mais sobre isso.

MARTÍN
Embora Beverly Anderson tivesse sinais de trauma no lado direito da cabeça, a autópsia revelou que ela havia sido golpeada vários dias antes de morrer, provavelmente quando foi sequestrada. Ela faleceu após complicações gastrointestinais, desidratação e falência múltipla dos órgãos. Esses sintomas condizem com uma enorme variedade de venenos, e o patologista poderia jamais ter conseguido descobrir não fossem as substâncias no estômago dela. Levou algumas semanas, mas os exames acabaram determinando que ela comera sementes de mamona. Provavelmente muitas delas. A ricina demora dias para fazer efeito e não é incomum que as pessoas sobrevivam após a ingestão, mas ficou evidente que o assassino a fez ingerir a toxina diversas vezes. Ela foi açoitada nas costas pouco antes de sua morte. Vinte e uma vezes.

ELLE
Como sabe que foi pouco antes de sua morte?

MARTÍN
As cascas das feridas indicaram que o sangue dela parou de correr pouco depois de as feridas terem sido abertas. Seus batimentos cardíacos provavelmente já estavam diminuindo quando ela foi golpeada — isso significa que ela já estava morrendo, o que levou o legista à conclusão de que o açoitamento foi parte de

um ritual, não uma tentativa de matá-la mais rápido. A hipótese se confirmou quando encontraram o corpo de Jillian e ela havia sido morta exatamente da mesma maneira. Falência dos órgãos devido a envenenamento por sementes de mamona, e exatamente vinte e uma marcas nas costas, feitas com uma vareta.

ELLE
O que quer dizer com "vareta"?

MARTÍN
Uma vara ou um galho de algum tipo. Fino, mas resistente. Há evidências de que ambos os corpos estiveram em algum lugar na mata ou no campo. Partículas de folha nas roupas, terra debaixo das unhas. Eles deduziram que o assassino encontrou um galho onde quer que as tenha levado e então completou o ritual.

NARRAÇÃO DE ELLE
O corpo de Jillian também foi encontrado sete dias depois de seu desaparecimento, mas não no mesmo lugar de onde desapareceu, como foi com Beverly. Isso teria sido fácil demais. Em vez disso, ela foi deixada no gramado da faculdade Northwestern — hoje chamada de Universidade Northwestern de St. Paul —, que era rival de sua universidade cristã, Bethel. No entanto, apesar de ambas as jovens serem universitárias, de ambas terem sido mantidas pelo mesmo período de tempo, mortas da mesma maneira e deixadas em locais públicos, suas mortes não foram imediatamente relacionadas. Dois esquadrões de homicídio diferentes trabalharam nos casos e, embora haja bases de dados policiais centralizadas para coisas como acervo de DNA e impressões digitais, não havia uma base de dados de modus operandi — nada que coletasse a maneira pela qual as vítimas eram mortas e avaliasse se os casos poderiam estar conectados com base no método do homicídio.

A investigação policial durou meses e até mesmo prendeu o namorado de Jillian, mas as denúncias acabaram sendo retiradas e ambos os casos foram arquivados. Não houve assassinatos semelhantes nem tampouco pistas. Não até o ano seguinte.

[DESCRIÇÃO SONORA: *som estrondoso de uma cachoeira ao fundo.*]

NARRAÇÃO DE ELLE
Esta é a cachoeira Minnehaha, dezesseis metros de calcário e água caindo em cascata, correndo do lago Minnetonka rumo ao rio Mississippi. O famoso poema "Song of Hiawatha" escrito por Henry Wadsworth Longfellow consolidou seu

nome, Minnehaha, que Longfellow interpretou como "água que ri". O nome Dakota seria mais bem traduzido como "água que se retorce" ou simplesmente "cachoeira", ambos nomes mais adequados. O intenso e quase violento som de água que avança dá a falsa ideia de riso. E aqui, sob a polêmica estátua de bronze Hiawatha Minnehaha, o corpo de Isabelle Kemp, uma jovem de dezoito anos, foi encontrado.

A gravação que você acabou de ouvir foi feita na primavera passada, quando a cachoeira estava intumescida por neve derretida. Mas quando Isabelle foi encontrada a água estava congelada, uma densa e robusta massa de gelo congelada em movimento de queda, como se por um encantamento. Ela quase não foi vista; um cobertor de neve fresca estava em processo de cobrir seu corpo até que um casal de turistas que veio visitar a cachoeira percebeu seu casaco vermelho aparecendo sob a neve fofa.

[DESCRIÇÃO SONORA: Som ambiente de um restaurante.]

ELLE
Quando o corpo de Isabelle Kemp foi encontrado em janeiro de 1997, a polícia conectou depressa o homicídio com os casos de 1996. Ela estivera desaparecida por sete dias e foi açoitada pouco antes de morrer. Também foi nesse momento que vocês inventaram o nome do assassino, não foi?

DETETIVE HAROLD SYKES
Sim, embora indiretamente. Com certeza não foi minha intenção.

NARRAÇÃO DE ELLE
Este é o detetive responsável pelo caso, Harold Sykes. Nos encontramos em seu restaurante favorito em Minneapolis.

ELLE
Mas você percebeu algo que mais ninguém havia notado. Fale um pouco sobre isso.

SYKES
Sim, bom, já havíamos notado que o assassino parecia obcecado com certos números. Ele sequestrou as duas primeiras mulheres com um intervalo de três dias, as manteve em cárcere por sete dias e as açoitou vinte e uma vezes. Então deduzimos que esses números significavam algo para ele. Era um padrão consistente. O que significa que minha equipe imediatamente varreu os registros de pessoas desaparecidas, procurando alguém que poderia ter sido sequestrado três dias depois de Isabelle. Mas enquanto eu analisava os casos, percebi um outro padrão.

Beverly Anderson tinha vinte anos. Jillian Thompson tinha dezenove anos. E Isabelle tinha dezoito anos.

ELLE
Uma um ano mais nova do que a anterior.

SYKES
Isso mesmo. Naquele momento foi só um palpite, mas imaginei que havia uma boa chance de que a próxima vítima tivesse dezessete anos. Também se encaixava com sua obsessão por números. Se as idades não fossem uma coincidência, eu sabia que era um mau sinal. E foi o que eu disse aos repórteres quando eles me entrevistaram. Eu me arrependi na época, mas acho que hoje já não importa. Alguém teria pensado nisso uma hora ou outra. Eu disse a eles: acho que esse cara começou um tipo doentio de contagem regressiva.

NARRAÇÃO DE ELLE
Foi uma observação simples, mas ficou na mente dos habitantes de Minnesota em todo o estado, preenchendo a todos com uma sensação de tragédia iminente. O assassino estava longe de terminar. Todas as garotas sabiam que não poderiam baixar a guarda — como toda garota sempre sabe. Um nome instigante é tudo o que é preciso para transformar um caso local em uma sensação nacional.

    Dentro de horas, todos os canais estavam o chamando da mesma coisa: O Assassino da Contagem Regressiva.

2

Elle
9 de janeiro de 2020

Elle parou o carro na casa da srta. Turner e pausou o podcast que tocava no rádio. Era um de seus podcasts de true crime favoritos, mais focado em questões psicológicas dos criminosos condenados do que na investigação de casos arquivados como o dela. O podcast estava quase chegando na parte boa, a análise comportamental de um estuprador em série lendário no noroeste do Pacífico, mas o assunto não era exatamente apropriado para crianças, e a filha de sua melhor amiga já estava no meio do caminho entre a porta da srta. Turner e o interior aquecido do carro de Elle.

A porta do passageiro se escancarou, deixando entrar uma rajada de ar seco e gelado com um quê de cheiro de neve. Natalie entrou e bateu a porta, soltando um "Brrr!" dramático.

Aumentando a intensidade do aquecedor, Elle perguntou: — Como foi a aula de piano, querida?

— Boa. — Natalie colocou o cinto de segurança e afastou o cachecol do pescoço. Mesmo na luz turva de fim de tarde, sua pele normalmente pálida estava rosada pelo golpe de ar frio. — Quer dizer, ainda estou fazendo escala toda hora. Acho que a srta. Turner não sabe ensinar algo além disso.

Elle deu risada enquanto dirigia de volta para o trânsito. — Você está fazendo aula há apenas quatro meses.

— É, eu sei, mas é chato, consigo fazer de olhos fechados.

— Seja paciente. As escalas são a base. Precisa aprender o básico antes de atacar uma composição completa. — Elle sorriu ao perceber quão depressa ela conseguia entrar no modo mãe, ensinando sabedoria de vida e buscando Natalie na aula de piano como se fosse sua filha.

— Pode ser. Ela também me ensinou a tocar parabéns pra você hoje.

— Sério? Por quê?

Natalie riu. — Tia Elle, você sabe o porquê.

Ao parar no sinal vermelho, Elle olhou para ela e ergueu os ombros dramaticamente. — Como assim?

A garota revirou os olhos em meio a uma risada. — Porque é meu aniversário, nerd.

— Nerd! — Elle levou a mão ao lado esquerdo do peito como se tivesse tomado uma punhalada no coração. — Você só chama Martín disso.

— Porque normalmente ele é o único que age como um nerd.

— Tá bom, tá bom. Sem mais brincadeirinhas. Feliz aniversário, querida.

Ela mal podia acreditar que Natalie já tinha dez anos. Tão próxima da idade da vítima mais jovem do ACR, que vinha absorvendo cada minuto de sua vida desde que ela começou as entrevistas para a temporada mais recente de *Justiça Tardia* havia seis meses. Ela não conseguia fechar os olhos sem ver o rosto daquelas garotas, os mesmos que cobriam as paredes de seu estúdio de gravação. Natalie era o mais próximo que Elle tinha de uma filha. Imaginá-la no lugar da vítima mais jovem do ACR causava nela um surto de fúria que a deixava atordoada. Não fosse por Natalie, Elle provavelmente não teria começado o podcast. Se ela não soubesse como é amar uma criança a ponto de matar por ela, talvez nunca tivesse começado a caçar os monstros que as machucam.

Elle inclinou o corpo por cima do freio de mão e deu um sonoro beijo na testa de Natalie no momento em que o semáforo ficou verde. — Fez algo legal pra comemorar o aniversário?

— Cantaram parabéns pra mim na aula e deixaram que eu levasse cookies para o pessoal — respondeu Natalie, mexendo distraidamente em uma das tranças que prendiam seu cabelo louro-escuro. — E eu peguei o terceiro lugar no nado livre.

— Eu não botaria um biquíni nessa temperatura nem que me pagassem.

— Se parássemos de nadar quando está frio, só nadaríamos três meses no ano — disse Natalie enquanto o carro parava na casa de Elle. — Além disso, lá dentro faz uns dezoito graus.

— Fico com os lagos durante o verão, mas estou orgulhosa de você — disse Elle. O vento mordeu sua pele quando ela saiu do carro e foi se certificar de que Natalie estava caminhando com cuidado pelo chão escorregadio. Ela fez uma nota mental para que lembrasse de pedir a Martín para jogar mais sal depois.

— Que cheiro bom! — disse Natalie assim que entraram pela porta. Elle ficou com água na boca quando sentiu o aroma aconchegante e apetitoso dos temperos da cozinha. Elas seguiram o cheiro até a cozinha, onde Martín estava usando seu avental florido favorito e torcendo um moedor de sal sobre uma panela que cozinhava em fogo baixo no fogão. Ele estava fazendo sua receita de espaguete com almôndegas: a carne era uma mistura de carne bovina e linguiça com uma pitada de pimenta chili no molho. Era o prato favorito de Natalie.

— E aí, aniversariante! — Martín soltou a colher na panela e abriu os braços para receber Natalie, que correu até ele e deixou escapar um grito alegre quando ele a levantou em seu típico abraço de urso. Ele a girou no ar e depois a colocou sobre o balcão, tirando a colher da panela e assoprando antes de oferecer a ela.
— Passei na inspeção, *señorita*?

Natalie experimentou e seus olhos brilharam, alegres. — Parece ser sua obra prima, *señor*.

Quando Martín a levou de volta ao chão, apontou para a gaveta de talheres.
— Sei que é seu aniversário, mas pode organizar a mesa? Sua mãe deve chegar em breve. — Assim que a menina amontoou os talheres e se retirou, Martín se voltou para Elle com um sorriso. Seu cabelo cacheado caía em ângulos desordenados; ele estava sempre passando a mão pelos belos cachos quando eles não estavam presos debaixo de toucas cirúrgicas no trabalho. Sem parar de mexer o conteúdo da panela, ele inclinou o corpo e deu um beijo carinhoso em Elle.

— O cheiro está delicioso. — Elle se virou para servir uma taça de vinho tinto.
— Obrigado. Como você está, *mi vida*? — perguntou Martín.

Elle se lembrou da primeira vez que ele a chamou assim na frente de Natalie. Foi no ano anterior, logo depois de ela ter começado as aulas de espanhol. Elle não aprendera nada do idioma até o ensino médio, e Martín falava inglês fluente quando eles se conheceram, mas, apesar disso, ela desenterrou os velhos livros de espanhol da época do colégio um dia depois do primeiro encontro dos dois. Ela não queria ficar por fora das conversas quando fosse conhecer a família dele em Monterrey, e devido ao grande número de imigrantes do México e da América Central na população de Minnesota, acabou sendo útil no trabalho também. Mas a sofisticada escola particular que Natalie frequentava permitia que as crianças começassem desde a terceira série, por isso ela compreendeu o que Martín dizia quando chamou Elle de *mi vida*.

— Por que você a chamou de sua vida? — Natalie perguntara. — É porque não pode viver sem ela?

Elle esperava que ele respondesse que era uma demonstração de carinho comum de sua cidade natal no México, especialmente entre homens e suas esposas, mas em vez disso ele olhou para Elle ao responder: — Não, é porque quando conheci Elle, ela me lembrou de que passo tempo demais cercado de morte. Ela me ajuda a me lembrar de aproveitar minha vida.

Em dias normais Martín já deixava a maioria dos homens no chinelo no quesito romance, mas ele estava especialmente romântico naquele dia.

— Elle? — A voz dele a trouxe de volta para o presente.

— Estou bem — respondeu ela, sabendo que seu sorriso forçado não o enganaria. — Não acredito que Natalie tem dez anos. Parece que foi ontem que aquela criança magrinha de quatro anos bateu na porta do nada. — Elle tentou dissipar as lágrimas piscando os olhos e tomou um gole do vinho.

Martín soltou a colher e a puxou para seus braços. — Essa investigação está mexendo com você, não está? — perguntou ele, acariciando as costas de Elle em movimentos circulares.

Ela enrijeceu. — Estou bem — repetiu.

Ele se afastou e buscou seus olhos. — Sei que está. — Ele parecia querer dizer mais alguma coisa, mas, em vez disso, assentiu com a cabeça e se virou de volta para o fogão.

Natalie entrava na cozinha para buscar os pratos quando a campainha tocou. — Pode deixar — disse Elle.

— Meu deus, que frio — disse Sash, estremecendo enquanto Elle fechava a porta. Sash sacudiu as botas sobre o tapete de entrada e as tirou, tomando cuidado para não pisar de meia na neve que derretia sobre o tapete.

— Meu pai costumava dizer que um frio desses era um frio de pregar a língua — disse Elle, surpresa com a lembrança repentina. Ela não pensava no pai havia décadas. — Por causa dos jovens bocós que se desafiavam a lamber algo de metal no inverno e aí ficavam com a língua grudada.

Os grandes brincos de argola de Sash refletiram a luz quando ela riu, jogando a cabeça para trás. Depois de desenrolar o cachecol, ela tirou o gorro roxo de lã e pousou as duas peças no banco ao lado da porta. Ela raspara a cabeça novamente nos últimos dias, deixando apenas uma penugem curta que destacava seus traços de elfo. Era um visual estranho para uma advogada corporativa e frequentemente fazia com que as pessoas a subestimassem, o que tornava a situação ainda mais deliciosa quando ela os destruía no tribunal.

— Muito bom. Vou aderir.

Elle a conduziu até a sala de jantar, passando pelo espelho do corredor que a lembrou de que ela não tomara banho ou arrumara o cabelo naquele dia. Ela estivera trancada em seu estúdio até a hora em que teve que buscar Natalie.

— Alguma pista nova sobre o ACR? — perguntou Sash em voz baixa.

Elle ficou imóvel. A não ser para fins de investigação, ela não saía muito de casa, e a maior parte dos familiares e das testemunhas que ela entrevistara jamais dizia seu nome. Era inquietante ouvir alguém dizer as iniciais que pairavam em sua mente havia meses, como um eco que se dissipara se tornando sonoro novamente.

— Nenhuma novidade — respondeu ela, retribuindo o olhar da amiga. — Ainda está um pouco cedo.

Sash sorriu. — Alguns sócios estavam falando sobre o caso numa reunião hoje. Essa com certeza será sua melhor temporada até agora.

Concordando com a cabeça, Elle tentou manter uma expressão neutra. Ela se sentira pressionada a solucionar os casos arquivados que investigara nas temporadas anteriores do podcast, mas nada se comparava a isso. Só havia algumas semanas desde o lançamento do primeiro episódio, mas ela já sabia que esse seria diferente. Sua caixa de entrada estava abarrotada de comentários, teorias e críticas — não apenas dos ouvintes norte-americanos, mas também da Austrália, Indonésia, Inglaterra, Holanda. Parecia que o mundo inteiro a estava observando.

Mas ela daria conta do recado. Todos os casos nos quais trabalhara antes, as crianças difíceis do Serviço de Proteção Infantil e as quatro temporadas anteriores do podcast foram o alicerce, as escalas que ela treinou para poder construir algo mais complexo. O ACR era sua *magnum opus*.

— Você está pálida. — Sash segurou o braço dela gentilmente, fazendo com que ela parasse antes que entrassem na sala de jantar. — Que merda. Desculpe, Elle. Você provavelmente já está nervosa o suficiente sem que eu te lembre de quão grande esse caso é.

— Não, tudo bem. Quer dizer, eu sempre soube que ele colocaria o podcast sob os holofotes. Eu só não imaginava que seria nessa proporção. — Elle retribuiu o olhar da amiga enquanto afundava as unhas na palma da mão. — Eu e meu produtor estamos vendo muita conversa on-line, ideias pairando em nossas redes, mas nada concreto por ora. Sei que só faz algumas semanas, mas sinto que estou falhando com elas.

— As garotas na parede — disse Sash. Além de Martín, Sash era a única pessoa cuja entrada Elle já havia permitido em seu estúdio no andar de cima. — Não está falhando com elas, Elle. Está *honrando-as*. Está contando as histórias delas e tentando conseguir justiça. Você não é muito justa consigo mesma.

Antes que Elle pudesse responder, a porta da sala de jantar se abriu e Natalie espiou pela fresta. — Vocês estão vindo ou não? Estou morrendo de fome.

Sash sorriu para Elle, apertou seu braço carinhosamente mais uma vez e então elas seguiram Natalie sala de jantar adentro, onde Martín estava servindo a comida.

— Como foi o aniversário, meu bem? — perguntou Sash, abraçando a filha.

— Bom. Obrigada por sair mais cedo do trabalho — disse Natalie.

— É óbvio que saí. Acha que eu perderia isso? — Se Elle não conhecesse Sash tão bem, talvez não tivesse percebido a sombra que passou pelo rosto da amiga. Era um assunto sensível entre ela e Natalie o quão tarde Sash chegava do trabalho em algumas noites. Mas ela sempre estava presente nas ocasiões que importavam, e agora que Elle estava trabalhando em casa integralmente, ela conseguia ajudar a preencher as lacunas. Natação, aulas de piano, ela até mesmo ocupava de vez em quando o cargo de monitora em excursões. Nessa altura do campeonato, ela estava entre uma tia muito engajada e uma babá esplêndida, embora Sash insistisse que ela estava mais para uma segunda mãe que Natalie tinha adotado por conta própria. De qualquer maneira, ela adorava.

    Puxando a cadeira ao lado de Natalie, Sash ergueu as mãos como se fosse uma apresentadora de TV prestes a anunciar a próxima atração. — Senhoras, senhores e não binários: há dez anos completados hoje, um evento extraordinário aconteceu. — As mangas esvoaçantes de sua blusa varreram o topo da mesa, por pouco não encostando no molho do espaguete. — Minha filha, a primeira e única de seu nome, Natalie Hunter, chegou ao mundo do tamanho de um burrito e guinchando como um porquinho.

    Natalie riu e cobriu o rosto com as mãos.

    — Sei que as coisas nem sempre foram fáceis nos primeiros anos de sua vida, quando nos mudávamos com tanta frequência. Mas estou feliz por estarmos aqui hoje, e estou feliz por você poder celebrar seus dez anos junto de sua família. — Sash olhou na direção de Elle, mas foi difícil reconhecer a expressão de seu rosto em meio à repentina cortina de lágrimas. Ela ainda se emocionava quando Sash se referia a ela como família. Além de Martín e seus sogros, Sash e Natalie eram a única família que Elle já tivera.

    Natalie se aproximou da mesa olhando para o prato de comida que esfriava à sua frente. — Beleza, mãe, estou com fome.

    Todos riram e Sash ergueu seu copo. — Tudo bem, tudo bem, processem essa mãe por fazer um discurso no aniversário de dez anos da filha. Um brinde a Natalie!

    — Viva a Natalie — endossaram Martín e Elle, erguendo suas taças. Eles brindaram com Natalie e seu copo de refrigerante e começaram a comer.

    — Como foi seu dia, Sash? — perguntou Elle, enrolando o macarrão no garfo.

    Sash tomou um gole de vinho. — Nada mau. Mas a fusão de empresas na qual tenho trabalhado é de sugar a alma. Ambos os CEOs insistem em fingir que tudo é um mar de rosas nas respectivas reuniões de diretoria, mas já nem consigo fazer com que os dois se sentem na mesma mesa para negociar. Um dos caras faz um comentário sobre o arremesso de golfe do outro e, de repente, um acordo multimilionário está em jogo. E as pessoas têm a coragem de dizer que as mulheres é que são sentimentais.

    Martín riu com a boca cheia de macarrão, soltando ar pelas narinas.

    — E você, Martín? Como anda a vida com os presuntos? — perguntou Sash. Ela pronunciava o nome dele corretamente, Mar-teen, em vez da pronúncia americanizada que seus conhecidos preguiçosos usavam.

    Ele ergueu o garfo em que um tomate cereja estava espetado. — Ah, sabe como é, na correria. Nessa época do ano os corpos brotam feito ervas daninhas.

— Martín! — repreendeu Elle.

Ele levantou as duas mãos em um clássico gesto que queria dizer "sou inocente". — Desculpe! Não é como se elas não soubessem o que faço.

— É, Elle, não é como se eu não soubesse o que ele faz. — Natalie tomou um gole de sua bebida e sorriu. — Quero ser médica-legista um dia.

Elle balançou a cabeça e olhou de soslaio para a melhor amiga. Em segredo, Sash contou a ela algumas semanas atrás que Natalie desenvolvera uma quedinha inocente por Martín, embora naquele momento já fosse óbvio. Há um mês ela repentinamente parara de chamá-lo de "*tío*", insistindo em chamá-lo pelo nome, e ficava encantada com cada palavra que saía de sua boca. Sash culpava a puberdade. Havia alguns anos desde que Elle terminara seu mestrado em psicologia infantil, mas, em termos de desenvolvimento, uma garotinha de dez anos se apaixonando pelo único homem adulto próximo em sua vida era algo bastante comum.

Embora ele deva ter percebido que elas estavam se divertindo com a cena, Martín ignorou Sash e Elle e animadamente seguiu uma conversa com Natalie sobre como construir uma carreira na patologia forense.

— Acho que você seria uma ótima médica-legista — encorajou ele. — Mas vai ter que melhorar suas habilidades com a faca. Ainda estou assustado depois daquele dia em que você me ajudou a cortar os pimentões para fazer *fajitas*. — Ele esticou o dedão, exibindo a pequena cicatriz cor-de-rosa em relevo que se destacava em sua pele marrom-clara.

Ela o acotovelou no braço, seu rosto corado. — Isso foi há dois anos e eu pedi desculpas umas mil vezes. Como você é chorão.

Martín levou a mão ao peito, sua mão aberta em um gesto teatral de ofensa. — *Cómo te atreves*. Mas acho que está certa. No trabalho ninguém corre o risco de sangrar até a morte se a sua faca escorregar de vez em quando. Você vai se dar bem.

Elle riu, mas havia um toque de tristeza sob seu riso enquanto ela observava seu marido interagindo com Natalie. Era difícil não se perguntar como Martín teria se saído como pai. Sash e Elle se conheceram na época em que Elle e Martín mais estavam empenhados em engravidar, quando o casal se mudara para a casa nova do outro lado da rua para ter espaço para o que eles esperavam que fosse pelo menos um casal de filhos. Todas as garotas férteis e viçosas com quem Elle tinha estudado no ensino médio pareciam engravidar apenas com a força do pensamento, então foi um alívio quando Sash foi tão transparente sobre sua experiência com a fertilização in vitro. Ela nunca havia se interessado por sexo ou por relacionamentos, mas sempre quisera ser mãe, então tomara o caminho das pipetas e das agulhadas. Quando Elle contou a ela sobre seus próprios tratamentos de fertilidade, elas se solidarizaram uma com a outra e trocaram experiências sobre o pesadelo de ansiedade que era tentar engravidar através da ciência (embora Sash brincasse que a ideia de engravidar da outra maneira lhe causava muito mais ansiedade).

No entanto, após anos de tentativa, Elle já não conseguia submeter seu corpo a todo o estresse e aos hormônios. Ela e Martín finalmente concordaram que não estavam destinados a ser pais. Naquele momento, no entanto, estavam muito próximos de Natalie, o que amenizou o peso da decisão — ao menos um pouco.

— Sabe que vai ter que trabalhar muito com ciência para ser uma médica-legista, não sabe, meu bem? — perguntou Sash. — E provavelmente terá que superar seu medo de agulhas.

Natalie ergueu o queixo. — Eu posso fazer isso.

Elle levou uma garfada de comida à boca para esconder o sorriso. Natalie era o tipo de criança que sempre estava empolgada com alguma coisa diferente. Havia seis meses, ela estava interessada em direito dos animais: ela encontrou um vídeo no YouTube e jurou que nunca mais comeria carne. Ela não ficava um dia sequer sem falar sobre grades ou métodos cruéis para controle de gado. Então um dia Elle foi visitá-la e ela estava comendo um hambúrguer e tagarelando sobre mudanças climáticas. Na maioria das vezes ela partia para outra depois de alguns meses, mas um dos interesses que continuavam firmes era a religião. Uma colega de escola deu a ela uma Bíblia dois anos antes, e desde então as garotas têm ido à igreja juntas quase todo domingo. Para dar algum crédito a Sash, ela nunca tentou convencer Natalie a ficar em casa, embora ela mesma não tivesse interesse no assunto.

Elle adorava o entusiasmo da menina. Ela sabia melhor do que ninguém que a coisa que mais tira você do sério na vida pode resultar em uma ótima carreira. Natalie ainda era jovem demais para escolher uma coisa só, mas um dia escolheria. Elle era apenas um ano mais velha que Natalie quando sua vida ardeu em chamas, selando à sua frente um caminho inconfundível.

Esse pensamento a lembrou dos rostos na parede do estúdio no andar de cima, todos os futuros sufocados daquelas jovens, e de repente Elle se enrijeceu na cadeira, piscando, aturdida, ao tentar se desvencilhar das cenas gravadas em sua mente. Tomando um gole de vinho, ela olhou para as pessoas à mesa. Sash e Natalie não pareciam ter notado, mas Martín a observava com uma sobrancelha erguida, como se fizesse uma pergunta silenciosa. Ela acenou com a cabeça brevemente e pegou o garfo outra vez.

Quando terminaram de comer, Sash se levantou e começou a empilhar os pratos vazios.

— Ah não, Sash, não precisa fazer isso. — Martín também se levantou, tentando tirar os pratos das mãos dela.

— Relaxa, Martín, não vou lavá-los nem nada. Natalie pode fazer isso. Considere como pagamento pela grana da gasolina que vocês gastam para levá-la pra lá e pra cá enquanto estou no trabalho.

— Ei, o prazer da minha companhia já serve de pagamento — diz Natalie, jogando uma de suas tranças para trás.

Martín deu uma gargalhada e Sash gritou o nome da filha da cozinha. Afastando as imagens de sua mente, Elle também riu.

Quando se levantou para ajudar Sash na limpeza, seu celular vibrou no bolso. Elle se dirigiu ao corredor e desbloqueou a tela. Havia uma dúzia de notificações do e-mail do podcast. Ela ignorou os alertas das redes sociais; veria isso mais tarde. A maioria das linhas de assunto era a mesma de sempre, mas uma delas chamou a atenção como um letreiro luminoso:

Eu sei quem ele é.

3

Podcast *Justiça Tardia*
5 de dezembro de 2019
Transcrição: Primeiro episódio da quinta temporada

ELLE
O que aconteceu depois que a imprensa ficou em polvorosa com o apelido do ACR?

SYKES
Quase não tínhamos material para continuar, não havia nenhuma evidência física. Naquela época não existiam séries como *CSI* ou *Lei e Ordem: Unidade Especial*, então a noção do que poderia ser feito com DNA escapava à maioria das pessoas. Ainda assim, de alguma forma esse cara conseguiu o feito de não deixar nenhum vestígio para trás. O que nos levou à conclusão de que ele poderia ter algum tipo de experiência científica ou médica.

ELLE
Ou de que ele era um policial.

SYKES
Sim, também era uma alternativa. De qualquer forma, não conseguimos encontrar nada que nos ajudasse a impedir que o inevitável acontecesse. Em questão de horas depois de conectar o assassinato de Isabelle às mortes de 1996, descobrimos quem provavelmente seria sua próxima vítima: uma garota de dezessete anos, Vanessa Childs, que desaparecera três dias antes quando saiu para tirar o lixo no restaurante de fast food onde trabalhava.

NARRAÇÃO DE ELLE
Este é um tipo muito específico de desamparo, a espera para que alguém seja declarado morto. A família de Vanessa esperava que a polícia estivesse errada sobre a conexão, mas o timing era preciso demais. E então, no fim da tarde do mesmo dia em que o corpo de Isabelle foi encontrado, outra garota desapareceu.

Tamera Smith, de dezesseis anos, uma promissora jogadora de basquete e aluna exemplar, desapareceu no curto trajeto entre sua casa e a academia.

Os detetives continuaram a procurar pelos suspeitos. Os resultados de laboratório foram acelerados, mas não foi encontrado DNA masculino no corpo de Isabelle. Eles estavam sem saída. Àquela altura, a história estava em todos os noticiários, e as vendas de bastões e revólveres dispararam. Todos esperavam pelo desaparecimento da próxima garota. Todas estavam determinadas a não ser a próxima garota. Ao que consta, o prefeito de Minneapolis considerou estabelecer um toque de recolher, mas foi aconselhado a não fazer isso porque passaria a mensagem equivocada de que a culpa era das mulheres.

A família de Vanessa organizou buscas nos parques e nos bosques próximos ao subúrbio de Roseville, onde ela foi vista por último, mas foi inútil. Três dias depois, uma semana após ela ter sido levada, seu corpo foi encontrado em meio a arbustos na margem do Bde Maka Ska. A cidade mal teve tempo de respirar antes de os pais de Tamera falarem com a imprensa, convencidos de que sua filha seria a próxima e de que a polícia não estava fazendo o suficiente para impedir que isso acontecesse.

[*DESCRIÇÃO SONORA: Um telefone toca três vezes.*]

ANÔNIMO
Alô?

ELLE
Oi, quem está falando é [censurado]?

ANÔNIMO
Quem é?

ELLE
Olá, meu nome é Elle Castillo, sou investigadora e estou trabalhando no caso do Assassino da Contagem Regressiva. Gostaria de falar com você sobre...

ANÔNIMO
Você é detetive?

ELLE
Não.

ANÔNIMO
Não falo com jornalistas.

ELLE
Bom, eu também não sou exatamente uma jornalista.

ANÔNIMO
Então quem diabos você é?

ELLE
Sou uma investigadora independente especializada em crimes infantis não solucionados. Falo sobre meu trabalho em um podcast.

ANÔNIMO
Você é o quê?

NARRAÇÃO DE ELLE
Levei algum tempo para explicar o que é um podcast, especialmente um podcast investigativo, mas acabei conseguindo tranquilizá-la. Ficou claro que ela não deseja ser associada a esse caso, portanto manterei seu anonimato. Para fins de clareza, perguntei a ela se poderia chamá-la de Susan. Ela concordou.

ELLE
Pode me dizer como se envolveu com o caso do Assassino da Contagem Regressiva?

SUSAN
Eu me envolvi metendo meu nariz onde não devia, e me arrependo dessa decisão há quase vinte anos.

ELLE
Pode explicar o que quer dizer?

SUSAN
Foi em 1997, depois que a segunda garota apareceu morta. Há dias eu vinha notando meu marido agindo de maneira estranha: chegando em casa desgrenhado e nervoso, horas depois do normal. Primeiro pensei que ele estivesse tendo um caso, mas isso não explicaria a sujeira.

ELLE
A sujeira?

SUSAN
Sim, suas calças chegavam imundas, como se ele tivesse trabalhado com jardinagem ou algo assim, mas estávamos em pleno inverno. Eu precisava lavar as calças jeans dele duas vezes para que ficassem limpas. Então, numa certa noite, estávamos assistindo TV juntos quando começaram a falar sobre um serial-killer no jornal, sobre como eles acreditavam que ele matara duas garotas no ano anterior e agora parecia estar agindo novamente. Jimmy estava caindo no sono, mas assim que essa matéria entrou no ar ele se empertigou como se tivesse tomado um choque em uma tomada. Ele não disse nada, apenas ficou olhando para a TV até o fim da matéria. Isso me deixou de cabelos em pé.

    Então, naquela noite, comecei a pensar e fui dar uma olhada em um calendário antigo. Lembrei que Jimmy havia me dito que viajaria a trabalho no ano anterior, bem no período em que aquelas pobres garotas foram mortas. Eu simplesmente não consegui afastar a dúvida de que poderia ser ele.

ELLE
O que você fez?

SUSAN
Por incrível que pareça, no começo pensei em não dizer nada. Eu só tinha vinte e três anos. Meu marido tinha vinte e sete. Éramos jovens, eu estava apaixonada. Eu não imaginava que ele poderia fazer algo parecido, mas as datas batiam de maneira... preocupante. Então um dia peguei todas minhas anotações e procurei o detetive que estava cuidando do caso.

NARRAÇÃO DE ELLE
O detetive Sykes estava naquele momento nebuloso em que se têm pistas de mais e tempo de menos, então quando Susan apareceu com todas as suspeitas que a levavam a crer que o assassino era seu marido, ele, em um primeiro momento, não lhe deu atenção. Ela já estava voltando para o carro quando ele correu os olhos por suas anotações e foi atrás dela no estacionamento. O marido de Susan, Jimmy, se tornou o primeiro e principal suspeito do detetive Sykes, uma pista consistente depois de todo aquele tempo.

SYKES
Já ouviu falar nas sirenes da mitologia grega? As belas mulheres que atraíam os marinheiros em direção às pedras para matá-los? Bom, [censurado] era uma garota simpática, mas, no fundo, acho que ela tinha um pouco de sirene dentro de si. Claro, a culpa é minha em grande parte. Quando Tamera sumiu, eu estava tão desesperado para ter algo a dizer para os pais dessas garotas que eu quis ouvir o que ela tinha a me dizer. E ela não estava errada — as datas dos assassinatos de fato batiam com as ausências sem explicação do marido. Mas era só isso. Então convoquei um time para segui-lo pelas próximas quarenta e oito horas na tentativa de fazer com que ele nos levasse até onde quer que a garota estivesse. Ele poderia até mesmo tê-las mantido em sua casa — nos corpos de Vanessa e Isabelle havia evidências de que elas haviam sido forçadas a fazer algumas tarefas domésticas enquanto foram mantidas em cárcere.

NARRAÇÃO DE ELLE
A situação se agravara. Beverly e Isabelle não demonstraram sinais de abuso físico além dos efeitos do veneno e dos açoitamentos nas costas, mas a tríade de vítimas do ACR em 1997 era diferente. Suas mãos estavam ressecadas e rachadas e produtos químicos pesados foram encontrados em suas peles. Seus joelhos estavam machucados e havia bolhas nas palmas de suas mãos. Além de açoitá-las, o ACR claramente as havia feito limpar alguma coisa, provavelmente por horas a fio, mas era impossível dizer o que ou onde. Ou, mais importante ainda, o porquê.

Além disso, embora eu acredite que o detetive Sykes tenha o direito de enxergá-la como uma sirene, nada em minha entrevista com Susan me fez acreditar que ela estava sendo intencionalmente uma manipuladora distrativa ao acusar o marido. Embora ela tenha se divorciado dele mais tarde, ela claramente o amava na época e sofreu com a decisão de se manifestar contra o marido. E ela não estava completamente errada. O monitoramento sob o qual Jimmy estava por ordem do detetive Sykes explicou que seu comportamento tinha razões cabíveis — e também criminosas.

ELLE
Me conte o que descobriu depois de monitorar Jimmy.

SYKES
Ela estava certa sobre uma coisa: ele estava cometendo um crime. Jimmy trabalhava como comissário do condado e vinha aceitando propina em espécie para conceder contratos públicos para certas empresas. Ele vinha enterrando o dinheiro em uma propriedade no campo que comprara em dinheiro vivo, sem

contar a ela. Ele imaginara que uma vez que tivesse dinheiro suficiente guardado, poderia surpreendê-la comprando a casa dos sonhos dos dois e dizer a ela que tinha ganhado na loteria ou coisa parecida.

ELLE
E quanto à maneira como ele reagiu ao assistir a matéria sobre as garotas assassinadas? [censurado] relatou que ele se empertigou como se tivesse levado um choque e que não desgrudou os olhos da TV.

SYKES
Ah, é, pois é, nós o questionamos sobre isso. Aparentemente ele estava lendo os números da bolsa de valores que corriam na extremidade inferior da tela durante o noticiário. Uma das empresas nas quais ele investira uma quantia de seu dinheiro ilícito havia despencado. Ele perdeu boa parte de seu investimento. Ele nos disse que continuou prestando atenção esperando que os números subissem, esperando ter imaginado a queda, e que não tinha notado que sua esposa havia percebido sua reação.

ELLE
Então vocês não encontraram nenhuma razão para acreditar que ele esteve envolvido nos assassinatos?

SYKES
Não, nenhuma, e quero deixar isso claro. Não estou relativizando a seriedade da propina política, mas Jimmy pagou pelo que fez. Perdeu o emprego, perdeu a esposa depois de ter sido condenado e passou oito anos na prisão. A possibilidade de ele ser o ACR não existe.

NARRAÇÃO DE ELLE
Parece ser óbvio o suficiente para que não seja mencionado, mas por duas décadas as suspeitas em relação a Jimmy continuaram a circular em fóruns on-line e nas referências da cultura popular sobre o caso. Alguns detetives de internet acreditam que ele era o Assassino da Contagem Regressiva original e que mais tarde um imitador tomou seu lugar, ou que ele agia com mais alguém desde o começo e essa pessoa continuou o trabalho quando ele estava na prisão. Dizem que essa é a razão pela qual apenas duas garotas foram levadas naquele primeiro ano, e também pela qual houve uma diferença na forma como foram tratadas. Gostaria de deixar algo claro: estudei extensivamente a vida de Jimmy ao longo de minha investigação de anos sobre esse caso, e posso dizer com certeza que ele não é o

ACR. Vocês não precisam acreditar no que eu digo, mas caso queiram economizar horas tentando atribuir esses terríveis assassinatos a um homem inocente, saibam que eu também tentei. E falhei.

Mas uma coisa é verdade: embora o detetive Sykes e sua equipe tenham agido de maneira sensata ao ouvir a suspeita de Susan sobre o marido, essa investigação os desviou do caminho certo. E enquanto os policiais seguiam Jimmy do trabalho até a propriedade e o assistiram enterrar dinheiro roubado, o corpo de Tamera Smith foi encontrado sob a ponte Stone Arch. E, assim como foi com Isabelle e Vanessa, o corpo mostrava sinais de trabalho manual.

ELLE
Gostaria que esclarecesse a cronologia dos fatos. É algo confuso para muitas pessoas interessadas no caso. Se houve um intervalo de três dias no sequestro das garotas, isso não significa que elas estiveram todas juntas por pelo menos um dia? Uma garota no primeiro dia, duas garotas no terceiro dia e três garotas no sexto dia?

SYKES
Sim, isso era frequentemente relatado de maneira errônea na época e hoje em dia ainda ressurge de vez em quando. Especialmente em fóruns on-line, onde as pessoas querem discutir padrões e números. Sempre haverá pessoas por aí que não querem admitir a existência de um serial-killer na ativa. As garotas foram levadas com intervalos de, no mínimo, setenta e duas horas — três dias inteiros. Mas algumas pessoas acham mais fácil pensar no número de noites. Ele manteve cada uma das garotas por três noites antes de sequestrar a garota seguinte.

ELLE
Então se passavam seis noites, não sete, antes de ele as matar?

SYKES
Correto. Elas normalmente estavam mortas antes do meio-dia do sétimo dia.

ELLE
Certo, isso ajuda, obrigada. Acho importante deixar o padrão claro, e em um caso tão grande quanto esse, com tantas informações correndo por aí, é melhor garantir que isso seja feito de maneira cautelosa.

SYKES
Sem dúvidas, estou completamente de acordo. Não se vê muita cautela na imprensa hoje em dia.

ELLE
Meu único objetivo no podcast é expor a verdade, detetive. Agora, embora a pista de Jimmy não tenha dado em nada, vocês de fato descobriram algo ao encontrar o corpo de Tamera — uma pista que, apesar da atenção obsessiva do ACR aos detalhes, parecia ser um erro.

SYKES
Sim, na bainha de sua calça havia uma mancha que, mais tarde, o laboratório determinou ser de chá.

ELLE
Conte-me mais sobre isso. Seu departamento declarou ser um chá especial, do tipo Darjeeling, mas algumas pessoas manifestaram suas dúvidas sobre o fato de vocês conseguirem dizer que uma mancha é proveniente de um chá específico. O que tem a dizer para essas pessoas?

SYKES
Bom, antes de mais nada, isso não foi declarado pelo meu departamento. Tudo o que fizemos foi repassar o que o laboratório forense nos reportou. E o que sabemos sobre essa amostra de chá evoluiu ao longo do tempo, assim como a tecnologia dos laboratórios. Em 1997 eles só conseguiram nos fornecer a informação de que era um chá *oolong* devido à maneira como as folhas foram oxidadas. Com base nos grãos de chá presentes na mancha, eles estavam bastante confiantes de que era um chá de folhas soltas e não em sachê. Mas eles fizeram mais testes na amostra no ano passado usando uma nova técnica chamada análise direta em tempo real, ou ADTR, que pode ser feita sem degradar a amostra. O que é bom porque era pequena demais, para começo de conversa, e hoje em dia quase desapareceu. Diversas lojas de chá doaram caixas de todos seus chás disponíveis, e algumas delas fizeram listas de ingredientes marcantes que os técnicos de laboratório puderam consultar ao examinar a amostra. Isso os ajudou a identificar características com as quais puderam comparar a amostra.

ELLE
Sim. Ela não quis ser gravada, mas a bióloga forense com quem conversei, dra. Forage, disse que foram combinados os processos da ADTR com algo chamado espectrometria de massas de alta resolução. Eles conseguiram identificar o chá específico que muito provavelmente causou a mancha, um caro chá Darjeeling a granel importado da Índia que usa um processo de fermentação patenteado. Algo chamado Majestic Sterling.

NARRAÇÃO DE ELLE
Breve observação ao ouvinte: conversei sobre o Majestic Sterling com um especialista local em chás em uma entrevista que durou mais de meia hora, e tenho certeza de que ele ficará chateado em saber que não usei o áudio. Desculpe, mas não poderia fazer isso com vocês, embora eu seja imensamente grata a ele por ter compartilhado o que sabe. Acredito que a informação mais importante fornecida por ele se resume ao seguinte (peço desculpas pelo trocadilho): em termos financeiros, não espere uma colher de chá. Este não é um chá Darjeeling Celestial Seasonings que se encontra em qualquer lugar. O grama do Majestic Sterling é vendido por quase um dólar.

SYKES
Eu sou da turma do café e a ciência da coisa sempre me escapou, mas se conversar com a dra. Forage terá acesso às melhores informações disponíveis. Ela é a especialista mais notável de Hennepin e foi responsável pela mais recente rodada de testes. Ela odeia se expor em qualquer tipo de mídia, mas entende do assunto.

ELLE
Em meu entendimento, a identificação da substância como chá *oolong* levou ao primeiro grande debate entre a equipe de investigação acerca de quais informações deveriam ser divulgadas e quais deveriam ter permanecido confidenciais. Vocês decidiram, por fim, divulgar a informação esperando que isso incentivasse alguém que já estava desconfiado de um vizinho ou familiar a se manifestar. Está correto?

SYKES
Sim, está correto. Esse foi o primeiro momento do caso que hoje vejo como um erro. Não deveríamos ter feito isso.

NARRAÇÃO DE ELLE
No próximo episódio de *Justiça Tardia*...

4

Elle
9 de janeiro de 2020

Elle foi até a porta da cozinha e avisou a Martín e Sash que voltaria logo, então subiu correndo até o estúdio no andar de cima.

Ela abriu o e-mail no computador. Havia apenas uma linha de texto além do assunto: um número de telefone. Ela discou o número no celular e prendeu a respiração. No quarto toque, um homem com um sotaque mexicano atendeu.
— Alô?
— Oi, aqui é Elle Castillo do podcast *Justiça Tardia*. — Ela leu o nome no remetente do e-mail. — Leo Toca?

Por um momento não houve resposta. Ela olhou para a tela do celular a fim de verificar se a ligação havia caído, mas, não, a chamada estava ativa. — Você me mandou um e-mail há alguns minutos?
— Eu sei quem ele é.

A respiração de Elle ficou acelerada. *É*. Tanto no e-mail quanto agora, ao telefone, o homem havia usado o verbo no presente. Ela tentou manter a voz firme. — Como sabe?

Suas palavras jorraram, desordenadas devido à urgência. — Eu sabia que havia algo de errado com ele, então comecei a ouvir sua temporada mais recente há uns dias e percebi que coisas batiam com o seu caso. Ele estava na área em que as garotas foram mortas. Ele tem na casa dele aquele chá sofisticado encontrado nas roupas de uma das garotas. Eu tenho certeza. Eu tenho as evidências, mas sabia que ninguém acreditaria em mim. Por isso entrei em contato com você. Precisa me ajudar antes que seja tarde demais pra ela.
— Leo, por favor, se acalme. Tarde demais para quem?

Alguns segundos de silêncio se passaram, então ele disse: — Quando pode me encontrar?

A voz de Elle estava rouca. — Agora. Agora mesmo. Você mora na região? Vamos nos encontrar em Perkins ou algum lugar assim.

— Não, eu... Por favor, precisa vir até onde eu estou. Meu apartamento fica em St. Paul. Não é seguro eu sair de casa.

Seu cérebro fez um cálculo rápido, colocando de um lado da balança o risco de encontrar um homem estranho em sua casa e, do outro, o risco de perder o que poderia vir a ser uma pista crucial.

— Por que não se sente seguro? Me diga o que está acontecendo. Isso é coisa séria. É melhor que não esteja tirando onda comigo. — Ela mordeu o lábio inferior, arrependida de quão agressiva havia soado sua última frase. Lidar com dicas falsas era parte desse trabalho. Assim como lidar com informantes ansiosos.

— Dentro de uma hora. Me encontre dentro de uma hora, e eu darei a você tudo o que precisa saber para pegá-lo. — Com palavras atropeladas, ele ditou um endereço na avenida Hamline e desligou.

Por um momento, Elle permaneceu sentada em frente à escrivaninha segurando o telefone na orelha. Então o abaixou e abriu o navegador no computador.

Havia algumas contas nas redes sociais de homens chamados Leo Toca que residiam na região das Cidades Gêmeas, mas apenas duas tinham configurações de privacidade abertas o suficiente para que ela pudesse dar uma olhada nos perfis. Um deles era um *abuelo* que usava no perfil uma foto com uma penca de netos ao seu redor — definitivamente não era o rapaz ao telefone. O outro tinha trinta e cinco anos e tinha dois empregos de meio período, um de zelador na universidade local e o outro de mecânico em uma oficina em Snelling. Partindo para o Google, uma notícia do ano anterior chamou a atenção de Elle: o nome de Leo ao lado de seu sócio, Duane Grove, quando eles foram levados ao tribunal acusados de administrar um desmanche de carros. Eles foram absolvidos e a única razão pela qual virou notícia é que um dos carros que foram acusados de desmontar e tirar as peças pertencia a um político local. Desde o julgamento ele parece ter se mantido discreto.

Alguém bateu na porta do estúdio. Elle se levantou, apagou a luz para esconder as fotos de cenas de crime na parede e abriu a porta.

Natalie estava no corredor, brincando com uma de suas tranças. — Mamãe disse pra te avisar que é hora do bolo. — Ela tentou espiar o quarto escuro. — Está trabalhando no podcast?

— Sim, mais ou menos. Desculpe, não deveria estar. Hoje é seu aniversário. — Elle pousou a mão no topo da cabeça de Natalie, acariciando a perfeita linha onde seu cabelo estava dividido ao meio. Elas se dirigiram juntas para o andar de baixo.

— Não te deixa triste trabalhar nesses casos de pessoas que feriram crianças?

Elle se retraiu. Natalie sabia o que Elle fazia, da mesma forma que ela conhecia informações fascinantes e macabras sobre o trabalho de Martín. Mas pelas mesmas razões pelas quais ela jamais teria permissão para entrar no necrotério,

Elle fazia o possível para mantê-la fora do estúdio do podcast, onde as paredes eram cobertas por fotos das cenas de crimes e notas sobre os casos. Ainda assim, não havia muito que Sash pudesse fazer para impedir Natalie de ouvir o *Justiça Tardia*; a geração dela não encontrava dificuldade alguma para driblar o controle de acesso parental e para apagar o histórico do navegador. Elle tinha quase certeza de que a garota havia escutado pelo menos alguns episódios.

— Sim, me deixa triste. Sei que as famílias delas as amavam tanto quanto eu amo você, e não consigo suportar a ideia do que fizeram com elas. Mas se posso ajudar a encontrar essas pessoas ruins e fazer com que elas paguem, então acho que é algo bom. E é isso que tento fazer.

Ao chegarem no último degrau, Natalie olhou para ela. Havia uma seriedade em seus olhos que não condizia com seus dez anos de idade. — É boa nisso?

— Acredito que sim. Sim, eu sou. — Elle assentiu.

— Então deve continuar fazendo, mesmo que seja difícil. Isso é o que minha mãe sempre me diz quando reclamo da natação.

Elle passou o braço pelos ombros delicados da garota e a puxou para perto.

Quando elas entraram na sala de jantar, as luzes das velas de aniversário bruxuleavam sobre a mesa. Com um sorriso radiante, Sash puxou um "Parabéns pra você" pelo menos três notas acima do tom e eles se esforçaram para acompanhar. Todos bateram palmas quando a menina assoprou as dez velas.

Tentando ser discreta, Elle espiou o relógio de pulso nos minutos que se passaram até que finalmente Sash anunciou que era hora de ir embora, já que Natalie poderia acordar mais tarde no dia seguinte. Elas haviam remarcado para hoje a aula de piano que costumava ser às sextas-feiras para que pudessem jantar e assistir a um musical no centro da cidade.

Quando elas se agasalharam e saíram pela porta, ela tinha pouco tempo para encontrar Leo.

Elle subiu correndo até o estúdio, abriu o pequeno cofre que havia debaixo de sua mesa e pegou sua arma. Ela conseguira um porte de arma depois de um conflito com o pai do suspeito do caso investigado na segunda temporada. Ela tinha evidências de que o filho dele, por oito anos, colecionou e disseminou pornografia infantil, mas o homem optou por ameaçar Elle em vez de direcionar sua raiva ao lugar certo. Esse era o único caso que ela havia investigado e que ainda não tinha sido resolvido. Ela estava certa de que coletara evidência suficiente junto à polícia de Alexandria para prender o rapaz, mas, até agora, nada havia sido feito. Ainda assim, os protestos públicos haviam sido tantos que ela esperava que a vida dele tivesse se tornado insuportável em uma cidade pequena como aquela. A frequência das ameaças diminuíra com o passar dos anos, mas ela continuou mantendo a arma por perto durante as investigações.

— Ei, preciso fazer algumas coisas — disse ela assim que chegou ao andar térreo.

Martín desviou o olhar do reality show de culinária que passava na TV. — Para onde vai?

Elle foi até o sofá e o abraçou por trás, beijando-o na nuca. — Preciso verificar uma coisa para o podcast. Devo estar de volta em uma hora.

— Quer companhia?

— Não precisa, você trabalhou o dia todo. Mas obrigada.

— Tudo bem — disse ele, olhando para ela com olhos pesados. Ele já parecia estar morrendo de sono. Quando ela voltasse para casa, ele estaria no mesmo lugar, capotado.

Ela sorriu e o beijou outra vez. Depois de se agasalhar, ela saiu em direção ao vento noturno congelante.

Ela levou cerca de quinze minutos para chegar até o apartamento de Leo em Falcon Heights. Ele morava em um velho prédio de três andares que não tinha elevador, então ela estava ofegante e de casaco aberto quando alcançou o topo da escada. Sua rotina de exercícios estava deixando a desejar desde que ela começou a trabalhar em casa. Depois de recuperar o fôlego, ela bateu na porta de Leo, que abriu um ou dois centímetros com um rangido. Não estava fechada.

— Olá? — chamou ela, batendo novamente. — Leo Toca?

— É a polícia? Não atire! — Um grito ecoou de dentro do apartamento.

Elle segurou na coronha de sua arma, presa ao quadril, mas não a puxou. — Não sou da polícia! — gritou ela de volta, logo em seguida se dando conta de que talvez não fosse tão inteligente dar essa informação a ele. Mas era tarde demais. Respirando fundo, ela empurrou a porta, abrindo-a de vez.

Um homem estava ajoelhado no chão. Ele se debruçava sobre um corpo e suas mãos estavam cobertas de sangue.

Elle ficou imóvel, atônita. O homem ajoelhado olhou para ela, em choque. Seu rosto estava pálido. Então ela se lembrou de ter visto a notícia com sua foto: Duane Grove, o suspeito sócio de Leo Toca no desmanche.

Ela finalmente reuniu forças para falar: — Você o matou?

— Não! — gritou o homem. Então disse, mais calmo: — Não... Eu... eu só vim aqui pra emprestar uma coisa e o encontrei assim.

— Vou entrar. — Os dedos de Elle seguravam firmemente sua Ruger e seus olhos estavam atentos e resolutos ao observar Duane, preparada para qualquer movimento repentino. — Ele está respirando?

Duane respirou fundo, trêmulo, erguendo os braços acima da cabeça ao ver a arma. — Não, eu acho que não. Eu acabei de encontrá-lo assim, eu juro.

No chão, a vítima jazia de barriga para cima e seus olhos castanhos fitavam o teto. Não havia uma necessidade real de que ela checasse seu pulso, mas quando o fez e sentiu a rigidez sobre seus dedos, Elle soltou um palavrão.

Os tiros foram à queima-roupa, deixando uma marca de queimadura ao redor do buraco em sua testa. Elle nunca havia visto uma vítima de homicídio pessoalmente — apenas em fotos de cenas de crimes —, então foi difícil dizer se todas elas tinham essa aparência. Mas a expressão em seu rosto era inegável.

Leo Toca parecia ter avistado seu agressor enquanto ele avançava, incapaz de acreditar em quem via.

— Ele está morto.

Assim que Elle disse essas palavras, Duane Grove fugiu às pressas do apartamento antes que ela pudesse detê-lo. Ela se sentou no chão, encarando o corpo por alguns minutos antes de conseguir fazer com que seus membros se movessem.

Finalmente seus dedos pararam de tremer o suficiente para que ela ligasse para a emergência. Depois de ter informado os detalhes necessários e de um policial ter sido despachado, ela mandou uma mensagem para sua amiga de longa data, Ayaan Bishar. Por ser do departamento de Crimes Infantis, Ayaan provavelmente não estaria envolvida na investigação do assassinato de Leo, mas era melhor que ela soubesse que Elle acidentalmente se envolvera em mais um caso do departamento de polícia de Minneapolis.

Então Elle se agarrou ao celular, incapaz de desviar os olhos do rosto de Leo, que lentamente adquiria um tom acinzentado.

Parece que todas as decisões de sua vida até agora já foram tomadas por outros que não você.

As palavras proferidas pela dra. Swedberg no ano anterior ecoaram na mente de Elle enquanto ela fitava o corpo. Ela tivera cinco terapeutas ao longo da vida, mas, por alguma razão, a dra. Swedberg conseguiu penetrar sua desconfiança e iluminar uma parte de sua mente que há muito tempo estava escondida nas sombras. Naquele dia seu futuro nebuloso se tornou nítido. Naquele dia ela decidiu que precisava parar de esperar que outras pessoas consertassem o que havia se partido dentro dela.

Naquele dia ela decidiu que seu próximo caso seria o ACR.

Agora, esparramada no chão à sua frente, havia mais uma escolha que ela não havia feito, mais uma má decisão de outra pessoa estragando seus planos — e encerrando a vida de Leo Toca.

Sabendo que os primeiros policiais chegariam ao apartamento a qualquer instante, Elle despertou e se pôs em movimento. O apartamento de Leo era simples: havia um sofá-cama, uma mesa de jantar de pernas bambas acompanhada de duas cadeiras diferentes, uma cozinha vazia com pratos de papelão e talheres de plástico e uma lixeira vazia. Não havia sinal de um computador ou de uma impressora, assim como não havia nenhuma mochila à vista. Então restava apenas um lugar onde ela poderia procurar, e isso poderia fazer com que ela fosse presa. Mas se Leo realmente tinha ideia de quem era o ACR e tinha evidências para provar, ela precisava saber.

Espiando a porta semiaberta por cima do ombro, Elle se agachou ao lado do corpo de Leo e apanhou uma caneta em sua bolsa. Ela inseriu a caneta no bolso esquerdo da calça jeans de Leo e ergueu o tecido delicadamente, se curvando para ver o que havia dentro. Nada. Seus batimentos se aceleraram quando ouviu o som de uma sirene à distância. Ela se dirigiu depressa para o lado direito do corpo e repetiu a tentativa. Algo feito de um plástico de cor escura se destacava no interior branco do bolso de Leo. Seus dedos estavam desajeitados e dormentes enquanto ela lentamente usava a caneta para retirar o item de plástico e levá-lo ao chão. Elle olhou em volta. Ela não poderia roubar o pen drive. Seria demais até para ela. Por dois anos ela vinha ganhando a confiança da polícia de Minneapolis, não poderia jogar isso no lixo agora. A sirene se aproximava.

Ela se levantou e correu até o quarto à procura de um computador. De frente para uma cama de solteiro havia uma pequena mesa encostada na parede, mas não havia laptop ou computador sobre ela. Ela abriu as gavetas da mesa, correu as mãos por baixo do travesseiro, olhou no guarda-roupas — nada.

— Merda — xingou ela. Retornando à sala, ela correu de volta para o lado de Leo. Alguém subia as escadas a passos firmes. Usando um lenço de papel limpo encontrado em uma caixa no balcão, Elle pegou o pen drive e, com as mãos trêmulas, o devolveu ao bolso de Leo.

Ela estava em pé, de rosto vermelho e mãos para cima, quando um detetive de cabelos castanhos encaracolados irrompeu pela porta. Sua arma estava erguida, mas não na direção dela.

— Meu nome é Elle Castillo — disse ela. — Eu fiz a ligação.

— Sou o detetive Sam Hyde. Tem mais alguém aqui? — perguntou ele, enquanto outra policial, uma mulher branca com o cabelo loiro e liso preso em um rabo de cavalo, entrava na sala. Ela foi diretamente até o corpo de Leo para examiná-lo.

— Agora, não. Quando cheguei aqui havia outro homem, bem ao lado do corpo. Acredito ter sido o sócio da vítima, Duane Grove. — Elle explicou depressa a breve conversa entre os dois, incluindo a alegação de Duane de que ele encontrara Leo baleado ao chegar e também o fato de que ele pareceu abalado quando ela confirmou que Leo estava morto. Ela não mencionou o pen drive no bolso da vítima. Ayaan poderia não a intimar por interferir na cena do crime, mas ela não sabia se podia dizer o mesmo sobre o detetive Hyde.

— Está armada? — perguntou ele quando ela terminou.

Elle gesticulou com a cabeça em direção ao lado direito do quadril. — Sim, eu tenho autorização para portar uma Ruger LCP II. Pode pegá-la se isso o fizer se sentir mais confortável.

Ele assentiu e com um leve rubor nas bochechas afastou o casaco dela e puxou o revólver do coldre. Sem cerimônias, ele tirou o pente da arma e colocou ambos dentro do bolso da jaqueta. — Desculpe, são as regras. Pode tê-la de volta mais tarde. A comandante Bishar disse conhecer você. Ela me ligou quando eu estava a caminho.

— Sim, eu e ela nos conhecemos quando eu estava no Serviço de Proteção à Criança. E eu já trabalhei em um caso com ela como investigadora independente.

A boca de Sam se retorceu ao ouvir isso e Elle precisou se controlar para não revirar os olhos. Não era como se ela fosse uma adolescente pesquisando casos em seu quarto na casa da mãe — e mesmo se fosse, ela já vira detetives de internet solucionando casos que, por anos, foram desafiadores para a polícia. Era meio que a razão pela qual ela conseguira transformar seu podcast em uma carreira. Mas ela sempre conseguia perceber quando alguém da força policial imediatamente desmerecia seu trabalho porque ela não era uma *policial de verdade*.

— Preciso levá-la para a delegacia para que eu e a comandante Bishar possamos fazer algumas perguntas para você. Tudo bem? — Pela maneira como ele perguntou, Elle sabia que não tinha muita escolha. Ela concordou com a cabeça e pegou sua bolsa.

Sam se dirigiu à policial que estava às costas de Elle. — Vou conduzir a sra. Castillo até a delegacia. A equipe forense estará aqui em cinco minutos. Tudo certo?

A policial assentiu e Sam saiu pela porta seguido por Elle.

A I-35W estava abarrotada de luzes vermelhas de freio e flocos de neve rodopiantes. Havia quase oito centímetros de neve fresca no chão, e, como era de costume, as pessoas estavam dirigindo feito imbecis. Elle tamborilou os dedos no volante enquanto observava os outros carros, pessoas costurando pelas pistas, buzinas tocando. Quanto mais tempo passava sentada, mais ela sentia vontade de gritar. Ela deveria estar falando com Leo sobre o Assassino da Contagem Regressiva. Ela deveria estar em seu estúdio se preparando para o episódio da semana seguinte. Ela deveria ter um nome, uma direção, uma pista. Em vez disso, ela está parada no trânsito — e parada no caso.

Trinta minutos mais tarde, eles finalmente chegaram à delegacia. Elle estacionou ao lado do sedan de Sam. Sam estava cerca de meio metro à frente, então ela precisou se apressar para alcançá-lo. Ele a conduziu através das familiares portas duplas de vidro e pelo saguão até chegarem em uma sala de interrogatório.

— Sente-se. Quer beber alguma coisa?

Elle balançou a cabeça, mas mudou de ideia e disse: — Sim, água.

Sam deixou a sala e fechou a porta. Ela se perguntou por um momento se estaria trancada. Ela não estava sendo presa, mas também não estava acostumada a estar sozinha em uma sala como essa. Quando esteve em uma sala assim no passado, ela estava sentada ao lado de um policial do lado oposto de um suspeito ou de um responsável negligente.

Momentos mais tarde, a comandante Ayaan Bishar entrou na sala e se sentou no lado oposto de Elle, de frente para a câmera oculta de segurança. Vê-la sentada na cadeira que Elle associava ao suspeito era estranhamente inquietante, como encontrar seu dentista em um bar.

Ayaan liderava a Divisão de Crimes Infantis, mas antes de se tornar detetive ela costumava acompanhar Elle em chamados de guarda protetiva para o Serviço de Proteção à Criança. Elas também trabalharam no caso de Jair Brown no passado — o garoto de cinco anos que desapareceu de casa e dois dias depois foi encontrado em uma cova rasa a cerca de um quilômetro e meio de distância. Ayaan conseguira sua primeira prisão depois que Elle, Martín e os ouvintes de seu podcast finalmente atribuíram as evidências ao tio do menino.

— Oi, Ayaan — disse Elle.

Ela tinha exatamente a mesma aparência: rosto redondo emoldurado por um hijab roxo-acinzentado amarrado em um turbante; olhos castanhos e profundos, atentos e acompanhados de sobrancelhas perfeitamente desenhadas. — Oi, Elle — respondeu ela. — É bom ver você, embora eu preferisse que fosse em circunstâncias melhores. Pretendia ligar para você para dizer que estou gostando da nova temporada.

— Obrigada.

Sam voltou com uma garrafa de água e se sentou ao lado de Ayaan, de frente para Elle. Ela se perguntou se eles a tinham colocado de propósito do lado em que eles costumam ficar, como se isso fosse deixá-la mais confortável. Elle se inquietou, se sentindo boba. Ela não era uma suspeita ali.

— Você explicou brevemente ao telefone, mas pode me dizer por que estava no apartamento de Leo Toca? — perguntou Ayaan.

— Ele entrou em contato comigo pelo e-mail do podcast dizendo ter uma informação para mim. Então fui encontrá-lo.

— Por que não se encontraram em um lugar público?

— Eu quis, mas ele me pediu para ir até a casa dele.

— Você sempre vai sozinha à casa de estranhos durante a noite porque eles te pediram para ir? — perguntou Sam.

Elle conteve a vontade de revirar os olhos. — Não, mas eu nem sempre recebo uma mensagem de alguém dizendo saber quem é o serial-killer mais infame de Minnesota.

Sam arregalou os olhos levemente. — Você está trabalhando no caso do Assassino da Contagem Regressiva?

Ela levantou o queixo. — Sim, eu comecei a lançar os episódios em dezembro. Recebi muitas informações desde então, mas Leo pareceu particularmente convincente para mim.

— Por quê?

— Porque ele mencionou ter visto o chá específico de uma das cenas do crime na casa do homem. E ele soou assustado, como se estivesse certo de que alguém estava atrás dele — disse Elle, se encostando na cadeira. Em meio a todo o caos, ela quase se esquecera disso. Leo parecia apavorado.

Ayaan se inclinou para a frente e, com os cotovelos na mesa, fez uma ponte com as mãos e apoiou o queixo sobre elas. — Sinto muito. Deve estar muito frustrada.

— Ele... ele soou verdadeiramente amedrontado ao telefone. Por isso não quis me encontrar em um restaurante. Pensei que ele pudesse estar sendo paranoico, mas aparentemente ele tinha motivos para estar com medo. — Se ele realmente sabia quem era o ACR, essa informação pode tê-lo metido em uma enrascada. — É possível que alguém tenha grampeado a linha dele? Como eles saberiam que ele entrou em contato comigo?

Sam anotou alguma coisa no bloco de notas que estava na mesa à sua frente e então voltou seu olhar para ela. — Duvido fortemente que Leo tenha sido morto por dizer que tinha uma informação para a investigação de seu podcast. Você viu Duane Grove ao lado do corpo momentos depois de Leo ter sido morto. Acabei de falar com o proprietário que disse ter ouvido Leo e Duane brigando por causa da oficina ontem à noite. Nesse momento, o sócio dele é uma forte pessoa de interesse. Se lembra do que ele disse quando você chegou?

— Só que ele tinha encontrado Leo daquele jeito. Acho que ele disse que tinha ido até lá para emprestar alguma coisa e encontrara Leo morto quando chegou. — Elle cerrou os punhos. Se Leo realmente foi baleado em uma discussão de negócios minutos antes de ela chegar, ela deve ser a pessoa mais azarada do mundo. — Não consigo acreditar.

— O que você fez depois de chegar e encontrar Leo morto?

— Verifiquei seu pulso para ter certeza e disse a Duane que ele estava morto. Então Duane fugiu, eu liguei para a emergência e mandei uma mensagem para Ayaan para contar a ela.

— E você não encontrou ou tocou em nada na cena antes da minha chegada? Você não viu o que Leo supostamente ia mostrar para você?

Elle ficou completamente imóvel, seus olhos focados nos dele. — Não. Nada. Por isso estou tão irritada.

Ayaan assentiu e se levantou. — Bom, acho que é o suficiente para uma noite. Eu ou o detetive Hyde entraremos em contato caso tenhamos alguma outra pergunta. Está se sentindo abalada de alguma forma? Temos um contato para quem pode ligar caso queira boas indicações para acompanhamento psicológico. Encontrar um corpo pode ser traumático.

— Já vi coisa pior — respondeu Elle. Em seguida ela estremeceu ao perceber quão petulante aquilo havia soado. Mas era verdade. A morte não era nem de perto a pior coisa que poderia acontecer a alguém. Sam e Ayaan com certeza sabiam disso. Ela se levantou e acompanhou Ayaan.

Depois de pegar sua arma e se despedir, Elle foi até o carro como se estivesse no piloto automático. Talvez Sam tivesse razão. Duane era o suspeito óbvio, e se ele e Leo haviam brigado na noite anterior, as coisas não pareciam muito favoráveis para ele. Mas ela não conseguia se desvencilhar da lembrança do medo na voz de Leo. Ele sabia que alguém estava atrás dele, e não faria sentido que ele estivesse com medo de alguém com quem ainda trabalhava. Mas se Leo soubesse que tinha uma evidência crucial contra um serial-killer, isso, sim, seria uma razão para sentir medo.

Ela desejou ter alguma forma de descobrir o que havia naquele pen drive. Mas se Leo protegia seus arquivos, até mesmo a polícia levaria semanas para conseguir acesso se eles sequer fizessem disso uma prioridade. E mesmo que acontecesse, eles não compartilhariam essa informação com ela. Elle só conseguiria descobrir o que ele sabia se ela mesma o investigasse.

Chegando ao carro, Elle aumentou a temperatura do aquecedor e acelerou noite afora, rumo à sua casa.

5

Podcast *Justiça Tardia*
12 de dezembro de 2019
Transcrição: Segundo episódio da quinta temporada

NARRAÇÃO DE ELLE
O chá tem suas origens na colonização e no roubo de terras. Os colonizadores brancos são responsáveis pela experimentação e exploração do processo de plantio dos chás em todo o continente asiático, e o Darjeeling é um exemplo clássico disso. Um médico britânico chamado Archibald Campbell é a pessoa a quem são atribuídos os créditos por plantar o primeiro chá na região de Darjeeling, na Índia, usando folhas de chá chinesas. De maneira semelhante ao Champagne, um vinho espumante proveniente de uma região específica da França, o Darjeeling tende a sofrer adulterações por empresas que visam se aproveitar de seu nome para alavancar as vendas de um produto de qualidade inferior. Apenas chás da região de Darjeeling devem usar esse nome, mas identificar as falsificações e impedi-las de serem comercializadas é uma tarefa praticamente impossível. Como em muitos aspectos da vida, as pessoas estão dispostas a aceitar uma fraude a fim de economizar dinheiro. Mas esse não era o caso com o chá encontrado nas roupas de Tamera. Embora na época a tecnologia capaz de provar isso não estivesse disponível, seria descoberto que aquele chá era um dos mais caros de seu tipo, importado diretamente da região da qual leva o nome. Mas tudo o que eles sabiam em 1997 era que aquele era um chá *oolong*, e foi isso que a polícia compartilhou com a imprensa.

[*MÚSICA TEMA + ABERTURA*]

ELLE
Pode explicar por que acha que não deveria ter divulgado a informação sobre o chá?

SYKES
Vamos dizer que isso levantou... suspeitas por parte da comunidade em relação a um grupo específico de pessoas.

ELLE
Mais especificamente pessoas do continente asiático, certo?

SYKES
Correto. Assim que comunicamos à imprensa sobre a mancha de chá, nosso escritório foi invadido. Chá *oolong* não é algo tão exótico, mas, naquela época, não era uma bebida comum de se ter em casa para a maioria da população na área, que, em grande parte, era de imigrantes escandinavos e alemães. Isso significou que as suspeitas caíram como um raio laser em comunidades marginalizadas, embora isso fosse completamente ilógico. Mas, como imagino que saiba, o racismo jamais é lógico.

Sob o disfarce de cidadãos de bem, todos os Toms, Dicks e Harries no estado que não gostavam de pessoas de pele escura pareceram encontrar uma razão para nos telefonar. Até onde suspeitávamos, o assassino era um homem branco e esnobe que gostava de chá importado, mas na época esse era o maior caso na cidade. Precisávamos checar cada informação, por mais absurda que parecesse.

ELLE
E muitas delas eram absurdas, não? Sei que receberam informações sobre paquistaneses, coreanos, chineses, até mesmo uma pessoa árabe. Algumas dessas informações resultou em uma prisão?

SYKES
Não.

ELLE
Algumas dessas pessoas foram interrogadas?

SYKES
Não, não foi necessário.

ELLE
Espero que não interprete isso como se eu estivesse apontando dedos. Sei que tomou a melhor decisão de acordo com o que acreditou ser possível na época, mas o caos que se instalou depois disso resultou em um aumento de crimes de ódio na cidade. Restaurantes indianos e chineses foram alvo de vandalismo e ameaças de bomba. A polícia de Minneapolis desperdiçou cerca de quinhentas horas de recursos policiais nas semanas seguintes ao tentar organizar as milhares de informações que receberam.

SYKES
É verdade. É claro que não quero dar desculpas. Enquanto homem negro na polícia nos anos oitenta e noventa, definitivamente experimentei uma dose de discriminação — tanto dentro quanto fora do departamento. Hoje em dia reconheço que me precipitei divulgando informações sem pensar nas possíveis consequências. Mas ainda acredito que aquela informação é importante. O chá, quero dizer. Ainda acho que fará diferença, especialmente agora que temos conhecimento do tipo específico e até mesmo da marca.

ELLE
Espero que esteja certo.

NARRAÇÃO DE ELLE
O chá é uma pista, mas também pode ser uma agulha num palheiro. Minha melhor estimativa, com base nos registros históricos aos quais obtive acesso, é de que aproximadamente cinco mil latas de Majestic Sterling foram compradas por indivíduos nos Estados Unidos nos três anos anteriores aos assassinatos da Contagem Regressiva. Outras setenta e cinco mil foram compradas por vendedores de chás especiais em toda a região centro-oeste. Tentar selecionar uma lista de suspeitos, ainda que a polícia pudesse arranjar intimações para obter acesso aos registros de todos os vendedores, seria praticamente impossível — e, é claro, existe a chance de o ACR simplesmente ter comprado o chá em dinheiro vivo. A pista era importante, mas não solucionava o caso.

ELLE
Continuando, podemos falar sobre como o caso mudou depois de o corpo de Tamera ter sido encontrado? Não houve mais corpos até o ano seguinte, mas naturalmente na época ninguém tinha noção de quanto tempo o alívio duraria. Conte-me mais sobre esse intervalo.

SYKES
As pessoas seguiram em frente depois de um tempo, começaram a se acalmar, mas o ritmo do meu trabalho nunca diminuiu. Eu sabia que, a menos que fosse pego, estaria só ganhando tempo, esperando para atacar novamente e continuar a matar. Por meses, todas as vezes em que uma garota de quinze anos era dada como desaparecida em qualquer lugar em Minnesota ou Wisconsin, pedi permissão à equipe local para verificar os documentos sobre o caso. A má fama de que a polícia tem uma comunicação interdepartamental precária é, em boa parte, merecida, mas nunca tive grandes problemas nesse quesito. Investiguei alguns

dos casos das garotas desaparecidas, mas nenhuma delas se encaixava no perfil. Felizmente todas elas apareceram, no fim das contas.

ELLE
Como essa época foi para você?

SYKES
Eu... hã. Nunca tinham me perguntado isso antes... Foi bem difícil. Uma vez fiquei sem dormir por três dias seguidos pesquisando todos os significados possíveis por trás dos números três, sete e vinte e um até que passei mal, vomitei na lata de lixo do meu escritório e me mandaram ir embora para casa. Quando se é detetive por tanto tempo quanto eu fui, você começa a dividir os casos nos quais trabalha em categorias. Há aqueles que se confundem na memória, mas dos quais você se lembra de maneira fragmentada ao longo do tempo. Há outros dos quais se esquece completamente, porque não foram marcantes ou porque você reprimiu as lembranças. E por fim há casos dos quais você se lembra, não importa o que aconteça — os que te acordam no meio da noite como uma aranha andando pelo seu rosto, mesmo décadas depois. Acho que não preciso explicar isso pra você. Eu só tinha seis anos de carreira quando a investigação dos assassinatos do ACR foi atribuída a mim, mas desde o início eu soube que não conseguiria me desvencilhar do caso até que encontrássemos o culpado.

NARRAÇÃO DE ELLE
Mas o culpado não foi encontrado. O detetive Sykes trabalhou nesse caso e nos outros pelos quais era responsável, mas foi um beco sem saída. Então, depois de um ano investigando informações infrutíferas e examinando informações extremamente infundadas, ele foi chamado para o local do assassinato de mais uma garota.

[DESCRIÇÃO SONORA: *Instrumentos de uma orquestra se afinam; há um violino particularmente fora de tom.*]

ELLE
Por favor, nos diga seu nome e sua profissão.

TERRI
Meu nome é Terri Rather, sou a professora de música da Hillview Academy.

NARRAÇÃO DE ELLE
Hillview é uma das escolas particulares mais caras na região de Minneapolis. Ela oferece turmas do ensino fundamental ao médio. Embora tecnicamente seja uma escola cristã, aproximadamente vinte por cento de seu corpo discente é não cristão. Em 1998, esse número provavelmente era ligeiramente menor, mas Lilian Davies, de quinze anos, era uma das alunas não religiosas matriculadas pelos pais na escola pelo excelente programa de música. Lilian tocava clarinete — na verdade, ela era o que se pode chamar de um prodígio. Ela estava determinada a tentar entrar no Conservatório de Música de New England. No dia 2 de fevereiro de 1998, após um ensaio, ela saíra do salão de música e caminhava em direção à via principal quando desapareceu.

TERRI
Naquela época não havia uma via de acesso até a entrada do salão de música. Ele ficava cerca de duzentos metros afastado e era um aborrecimento para os pais dar uma volta de carro em todo o campus até o estacionamento, que ficava nos fundos. Por essa razão, muitos dos estudantes que iam embora com os pais cruzavam o enorme gramado a pé, atravessando, portanto, um aglomerado de árvores para chegar até a calçada próxima à avenida Hamline. Havia um caminho trilhado no gramado que a escola mantinha livre de neve durante o inverno. Normalmente as crianças iam juntas, por isso não nos preocupávamos com a segurança delas. Mas Lilian precisou sair um pouco mais cedo naquele dia para uma consulta médica, e por essa razão ela estava sozinha.

ELLE
Quando percebeu que algo estava errado?

TERRI
Eu estava organizando as coisas após os ensaios e o pai dela irrompeu porta adentro, preparado para dar um sermão nela por fazer com que perdessem a consulta, acho eu. Ele pensou que ela tivesse se esquecido. Quando percebemos que nenhum de nós sabia onde ela estava, começamos a entrar em pânico. Ligamos para a polícia no mesmo instante. Uma testemunha disse ter visto uma garota com as características dela entrando em uma van não identificada, mas ela usava um gorro cinza e um casaco preto. Não havia maneira de garantir que a pessoa que ele vira era Lilian. Além dessa única testemunha possível, era como se ela tivesse evaporado. Mas então... então, alguns dias depois...
    [Assoando o nariz.] Eu era... Eu era próxima de Lilian e de seu pai, Darren. Eu e ele estávamos nos conhecendo. Por isso eu estava com ele, na casa dele, quando

o detetive o visitou para informá-lo de que outra garota havia desaparecido. Ele nos disse que não poderia afirmar, mas que estava bastante certo de que Lilian e uma outra garota, Carissa, haviam sido levadas pelo Assassino da Contagem Regressiva.

ELLE
Deve ter sido desolador.

TERRI
Era como se uma pessoa tivesse amarrado uma bomba no seu peito e entregado o *timer* pra você: você sabe exatamente quanto tempo vai demorar pra que tudo exploda. Darren e eu aparecemos nos jornais, tentamos falar diretamente com o assassino. Nós... nós imploramos para que ele não a machucasse. Imploramos pra que ele mudasse de ideia, ainda que algumas pessoas nos dissessem que ver a nossa dor poderia fazer parte da diversão para ele. Que escolha nós tínhamos? Ela morreria de qualquer maneira. Precisávamos tentar. Quando o sétimo dia chegou, Darren estava perdendo a cabeça, aterrorizado, sabendo que a qualquer momento a polícia telefonaria para dizer que haviam encontrado o corpo de Lilian. Ele acabou precisando ser sedado. Eu atendi o telefone quando eles a encontraram.

NARRAÇÃO DE ELLE
Um tatuador em St. Paul encontrou o corpo de Lilian Davies sobre um pedaço sujo de papelão em frente à porta do seu estúdio sete dias depois de ela ter desaparecido. O detetive Sykes foi o segundo policial a chegar na cena do crime, mas, como sempre, não havia nada a ser encontrado. Nenhuma evidência física, nenhum DNA não identificado. O jovem futuro de Lilian havia sido sufocado da mesma maneira que o das outras garotas — com veneno e vinte e uma açoitadas.

ELLE
Compreendo que essa não seja uma conversa fácil para você.

SYKES
Em todas as décadas nesse trabalho, nunca vi o espírito de um homem deixar seu corpo como aconteceu com Darren Davies quando soube que sua filha já não estava mais neste mundo. Ao presenciar isso, fiquei mais determinado do que nunca a conseguir justiça por ela — por todas elas. Saí de sua casa acreditando que poderia salvar a próxima. Eu tinha que salvar. Ela só tinha mais três dias, mas era só uma criança.

NARRAÇÃO DE ELLE
Carissa Jacobs tinha catorze anos. Era uma ginasta talentosa que adorava andar a cavalo e visitar a vinícola dos avós na Califórnia durante as férias de inverno. Na verdade, ela voltara para Minnesota duas semanas antes do dia em que desaparecera. Durante a semana, Carissa passava as tardes na casa de sua tia enquanto esperava que seus pais voltassem do trabalho. Havia mais de trinta minutos desde que Carissa deixara a escola e iniciara a caminhada de seis quarteirões até a casa de sua tia quando sua prima perguntou por que ela ainda não havia chegado. Elas saíram em busca da menina, e, depois de ligar para seus amigos e para os pais dela, finalmente a reportaram como desaparecida. Quando a polícia foi notificada, ela provavelmente estivera desaparecida havia mais de duas horas.

Não consegui entrevistas de nenhum dos familiares ou amigos de Carissa sobre seu assassinato e respeitarei a privacidade deles. Como sabem, algo que sempre tento fazer é manter o foco nas vítimas. Como em todos os casos, as vítimas se estendem muito além daquelas que foram mortas. Suas famílias, amigos e comunidades sofreram um mal irreparável. Sei o que é passar por um trauma, vivê-lo e respirá-lo todos os dias. Sei como é quando o luto se incorpora à sua pele, corre por suas veias, é liberado em seu suor. E sei como é quando as pessoas pedem para que você o reviva, o repita, até que você se sente como se estivesse sofrendo cada segundo dele outra vez.

Nada reverterá o mal que o ACR causou a essas pessoas. Eu quero que a justiça seja feita, quero que ele pague pelas vidas que arruinou, mas não tenho a intenção de ferir ainda mais as vítimas no caminho. Isso dito, se você está ouvindo e conhecia Carissa Jacobs, eu adoraria conversar com você — confidencialmente ou não. Adoraria poder honrar a memória dela como ela merece.

ELLE
É verdade que não teve a confirmação de que havia uma oitava vítima até que ela já estivesse desaparecida por quase quatro dias? Isso deve ter sido confuso. Meus registros indicam que Katrina Connelly não apareceu em seu arquivo policial até horas antes de o corpo de Carissa ser encontrado. O que você achou que havia acontecido? Que o ACR havia quebrado seu padrão?

SYKES
Para ser sincero, as coisas estavam caóticas. A imprensa estava em polvorosa com o corpo de Lilian sendo encontrado e por faltarem apenas algumas horas para o horário em que sabíamos que Carissa morreria, e nós ainda não fazíamos ideia se o ACR havia ou não levado sua terceira vítima da série. Ela teria desaparecido no dia em que Lilian foi morta, mas não tínhamos denúncias novas. Me lembro da

centelha de esperança que senti imaginando que talvez ele tivesse morrido ou sido preso, e assim não haveria novas garotas desaparecidas. Então recebemos a ligação. Katrina estava desaparecida havia três dias inteiros antes que seus pais percebessem o que havia acontecido. Eles haviam se divorciado recentemente e ela mentira para ambos, dizendo a um que iria para a casa do outro, para passar o fim de semana com uma amiga. Coisa de adolescente, você sabe como é. Ela tinha treze anos, estava furiosa com a separação dos pais, enfim. Tudo isso. Ela só queria se distrair.

ELLE
A maioria das garotas foi pega enquanto fazia algo rotineiro, certo? Ou pelo menos algo que o assassino poderia ter descoberto ouvindo ligações ou as observando em suas casas. Mas essa situação foi diferente. Foi algo que nem mesmo os pais dela sabiam que ela estava fazendo.

SYKES
Isso mesmo. O que quer dizer que provavelmente ele a estava observando, a seguindo, enquanto esperava por uma oportunidade.

ELLE
Então ele pega Katrina quando ela está esperando pelo ônibus para ir até a casa de sua amiga, e ambos os pais demoram três dias para perceber que ela desapareceu?

SYKES
Correto. Eles não estavam mantendo contato naquele momento, então cada um deduziu que o outro estava com ela. Enquanto isso, eu abandonei minhas esperanças de que o ACR havia parado e tentei tudo o que pude para garantir que Katrina não acabasse sendo morta também — mas, àquela altura, acho que todos nós sabíamos que era tarde demais.

A todo momento eu sentia que o tempo estava se esgotando, e também que os dias se arrastavam até o desfecho, que era inevitável. No treinamento contra Sequestros de Crianças nos ensinam que, de todas as crianças sequestradas e mortas, quarenta e quatro por cento são mortas na primeira hora. Quase três quartos são mortas nas primeiras três horas e noventa e nove por cento são mortas no primeiro dia. Todos os assassinatos do ACR faziam parte daquele um por cento dos casos que desafiavam as estatísticas, mas o intervalo de tempo ainda era curto. Ele era obstinado. E ainda que parecesse que, para ele, o envenenamento por ricina fosse uma ciência exata, ele cometeu erros com Katrina.

[*DESCRIÇÃO SONORA: Papéis sendo rearranjados, dedos tamborilando na mesa.*]

ELLE
Martín, o que pode me dizer sobre a autópsia de Katrina?

MARTÍN
Embora ela tenha sofrido os efeitos do envenenamento por ricina além das vinte e uma açoitadas nas costas, havia algumas diferenças cruciais em sua morte quando comparada às outras vítimas do ACR. Primeiro, ela não estava morrendo ao ser açoitada; ela sangrou por muito mais tempo do que as outras garotas. Segundo, a causa de sua morte não foi falência dos órgãos devido ao envenenamento. Ela morreu por um trauma na cabeça que causou uma hemorragia cerebral.

ELLE
O que acha que isso significa?

MARTÍN
Bom, o médico-legista que trabalhou no caso concluiu ter sido por um ataque de raiva. Basicamente, o assassino ficou furioso com ela por ter tentado enfrentá-lo — havia lesões de defesa em seus braços — e a matou por desafiá-lo.

ELLE
Concorda com essa análise?

MARTÍN
Acho que é plausível.

ELLE
Há outras explicações possíveis?

MARTÍN
Sim. Acho que é evidente que ele estava com raiva dela. Esse tipo de trauma geralmente é uma maneira de homicídio não calculado, normalmente causado por emoção ou fúria repentinas. Mas não estou convencido de que foi porque ela o enfrentou. A autópsia mostrou que seus órgãos estavam falhando quando ela morreu. É impossível saber com certeza, mas se eu fosse especular diria que ela tinha meras horas de vida. Mas o veneno não havia agido tão depressa nela quanto nas outras garotas. Como mencionei anteriormente, ricina não é como cianeto. Normalmente demora dias para levar à morte quando é ingerida em sementes de mamona. Com as outras garotas talvez tenha funcionado de acordo com o cronograma dele, mas minha hipótese baseada nos resultados da autópsia é que

Katrina metabolizou o veneno mais lentamente do que as demais. Acho que ele estava furioso com ela por não morrer quando ele queria que ela morresse. Era mais importante para ele que ela morresse *quando* ele queria, ainda que ela não morresse *da forma* como ele queria.

ELLE
Explique o que você quer dizer com "talvez tenha funcionado". Todas as vítimas dele foram encontradas mortas no sétimo dia, então tudo indica que realmente funcionou, exceto no caso de Katrina.

MARTÍN
Assim é relatado pela polícia e pela imprensa. Mas sempre me perguntei por que o ACR deu um intervalo de um ano entre os assassinatos e por que sempre agiu no inverno. Poderia apenas fazer parte de seu padrão. Mas também pode ser por conveniência. No inverno, Minnesota é um grande congelador ao ar livre. Se alguma de suas vítimas sucumbisse às sementes de mamona antes do sétimo dia, ele poderia mantê-las sem grandes problemas em um ambiente externo ou em um ambiente sem aquecimento onde elas seriam preservadas. Seria muito difícil para o legista determinar a hora da morte, especialmente porque as vítimas quase sempre eram encontradas horas depois de serem deixadas em um lugar público, então elas estariam completamente congeladas, de qualquer maneira.

ELLE
É uma teoria interessante. E responde outra de minhas perguntas, que é sobre como Katrina poderia ser a única vítima que não morreu na hora certa. Em meu entendimento, ricina é relativamente previsível, mas o período que leva à morte tem muitas variáveis.

MARTÍN
Isso mesmo. Sempre tive dificuldade para acreditar que todas as outras garotas simplesmente morreram bem no momento certo. Seria muita sorte para ele, por assim dizer. Acho mais provável que algumas delas tenham morrido antes, mas ele apenas esperou até o dia sete para "exibi-las" às pessoas, porque essa era a parte mais importante pra ele.

NARRAÇÃO DE ELLE
Ao longo das décadas, analistas de comportamento criminal, detetives, detetives de internet e jornalistas tentaram descobrir o que os números significam. Por que o ACR era tão obcecado com eles e por que — se Martín estiver certo — a hora

da morte das vítimas era ainda mais importante do que o método. Esta é uma anomalia entre os serial-killers até onde sei. Na maioria das vezes, o ato físico de tortura é o que os motiva. Psicopatas e assassinos compulsivos podem literalmente passar meses fazendo planos e então revivendo-os depois.

De acordo com John Douglas, o ex-agente especial do FBI que fez carreira entrevistando e analisando serial-killers, há uma diferença entre o modus operandi — a forma como um crime é cometido — e a assinatura. A assinatura é o que o assassino faz para se sentir realizado. A forma como mata pode mudar ao longo do tempo e isso não necessariamente vai impactar a satisfação dele. Mas todo assassino tem uma assinatura, algo que eles *precisam* fazer, ou a morte não vai dar a eles a satisfação que buscam. Com base no que sabemos, os números são a assinatura dele. As três garotas, uma a cada três dias; os sete dias de cativeiro; as vinte e uma açoitadas.

Os números importavam mais do que qualquer outra coisa. E isso nos diz algo.

Nos diz que respeitá-los era inegociável, que a morte por envenenamento era preferível, mas não essencial. Se Martín estiver certo, isso nos diz que mesmo que morressem cedo demais, ainda assim era crucial esperar até o sétimo dia para revelar seus corpos. Acho que as evidências mostram que o ato de matar provavelmente não era o que trazia prazer ao ACR e, sim, a satisfação de fazê-lo dentro do padrão construído por ele. Isso é importante ao classificá-lo em uma categoria de serial-killers.

A morte violenta de Katrina prova que a cronologia era inflexível. No sétimo dia, uma garota tinha que morrer. E ainda assim os detetives continuariam chegando tarde demais.

No próximo episódio de *Justiça Tardia*...

6

Elle
9 de janeiro de 2020

Como Elle imaginara, Martín dormia um sono profundo no sofá quando ela voltou para casa pouco depois da meia-noite. Na ponta dos pés, ela se aproximou e apanhou a manta de microfibra que estava na cadeira reclinável ao lado dele. Pequenas faíscas de eletricidade estalaram no escuro, pinicando seus dedos enquanto ela abria o cobertor e o esticava por cima dele. Feliz por não o ter acordado, Elle pegou uma taça de vinho na cozinha e se dirigiu ao andar de cima.

Ela tinha uma noite de pesquisa pela frente. Mesmo com o buraco da bala em seu rosto, ela sabia que tinha encontrado o Leo certo nas redes sociais. Ela inspecionou seu perfil outra vez, com mais atenção. No ano anterior ele mudara seu status de "casado" para "solteiro", mas não havia nenhuma marcação com o nome de sua ex-mulher. Os perfis das pessoas que ele tinha como familiares no Facebook diziam que todas elas eram de diversas cidades do México. Não seria a primeira vez que viajaria para investigar um caso, mas ela não sabia se poderia justificar um voo internacional para seguir uma pista que ela nem sequer sabia se era real. Além disso, se elas moravam no México, havia grandes chances de que nenhuma delas conhecesse a pessoa que Leo suspeitava ser o ACR.

Para garantir, ela mandou algumas mensagens para as pessoas na linha do tempo com quem ele interagira recentemente: comentários em fotos, curtidas em status etc. *Seu filho/ irmão/ primo me disse ter informações sobre um caso de polícia arquivado. Você sabe alguma coisa sobre isso?*

Era algo de mau gosto mandar mensagens sobre ele no mesmo dia de sua morte prematura, mas essa era a carreira que ela havia escolhido para si. Ela estava aqui para descobrir a verdade, não para fazer amigos. Caso seus familiares ainda não soubessem do acontecido, ela decidiu evitar os pêsames.

Ela verificou a hora no computador. Cinco horas atrás ela estivera cantando e comendo bolo com sua família. Quatro horas atrás ela saíra em busca do que poderia ter sido a maior informação sobre o caso ACR em vinte anos. Ou talvez não fosse nada. Talvez o chá fosse uma pista falsa, talvez Leo a tivesse inventado para fazer com que ela fosse até a casa dele. Talvez ele tivesse a intenção de machucá-la, e quem quer que o tenha matado antes que ele pudesse fazer isso, na verdade, fizera a ela um favor.

Ela começara a temporada sobre o Assassino da Contagem Regressiva havia apenas um mês, mas os níveis de assédio on-line com os quais ela lidava já haviam atingido um novo patamar. Em vez dos *haters* fazendo comentários idiotas — que adoravam dar opiniões imbecis sobre todas as fotos que ela postava do seu sistema de som ou dos montes de notas adesivas em volta de sua mesa — havia agora uma agressividade sem rodeios. E-mails agressivos zombando dela por ousar pensar que conseguiria solucionar um caso grande como aquele, algo que ninguém, incluindo alguns dos melhores detetives no mundo, conseguira fazer. Alguns a advertiam para não trazer à tona as décadas de dor que os assassinatos do ACR haviam causado. DMS no Twitter tão sexualmente violentas que ela tinha vontade de vomitar; estas eram reportadas instantaneamente.

Se Leo estivesse entre essas pessoas, talvez ele tivesse um plano completamente diferente. Talvez ele fosse jogar uma isca falsa para que ela mordesse a fim de prejudicar sua credibilidade. Ela fez uma rápida busca pelos e-mails ameaçadores que arquivara só por via das dúvidas, mas nenhum deles continha variações do nome de Leo. Era um pequeno alívio, mas não significava nada no fim das contas.

Elle tomou um gole do vinho. Nenhum dos familiares dele respondera. Já passava da meia-noite e seus olhos ardiam de exaustão, mas seu cérebro estava inquieto demais para dormir. Descendo a barra de rolagem na página de amigos de Leo, ela encontrou o nome que procurava.

O perfil de Duane Grove era relativamente trancado, mas havia alguns posts e atualizações de status que ele mantivera públicos. A última foto era um post compartilhado do Instagram feito duas semanas antes: ele usava um boné de beisebol virado para trás e óculos de sol e fazia uma pose divertida para a câmera, com os dedos em sinal de paz e amor. Ela pensou em enviar uma mensagem para ele, mas seria perda de tempo. Se ele estivesse fugindo da polícia haveria zero chance de ele estar acessando as redes sociais. Se não estivesse, provavelmente já estaria numa cela nesse momento.

Uma notificação surgiu em sua tela — uma chamada de vídeo de Tina.

Tina Nguyen era uma ex-fã que virou produtora do *Justiça Tardia* que morava em Chicago. Ela também era uma investigadora on-line brilhante e ajudara Elle a encontrar muitos registros que outras organizações garantiram estar perdidos para sempre.

Quando Elle atendeu a chamada, Tina surgiu sentada em seu lugar de sempre: cercada de monitores, seu rosto banhado por uma luz brilhante branco-azulada. — Como vão as coisas, Elle? — perguntou ela enquanto digitava. — Viu as reações ao episódio de hoje? Molly não para de me mandar mensagens toda vez que passamos mais dez mil downloads.

— Ainda não tive tempo.

Tina olhou para a câmera, as íris pretas de seus olhos refletindo a tela. Algo na expressão de Elle fez com que ela se acomodasse em sua cadeira de rodas e parasse de digitar. — O que houve?

Elle levou a taça de vinho à boca para esconder o rosto. — Por que acha que houve alguma coisa?

— Ah, para com essa merda. Você vai mentir pra mim?

— Tá bom.

Tina ouvia com os braços cruzados sobre sua camiseta do Paramore enquanto Elle contava sobre o e-mail de Leo, sobre o telefonema e sobre tê-lo encontrado morto e terminou com um resumo sobre a pesquisa que havia feito até agora sobre a vida dele.

— Acho que agora estou me perguntando se será uma perda de tempo continuar tentando descobrir qual era a informação que ele iria me dar, caso a informação existisse, para começo de conversa. Há chances de o cara que encontrei na cena do crime ter sido quem atirou nele. Aparentemente os dois administravam um desmanche juntos, e, de acordo com seu perfil, ele parece ser um imbecil. É muito provável que Leo não tivesse ideia do que estava falando. Talvez eu deva continuar com os episódios conforme já estão planejados.

Quando Elle parou de falar, Tina olhava para além da câmera, tamborilando os dedos sobre os lábios. — Mas e se estiver errada?

— Se eu estiver errada, Leo provavelmente sabia de alguma coisa que provavelmente está no pen drive em seu bolso.

— E você não pode dizer a eles que sabe que isso existe sem se meter em problemas. E você provavelmente nunca vai ficar sabendo o que encontraram nele, porque não há motivos para que a polícia o dê a você.

— Isso.

— Hm... — No momento seguinte Tina olhou diretamente para a câmera. — Mas e se estiver errada sobre o sócio?

— Como assim?

— E se ele realmente tiver sido encontrado no lugar errado e na hora errada enquanto o assassino fugiu antes de vocês dois chegarem lá? E se Leo foi morto porque alguém sabia que ele estava prestes a te dar uma informação crucial sobre o ACR?

A possibilidade havia passado pela mente de Elle centenas de vezes nas últimas horas, e em todas as vezes ela tentara calar esse pensamento. Se Leo tiver sido morto por causa da informação, essa seria ao mesmo tempo a coisa mais terrível e mais emocionante que já acontecera desde o início do *Justiça Tardia*. Significaria que o que ele sabia era verdadeiro, e que ela devia a ele encontrar seu assassino.

— Elle, vê se para. Tô vendo você se culpando daqui.

— Não estou!

— Está, mas não é sua culpa. Quem quer que o tenha matado, a decisão foi dele, não sua.

Elle assentiu olhando para a tatuagem em seu pulso direito: um ponto e vírgula. Por sugestão de Sash, Elle fizera a tatuagem dois anos antes, na época em que desistiu de engravidar e caiu em depressão profunda. Era seu lembrete, sua esperança, de que mesmo os piores momentos da vida não precisavam ser o fim da história. Por mais que ela quisesse ir para cama naquele exato momento e desistir, ela não podia. Não quando ela poderia estar mais perto do que nunca.

— Eu só... eu preciso saber o que ele ia me contar — disse Elle. — Preciso saber se ele realmente sabia alguma coisa.

Tina permaneceu em silêncio por um momento. Então ela olhou para a câmera novamente. — Eu sei que esse caso é mais importante para você do que os outros, Elle.

Ela retribuiu o olhar de Tina, engolindo em seco. — O que quer dizer?

— Eu sei sobre seu "incidente" de infância. — Tina ergueu a mão quando Elle abriu a boca para protestar. — Antes que fique brava comigo por investigar seu passado, saiba que fiz isso anos atrás, na época em que eu ainda era só uma fã do podcast. Se te consola, foi muito difícil achar informações sobre você. Você as escondeu muito bem.

Diante do silêncio de Elle, Tina continuou. — Está tudo bem, Elle. O que aconteceu com você foi horrível. Eu li as notícias, os relatórios da polícia. Eles não estão no Google, mas sabe como é, você não é a única que quebra algumas regras. Não quis me intrometer, de verdade. E quero ajudá-la. Qualquer coisa que eu possa fazer, de verdade, pode me pedir.

Elle tocou a mesa com os dedos, lutando contra a vontade de fechar o laptop e encerrar a chamada de vídeo. Se é que isso faria com que ela se sentisse melhor. Tina poderia muito bem ter encontrado fotos íntimas de Elle publicadas em um site de pornografia de vingança — ela se sentia tão violada quanto. Perguntas cheias de raiva sobre onde ela pesquisara e o que ela vira ardiam nos lábios de Elle. Não importava. Se Tina sabia sobre o abuso sofrido por Elle quando criança, ela sabia o que a fazia ser tão empática com as vítimas do ACR. Era tarde demais para fazer algo sobre isso. Elle reprimiu sua raiva e olhou de volta para a câmera.

— Como pode me ajudar? — As palavras soaram hostis, mas Tina não pareceu desconcertada.

— Bom, vou começar tentando entrar em contato com os colegas de trabalho de Leo para checar se algum deles sabe alguma coisa. E vou cuidar de todos os e-mails que chegarem sobre o podcast por ora, pra que você possa manter foco total. Mas quero que me prometa que não vai esconder de mim se receber novas informações. Não ligo para o crédito, só quero ajudá-la a pegar esse infeliz. — Ela sorriu e seus olhos brilharam mesmo na tela escura do computador.

Por mais que ela se sentisse traída pela espionagem de Tina, Elle precisava da ajuda dela. Se existia alguém capaz de convencer a família e os amigos relutantes de Leo a falar, essa pessoa era Tina.

— Tudo bem. Enquanto faz isso vou investigar a vida romântica dele. Verificar se era romanticamente próximo de alguém desde sua separação no ano passado. Mas vamos fazer isso de maneira discreta, tudo bem? Não quero divulgar nada até saber se Leo realmente tinha informações reais para mim.

Unindo o polegar ao indicador, Tina fingiu fechar sua boca colorida de batom com um zíper. — Deixa comigo.

Elle forçou um sorriso, reprimindo a ansiedade. — Ótimo — disse ela, finalmente. — Me avise assim que souber de alguma coisa, por favor.

7

Elle
10 de janeiro de 2020

Assim que ele parou o carro no semáforo ela tentara fugir para longe dele — abriu a porta e saiu cambaleante para a tarde gelada. Fora burrice entrar em seu carro, ainda que ele tenha dito ser amigo de seus pais. Burrice, burrice, burrice. O medo fez com que suas pernas ficassem pesadas e dormentes e seus passos eram incertos na rua congelante. Ela correu e correu, mas não chegou a lugar nenhum.

Uma luva grossa que tinha gosto de gasolina tapou sua boca. Ela o mordeu, mas ele a ergueu do chão e a jogou no banco de trás. Ele entrou no carro e trancou as portas.

— Pronto. Agora não está se sentindo boba? — perguntou ele.

Ela não estava. Emotiva, triste, furiosa, ansiosa, sim. Mas não boba.

Ele voltou a dirigir e ela olhava pela janela, assistindo as árvores mortas e escuras passarem pelo carro como borrões. Quando eles passaram pela casa dela, ela sentiu seu coração se apertando como um punho.

— Passou minha casa, senhor.

Não houve resposta.

— Espera! Você passou minha casa! — Ela levou os pés à parte traseira do banco do motorista. — Você. Passou. Minha. Casa. — Cada palavra seguida de um violento chute.

Ele se virou. Toda a preocupação e gentileza que antes estiveram em seu rosto quando ele a pegou haviam derretido feito uma vela.

— Cala essa porra de boca.

Quando Elle acordou, seu corpo doía — seus músculos estavam doloridos com a tensão dos pesadelos. Ela rolou para o lado buscando o calor almiscarado do corpo de Martín pela manhã, mas ele aparentemente dormira no sofá. Ela pousou sua mão sobre os lençóis frios onde ele deveria ter dormido, detestando sua ausência. Eles frequentemente iam dormir em horários diferentes, mas costumavam acordar juntos e passar os primeiros momentos da manhã aconchegados nos braços um do outro.

Ela se perguntou quem estaria sentindo falta de Leo hoje, se haveria uma mulher desejando o conforto de um abraço que jamais voltaria a sentir. Uma onda de tristeza a atingiu como uma faca afiada quando ela pensou no corpo dele estirado no chão. Desde que começara o podcast, centenas de pessoas haviam entrado em contato com ela com informações e teorias sobre os casos que ela investigava. Até onde ela sabia, ninguém nunca havia morrido por causa do podcast. Ela não havia puxado o gatilho, mas se Leo tivesse sido morto por causa da informação que estava prestes a compartilhar com ela, ela não conseguia evitar o sentimento de culpa.

Mas não havia nada que ela pudesse fazer para mudar isso. A melhor coisa pela qual ela poderia esperar era encontrar alguém que conhecesse Leo bem o suficiente para ter uma ideia de quem era a pessoa da qual ele suspeitava.

Elle jogou os cobertores para o lado e vestiu uma calça de moletom e uma blusa de moletom de Martín. Depois de prender o cabelo em um rabo de cavalo e lavar o rosto com água gelada, ela desceu as escadas em busca de café, já sentindo o aroma que indicava que ele estava sendo preparado. Martín ocupava seu lugar de costume na cozinha. Sentado em um dos bancos do canto alemão, ele lia notícias no celular segurando o aparelho em uma das mãos e o café na outra.

— *Buenos días* — disse Elle enquanto se servia de uma xícara de café.

— Bom dia.

— Vai entrar mais tarde hoje?

Ele assentiu sem tirar os olhos do celular. — Troquei de turno com a dra. Phillips para que ela pudesse sair da cidade mais cedo para o fim de semana. Tem uma nevasca vindo.

Elle pressionou os lábios contra as têmporas dele e acariciou sua nuca, enrolando os dedos nos cachos de seu cabelo. — Sem problemas. Acho que vou ter que me virar no jantar. Já faz um tempo desde a última vez em que fiz minha tradicional refeição universitária que consiste em maçã, queijo e vinho. — Ele não riu e ela retirou sua mão. — Espero que seu pescoço não esteja doendo por ter dormido no sofá. Você estava tão apagado que não quis te acordar.

— Não está doendo.

Ela recuou. — Está tudo bem?

Martín abaixou o celular e olhou para ela. — Onde esteve ontem à noite? Fiquei preocupado.

Ela puxou o banco ao lado dele e se sentou. — Eu recebi um e-mail na conta do podcast. Um cara, Leo Toca, disse saber quem era o ACR. Falei com ele ao telefone e ele queria que eu fosse até a casa dele para me dar a informação.

Martín arregalou os olhos. — Você foi até a casa de um homem estranho tarde da noite porque ele disse ter uma pista sobre um serial-killer?

— Eu levei minha arma.
— *Dios mío,* Elle. Isso é muito perigoso.
Ela tomou um gole de café puro. — Eu claramente estou bem.
— Só porque não se machucou não quer dizer que tenha sido seguro ir sozinha.
Suas mãos apertaram a caneca. — É meu trabalho, Martín, e não preciso de uma babá para fazê-lo. Não aconteceu nada comigo, está vendo? Você nem sempre precisa imaginar o pior cenário possível.
— Lidar com pessoas que se meteram no pior cenário possível é o *meu* trabalho — respondeu ele, exaltado.
Ela sabia disso, é claro. Martín sempre mantivera o senso de humor sobre seu terrível segmento profissional, assim como os policiais e assistentes sociais que ele conhecia. Era a única maneira de impedir que suas cabeças explodissem com toda a dor que eles viam no mundo.
Mas quando se tratava do trabalho de Elle o humor de Martín se esgotava, e desde que ela começara a investigar o caso do ACR ele estivera mais nervoso do que o normal. Era compreensível, mas ela não deixaria de se colocar em situações perigosas. Eram ossos do ofício quando se estava tentando pegar um assassino de crianças.
Depois de alguns momentos de silêncio entre eles, ele pousou uma mão sobre o braço dela. Havia ternura em sua voz ao dizer: — Elle, não entende como tenho medo de que você se machuque?
— Era sobre o ACR. Eu precisava ir.
Ele apertou seu braço. — Bom, você claramente voltou inteira. O que ele disse?
— Hm. — Elle tomou outro demorado gole.
— Elle. O que ele disse?
— Ele não disse nada.
— Por que não?
Ela baixou os olhos para o líquido escuro dançando em sua xícara. — Porque ele estava morto quando cheguei lá.
— O quê?! — Correndo os dedos pelo cabelo, Martín deixou escapar um rosnado de frustração. — *Pues, claro que sí estaba muerto en la casa.* Como? O que aconteceu? Quem o matou?
— Não sei, mas aparentemente o cara que fugiu quando eu cheguei.
Uma veia saltou sobre o olho direito de Martín. Elle engoliu em seco. Quando ele voltou a falar havia apreensão em sua voz. — Você foi até a casa de um estranho no meio da noite, encontrou alguém plantado ao lado de um corpo recém--assassinado e não me ligou? Não me contou quando chegou em casa?
— Não queria acordá-lo — respondeu ela.
Ele respondeu com um riso incrédulo, esfregando o rosto com ambas as mãos em seguida. — Não quis me acordar. *¡No manches!*

Ela abaixou as mãos dele para que pudesse olhar em seus olhos. — *Cariño*, entendo a razão pela qual está preocupado. Realmente entendo. Mas já falamos sobre isso. Você sabe que não faço nada pela metade. Se vou pegar esse cara, preciso correr alguns riscos.

— Não riscos burros como esse. — A expressão dele se suavizou ao perceber Elle recuar, ofendida. — Desculpe. Soou errado.

— Sei que está irritado, mas não sou burra.

— Eu sei que não é. E não estou irritado, estou preocupado. — Ele pousou as mãos sobre os ombros dela, segurando-a a uma distância curta como se para se certificar de que ela não tinha ferimentos. — Tem certeza de que não está machucada? *Carajo, mi amor,* não acredito que isso aconteceu. Você aparece, um cara está morto e o outro dá no pé. O que aconteceu depois? Não tentou impedi-lo, não é?

— Não. Liguei para a polícia. — Elle explica o restante da história, inclusive o interrogatório subsequente com Sam e Ayaan, embora omita a parte em que vasculhou o corpo de Leo em busca de evidências. Martín já estava lidando com informações suficientes por hoje. Ele estava sentado à sua frente novamente quando ela terminou, seus joelhos se tocando e suas mãos unidas enquanto o café esfriava no balcão.

— Então o que vai fazer agora? — perguntou ele, finalmente.

— Preciso tentar encontrar alguém próximo o suficiente de Leo com quem ele teria compartilhado essa informação. Se eu tiver muita sorte, talvez baste que eu veja o suspeito para identificá-lo, mas não estou contando com isso. Centenas de pessoas acreditaram que um tio esquisito ou o pai abusivo eram o ACR ao longo dos anos. É possível que Leo fosse apenas uma dessas pessoas, mas preciso investigar.

Ele assentiu e olhou Elle nos olhos. Segurando o rosto dela em suas mãos, ele inclinou o corpo para a frente e tocou os lábios dela com os seus. Foi um beijo caloroso, intenso e mais apaixonado do que ela esperava. Ela se perdeu nele por um momento.

Quando se afastaram, Martín olhou para ela com olhos carinhosos. — Elle, você é boa em seu trabalho. Eu sei quão importante esse caso é para você. Só, por favor, me prometa que tomará mais cuidado, tudo bem?

Elle tomou o rosto dele em suas mãos e o beijou outra vez antes de tomar distância suficiente para olhar em seus olhos. — Eu prometo.

8

Podcast *Justiça Tardia*
19 de dezembro de 2019
Transcrição: Terceiro episódio da quinta temporada

NARRAÇÃO DE ELLE
Há um fenômeno conhecido na área médica como respiração agonal. Acontece comumente quando uma pessoa está morrendo. Ela abre a boca, sorve o ar com um chiado, lutando para respirar. É possível ouvir o ar ficando preso em sua garganta, impedido de chegar aos pulmões.

Assim é a investigação sobre o Assassino da Contagem Regressiva: um ofegar final de algo que está próximo da morte, uma tentativa desesperada para conseguir oxigênio suficiente para sobreviver.

[*DESCRIÇÃO SONORA: Carros passando por uma rodovia; o estrondo da buzina de um caminhão.*]

NARRAÇÃO DE ELLE
Jessica Elerson, de doze anos, foi a última garota de quem se tem notícia a ser assassinada pelo Assassino da Contagem Regressiva. Ela desapareceu a metros de distância de onde estou agora, do lado de fora de um Super Target perto da rodovia I-694.

[*MÚSICA TEMA + ABERTURA*]

[*DESCRIÇÃO SONORA: Trecho da música tema de* Bob Esponja.]

NARRAÇÃO DE ELLE
Jessica amava o Bob Esponja. Ela era uma nerd legítima que passava seu tempo livre assistindo desenho animado e jogando quaisquer jogos que pudesse comprar ou alugar com sua mesada. Jessica adorava jogos de tabuleiro e kits de experiências científicas, My Little Pony e microscópios. Ela mantinha seus pais ocupados com

todos os clubes nos quais entrava na escola, mas sempre arranjava tempo para ajudá-los a cuidar de seu irmão caçula. Ela amava ser a irmã mais velha mais do que qualquer coisa no mundo.

BONNIE
Se Jessica não estivesse na escola ou em uma de suas atividades extracurriculares, estava sempre brincando com Simon. Ela tinha sete anos quando descobrimos que estávamos esperando outro bebê e não poderia ter ficado mais feliz. Ela nasceu para ser uma irmã mais velha.

[DESCRIÇÃO SONORA: *Vaporizadora de leite chiando ao transformar leite em espuma; grãos de café sendo moídos.*]

NARRAÇÃO DE ELLE
Esta é Bonnie Elerson, mãe de Jessica. Nos encontramos em um café na cidade cujo nome não será divulgado por razões de privacidade. Bonnie se parece com a maioria das mães brancas do centro-oeste perto das quais cresci: cabelo de cachos curtos e soltos; mãos macias com unhas discretas e práticas; dentes retos com algumas obturações prateadas que aparecem quando ela ri, o que ela faz mais do que eu esperava. Eu gosto de Bonnie. Se não soubesse pelo que ela passou, provavelmente jamais adivinharia. A magnitude de dor que uma mulher consegue suportar com um sorriso no rosto é impressionante.

ELLE
Simon se lembra dela?

BONNIE
Sim. É difícil dizer, na verdade, quantas de suas memórias foram criadas independentemente e quantas foram criadas por nós quando as contávamos a ele. Ele tinha cinco anos quando ela foi... quando ela faleceu. Mas falávamos dela o tempo todo. Alguns de nossos amigos disseram que talvez fosse melhor fingirmos para Simon que ela jamais estivera conosco, mas não poderíamos fazer isso com ele. Tudo o que ele fez por semanas foi chamar a irmã. No primeiro mês ou coisa assim eu não conseguia parar de me preocupar com o quão magoado e quão devastado ele estava por ela não voltar para casa. Então, quando ele finalmente compreendeu, fiquei apavorada com a possibilidade de ele esquecê-la completamente. De alguma forma as duas coisas partiam meu coração igualmente. Eu precisava garantir que ele se lembrasse de sua irmã e do quanto ela o amava. Então, sim, falávamos sobre ela. Fizemos questão de que ele soubesse que ela não o havia abandonado de propósito.

ELLE
Você cuidou de seu filho mesmo quando ninguém iria culpá-la por desmoronar por causa de sua filha.

BONNIE
É claro que sim. Nós não poderíamos deixar de ser pais.

ELLE
Entendo que a decisão de falar comigo não tenha sido fácil. Gostaria que soubesse que estou muito grata por isso. Entre os pais, você é a primeira a falar comigo sobre a filha, e embora eu entenda completamente a razão pela qual ninguém mais conseguiu, poder falar com você é algo inestimável. Conhecia Jessica melhor do que ninguém. Se não se importa, pode me dizer o que aconteceu no dia em que ela foi levada?

BONNIE
Estávamos no mercado fazendo compras depois de sua aula de natação. Era uma segunda-feira. Sempre fazíamos as compras da semana naquele dia para que pudéssemos relaxar juntos nos fins de semana. Como sempre acontecia, no meio das compras ela ficou entediada e pediu alguns trocados para brincar nos brinquedos da entrada. Ela gostava do brinquedo de garra em que você tenta pegar um bichinho de pelúcia. Ela não era muito boa nele, embora eu ache que essas coisas são programadas para que você nunca ganhe. Mas o dinheiro ia para caridade, então eu não me importava.

    De qualquer forma, terminei as compras e fui buscá-la, mas ela não estava lá. Procurei pelo corredor de doces, pela padaria, chamei por ela. Eu me lembro de sentir tanta vergonha. Me senti como uma daquelas mães inúteis que perdem os filhos, e Jessica tinha doze anos. Não era como se ela fosse um bebê. Mas, finalmente, não tive escolha além de desistir e procurar os seguranças. Eles anunciaram no alto-falante que ela deveria vir me encontrar na mesa de informações. Me lembro de pensar que ela iria ouvir poucas e boas quando voltasse, mas ela nunca voltou.

ELLE
Se lembra do que aconteceu depois?

BONNIE
Levou um tempinho para que eu me desse conta de que havia algo errado. O tempo que ela estava levando para voltar era longo demais para se dizer que ela estava demorando por medo de ficar de castigo. Isso foi antes que a maioria das pessoas tivesse celular, então usei o telefone dos seguranças para ligar para Chris, meu

marido. Depois disso, tudo é um borrão. Não sei dizer quem chamou a polícia, mas eles estavam lá e eles me perguntavam coisas e eu só conseguia encarar a porcaria da máquina de garra, esperando que ela surgisse de trás dela dizendo que tudo não passava de um mal-entendido. Por um momento, até mesmo cogitei a possibilidade de ela ter entrado dentro da máquina de alguma forma atrás do pássaro de pelúcia que há semanas ela tentava pegar. Era um papagaio, o animal favorito de Simon na época. Ela queria ganhá-lo para ele.

ELLE
Tudo bem, não precisa se apressar.

BONNIE
[Chorando.] Ela tinha um coração tão bom. Essa é minha memória mais nítida. Tenho certeza de que toda mãe pensa assim, mas ela teria feito coisas incríveis. Ainda fico triste por mim e por minha família, mas também me deixa triste pensar que o mundo foi privado da presença dela.

NARRAÇÃO DE ELLE
Um novo pânico tomou conta da região de Minneapolis quando Jessica foi sequestrada. De novo, fazia quase exatamente um ano desde a última sequência de assassinatos do ACR, e, seguindo a natureza da contagem regressiva, as garotas eram cada vez mais jovens, mais vulneráveis. Quando uma vítima é assassinada, uma das primeiras perguntas que a polícia e o público tendem a perguntar é por quê. Por que essa pessoa? Por que alguém faria isso?

O público, através da imprensa, quer saber por razões ao mesmo tempo sensacionalistas e de autopreservação. Assassinatos rendem boas histórias — nossa obsessão nacional com podcasts de true crime como este é prova viva disso. Mas isso é mais do que entretenimento. Se soubermos o que a vítima fazia quando foi morta, nós sabemos o que não fazer, e assim nos convencemos de que podemos nos sentir mais seguros — não importando se as ações da vítima tiveram alguma relação com sua morte.

A polícia quer saber por outras razões. Vitimologia, o estudo de vítimas de crimes e suas possíveis relações com seus agressores, tem um papel crucial na solução de homicídios. Quanto mais os investigadores sabem sobre a vítima, maior é a chance de encontrar o assassino. O que fez com que o assassino escolhesse aquela vítima, naquele momento, naquele lugar, para ser morta daquela maneira? Isso pode soar como se estivéssemos culpando a vítima, mas a intenção é virar os holofotes para o criminoso — não para a pessoa ferida por ele. Pessoas classificadas como sendo de alto risco em uma análise de vitimologia podem andar por aí todos os dias sem se tornarem vítimas de fato. Alguém classificado como de baixo risco pode seguir sua rotina normal e segura e ainda assim ser atacado por um assassino que simplesmente encontrou uma oportunidade para atacar. O importante é compreender quem são as vítimas e com quem elas convivem a fim de mirar em um possível suspeito. Responder às perguntas-padrão da vitimologia pode ser a diferença entre pegar um assassino e deixar que ele escape.

ELLE
Na ocasião em que Jessica Elerson foi levada, você tivera ajuda do FBI com os assassinatos anteriores, está correto?

SYKES
Isso mesmo. Eles começaram a traçar perfis para cada uma das vítimas do ACR esperando que houvesse algo na vitimologia delas que as conectasse de alguma forma e, assim, nos ajudasse a identificar o assassino. Infelizmente não encontraram nada específico. Na verdade, concluíram que nenhuma delas apresentava um alto risco de ser vítima de um crime. Embora algumas tivessem comportamentos moderadamente arriscados, como caminhar sozinha ao entardecer ou à noite, todas estavam em áreas movimentadas e algumas foram até mesmo levadas em plena luz do dia. Isso fez com que o FBI concluísse que o assassino deve ter ficado à espreita, observando-as, possivelmente por semanas a fio, e assim sabia exatamente quando elas estariam sozinhas ou se aproveitou de um momento aleatório de vulnerabilidade para atacá-las. Sabemos que ao menos os casos de Beverly Anderson e Lilian Davis foram crimes de oportunidade. A rotina normal delas foi interrompida, mas ele conseguiu atacar exatamente no momento certo, como se estivesse aguardando uma chance. Mas as demais foram levadas enquanto faziam algo em sua rotina normal, como se o ACR tivesse aparecido sabendo exatamente onde elas estariam naquele momento específico. E por seu padrão e cronologia para cada sequestro serem tão cruciais, não havia espaço para erros.

ELLE
Já que mencionou o padrão dele, vamos falar sobre isso. Sabemos que os números três, sete e vinte e um são importantes para ele. Ele levou as garotas com três dias de diferença, mas ele também sequestrou a maioria delas em grupos de três. Isabelle, Vanessa e Tamera foram levadas uma atrás da outra. Então Lilian, Carissa e Katrina. Mas há apenas duas vítimas de que se tem notícia, Beverly e Jillian, nos assassinatos de 1996. Isso é algo que tem sido motivo de especulação e de teorias da conspiração ao longo dos anos. Sabemos que os assassinatos de 1996 foram diferentes: Beverly e Jillian não mostraram sinais de terem sido forçadas a

fazer limpeza, por exemplo. E, como discutimos anteriormente, isso fez com que algumas pessoas teorizassem que Jimmy matou as duas primeiras garotas antes de um imitador assumir seu lugar. Mas, detetive Sykes, depois de duas décadas trabalhando nesse caso, o que *você* pensa sobre a disparidade?

SYKES
Antes de mais nada, queria dizer que não sei com certeza. Esta é apenas minha opinião. Mas, como você mesma disse, ela é baseada em vinte e três anos dormindo e acordando com esse caso. Eu acho que Beverly Anderson não foi a primeira vítima do ACR.

ELLE
Parece hesitante, mas gostaria que desenvolvesse essa ideia.

SYKES
Estou aposentado hoje em dia — ah, que diabos. Quando tive tempo para respirar, passei meses investigando homicídios não solucionados em todo o país que se encaixavam com o MO do Assassino da Contagem Regressiva. Não fazia sentido que ele começasse com uma garota de vinte anos quando sabemos que vinte e um é um dos números pelos quais ele é obcecado. Se os assassinatos de 1996 foram realmente os primeiros, então faria sentido que fossem menos organizados. Talvez ele tenha a matado algumas semanas ou alguns meses antes das demais. Talvez mantê-las em cárcere por sete dias tenha sido uma evolução e a primeira garota foi morta logo de cara. Mas por mais que eu tenha tentado, não consegui encontrar nada que chegasse perto. Até mesmo procurei por mulheres de vinte e um anos que tenham sido mortas de diferentes formas: estranguladas, baleadas, diferentes tipos de veneno. Nada. A resposta provavelmente está em alguma caixa de casos arquivados em alguma delegacia do estado, mas embora hoje em dia eu ainda procure de vez em quando, quando estou entediado, nunca consegui encontrá-la.

ELLE
Aparentemente encontrar a primeira vítima seria uma pista muito importante.

SYKES
Com certeza, imagino que sim. É comum que serial-killers cometam erros com suas primeiras vítimas. Mesmo alguém tão meticuloso quanto o ACR poderia ter tido um gatilho que o levou a matar em um surto de fúria, talvez a se livrar do corpo de maneira apressada. Talvez ele tenha até mesmo deixado DNA para trás. Milhares de pessoas já tentaram, mas se você conseguisse descobrir quem foi essa pessoa, acho que seria um divisor de águas no caso.

ELLE
Garanto ao senhor que faremos tudo o que estiver ao nosso alcance. Mas voltando ao padrão dele. Desde que você se tornou responsável pelo caso, ele já havia estabelecido em todos os assassinatos que levaria três garotas com três dias de diferença e as manteria com ele por sete dias antes de assassiná-las. Isso teria requerido intenso estudo e intensa preparação da parte dele, provável razão pela qual ele levava um ano entre os assassinatos para se preparar para o grupo seguinte. Para você, o que isso diz sobre o perfil do assassino?

SYKES
Todos concordávamos que ele era *meticuloso*. Isso era evidente devido ao estado em que deixava os corpos: nenhuma célula epitelial ou cílios a serem encontrados. Deduzimos que a única maneira através da qual ele teria conseguido ter uma garota disponível para ser sequestrada em cada dia de sua contagem regressiva seria se ele tivesse dossiês sobre cada uma delas, e se houvesse outras que serviriam como opção caso ocorresse algum problema com as principais. Provavelmente havia dezenas de vítimas em potencial em cada idade que ele considerou, mas decidiu descartar por várias razões. Ele deve ter tido garotas de cada uma das idades com dias diferentes da semana em que estariam vulneráveis para vitimização. Suzie vai embora sozinha na terça à tarde, Bess vai à igreja sozinha aos domingos etc. Ele só pode ter feito isso. Todas as circunstâncias precisavam se alinhar perfeitamente para que ele levasse cada garota, e seu padrão para levar as outras duas depois de ter sequestrado a primeira era inflexível. Precisava acontecer com três dias de diferença. O assassinato de Jessica foi uma mistura de oportunidade e planejamento. Sua mãe a perdeu de vista por provavelmente dez, talvez quinze minutos, e ela desapareceu. Ele deve ter estudado o hábito delas de fazer compras semanais porque ele examinou todas as áreas onde havia câmeras de segurança e sabia exatamente como evitá-las. Mas foi extremamente arriscado. Ele teve que levá-la de um mercado movimentado sem deixar nenhum vestígio em uma curta janela de tempo. Levá-la dessa maneira foi presunçoso, arrogante da parte dele. Ele sabia que era um desafio para o qual estava pronto.

A única vez em que o vimos criar sua própria sorte foi com a última vítima. A rotina dela a deixava exposta naquele dia, mas a vítima se desviou dela, então ele precisou forçar uma abertura.

ELLE
Como ele fez isso?

SYKES
Eleanor Watson, conhecida por todos como Nora, algumas vezes ficava sozinha em casa por uma hora durante a tarde, entre o horário em que chegava da escola e o horário em que seus pais chegavam do trabalho. O caso dela era o clássico da criança que precisa ficar sozinha em casa enquanto os pais trabalham, o que naquela época estava se tornando mais raro, mas ainda não havia saído completamente de moda em 1999 — especialmente no caso de crianças com a idade dela. Na maioria dos dias, Nora ficava na casa de uma amiga e sua mãe ia buscá-la perto da hora do jantar. No entanto, ela estava passando cada vez mais tempo em casa a fim de provar sua independência. ACR deve ter apostado que ela estaria sozinha em casa naquele dia, mas, em vez disso, ela foi para a casa da amiga. Foi aí que ele correu o maior risco até agora. Ele simplesmente bateu na porta.

ELLE
Quem atendeu?

SYKES
A amiga de Nora. A mãe dela trabalhava de casa, em um escritório nos fundos da propriedade, e não podia ser incomodada durante o horário comercial. Por isso sua filha atendeu a porta. O ACR aparentemente usava um cachecol estampado e um chapéu vermelho. Usar algo intencionalmente chamativo é um truque. Caso ache que foi visto, basta descartá-lo para que se misture ao restante das pessoas. Ele disse à amiga de Nora que fora mandado até lá para buscá-la pois sua mãe estava no hospital. Nora não pensou duas vezes. Ela estava tão preocupada com sua mãe que entrou no carro do homem. Demorou mais de uma hora para que a mãe de sua amiga saísse do escritório e percebesse que Nora não estava lá.

NARRAÇÃO DE ELLE
E esse poderia ter sido o fim da história. Se tudo tivesse seguido de acordo com o plano do ACR, haveria outros dois assassinatos depois do de Jessica e então mais três no ano seguinte e depois mais três. Tudo o que a polícia sabia era que ele levava uma garota nova a cada três dias e a matava uma semana depois, pontual como um relógio. Eles não tinham motivos para imaginar que ele pararia — e também não tinham ideia de como pará-lo.

Talvez tivesse continuado para sempre, talvez o ACR tivesse mudado sua escolha de vítimas depois de a contagem regressiva ter sido concluída, começado um ritual inteiramente novo. Um homem como esse não para simplesmente de matar depois de ter começado.

Mas não é esse o fim da história. Porque Nora Watson não foi assassinada pelo Assassino da Contagem Regressiva. Ela conseguiu escapar.

9

Elle
13 de janeiro de 2020

A nevasca cobriu as Cidades Gêmeas, interditando as estradas por todo o fim de semana. A irmã de Martín, Angelica, telefonou no sábado de manhã. Ela era o único familiar que ele tinha na região, a maioria dos outros ainda morava em Monterrey ou nas redondezas. Durante a ligação os filhos dela tomaram o celular e o levaram para o quintal para mostrar o boneco de neve que haviam feito em Eau Claire. Os sobrinhos claramente adoravam a neve e o inverno, mas quando eles devolveram o celular para Angelica, ela e Martín passaram quase uma hora inteira reclamando e fazendo piadas sobre o clima de inverno a ponto de fazer Elle chorar de rir.

Quando encerraram a ligação com Angelica, Elle e Martín convidaram Sash e Natalie para uma visita. Eles passaram o que restava do fim de semana assistindo filmes e tomando quantias obscenas de chocolate quente Abuelita. Além de ter escapado por algumas horas para desenvolver o esquema de tópicos para o episódio da semana seguinte, Elle tentou ao máximo relaxar e não pensar no caso. Haveria tempo de sobra para isso quando as estradas estivessem abertas outra vez.

Sash e Natalie foram embora assim que a neve deu uma trégua no domingo à tarde e Elle passou a noite gravando o roteiro para a semana seguinte. Mais tarde Tina editaria todo o áudio para deixá-lo perfeito. No episódio seis seria abordada uma conversa reveladora com uma mulher que Elle encontrara na semana anterior. Ela mal podia esperar para compartilhar suas descobertas com o mundo.

Já no meio da noite, depois de enviar os áudios a Tina, ela se jogou na cama e caiu no sono em questão de minutos.

A manhã de segunda chegou clara e radiante, inundando o quarto pelas frestas da cortina. Martín puxou Elle para perto, escorregando a mão por baixo de sua blusa e acariciando suas costas. Elle abriu os olhos, sorrindo para ele.

— Bom dia — murmurou ela. Sua garganta ainda estava seca devido à gravação da noite anterior.

— Muito bom dia — sussurrou ele antes de pressionar os lábios contra os dela. Ele rolou para cima de Elle, cobrindo o torso dela com o seu. — Ficou acordada até tarde.

— Sexto episódio. — Ela beijou o pescoço dele inalando o cheiro sutil do perfume passado no dia anterior. — Finalizado e enviado para Tina.

— Esse é o grande episódio? — A mão de Martín escorregou para o meio das pernas de Elle, que fechou os olhos ao senti-la.

— Hum, sim. Provavelmente ainda vai ser decepcionante perto do da semana passada, mas vai ser um desafio gozar daquele. Digo, ganhar daquele. — Ela ofegou enquanto ele a acariciava. Tateando sob o lençol, Elle sorriu ao perceber que ele já estava sem roupa.

Ele riu. — Se eu não te conhecesse poderia jurar que fez isso de propósito.

Ela abriu os olhos para fitar o rosto dele. — Fiz o quê?

A outra mão dele desceu a parte debaixo do pijama dela e então eles se tocaram, pele contra pele. Aproximando a boca do ouvido dela, ele sussurrou enquanto se movia: — Vai ser um desafio *gozar daquele*.

Ela deixou escapar uma risada que foi interrompida por um gemido quando ele se aproximou ainda mais. O corpo de Martín vibrou com um riso enquanto ele beijava o pescoço dela. Então eles interromperam a conversa de vez.

Uma hora depois, após Martín ter saído para o trabalho, Elle ligou o computador para checar suas mensagens. Havia vários e-mails da equipe de produção executiva da rede do podcast sobre a audiência do episódio que havia sido lançado na quinta-feira. A coordenação de marketing estava planejando o anúncio e o pagamento da propaganda de rádio que ocuparia o horário de deslocamento para tentar atrair ouvintes da geração X, que eram adolescentes ou jovens adultos quando o ACR estava na ativa. Havia centenas de e-mails não lidos, mas ela viu que Tina já verificara milhares de outros e os classificara de acordo com o sistema delas. O mar de mensagens com uma *tag* vermelha era preocupante.

Vermelho era a cor usada para mensagens que eram ameaçadoras o suficiente para que elas considerassem reportá-las à polícia.

Sem vontade de lidar com elas naquele momento, ela acessou o perfil de Leo no Facebook novamente. Nenhum dos familiares dele a havia respondido, embora o mensageiro indicasse que muitos deles tinham lido as mensagens. Era frustrante, mas ela já esperava. Elle começou a navegar pelas fotos do perfil, procurando por um rosto feminino depois da data que ele se divorciara da esposa. Ele obviamente não havia oficializado nenhum relacionamento no Facebook, mas ainda era possível que ele tivesse uma namorada.

Ela não teve sorte. Ele estava sozinho em todas as fotos que datavam de até três anos atrás, até que ela finalmente encontrou uma foto dele de rosto colado com uma mulher latina que usava o cabelo preso e grosso em um rabo de cavalo alto. Elle clicou na foto e fez uma dancinha vitoriosa em sua cadeira quando viu que a mulher estava marcada. Luisa Toca. Provavelmente a ex-mulher. Elle acessou seu perfil.

A foto de perfil de Luisa era a bandeira da Guatemala, uma faixa branca com um brasão acompanhada de ambos os lados por faixas azul-celeste. Seus posts oscilavam entre inglês e espanhol. Um de três meses antes chamou a atenção de Elle: o post dizia que a mãe de Luisa estava indo morar com ela. Seu álbum de fotos exibia cortes de cabelo femininos de diversos ângulos e em diversos estilos e cores. Um salão de beleza no centro da cidade estava marcado em cada uma delas. Elle ligou para o salão, mas a gerente a informou de que Luisa não aparecera para trabalhar nos últimos dias e não estava atendendo o telefone.

Elle clicou na seção familiar no perfil de Luisa e agradeceu aos céus mentalmente — o perfil da mãe dela estava basicamente vazio, mas ao menos ele existia. E agora Elle tinha descoberto um novo nome.

Depois de mandar uma mensagem privada para Luisa, Elle deu início à busca por seu endereço. Desde que começara seu podcast de investigação, ela aprendera que as pessoas não faziam ideia de quão facilmente suas informações privadas poderiam ser encontradas on-line por aqueles que sabiam onde procurar. Endereço atual e endereços antigos, telefones, locais de trabalho, até mesmo documentos de identidade estão publicamente disponíveis procurando nos sites certos. Apagar essas informações é possível, mas caro. Há oito anos, Elle pagara muito dinheiro para se livrar das suas, mas valeu a pena. Um novo nome de casada, um novo futuro — nunca mais a pediriam para reviver a pior época de sua vida. Valeu cada centavo.

Ela encontrou um beco sem saída ao buscar as informações de Luisa, mas tirou a sorte grande com a mãe dela. Depois de uma hora, Elle encontrou o endereço de Maria Alvarez e entrou no carro, seguindo na direção de Fridley.

A neve da noite anterior já havia sido removida da maioria das estradas, mas o chão ainda brilhava com uma fresca e fina camada. Por mais que ela odiasse o inverno, havia certa magia na forma como uma nevasca transformava uma cidade em algo completamente novo. O dia parecia ser imaculado, puro — puro até demais para existir em um universo onde ela havia se deparado com o corpo inerte de Leo. O que quer que acontecera antes, este era um novo começo.

No caminho, ela ajeitava o microfone e o headset por cima de seu gorro. Ao longo dos anos ela aprendera que é sempre melhor gravar pensamentos e reflexões ainda que nunca sejam usados no podcast. Dessa maneira, ela não corria o risco de se deparar com uma lacuna no episódio sem que tivesse um monólogo na manga para preenchê-la.

— Há três dias, recebi um e-mail de alguém que alegava ter informações sobre o ACR. Fui a seu encontro para descobrir qual era a informação, mas, ao chegar em sua casa, ele havia sido assassinado. — Elle pausou e tentou afastar de sua mente a imagem do corpo ensanguentado de Leo. — Não sei qual era a informação, se é que ela existia. Há uma chance de que nada disso seja relevante para o caso e de que eu acabe arquivando essa gravação como fiz com tantas outras. Mas, por ora, ainda estou tentando descobrir o que ele poderia saber. Estou indo para a casa de sua ex-mulher a fim de investigar se eles estiveram em contato recentemente. Este obviamente é um tiro no escuro, mas preciso tentar. Eu... eu ainda não consigo acreditar que foi uma coincidência, o momento em que ele foi morto, ainda que pareça evidente que foi. O podcast existe há quatro anos e nunca antes um ouvinte esteve em uma situação de perigo por me fornecer informações. Pelo menos não até onde sei. Aos meus ouvintes, gostaria de lembrá-los de que a segurança de vocês deve vir antes de qualquer outra coisa. Caso pensem estar em perigo, liguem imediatamente para a polícia. Volto mais tarde com mais informações. — Ela pressionou o botão para encerrar a gravação e tirou o headset.

Os prenúncios de uma crise de ansiedade começaram a dar sinal em seu peito. Enquanto entrava no estacionamento de um conjunto de apartamentos de tijolinhos, ela respirava fundo pelo nariz, segurando o ar por dez segundos e depois soltando-o pela boca. Elle fez isso duas outras vezes até que as vias se desobstruíram dentro de seu corpo e ela pôde voltar a respirar naturalmente outra vez. Ela desligou o carro, apanhou sua bolsa cheia de equipamentos de gravação — caso Luisa estivesse disposta a dar uma entrevista — e abriu a porta, saindo rumo à tarde fresca de inverno.

De acordo com as pesquisas que Elle fizera, Luisa e Leo foram casados por cinco anos antes de se separarem no ano anterior. Agora ela aparentemente morava com sua mãe em um apartamento antigo próximo à rodovia. Carregando a bolsa com certa dificuldade, Elle subiu dois andares de escada com cheiro de mofo e bateu no número 207. Lá dentro, passos lentos rangeram em direção à porta, seguidos pelo som da proteção do olho mágico sendo aberta.

— *Quién és?* — perguntou uma voz rouca.

— *Señora, me llamo Elle Castillo. Estoy buscando a Luisa Toca...*

— *¿Sabe dónde está mi Luisa?* — A voz da mulher adquiriu um tom agudo de expectativa.

Elle curvou os ombros. A mulher também procurava por Luisa. — *No, estoy buscándola.*

Uma corrente se arrastou do lado de dentro e a porta se abriu, revelando uma mulher idosa e curvada, que se apoiava pesadamente sobre um tanque móvel de oxigênio. Havia cânulas em suas narinas. Sua pele escura era coberta de rugas causadas pela idade e por preocupações. Ao ver Elle, a mulher tensionou a mandíbula e levantou o queixo. — Eu sei falar inglês.

— Me desculpe. Não foi minha intenção tirar conclusões. Podemos conversar no idioma em que estiver mais confortável.

Depois de um momento, Maria assentiu. — Tudo bem. Seu espanhol é bom, mas podemos conversar em inglês. Você é da polícia?

— Não, trabalho como investigadora independente. — Elle mostrou seu microfone. — Não estou gravando, não se preocupe. Mas investigo casos que não foram solucionados para um podcast. É como um programa de rádio. Esperava que Luisa pudesse me ajudar a encontrar uma pessoa.

— Não sei quem ela poderia ajudá-la a encontrar, mas entre, por gentileza.

Arrastando os pés, Maria se virou e conduziu Elle por um pequeno corredor até a cozinha do apartamento, onde pairava um aroma de coentro e cebola. Elle se acomodou em uma cadeira de madeira, inalando o ar perfumado.

Com movimentos lentos e cuidadosos, Maria encheu uma chaleira de água e a levou ao fogão. Em seguida, girou o botão e uma chama laranja surgiu.

— *Mijita* — suspirou Maria, num sussurro quase baixo demais para que Elle pudesse ouvir. Então ela deu as costas para o fogão a fim de olhar para Elle. — Não tenho notícias dela há dias. Quase uma semana. Ela deveria ter ligado na semana passada, mas não ligou. Tentei várias vezes. Quem a mandou até aqui?

Elle se inclinou na cadeira resistindo à vontade de ajudar a mulher a se sentar. Mas não cabia a ela fazer isso. — Encontrei Luisa nas redes sociais e vi que você era mãe dela. Encontrei seu endereço lá. Ninguém no trabalho de Luisa teve notícias dela nos últimos dias, então esperava encontrá-la aqui.

— Então não sabe onde ela está. — Maria pegou duas canecas marrons de um armário de madeira e as pousou no balcão. Em seguida, ela abriu uma caixa amarela de Therbal e colocou um sachê de chá em cada caneca.

— Desculpe, mas não — respondeu Elle. — Ela não mora mais aqui?

— Ela ainda recebe correspondências aqui, mas passa suas noites com um homem.

— Um namorado? — Elle não imaginara que Luisa poderia estar envolvida na morte de Leo, mas caso houvesse um novo homem na equação, as coisas seriam mais interessantes. Novos parceiros sempre complicam antigos relacionamentos.

Maria franziu o rosto em uma expressão descontente. — Ele é velho demais para um namorado. Esse homem, ele é vinte, vinte e cinco anos mais velho que minha Luisa. Ela ainda é jovem, ainda pode encontrar um bom homem e se casar novamente. Mas ela não tenta. Ela só pensa nesse homem velho.

— Como ele se chama?

— Não sei — respondeu a mulher, balançando a cabeça. — Ela sabe que o odeio, então não o traz aqui. Ele é branco, tem olhos azuis, com... *Cómo se disse... está perdiendo su pelo.*

— Perdendo cabelo? Ficando calvo?

A chaleira começou a chiar e Maria se virou para colocar água nas duas canecas. — Isso mesmo. Luisa é tão linda! Ela poderia ter qualquer homem que desejasse, e ela escolhe esse... esse *viejo feo.*

Elle mordeu o lábio. Luisa tinha sorte por ter uma mãe como Maria — coruja e cheia de elogios, certa de que ninguém era bom o suficiente para sua filha. Certamente era muito bom.

Maria tentava equilibrar as duas canecas de chá em uma só mão para que pudesse mover o tanque de oxigênio com a outra.

Elle se pôs de pé. — Por favor, *señora,* posso ajudá-la com o chá?

A mulher idosa olhou para Elle por um momento e assentiu com a cabeça. — Obrigada.

Quando já estavam sentadas juntas à mesa, Elle ergueu sua caneca de chá e sorriu. — Muito obrigada pelo chá. É a marca favorita de meu marido.

— Seu marido é mexicano? — Os olhos de Maria brilharam. — Não é à toa que seu espanhol é bom. É a linguagem do romance, sabia?

— Funcionou comigo, sem dúvidas. — Elle riu. Maria parecia estar mais confortável. Sempre é algo difícil entre estranhos, mas, na experiência de Elle, quando se tratava de uma mulher que fazia parte de uma minoria e uma mulher branca era ainda mais difícil. Enquanto mulher mexicana nos Estados Unidos, Maria teria milhões de razões para não confiar em alguém como Elle. Ela estava se esforçando para não lhe dar novas razões.

Alguns momentos se passaram em silêncio. Entre goles de chá, Maria olhava o líquido rodopiante dentro da caneca. Finalmente, ela levantou o rosto e olhou para Elle. — Não explicou o motivo pelo qual está procurando por Luisa. Ela está metida em problemas?

— Não, não está, mas o ex-marido dela está... estava...

— Leo? Adoro Leo. Ela não devia ter se separado dele. — Os olhos de Maria se encheram de afeto fazendo com que Elle fosse tomada por culpa. Talvez ela devesse apenas ir embora sem contar a Maria o que havia acontecido. Deixar que ela descobrisse pela polícia ou por sua filha, na hora certa. Mas ela não podia permitir que a senhora continuasse a acreditar que Leo estava vivo quando ele não estava. Não parecia ser justo.

— *Señora* Alvarez, sinto muito, mas tenho más notícias. Leo foi morto há alguns dias. Ele foi baleado em seu apartamento.

O rosto da mulher idosa ficou paralisado e o afeto em sua expressão deu lugar a olhos marejados. — *¿Qué?*

— Eu sinto muito. Ele está morto.

De repente a mandíbula de Maria se enrijeceu, transformando suas rugas em linhas retas que corriam até seus lábios contraídos. — Foi aquele *hijo de puta*. O *pelado* com quem Luisa está. Tenho certeza. Ele a roubou de Leo, mas não foi o suficiente. Ele sempre teve ciúmes do casamento dela com Leo, um homem de verdade que a amava. — O corpo da mulher se curvou na cadeira. Ela apoiou o cotovelo na mesa, apoiando o rosto em sua mão.

Elle baixou o olhar para que ela tivesse privacidade em seu luto. Outra possibilidade a ser considerada. Se Leo realmente tiver sido morto pelo namorado ciumento de sua ex-mulher no dia em que tentava dar uma pista sobre o ACR a Elle, esse era o pior timing possível.

Alguns momentos mais tarde, ela tentou falar com Maria novamente. — *Señora*, existe alguém para quem eu possa ligar que possa vir te fazer companhia? Eu sinto muitíssimo, mas realmente preciso continuar a procurar por sua filha. Se estiver certa sobre o homem com quem ela está, Luisa pode estar em perigo também.

Secando os olhos, Maria se levantou e arrastou os pés até uma gaveta, a abriu e tirou uma nota adesiva. Ela escreveu duas linhas no papel e o entregou a Elle. — Esse é o endereço onde ela vive com aquele homem. Nunca vou até lá. Ela sabe que não aprovo.

Elle segurou o papel e estava prestes a afastar sua mão quando Maria a segurou e a olhou nos olhos. — Encontre-o. Encontre-o e o mantenha longe de minha filha. Por favor.

Elle assentiu, cobrindo a mão de Maria com sua mão livre. — Vou fazer tudo o que puder.

Após deixar o apartamento de Maria, Elle ligou o carro para aquecer o motor. Enquanto esperava, usou o celular para visitar os perfis de Luisa nas redes sociais mais uma vez, analisando suas atividades recentes. Elle deu uma rápida olhada em suas fotos, mas não encontrou nenhum homem mais velho que batesse com a descrição da mãe dela; todas as suas fotos eram selfies ou cabelos finalizados de clientes. Ela não postava ou interagia com nada havia mais de uma semana. Seu último status postado dizia apenas, *Haja O Que Houver* seguido de um emoji de mãos em oração. Enigmático, mas não exatamente sinistro. Elle torcia para que ela estivesse morando com o rapaz indicado por Maria em Falcon Heights para que pudesse ao menos descobrir o que ela sabia sobre as suspeitas de Leo. Embora, estando em um relacionamento com outro homem, havia chances de que ela não tivesse nada útil a dizer sobre o ex. Sem falar da possibilidade de que um dos dois poderia estar envolvido em seu assassinato.

Quando as saídas de ar finalmente começaram a liberar ar quente, ela deu partida no carro.

Depois de passar no drive-thru de uma Dunn Bros para comprar um mocha, Elle dirigiu em direção a Falcon Heights tomando goles da bebida quando parava no semáforo. O sol da tarde diminuía lentamente com a chegada do entardecer, causando nela uma comichão de saudade dos dias em que o sol não começava a se pôr às cinco e meia. Embora Elle tenha morado em Minnesota sua vida inteira, ela nunca conseguira se reconciliar com os invernos frios e escuros.

Pouco antes da saída para a I-694, um logo familiar chamou a atenção de Elle. Havia mais de um ano desde que a rede do podcast começara a divulgar anúncios do *Justiça Tardia* em outdoors, mas ela ainda não tinha se acostumado a ver seu logo prata sobre um fundo preto ampliado em uma propaganda à margem da rodovia. A equipe de marketing piedosamente permitiu que ela recusasse a proposta original de divulgar uma foto dela nos anúncios. As pessoas conheciam sua aparência pelos jornais locais nos quais ela aparecia de vez em quando para comentar um caso, mas ela não queria ficar exposta nos outdoors espalhados por todos os lados das Cidades Gêmeas. Divulgar seu nome era algo arriscado o bastante. Ela tomou a saída, respirando fundo.

O endereço da *señora* Alvarez a levou até um sobrado simples de tijolos. Havia uma garagem para dois carros anexa e a neve do trecho de acesso até ela havia sido meticulosamente retirada. Olhando de perto, só poderia ser um chão com sistema de aquecimento — nem mesmo o trabalho mais meticuloso do mundo teria eliminado cada vestígio de neve e gelo, mas o caminho estava molhado e completamente limpo. Ela deixou seu café pela metade no carro e se preparou para o vento gelado antes de sair do carro.

Elle caminhou em direção à porta, estudando a casa: tijolos acinzentados e janelas rústicas de acabamento branco e vidros cobertos por cortinas pesadas. Havia um jardim florido sob a janela, bem ao lado do caminho de acesso completamente coberto por neve, exceto por alguns galhos secos de uma moita grande que se erguiam em meio à neve fofa.

Lembrando-se de que Maria tinha certeza de que esse homem matara Leo, Elle posicionou sua mão sobre a Ruger presa sob seu casaco. Usando sua mão livre, ela pressionou e segurou o botão da campainha até ouvi-la ressoar porta adentro.

Não houve resposta. Com um passo para trás, ela espiou a porta fechada da garagem. Não havia forma de saber se alguém estava em casa. Havia janelas na porta de entrada, mas eram feitas de vidro fosco e não se via luz do outro lado. Mesmo assim, ela tocou a campainha de novo.

Depois de um momento, Elle ouviu passos dentro da casa. Soava como se alguém estivesse descendo as escadas. Ela endireitou a postura e tentou controlar a respiração inspirando e expirando dentro de suas mãos fechadas em concha. Finalmente, a porta se abriu alguns centímetros. Uma corrente a impediu de se abrir por completo. Por trás dela apareceu o rosto de um homem na casa dos cinquenta anos. Ele usava óculos de lentes azuis parecidos com o de Bono, e sua barba grisalha por fazer se encontrava com seus cabelos ralos que apareciam sob um boné desbotado das Cidades Gêmeas. Os vincos nas laterais de sua boca tinham uma textura de couro. Por um momento a expressão dele foi de confusa para tensa e por fim se estabilizou em um educado e gentil sorriso típico de Minnesota. Ele provavelmente estava esperando por outra pessoa.

— Posso ajudar? — perguntou ele.

— Olá, sr.... — Elle esperava que ele completasse a frase, mas ele permaneceu imóvel, encarando-a. Ela pigarreou quando o silêncio não foi rompido e continuou a falar. — Estou procurando por uma jovem chamada Luisa. Me disseram que ela mora aqui.

Ele se mexeu, apoiando o peso do corpo no outro pé. — Acho que está na casa errada — respondeu ele, começando a fechar a porta.

— Não, espere. — Por instinto, Elle esticou o braço e segurou a porta com a mão. Ele parou. — Por favor, preciso muito encontrar essa mulher. Tem certeza de que não conhece ninguém com esse nome? A mãe de Luisa, Maria Alvarez, me deu esse endereço. Ela parece acreditar que Luisa está morando com você, ou ao menos passando quase toda noite aqui.

Ele franziu o cenho. — Maria Alvarez? Aquela velhota? — Rindo, ele balançou a cabeça. — Ah, *essa* Luisa. A filha de Maria. Não acredito. Maria Alvarez morava do outro lado da minha rua e já vi sua filha visitando-a algumas vezes. Flertei com ela, tudo bem, mas nós nunca nem sequer saímos juntos. Ela disse que tinha namorado.

Ele tirou a corrente da porta e a abriu o suficiente para que pudesse apontar para uma pequena casa branca atrás de Elle. A casa ficava na direção diagonal à casa dele, do outro lado da rua. Em contraste com a casa do homem, a antiga casa da *señora Alvarez* precisava urgentemente de uma demão de tinta e, provavelmente, de uma reforma no telhado. O acesso à garagem estava escondido por uma camada de neve da mesma altura da que cobria o quintal, espessa o bastante para quase cobrir a triste plaquinha marrom com os dizeres À VENDA.

— Não quero ser cruel, mas Maria não bate bem da cabeça, sabe? Não ficaria surpreso se ela pensasse que "roubei a filha dela" ou sei lá. Ela já pensa que eu roubei sua casa.

— Roubou a casa? — Quando Elle voltou a olhar para ele, seus braços estavam cruzados sobre o peito. A blusa de moletom cinza que ele vestia fazia com que ele parecesse macio, aconchegante. Ele poderia ser pai dela, um homem que ela interrompera no meio de um jogo de futebol de segunda-feira à noite.

— Está vendo o estado daquilo? Ano passado eu reclamei na câmara que ela não estava cuidando da casa. A grama estava alta, havia mais ervas daninhas do que flores no jardim, a frente da casa parecia prestes a despencar. Ainda parece, não acha? — Suas bochechas ganharam um tom avermelhado. Algo em sua raiva tinha um quê de familiar, mas a ira dos homens não era especial — todas tinham em comum os rostos vermelhos e contorcidos, o discurso inflamado cheio de perdigotos.

Ele continuou: — Enfim, eu fiz algumas reclamações na câmara, como disse. Alguém finalmente veio fazer uma vistoria e percebeu que ela não estava vivendo bem. Ela estava doente e a casa dela aparentemente estava mais desastrosa por dentro do que por fora, então acho que ligaram para a filha, que veio e levou a velha para morar com ela.

— Fez com que uma senhora fosse expulsa da própria casa? — Ela se esforçou para que a pergunta não soasse como se ela o estivesse julgando.

— Fiz com que uma senhora recebesse a ajuda da qual precisava, mas era teimosa demais para pedir. — Ele a olhou por trás de suas lentes coloridas. — Por que está procurando por ela, afinal? É amiga da Luisa?

— Pode-se dizer que sim. — Elle tamborilava os dedos na perna. O homem estava sendo gentil, mas ele não tinha nada para ela e a situação se tornava oficialmente uma perda de tempo. — Então, quando flertou com Luisa, ela o dispensou por ter um namorado?

O sorriso do homem se tornou mais largo. — Ela não me dispensou.

— Mas você disse...

— Se eu a quisesse, teria conseguido. Troquei algumas palavras com ela em frente à casa da mãe, fiz alguns elogios. Acabou sendo perda de tempo. — O homem olhava a casa do outro lado da rua como se estivesse se lembrando da conversa. Então voltou o olhar para Elle. — Ela era cabeleireira. Estou procurando por algo mais em uma mulher, entende?

Elle manteve sua expressão neutra. Ela nem sequer conhecia Luisa. Até onde sabia, ela poderia ser um pesadelo, talvez até mesmo quem matara Leo. Mas isso não a impediu de sentir vontade de dar um soco na garganta do homem.

Ele ergueu o queixo, acenando a cabeça em um gesto esnobe. Seus olhos reluziam. — Bom. Tudo bem, então, obrigado pela visita. Vou voltar para o jogo.

Quando a porta se fechou, Elle se virou para caminhar em direção ao carro, analisando a casa depredada que, aparentemente, ainda estava à venda. O plano do homem de despejar Maria Alvarez para que o lugar fosse mais bem cuidado parecia ter saído pela culatra, e ela não conseguiu conter um ligeiro prazer ao se dar conta disso.

10

Podcast *Justiça Tardia*
19 de dezembro de 2016
Transcrição: Terceiro episódio da quinta temporada

[DESCRIÇÃO SONORA: *Campainha de sino tocando quando uma porta se abre; música indistinta tocando ao fundo.*]

ELLE
Olá, você é Simeon Schmidt?

SIMEON
Eu mesmo.

ELLE
Olá, meu nome é Elle Castillo. Falei com você ao telefone.

SIMEON
Ah, sim. Lily! Lily! Pode ficar de olho aqui por um minuto?

NARRAÇÃO DE ELLE
Estou em um posto de gasolina perto da I-94 na saída de Lakeland, Minnesota. Consigo ver o rio St. Croix de onde estou, bem perto da ponte interestadual que me levaria até Wisconsin. Depois de alguns minutos de discussão com sua esposa, o dono, Simeon, me conduziu até seu apertado escritório nos fundos do prédio. Depois de nos acomodarmos, o lembrei da razão pela qual eu estava ali.

ELLE
Estou investigando os assassinatos do Assassino da Contagem Regressiva no fim dos anos noventa, e entendo que você tem uma conexão com o caso. Você ajudou a última vítima do ACR a escapar, correto?

SIMEON
Não foi bem assim. Quando chegou até mim, aquela garotinha já tinha corrido por quase um quilômetro descalça e na neve. Acho que o mérito por ter escapado é todo dela. Só dei a ela um lugar aquecido para ficar enquanto esperava pela polícia.

ELLE
É uma observação justa, mas tenho certeza de que ela ainda seria grata a você por fornecer um refúgio aquecido e um lugar de onde ela pode ligar para a polícia.

SIMEON
Qualquer um teria feito o mesmo.

ELLE
Talvez esteja certo. Pode descrever o que aconteceu naquela noite?

SIMEON
Posso. Bom, tenho esse posto de gasolina há mais de vinte e cinco anos e trabalho sete dias por semana, do início ao fim do dia. Eu e minha mulher moramos no pequeno apartamento que fica aqui em cima, então, quando fechamos, ir para casa significa simplesmente subir as escadas. Aquela foi uma noite como qualquer outra. Estava prestes a trancar tudo, eu acho, indo descansar, quando vejo uma garotinha correndo em direção ao posto. Ela entrou correndo pela porta e no mesmo instante eu soube que havia algo errado. O cabelo dela estava todo embaraçado, parecia que ela não comia há dias e ela só estava usando uma camisola.

Levou alguns minutos até que ela falasse alguma coisa. Ela parecia apavorada, de olhos arregalados, olhando para trás a todo momento como se estivesse sendo perseguida por um monstro. Minha esposa finalmente acordou depois de eu chamá-la algumas vezes, e quando a menina viu uma mulher pareceu relaxar um pouco e começou a falar. Enquanto minha esposa ligava para a polícia, a menina me contou que ela tinha fugido de um chalé onde um homem a mantinha trancada obrigando-a a limpar a casa dele. Ela disse que pulou pela janela, desceu por um cano e correu até meu posto na neve. Eu não teria acreditado tão fácil, mas dava para ver que ela tinha passado por poucas e boas, sabe? Além disso, já tínhamos visto no jornal as matérias sobre o assassino psicopata que estava assassinando meninas. Enfim. Ela se acalmou o suficiente para tomar uma água morna e vestir um par de calças de moletom que minha mulher arranjou para ela, e nessa altura a polícia e a ambulância já haviam chegado. Eu nunca mais a vi, exceto por fotos nos jornais algumas vezes.

ELLE
Imagino que a polícia tenha feito algumas perguntas para vocês.

SIMEON
Sim, eles fizeram, eles ficaram aqui até uma ou duas horas depois e eu tive que ir até a delegacia uma outra vez, acho. Um detetive das Cidades Gêmeas estava lá, o investigador principal do caso do ACR, se bem me lembro. Ele queria me fazer umas perguntas sobre isso, mas não consigo me lembrar quais eram, para ser sincero.

ELLE
Também recebeu um pouco de atenção da imprensa depois disso, não foi?

SIMEON
Ah, não sei, suponho que sim. Os repórteres dos jornais ficaram por aqui por uns dias. Acho que era uma notícia importante. As vendas foram muito boas por uns dois meses, disso eu me lembro. Eu e minha esposa pudemos passar uma semana em Wisconsin Dells.

NARRAÇÃO DE ELLE
Os dias que se seguiram à fuga de Nora foram de ansiedade para o público e para a polícia. Por um lado, todos estavam aliviados por ela ter sobrevivido e por poder voltar a estar com os pais depois de um período de recuperação no hospital. Por outro lado, aquela era a primeira vez em que ninguém fazia ideia do que o ACR faria a seguir. A segunda vítima de sua tríade escapara. Ele a substituiria por outra? Seguiria para a terceira, a menina de dez anos, como se nada tivesse acontecido? Ou será que ele tentaria fazer o improvável, recapturar Nora? Eles fizeram tudo o que puderam para prevenir ao menos a última possibilidade. Por um mês depois de sua fuga, ela e a família estiveram sob vigilância policial vinte e quatro horas por dia. O pai dela, um gerente de banco moderadamente rico, contratou seguranças particulares por vários outros meses depois desse período. Até o mês de julho nenhuma outra vítima que se encaixava no padrão do ACR havia sido levada e Nora completou doze anos de idade.

Mas, àquela altura, a maioria das pessoas acreditava que todas aquelas precauções haviam sido desnecessárias.

[*DESCRIÇÃO SONORA: Neve sendo esmagada por passos; um corvo grasnando.*]

NARRAÇÃO DE ELLE
Estou neste momento na propriedade do chalé de dois andares que a polícia acredita ser o local onde Nora Watson foi mantida em cárcere. Para não fazê-la reviver o trauma, a polícia nunca mais a trouxe aqui. Mas com base em fotos da área e na distância do posto de gasolina, é seguro dizer que este é o lugar certo. Há mais uma razão para acreditar que este é o lugar onde Nora esteve presa: quando a polícia localizou a propriedade, o chalé já se reduzira a uma pilha de cinzas e madeira carbonizada, ainda ardendo silenciosamente no vento congelante de inverno.

Já não resta mais nada do chalé agora, apenas uma pequena clareira no meio da mata. A mata nessa região não costuma ser densa, mas esse chalé é rodeado pelo maior número de árvores possível de ser encontrado por aqui. Ela fica a quase dois quilômetros de qualquer rodovia movimentada e é acessível apenas por uma estreita trilha de cascalhos que passa por uma trilha ainda mais estreita que dá acesso ao chalé. O terreno pertence às mesmas pessoas a quem pertencia na época, um casal rico que passa os verões no chalé de cinco quartos perto do rio e os invernos nas praias da Flórida. Quando Nora escapou, foi confirmado que ambos estavam na casa da Flórida, fugindo do norte como faziam todo ano assim que o vento mudava de direção.

O lugar está igualmente abandonado hoje. Punhados de neve soprados pelos ventos da nevasca se acumulam nas árvores. Folhas secas molhadas formam tufos marrons onde o solo está à vista. Deveria ser um lugar sereno, mas não encontro conforto nenhum aqui. É um lugar agourento. A polícia nunca conseguiu dizer com certeza quantas das vítimas do ACR foram trazidas até aqui, mas é o lugar onde pelo menos duas jovens garotas foram mantidas em cárcere — onde pelo menos uma foi assassinada. E é o lugar onde o corpo de Jessica, junto com outros dois corpos adultos, foi encontrado entre as cinzas.

ELLE
O que pode me dizer sobre os corpos encontrados no chalé?

SYKES
Estimamos que tenham sido encontrados aproximadamente seis horas depois do horário em que Eleanor Watson teria escapado, se calculamos corretamente o tempo que ela passou correndo. O corpo de Jessica foi o único identificado, como sabe. Baseado no relatório do médico-legista, determinamos que ela morreu antes de o incêndio ter sido iniciado, graças a Deus. Era o meio da noite do sétimo dia, então não é surpreendente que ela já houvesse sucumbido ao veneno àquela altura. Os outros dois corpos eram de um homem e uma mulher, ambos entre

vinte e cinco e quarenta e cinco anos, caucasianos e sem qualquer parentesco. Até o presente momento, 3 de novembro de 2019, nenhum deles foi identificado. A autópsia determinou que Jessica sucumbiu aos efeitos da ricina, mas os adultos foram mortos com uma única bala na lateral da cabeça, e a arma foi queimada no chalé junto com eles.

ELLE
E o incêndio no chalé foi definitivamente intencional?

SYKES
Sim, os bombeiros encontraram um agente acelerador de incêndio, bem como um isqueiro no local.

ELLE
É correto afirmar que os dois corpos causaram um nível considerável de controvérsia no caso?

SYKES
Foi pior do que isso.

ELLE
Pode explicar o porquê?

SYKES
Como sabe, desde a fuga de Nora Watson nunca mais conseguimos atribuir outro assassinato ao Assassino da Contagem Regressiva. Como eu disse antes, embora eu tenha me aposentado, ainda estudo casos não solucionados quando tenho a chance. Mas não encontrei nem mesmo um que se encaixe no padrão do ACR em todos esses anos. A maioria das pessoas acredita que isso se deve ao fato de ele estar morto, porque ele era o homem no chalé e aquele foi um homicídio seguido de um suicídio. Dizem que a mulher que ele matou pode ter sido sua comparsa nos crimes ou a esposa que não suspeitava de nada e foi morta porque ele temia que ela pudesse se voltar contra ele.

Mas há outros, como eu, que sabem que isso era o que ele queria que as pessoas pensassem. Digamos que ele esteja vivo. Ele teria que ter se escondido e se reorganizado, reavaliado sua missão. Ele teria que decidir continuar a contagem ou ir embora e tentar ter uma vida normal em outro lugar. Se ele de fato está vivo, se as duas pessoas mortas por ele e queimadas naquela cabine foram um disfarce, não sabemos o que ele decidiu, não sabemos que tipo de vida ele escolheu levar.

Ele pode estar aposentado e vivendo em um vilarejo no Arizona. Talvez ele tenha sido preso por outro crime mais tarde, e por isso nunca mais voltou a matar.

Independentemente de onde estiver ou do que estiver fazendo agora, ao incendiar aquele chalé ele conseguiu exatamente o que queria. Quando ficou claro que o ACR não estava mais na ativa, eles me disseram para deixar esse caso de lado e me focar nos outros. Há mais de duzentos mil assassinatos não solucionados nos Estados Unidos. Se todos nós passássemos tanto tempo em um mesmo caso quanto eu passei, não conseguiríamos fazer mais nada.

De vez em quando eu abria o caso, investigava as informações que encontrava, tentava chamar a atenção da imprensa para o aniversário da morte de uma das garotas ou para o dia em que Nora escapou, mas nada nunca vingou. Por isso concordei em ajudá-la com esse podcast, porque acho que a comunidade se tornou complacente ao longo do tempo. Eles acreditam que o perigo ficou para trás, que o ACR ficou no passado. E não sei se isso é verdade. Acho que já passou da hora de a polícia olhar ativamente para esse caso outra vez, para, no mínimo, tentar fazer justiça por essas vítimas. Eles não ficarão felizes por eu estar dizendo isso, mas que seja, já estou aposentado. Já bati o ponto. Que fiquem bravos.

ELLE
Se pudesse apontar uma coisa que gostaria que as pessoas soubessem sobre esse caso, qual seria? Algo que, em sua opinião, ajudaria a solucioná-lo.

SYKES
Que não importa o que digam na internet, não importa o que relatórios e outros investigadores digam, não há provas — zero, nenhuma — de que o Assassino da Contagem Regressiva está morto. E se ele não estiver morto, ele ainda não acabou.

NARRAÇÃO DE ELLE
Obviamente, sei que estou abrindo espaço para ultraje por sequer sugerir que o ACR ainda está vivo. A maioria das pessoas está muito confortável com a convicção de que ele está morto há muito tempo. Mas por razões que ainda virão à tona, concordo com o detetive Sykes. Concordo que já passou da hora de o público prestar mais atenção nesse caso, concordo que devemos exigir que ele seja solucionado. Como ele disse anteriormente no episódio, acreditamos que algo crucial para isso seria descobrir quem foi sua primeira vítima, caso não tenha sido Beverly Anderson. Se conhece algum homicídio não solucionado antes do de Beverly que aconteceu na área, por favor, entre em contato. Os links para meu site e meu e-mail estão na descrição do podcast. Já sabem que eu ouvirei e ao menos lerei suas ideias.

Agora isso está nas nossas mãos — o povo. É hora de analisarmos o que já sabemos sobre o Assassino da Contagem Regressiva. Quem ele era, o que ele fez, por que ele fez. E se a polícia já não se interessa em investigar o caso, é para isso que estou aqui.

A seguir, no *Justiça Tardia*...

11

Elle
14 de janeiro de 2020

Sentada em seu estúdio, Elle corria os dedos pelos cabelos enquanto examinava o Muro do Luto, o nome que Martín havia dado ao enorme mural de cortiça onde as fotos de seus casos estavam fixadas. Ela tinha duas fotos de cada garota da série do Assassino da Contagem Regressiva: uma em vida e outra depois de morta. Uma foto de rosto e uma foto da cena do crime. Elas estavam agrupadas de acordo com o ano: 1996, 1997, 1998, 1999. Dentre todos os casos em que se envolvera depois de abandonar a assistência social para se dedicar à investigação em tempo integral, esse não era o que estava mais longe de ser solucionado, mas era quase.

O topo do pódio era do caso Fantasma de Duluth, que aterrorizou a cidade em 1991 ao roubar quatro bebês de seus respectivos quartos à noite dentro do período de um ano. Com ajuda de uma de suas ouvintes, uma genealogista, Elle localizou todos os quatro através de uma base de dados on-line com resultados de testes comerciais de DNA. Eles acreditavam ser adotados e não faziam ideia de quem os pais biológicos eram. Ao serem interrogados pela polícia, os pais admitiram ter pagado pelo que acreditavam ser uma agência de adoção de elite — ainda que ela fosse secreta de uma maneira suspeita. A descrição dada por eles e relatórios duvidosos a levaram até o sequestrador. No fim das contas, a polícia estivera perto de pegá-lo depois do sequestro do último bebê em 1991, então ele usara o dinheiro para desaparecer sem deixar rastros em vez de se arriscar a continuar construindo sua rede de contatos no mercado negro.

O Fantasma fez com que o podcast de Elle disparasse de uma audiência enxuta, mas leal, para um fenômeno cult havia cerca de um ano, mas o caso do ACR já o havia superado. Esse era o caso que ela queria resolver mais do que qualquer outro, e ela tinha uma nova pista. Ela só precisava desvendá-la.

A busca por Luisa Toca a levara para todos os cantos de Minneapolis nos dois dias anteriores, mas ela não teve sucesso. A chefe dela ainda não tivera notícias. Ela sumira feito fumaça. A câmara confirmou que diversas reclamações haviam sido feitas sobre a condição da casa de Maria Alvarez, então a história do homem de Falcon Heights batia. Já havia cinco dias desde a morte de Leo e Elle não estava mais perto de descobrir de quem ele falava ou o que poderia estar no pen drive em seu bolso do que quando começara.

Era comum que os ouvintes do podcast agissem como investigadores terceirizados depois dos primeiros episódios em que ela apresentava o caso. Mesmo assim, havia um limite de quais informações ela estava disposta a compartilhar publicamente quando se tratava de pessoas sob suspeita. Se ela divulgasse o nome de Luisa na subreddit do *Justiça Tardia* talvez conseguisse localizá-la mais depressa, mas os ouvintes deduziriam que ela teria algo a ver com o caso quando não havia evidência de que ela sequer havia estado envolvida. Também quebraria as regras que Elle estabelecera para si mesma e seus ouvintes desde o primeiro episódio. Não exponham uns aos outros na internet, não exponham suspeitos na internet, não sejam babacas. Eram regras simples e, no geral, as pessoas as respeitavam.

Bom, sua audiência normal as respeitava. Desde que começara a quinta temporada, houve alguns absurdos de novos ouvintes entupindo o *feed* porque queriam ser ouvidos. Então houve dúzias de e-mails de *tag* vermelha na caixa de entrada.

Elle abriu o laptop e respirou fundo. Uma temporada sobre o Assassino da Contagem Regressiva seria inevitavelmente popular, mas nem ela conseguia acreditar quão rápido isso havia acontecido desde o primeiro episódio em dezembro. Ela foi de cerca de um milhão de downloads no total para quase dois milhões. Detetives de sofá e fãs de true crime que vinham acompanhando o caso do ACR por anos vieram ouvir o *Justiça Tardia* pela primeira vez, e pareceu que todos eles tinham um pitaco para dar sobre a maneira como ela conduzia seu podcast investigativo. Suas redes sociais e fóruns de podcast — normalmente lugares de refúgio onde ela participava de *brainstorms* com os ouvintes e trocava ideias sobre teorias — se tornaram incômodos. Havia excelentes teorias e perguntas sendo compartilhadas, mas ela levava mais tempo do que antes para encontrá-las.

Antes de enfrentar sua caixa de entrada, ela ligou para Tina. Pouco depois, o rosto de sua produtora surgiu, iluminando a tela.

— Elle, o próximo episódio. Cacete, ele por si só vai fazer com que o Reddit inteiro tenha um orgasmo.

Elle retorceu os lábios, mas riu mesmo assim. — Eca, espero que não.

Tina se aproximou da câmera e seus olhos ficaram próximos da tela como se ela pudesse enxergar o fundo da alma de Elle. — Não, estou falando sério. Se estiver certa sobre isso, é algo enorme. Você encontrou a primeira vítima do ACR.

Elle cobriu o rosto com as mãos. Sua pele queimava sobre os dedos. Ela estivera tão ocupada atrás de Leo nos últimos dias que quase se esquecera de que o próximo episódio poderia trazer uma revelação ainda maior do que a anterior.

Ela olhou para a tela por entre os dedos. — Eu, não. Nós. Você fez todo o trabalho pesado, encontrou a informação da qual eu precisava.

— Tá bom, tá bom, nós duas somos fodonas, vamos concordar e seguir em frente. — Tina sorriu prendendo o cabelo preto e liso atrás da orelha. — Agora um assunto sério. Estou feliz por ter ligado. Quero falar com você sobre o e-mail do podcast.

Elle abriu o navegador ao lado da janela da chamada de vídeo. — Sim, estou vendo que temos um mar vermelho aqui.

— O mar não está tão bravo, eu diria — observou Tina. — Mas alguns deles insinuam saber sua localização, ao menos a vizinhança. Eu fiz denúncias à polícia local, mas eles não parecem ter preparo para lidar com casos cibernéticos como esse. Tentei ajudá-los rastreando alguns dos endereços de IP dos remetentes, mas alguns deles foram roteados por VPNs.

Estremecendo, Elle tomou um gole de vinho. Ela abriu um dos e-mails que Tina classificara com uma *tag* vermelha.

Você vai custar a vida de pessoas inocentes sua vagabunda burra. Vou atrás de você se alguém que eu amo se machucar vou acabar com sua raça. Saiba que essa arminha de merda não vai te ajudar.

Bom, eles sabiam que ela tinha porte de armas. Poderia ser um chute ou uma observação acertada. O e-mail tinha vários parágrafos, mas não havia nenhuma outra informação pessoal. Ela o arquivou.

Depois de mais alguns ela se sentia como se alguém tivesse despejado um balde de formigas-de-fogo sobre sua cabeça.

Tina permaneceu em silêncio, observando-a enquanto ela lia os e-mails. — Tudo bem? — perguntou ela quando Elle voltou a encher a taça de vinho.

— Estou bem. Obrigada por dar uma olhada nisso. Você está bem?

A amiga assentiu. — Sim. — Então deu de ombros. — Bom, não, não de verdade. Tipo, eu sou uma analista comercial, Elle. Não fui treinada para lidar com esse tipo de gente pirada. A situação mais perigosa pela qual passo é quando escrevo e-mails para meus colegas de trabalho falando coisas tipo "como disse em meu último e-mail", e em metade das vezes eu nem sequer mando porque soa muito cretino. Não vou mentir, tive que fumar um baseado depois de ler essas coisas no fim de semana.

Elle passou a língua sobre o lábio inferior sentindo o sabor intenso e amargo do vinho tinto. Sua língua estava roxa na câmera. — Desculpe. Não precisa continuar a lê-los se for muito ruim. Eu entendo, de verdade.

Tina fez um gesto com a mão que dizia "não esquenta". — Não se preocupe comigo. Minha namorada está aqui, ela gosta quando estou vulnerável. — Ela deu uma piscadela, mas seu sorriso não foi dos mais convincentes.

— Obrigada, Tina. Mas dê um tempo se for preciso.

— Pode deixar. E você... por favor, se cuide, tá bom? Talvez deva pensar em ligar para Ayaan, deixá-la por dentro das ameaças.

Elle assentiu, mas sabia que não faria isso. Até onde ela sabia, o departamento de Ayaan provavelmente ainda estava trabalhando para ter certeza de que ela não teve nada a ver com o assassinato de Leo. Eles provavelmente não a veriam com bons olhos se ela pedisse um favor nesse momento.

Quando ela desligou a chamada com Tina, fechou o e-mail. Ainda havia centenas de e-mails não lidos, mas ela já havia atingido sua cota de ameaças e *tags* vermelhas naquela noite. Se pudesse agir de acordo com sua vontade, ela desligaria tudo e iria assistir a um filme com Martín lá embaixo.

Mas ela vinha evitando isso há dias e precisava continuar engajada. Seus ouvintes se esforçavam para encontrar boas informações para compartilhar com ela. O mínimo que ela poderia fazer era ouvi-los.

Ela acessou as redes sociais. O post com o link para o quinto episódio, da quinta-feira passada, tinha mais de dez mil comentários. Elle sorveu um generoso gole de vinho e começou a lê-los.

@doidoooportruecrime
@casillomn amei o último episódio — caralho!! *mic drop*

@tckestavivo
@doidoooportruecrime @castillomn total! N acredito q ela descolou aquela entrevista. Mas ela manda mto bem. Se alguém consegue chamar a atenção p/ esse caso de novo, é a Elle Castillo.

@fadinhadeiowa
@castillomn PUTZ EU N TAVA PRONTA. Como encontro ela???

Descendo a barra de rolagem, Elle curtiu os comentários positivos e tweets empolgados, respondendo perguntas quando podia. Mas quando ela seguiu para as mensagens diretas viu as muitas notificações da caixa de entrada de *Solicitações,* essas de pessoas que ela não seguia. Ela tomou mais um gole de vinho e abriu as mensagens.

Ela já devia ter esperado. As pessoas se tornaram mais descaradas em comentários públicos ao longo dos anos, mas as mensagens privadas eram sempre piores, e essas não fugiam à regra. No ano anterior, ela participara de um painel na CrimeCon junto com outras quatro mulheres de podcasts investigativos famosos para discutir assédio on-line. O moderador preparara slides com comentários retirados da aba de menções. Os nomes de usuário estavam desfocados. Elas mal puderam identificar se um comentário era direcionado a elas mesmas ou às demais — todas recebiam coisas semelhantes em seus *feeds* todos os dias. A única exceção foi a mulher negra, que precisava lidar com racismo além do sexismo em suas redes.

Ser uma mulher que se expressa on-line significa lidar com insultos constantes pelas coisas que se faz ou se diz, não importa quão insignificantes ou inocentes.

Elle começou a passar os olhos pelas mensagens. Diferente dos e-mails do podcast, suas contas nas redes sociais eram só dela. Tina não tinha acesso e por isso não podia filtrar nada.

A maioria era *haters*, pessoas que acreditavam conhecer o caso melhor do que ela e que estavam determinadas a desmerecer tudo o que ela dizia. A maior parte das mensagens seguia a mesma linha de raciocínio: ela estava mentindo sobre as fontes; estava enganando as pessoas sobre a investigação policial; estava sendo alarmista ao dizer que o ACR ainda estava vivo quando a maioria dos especialistas concluíra que o corpo no chalé incendiado era dele. Ninguém era explicitamente ameaçador, mas havia um tom sinistro nas mensagens. Uma pessoa enviara uma simples frase, *Cuidado com o que você deseja,* e essa mensagem, por alguma razão, havia provocado calafrios piores do que as demais. A investigação dela estava sendo assistida de perto e algumas pessoas não estavam felizes.

Ela deu um salto quando seu celular vibrou, pegando-o com as mãos trêmulas. O número da delegacia apareceu na tela.

— Alô? — Atendeu ela, soando mais embriagada do que se sentia.

— Castillo, está trabalhando no meu caso?

Ciente de que o irritaria, Elle se acomodou na cadeira e perguntou: — Quem está falando?

— É o detetive Sam Hyde. Sei que está xeretando o meu caso e gostaria que viesse até a delegacia para se explicar. Isso é completamente antiético e eu poderia abrir uma queixa por obstrução de uma investigação.

Isso a despertou imediatamente de seu torpor. — Detetive Hyde, acredito que esteja ciente de que trabalhei com a polícia de Minneapolis em vários casos recentes. — Foi apenas um, mas o vinho tinto a deixara tagarela. — Estou certa de que não está sugerindo que eu não tenho o direito enquanto cidadã de falar com quaisquer outros cidadãos sobre quaisquer assuntos de minha escolha.

— Contou a uma mulher que seu filho foi assassinado.

— Contei a ela que seu ex-genro foi assassinado. Vários dias depois de isso ter acontecido, devo dizer.

Por um momento a ligação ficou em silêncio. Então ele disse: — Gostaria que viesse até a delegacia e me dissesse o que sabe. Talvez amanhã, já que você claramente não deveria dirigir hoje. E depois, se não se importar, gostaria que ficasse longe da porra do meu caso.

PARTE II
COMEÇANDO DE NOVO

12

Elle
15 de janeiro de 2020

Assim que Elle chegou à delegacia ficou evidente que havia algo no ar. Os departamentos de homicídio e de crimes infantis ficavam próximos — e, infelizmente, trabalhavam em conjunto com frequência. Ela passou pela porta de entrada e se identificou na recepção, entregando seu revólver antes de se dirigir para o escritório de Ayaan, como era de costume. A comandante estava sentada à mesa, olhando concentrada para a tela do computador. Ela tinha a mesma expressão de quando elas investigavam juntas o caso de Jair Brown, uma expressão que dizia "não fale comigo, estou no meio de algo importante". Que droga. Elle estava torcendo para trazer Ayaan para seu lado antes de conversar com Sam Hyde.

Respirando fundo, ela deu a volta e foi sozinha em direção ao escritório dele.

Sam esperava por ela. Ele se apoiava no batente da porta com uma expressão fechada. Ao vê-la, gesticulou para que ela entrasse e se sentasse, fechando a porta em seguida e indo se sentar do outro lado de sua mesa cuidadosamente organizada.

— Dezesseis semanas — disse ele ao se sentar na cadeira.

— Como?

— Dezesseis semanas. É a duração da academia de polícia. Depois há mais um ano e meio de treinamento em campo e, tcharam, você se torna policial. Caso seja essa a carreira que você almeja.

— Obrigada pelas informações de recrutamento — disse ela. Ela estava morrendo de vontade de tomar café. As mensagens que ela lera na noite anterior a mantiveram acordada. Ela não contara para Martín, não queria que ele se preocupasse. Em vez disso, ficou acordada sozinha olhando para o teto, no escuro, alarmada com cada ruído e ranger que soava pela casa.

Sam parecia irritado. — Quer me explicar o que tinha na cabeça quando saiu por aí entrevistando minhas testemunhas antes de mim?

Elle ergueu os ombros. — Não sabia que ainda não tinha falado com elas. Digo, a ex-mulher parece um começo bem óbvio. Eu imaginei que a teria procurado logo de cara.

A pele pálida do pescoço de Sam adquiriu um tom escarlate. — Só porque seu programa de rádio em que gosta de brincar de detetive trouxe resultados algumas vezes, não quer dizer que pode se intrometer em uma investigação de homicídio e fazer o que bem...

— Tudo bem, você está certo. Me desculpe. — Elle respirou fundo, impaciente. — Eu juro que não estava tentando interferir em sua investigação. De verdade. Eu estava... Eu estava tentando descobrir se alguém conhecia Leo bem o suficiente para saber o que ele ia me dizer sobre um caso no qual *eu estou* trabalhando. O caso sobre o qual fui falar com ele quando encontrei seu corpo.

— O ACR.

— Isso mesmo.

— Não entendi. De que forma a ex-mulher dele poderia ter ajudado você?

— Imaginei que se ele realmente soubesse quem é o ACR, poderia ter dito a alguém. Eu perguntaria ao sócio dele, mas estou supondo que ele ainda esteja foragido.

Sam negou com a cabeça. — Não, a polícia o encontrou na noite do assassinato, correndo em direção à casa dele. Ele e Leo definitivamente tinham um desmanche juntos, o departamento responsável estava trabalhando em um caso contra ele por isso. Mas entre o momento em que Leo conversou com você ao telefone e o momento em que Duane chegou, temos uma estimativa bastante precisa da hora em que Leo foi morto, e Duane foi visto nas câmeras de segurança de um posto de gasolina no mesmo quarteirão apenas cinco minutos antes de você chegar. Não encontramos a arma do crime na cena nem tampouco em seu apartamento ou local de trabalho, mas nosso melhor palpite é que os policiais o pegaram antes mesmo de ele chegar em casa. Então ele pode ter se livrado da arma no caminho, ou pode não ser quem procuramos.

Elle sentiu um calafrio. — Quer dizer que ele não o matou?

— Não posso dizer com certeza, mas não tínhamos provas suficientes para mantê-lo aqui. Ele está em liberdade desde sexta-feira à tarde.

Ele ia me dizer quem é o ACR. Inclinando-se sobre a mesa, Elle levou os cotovelos à superfície de madeira e apoiou a testa na palma das mãos. A sala girava, então ela respirou fundo pelo nariz.

— Está tudo bem?

— Shhhh, estou pensando.

Fechando os olhos, ela tentou se lembrar do apartamento exatamente como estava quando ela chegou: Leo estava deitado de barriga para cima no chão, Duane estava ajoelhado ao seu lado. O ambiente estava inalterado, os móveis, gastos, mas organizados. Duane não tinha uma arma, não que ela tenha visto. Não havia mais ninguém na sala. Alguém poderia ter se escondido perto da porta e fugido quando ela entrou? Não. Um dos dois teria notado. Eles e o assassino devem ter se desencontrado por questão de segundos. Talvez quem quer que tenha sido tenha passado por ela nas escadas, embora ela não se lembre de ver ninguém. Ele pode ter subido um lance de escadas, esperado até que ela entrasse. Isso significaria que ele sabia que ela estava a caminho. A ideia a fez estremecer.

Elle estava se segurando para não perguntar se a polícia já havia tido acesso ao pen drive que estava no bolso de Leo. Ela acreditava que ele estaria parado em uma pilha de evidências naquele momento, esperando para ser processado. Mesmo se já tivesse tido acesso, Sam jamais lhe diria e ele parecia vingativo o suficiente para abrir uma acusação contra ela por vasculhar as roupas de uma vítima de homicídio.

Por fim, ela olhou para ele. — Sei que não é muito fã de investigadores independentes. — Ele abriu a boca para responder, mas ela continuou. — Prometo tentar ficar fora do seu caminho, mas não posso prometer que vou ficar fora desse caso. Se Leo sabia algo sobre o ACR, vou descobrir o que era. E se ele morreu porque ia me dar essa informação, devo a ele descobrir quem o matou.

Sam a observou em silêncio por um momento. Então um sorriso incrédulo apareceu em seu rosto. — Você acha que o ACR o matou.

Elle sentiu seu rosto ruborizar, mas se recusou a baixar o olhar. — Eu *não* disse isso.

— Mas você acha. Você acha que esse cara foi baleado pelo ACR por ter mandado um e-mail para o seu podcast?

Suas palavras soavam mais como espanto do que como deboche, mas Elle se irritara. Ela se levantou e saiu da sala, ignorando os pedidos de má vontade de Sam para que ela voltasse.

Ela estava esperando pelo elevador quando Ayaan apareceu à porta de seu escritório. — Elle, tem um minuto? — Quando Elle se voltou para ela, Ayaan recuou. — Caramba, está tudo bem?

— Hyde — disse Elle, cansada demais para explicar.

Ayaan assentiu. — Entendo. Ele acabou de ser transferido para cá. É bom no que faz, mas é meio babaca.

— Não diga.

— Bom, talvez isso ajude você a mudar de ares. — Ayaan foi até o saguão entre o elevador e a porta da delegacia, cruzando os braços sobre o blazer branco. — Estou com um caso de uma pessoa desaparecida que supostamente foi sequestrada ontem de manhã enquanto esperava pelo ônibus escolar. A mãe da menina adora seu podcast. Ela está desesperada de preocupação, mas não para de dizer que quer que você esteja no caso. Acabei de conseguir a aprovação dos meus superiores para convidá-la a colaborar como consultora, caso esteja interessada.

Os olhos de Elle se arregalaram e ela endireitou a postura. Até então ela tinha certeza de que a polícia não confiava nela, mesmo depois de tudo que fizera para se mostrar confiável. Ela perguntou: — Consultora em um caso ativo?

Ayaan assentiu. — Se quiser. Adoraria contar com seus insights.

Isso significaria menos tempo para trabalhar no podcast, para investigar informações e para gravar novo conteúdo. Por outro lado, a distrairia de todo o chorume em sua caixa de entrada. Além disso, se ela recusasse o convite de Ayaan agora, ela poderia nunca mais ter a oportunidade de ajudar em um caso da polícia de Minneapolis.

Mordendo o interior da bochecha, Elle varreu a delegacia com os olhos. Ela conseguia ver o escritório onde Sam estava sentado à mesa, de costas para onde elas estavam. Ele odiaria se ela estivesse trabalhando em um caso ativo. Isso era um bônus, mas quanto mais ela pensava nisso, mais ela sentia vontade de aceitar. Alguém pediu por ela. Alguém acreditou que ela era uma investigadora boa o suficiente a ponto de confiar nela com o caso de sua própria filha.

Elle voltou o olhar para Ayaan novamente e assentiu, determinada. — Eu topo.

13

Podcast *Justiça Tardia*
2 de janeiro de 2020
Transcrição: Quarto episódio da quinta temporada

NARRAÇÃO DE ELLE
Há milhares de chalés de madeira em Minnesota. Propriedades familiares espalhadas pelo interior, cabanas de caça escondidas nos emaranhados de árvores. Mansões que contrariam a conotação diminutiva de "chalé" se erguem às margens de alguns de nossos famosos dez mil lagos. São estruturas de muita beleza e praticidade trazidas da Escandinávia na era dos peregrinos e dos pioneiros. Mas também são altamente inflamáveis.

O fogo precisa de apenas duas coisas para se propagar: combustível e oxigênio. Por sua natureza, chalés são construídos com combustível — espessas toras de madeira seca presas umas às outras, sem deixar nenhuma fresta, para impedir a entrada do vento e da neve. Compreensivelmente, muitas das pessoas que têm chalés de madeira também possuem uma nostalgia pelo passado e renunciam a sistemas de aquecimento mais modernos em favor de lareiras ou fogões à lenha. Essas famílias se deitam em suas camas à noite, ouvindo o vento assoviar do lado de fora de suas firmes casas, absorvendo o calor da lareira que crepita no cômodo. Elas podem se sentir seguras, mas basta um elemento para transformar seus lares em uma pilha de graveto. Uma pequena coisa pode transformar um lugar de segurança em uma inflamável armadilha mortal.

Uma centelha.

[*MÚSICA TEMA + ABERTURA*]

NARRAÇÃO DE ELLE
Relatórios policiais são confidenciais, mas devido ao parecer privilegiado do detetive Sykes e às vagas respostas que consegui arrancar da polícia de Minneapolis, concluí que, neste momento, o caso do Assassino da Contagem Regressiva não está sendo investigado de maneira oficial. O posicionamento dos investigadores

é de que nada mais pode ser feito até que haja novas evidências. E por isso estou aqui, procurando. Encontrar novas evidências é minha especialidade. Mas não sou a única. Depois que lancei os primeiros episódios desta temporada, uma cientista forense do Departamento de Apreensão Criminal de Minnesota entrou em contato comigo. Ela deseja manter o anonimato embora seus superiores a tenham autorizado a me dar a informação que ela está prestes a revelar. Ela apenas não quer ser contatada por ninguém do público ou da imprensa sobre seu papel nesse caso, e respeito a decisão dela. Eu a chamarei de Anne.

ELLE
Obrigada por aceitar se encontrar comigo aqui. Entendo que tem informações que gostaria de compartilhar sobre o estado dos corpos encontrados no chalé do ACR em 1999.

ANNE
Isso mesmo. Para esclarecer, eu não estava no departamento quando os corpos foram encontrados. No entanto, como sabe, no vigésimo aniversário da fuga de Nora no inverno passado, houve um incentivo temporário na imprensa para solucionar esse caso e eu fiquei responsável por revisar as evidências forenses nos arquivos policiais. Nós nunca encontramos DNA do ACR, é claro, mas eles encontraram um fio comprido de cabelo na vítima de catorze anos, Carissa Jacobs. Isso não foi divulgado ao público — bom, acho que agora foi. O cabelo pertencia a uma mulher adulta não identificada. O DNA mitocondrial não se mostrou compatível com nenhuma das outras garotas sequestradas pelo ACR, e, na época, esse foi o único DNA que eles conseguiram extrair de um cabelo sem raiz.

Ao revisar a evidência, devido a alguns avanços da tecnologia de extração de DNA, consegui obter uma amostra melhor dos ossos carbonizados encontrados no chalé que pertenciam a uma mulher. Estavam tão degradados que em 1999 eles não conseguiram amplificar os marcadores genéticos o suficiente a ponto de obter uma identificação confiável. No entanto, nessa última rodada de testes, consegui gerar uma amostra mais robusta, assim como consegui extrair DNA nuclear do fio encontrado no corpo de Carissa. Dentro de um grau razoável de certeza científica, posso dizer que a mulher cujo cabelo foi encontrado nas roupas de Carissa Jacobs é a mesma mulher encontrada morta no chalé do ACR.

ELLE
Essa é uma descoberta importante. Estou certa de que algumas pessoas se perguntarão por que está compartilhando em primeira mão aqui e não, digamos, no *Star Tribune* ou até mesmo em um jornal de circulação nacional.

ANNE
Com todo o respeito a esses veículos, seu podcast é a razão pela qual esse caso voltou para os jornais, para começo de conversa. O resto das pessoas seguiu em frente. Cada um fez sua parte publicando um anúncio nos jornais pedindo que as pessoas entrassem em contato com informações, mas foi isso. Você é a única investigando de verdade, tentando encontrar o homem que cometeu esses crimes. A polícia recebeu a informação primeiro, é claro, mas não há nada compatível com o DNA da mulher no CODIS, a base de dados nacional de DNA. Eles agora estão trabalhando com um genealogista forense para localizar a árvore genealógica e encontrar os familiares da mulher. Esse método ajudou na resolução de muitos casos famosos recentemente, mas algumas das bases de dados usadas anteriormente dificultaram o acesso legal ao DNA das pessoas, então isso desacelerou o processo. Eles podem encontrar algo compatível o suficiente para localizar os familiares e assim identificá-la, mas pode levar meses, talvez anos. Enquanto isso, acredito que haja outras formas de avançar no caso. Por isso entrei em contato com você.

ELLE
Pessoalmente, o que você acha que isso significa? Sei que disse ser fora de sua área de especialidade, mas gostaria de ouvir sua opinião.

ANNE
Bom, isso nos diz que a mulher provavelmente não foi só uma vítima qualquer usada pelo ACR para confundir os detetives. Ela o conhecera por pelo menos um ano, já que esteve próxima a Carissa antes de sua morte. Infelizmente, todas as evidências forenses em potencial foram carbonizadas junto com o casal e não havia DNA masculino no corpo de nenhuma das vítimas, então não temos nada para comparar com o homem encontrado com ela no chalé. Realizei as mesmas análises nos ossos masculinos e os resultados foram submetidos ao CODIS também. Não encontramos nenhuma compatibilidade, o que quer dizer que ele provavelmente nunca tenha sido preso antes de sua morte. Isso não invalida a possibilidade de ele ter sido o ACR, mas também não quer dizer necessariamente que ele era o assassino.

ELLE
Isso porque a maioria dos serial-killers começa com delitos leves e pequenos crimes, como perseguição ou arrombamentos, correto?

ANNE
É o que entendo, embora não seja minha área de especialidade. No entanto, o ACR pode ter cometido crimes como esses e simplesmente nunca ter sido pego.

Mas é algo a se considerar. Entretanto, para aqueles que estão tão certos de que o homem no chalé era o ACR, há outra evidência crucial que precisam saber. Até onde conseguimos dizer, o DNA pertence a um homem na casa dos quarenta anos. Isso corrobora as determinações de idade iniciais que nosso departamento fez depois de examinar o esqueleto dele.

ELLE
Isso... é crucial, na verdade. Todos os perfis profissionalmente traçados do ACR determinaram que ele tinha de vinte e cinco a trinta e cinco anos. Mesmo se esses profissionais tivessem se equivocado, as estatísticas dizem que a maioria dos serial-killers está nessa faixa de idade. Por que a idade do homem no chalé nunca foi divulgada?

ANNE
Quando eles divulgaram a estimativa de idade do esqueleto, a febre da mídia pelo ACR já havia passado. Não houve assassinatos no ano 2000, e depois a atenção do país se voltou para Nova York e para a tragédia dos ataques terroristas do Onze de Setembro. Poucos jornais reportaram essas descobertas em parágrafos no fim da publicação, e ainda que as pessoas os tenham visto, não pareceram dar importância. O consenso legal é que os perfis provavelmente estavam errados. Todos ficaram mais do que felizes em acreditar que ele havia morrido. Era mais fácil — menos trabalhoso — imaginar que o ACR tirou a própria vida depois de matar sua parceira e incendiar o chalé. Os assassinatos cessaram, no fim das contas.

ELLE
A pergunta que sempre ouço quando sugiro que o ACR ainda esteja vivo é *então quem era o homem no chalé?* Preciso ser sincera, é uma pergunta que sempre tive dificuldade em responder. Já imaginei dezenas de cenários, mas não estou certa de nenhum deles. Tem alguma teoria?

ANNE
É só especulação, é claro. Como você disse, provavelmente seja algo que jamais saberemos a menos que, e apenas se, o assassino for pego. Mas se eu tivesse que chutar, diria que as duas alternativas são: um, o ACR matou um homem, alguém que ele conhecia ou um estranho na rua; ou dois, ele exumou uma sepultura recente para usar o corpo como disfarce. De qualquer forma, o público e os órgãos de segurança pública caíram nessa por duas décadas.

[*DESCRIÇÃO SONORA: Notificação de chamada do Skype tocando e sendo atendida.*]

ELLE
O que tem para mim, Tina?

NARRAÇÃO DE ELLE
Depois de entrevistar Anne, entrei em contato com Tina Nguyen, de quem devem se lembrar das temporadas passadas do *Justiça Tardia*. Ela é minha produtora destemida e pesquisadora brilhante.

TINA
Verifiquei todos os registros de pessoas desaparecidas na região centro-oeste procurando por homens na casa dos trinta e dos quarenta, como me pediu. Não acreditaria em quão curta é a lista. Aumentei o período para dezoito meses antes e depois da data do incêndio no chalé, mas ainda assim. Só encontrei cerca de cem nomes.

ELLE
Homens brancos de meia-idade não desaparecem sem explicação com frequência.

TINA
Sorte a deles. Localizei alguns, embora os casos ainda estivessem abertos. Entrei em contato com os departamentos responsáveis para garantir que sabiam onde eles estavam. Eles pareceram surpresos, então, ops. Desculpem, rapazes. Aparentemente as segundas famílias de vocês terão uma surpresa.

ELLE
Claro, você resolveu alguns casos não solucionados de dez anos atrás enquanto fazia pesquisa para outro. É muito a sua cara.

TINA
O que posso dizer? Detesto quando homens fogem e começam uma nova vida na Flórida para não pagar pensão. De qualquer forma, consegui limitar as possibilidades a três que me parecem muito boas. Todos esses homens desapareceram a uma semana do incêndio do chalé, e, supostamente, nunca mais se ouviu falar deles. Não consigo encontrar ninguém que se pareça com eles na internet e suas informações pessoais não foram usadas desde que foram dados como desaparecidos.

ELLE
Você é incrível. Alguém em particular chamou sua atenção?

TINA
Sim, esse cara que vamos chamar de Stanley. Seu desaparecimento foi reportado por sua secretária três dias depois da fuga de Nora. Não deixou para trás família ou esposa que pudessem sentir sua falta, pobrezinho. Havia a suspeita de que ele fugira com uma mulher casada com quem tinha um caso, alguém de sua empresa. Aparentemente nenhum dos dois apareceu no trabalho depois daquele dia, e ninguém mais soube dele. Os boatos diziam que o marido da mulher era abusivo, por isso todos deduziram que eles tinham fugido juntos sem contar a ninguém para onde iam. O marido dela parece ter sumido do mapa na mesma época. Dei uma olhada nele, mas, segundo o que consegui encontrar, ele usou um nome falso na certidão de casamento e não há registros sobre ele antes de 1990. A mulher dele, no entanto, tem todo um histórico. O número de identidade dela nunca havia sido usado em outro emprego antes ou para solicitar qualquer tipo de crédito. Ela não tinha passaporte, então é pouco provável que tenha embarcado em um voo internacional.

Claro, é possível que eles realmente tenham fugido juntos. Naquela época era possível passar pela fronteira com o México sem um passaporte. Talvez eles tenham dirigido até a América Central e estejam vivendo uma vida tranquila na praia, vendendo bijuteria para pagar as compras do mês. Mas eu duvido.

ELLE
Também duvido.

NARRAÇÃO DE ELLE
Como muitos sabem, eu planejo com o máximo possível de antecedência, mas boa parte de minhas investigações acontece em tempo real. Eu recebo mais informações e dicas assim que começo a lançar os episódios, e esse caso não fugiu à regra. Essa é uma pista na qual temos trabalhado há apenas duas semanas, mas já é um grande avanço no caso. É bem provável que o casal descoberto por Tina seja o casal no chalé. Se for o caso, dado o uso de um nome falso, parece que o ACR foi um marido traído que assassinou a esposa e o amante dela e em seguida os carbonizou naquele chalé para não deixar rastros. Não sabemos, mas compartilhamos a informação encontrada por Tina com a polícia de Minneapolis, assim como com o Departamento de Apreensão Criminal, e ela está atualmente sendo investigada. Temos novas evidências. Estamos revivendo esse caso. E, ACR, se estiver ouvindo, vamos encontrá-lo. Dessa vez a contagem regressiva não está a seu favor — e seu tempo está se esgotando.

14

Elle
15 de janeiro de 2020

A caminho da residência da garota desaparecida, Ayaan atualizou Elle sobre o caso. Na manhã anterior, a caminho do ponto de ônibus, uma garota de onze anos chamada Amanda Jordan desapareceu. A polícia não conseguiu localizar nenhuma testemunha e a motorista de ônibus relatou que Amanda não estava no ponto quando ela chegou. Apenas uma das cinco crianças esperando pelo ônibus se lembram de ter visto adultos nas redondezas: era um homem jovem parado na calçada um pouco mais adiante. Ele foi descrito como sendo alto, caucasiano e de cabelos pretos. Os pais da menina haviam sido questionados sobre isso no dia anterior, mas não conseguiram pensar em ninguém que se encaixasse nessa descrição.

— Mas tive dificuldade para conseguir algo útil deles — disse Ayaan enquanto entrava com o carro em uma rua residencial tranquila. — Os dois estavam beirando a histeria. Tem um policial com eles agora para o caso de uma ligação de resgate, mas aparentemente eles mal abriram a boca desde que fui embora ontem à tarde. — Ela balançou a cabeça. — Nunca se torna fácil lidar com casos como esse, mas os pais dessa menina parecem particularmente instáveis. A mãe se culpa.

— Por quê? — perguntou Elle, examinando as anotações que Ayaan havia feito sobre o caso até o momento.

— Ela normalmente fica de olho até que a menina entre no ônibus, mas ontem ela recebeu um telefonema e por isso a perdeu de vista por um momento. Quando voltou, o ônibus já havia passado e ido embora. Ela simplesmente deduziu que Amanda estava lá dentro.

Elle respondeu meneando a cabeça. Era natural que a mãe se sentisse culpada, mas culpa era um sentimento inútil. Mais do que isso, era prejudicial. Paralisante. Eles não conseguiriam tirar nada dela até que pudessem fazer com que ela abandonasse a culpa. Ayaan estacionou atrás da viatura na rua, longe o suficiente do meio-fio para que Elle pudesse descer sem pisar em um monte de neve. A comandante se posicionou em frente à casa e apontou para um ponto do outro lado da rua, na diagonal de onde estavam. — É aquele ponto de ônibus. De cinco a dez crianças esperam o ônibus ali; o número varia já que as mães que trabalham em meio período levam seus filhos para a escola de carro em alguns dias. É possível enxergar o lugar onde as crianças esperam pelo ônibus da porta de entrada dos Jordan, mas apenas parcialmente. A sra. Jordan diz que normalmente há crianças suficientes no grupo para que ela consiga ao menos enxergar quando Amanda se junta a elas depois de atravessar a rua.

Ela se voltou para a casa e Elle seguiu seu olhar. — Sandy Jordan estava na varanda com a porta contra tempestades fechada. Ela observava a filha pelo vidro. Assim que Amanda saiu de casa, o telefone fixo tocou. Pelos registros telefônicos, sabemos que a ligação aconteceu às 8h27. A motorista de ônibus chegou menos de três minutos depois, às 8h30. Em algum ponto desse intervalo de tempo, Amanda foi sequestrada.

— Ninguém viu o sequestro?

Ayaan se virou para o outro lado da rua novamente. O reflexo brilhante da neve fez com que seus olhos castanhos cintilassem. — Não até onde sabemos. Os policiais esquadrinharam a vizinhança, mas nenhum dos outros pais viu nada. Como a casa de Amanda fica depois dessa leve curva, acreditamos que haja pontos cegos de onde os pais observam seus filhos. Interrogamos os pais, a motorista de ônibus e todas as crianças que estiveram no ponto ontem. Algumas das crianças pareciam nervosas, é claro, mas só queriam ajudar. A única outra informação que temos é da motorista de ônibus. Ela afirma ter visto uma van desconhecida por perto. Uma van azul-escura, sem identificação, sem placas. Ela fica de olho nesse tipo de coisa. Ela assiste a *Lei e Ordem* demais.

Perguntamos aos vizinhos, mas até agora ninguém se manifestou como dono ou conseguiu explicar a presença da van. Estamos procurando vídeos de segurança na área, mas nas casas onde há câmeras, ela está posicionada para a calçada da propriedade. A maioria das casas não tem sistema algum. Esse bairro é considerado muito seguro.

O vento se tornou mais intenso e Elle cruzou os braços. — Sempre são.

Elle inspecionou ambos os sentidos da rua. O sedan de Ayaan e a viatura eram os únicos veículos na rua; todas as outras pessoas tinham os carros estacionados na entrada da garagem ou fechados dentro de garagens para dois carros. Os gramados em frente às casas eram abertos, sem cercas, um terminando onde o outro começava. Havia caminhos onde a neve fora retirada que levavam aos decks de madeira ou às escadas de tijolos que constituíam as entradas acolhedoras de casas em estilo colonial. Essas casas pertenciam em grande parte a famílias de classe média alta com filhos adolescentes ou já adultos, considerando o número pequeno de crianças entrando no ônibus. Até oito e meia era seguro dizer que a maioria deles estaria no trabalho, mas não havia garantia. Se a maioria dos pais observava os filhos até que entrassem no ônibus, isso significava que o sequestrador precisaria saber exatamente onde se posicionar para não ser visto. E ele talvez soubesse que a mãe de Amanda estaria distraída.

Era uma forma arriscada de sequestrar uma criança, o que, por si só, já era uma missão perigosa.

— Em que está pensando? — perguntou Ayaan.

— Ele deve ter feito aquela ligação.

— Tivemos acesso aos registros telefônicos hoje de manhã — explicou Ayaan. — A ligação veio de um celular pré-pago comprado há dois meses na Target da Shoreview. Um telefone descartável, basicamente. O cliente pagou em dinheiro. Estamos tentando obter os vídeos de segurança, mas os gerentes não sabem dizer se foram salvos.

Elle assentiu. — Provavelmente não foram, mas se tiverem sido, aposto que ele foi até lá disfarçado. Ele planejou isso cuidadosamente. Ele teria que conhecer o bairro, os hábitos dos pais, o horário em que eles saem para o trabalho. Vamos supor que a van azul de fato pertencesse a ele: se ele conseguiu fazer com que Amanda entrasse no carro tão rápido, sabe o que isso diz?

— Que ela o conhecia. — Ayaan olhou para Elle. — Talvez você consiga algo dos pais que eu não consegui. Não temos uma descrição muito detalhada e nem sequer sabemos se o homem que a garota viu era o sequestrador, mas é a informação mais relevante que temos no momento.

Elle se virou em direção à casa. — Vamos falar com os pais.

A casa dos Jordan era um sobrado aconchegante onde todas as luzes ficavam acesas, mesmo com o sol da manhã entrando pelas janelas. Como se talvez a filha deles apenas tivesse se perdido e a luz fosse ajudá-la a encontrar o caminho de volta para casa. Quando Ayaan bateu na porta da frente, um policial a abriu. Ele as deixou entrar depois de confirmar a identidade de Elle.

O casal branco encolhido no sofá eram Dave e Sandy Jordan. O cabelo loiro de Sandy caía embaraçado sobre seus ombros e o rosto dos dois estava vermelho e coberto de lágrimas. Sandy se levantou assim que viu Elle, soltando a mão do marido. Por um momento ela apenas a encarou enquanto lágrimas corriam por suas bochechas. Então ela se jogou sobre Elle, abraçando-a tão apertado que ela sentiu pressão em suas costelas.

Elle teve um flashback de quando era criança: ela acordava enrolada em lençóis úmidos de urina em meio aos próprios gritos depois do susto de um pesadelo.

Sua mãe vinha correndo, pronta para atacar um possível invasor. Em vez disso, encontrava a filha sentada na cama, sozinha. O único inimigo naquela noite era a mente de Elle, e esse era um lugar que sua mãe não conseguia alcançar. Exasperada, Elle chamava por ela, esperando ser envolvida por braços aconchegantes como os de Sandy nesse momento, mas a mãe apenas olhava para ela, seus olhos ardendo com uma dor que Elle jamais compreenderia.

O abraço de Sandy se tornou mais apertado, despertando Elle de seus devaneios. Desajeitadamente, ela deu tapinhas solidários na costa da mulher.

— Tudo bem, tudo bem — tranquilizou Elle, fazendo movimentos circulares nas costas da mulher. Seu corpo frágil tremia. Elle deduziu que ela não havia comido ou bebido nada desde a manhã do dia anterior.

— Obrigada por ter vindo — disse Sandy quando finalmente a soltou. Seu corpo pendeu para a frente como se o simples ato de estar de pé fosse doloroso. — Eu... Eu sou amiga da irmã mais velha de Grace Cunningham. A menina do caso da sua primeira temporada.

Elle assentiu. — Entendo.

— Vi o que fez por eles. Pensei que talvez pudesse ajudar. Não é que eu não confie na polícia. — Ao dizer isso, Sandy lançou um olhar desesperado na direção de Ayaan, como se estivesse tentando assegurá-la de sua fé nos policiais. — Senti que precisava fazer alguma coisa. Nós dois fomos tão inúteis tentando pensar em alguém que possa ter feito isso. Estou enlouquecendo pensando no que pode estar acontecendo com... Eu só... — Ela se perdeu no meio da frase e, sob soluços, voltou para o sofá, desmoronando ao lado do marido. Quando Sandy voltou a olhar para Elle, ela perguntou:

— Pode me dizer o que aconteceu?

Dave Jordan ainda não havia dito nada, mas ele colocou seu braço forte em volta da esposa em um gesto que quase cobriu todo seu corpo delicado. Ele olhou para Elle, desconfiado. — Eu vi vocês lá fora. A comandante Bishar não estava atualizando você?

— Sim, ela me explicou o que aconteceu, mas gostaria de ouvir o seu relato. Por favor.

Por fim, Dave passou uma caixa de lenços de papel à esposa, que estava muito abalada. Depois de usar uma mão cheia deles para secar o rosto, Sandy voltou a falar. — Eu ia ficar olhando enquanto Amanda caminhava até o ponto de ônibus, como em todas as manhãs. Está muito frio, então fiquei aqui dentro como costumo ficar no inverno. Enquanto ela atravessava o quintal, eu fui... — Ela se interrompeu para secar uma nova enxurrada de lágrimas. — Fui até a cozinha porque o telefone tocou. Ninguém nunca nos telefona na linha fixa, então pensei ser algum tipo de emergência. Eu atendi, mas não havia ninguém do outro lado da linha. Quando voltei para a janela o ônibus já havia partido. Eu apenas deduzi... Eu apenas deduzi que ela tinha entrado. Não pensei duas vezes.

Sandy olhou para Dave balançando a cabeça. — Me desculpe. Eu sinto muito.

Ele tensionou a mandíbula, mas esticou o braço e pousou a mão sobre o joelho dela. — Não fez nada que eu não faria. Não é sua culpa.

Elle tentou estabelecer contato visual com ele, tentando mantê-lo presente enquanto a esposa se recompunha. — O que aconteceu em seguida? Como perceberam que ela havia desaparecido?

— A escola telefonou — respondeu Dave. — Eles ligaram quando ela não apareceu depois da primeira aula. Obviamente ficamos chocados, então ligamos para a emergência imediatamente. Quando os policiais procuraram pela rua, encontraram a mochila dela descartada. Não conseguíamos ver da nossa janela por causa do acúmulo de neve, mas estava lá, duas casas adiante.

— Então não era um problema para quem quer que a tenha sequestrado que fosse óbvio que ela estava sendo levada. — Elle falou consigo mesma, mas quando levantou o olhar percebeu que Ayaan a estava observando de onde estava, apoiada contra o batente. Ela fez um gesto com a cabeça em resposta.

Ayaan disse: — Os policiais encontraram a mochila assim que chegaram aqui, mas nada além disso. Estava na mesma altura da van que a motorista do ônibus achou suspeita.

Elle sentiu um arrepio correr pelos braços embora a casa estivesse muito bem aquecida. — Então se a van foi usada para sequestrar Amanda, isso quer dizer que ela estava dentro do veículo quando o ônibus chegou?

O coração de Elle estava apertado com o pranto de Sandy, que voltara a soluçar. Ayaan simplesmente gesticulou positivamente com a cabeça, seus lábios comprimidos em uma linha.

Elle se inclinou para a frente, suas mãos unidas diante do corpo. — Sr. Jordan, você e sua esposa têm algum dinheiro? Alguma grande quantia que possam ter recebido recentemente e sobre a qual alguém sabia?

— O quê? Não. Eu sou empreiteiro. Minha esposa é dona de casa. — Os olhos de Dave voltaram a ficar marejados e ele esfregou as lágrimas com os nós dos dedos. — Tudo o que temos é essa casa e dois filhos lindos. Eu... Isso não pode estar acontecendo.

— Não consegue pensar em ninguém que poderia querer levar Amanda? Nenhum familiar ou conhecido que tenha demonstrado interesse especial nela? Ninguém estranho seguindo vocês recentemente?

Os dois negaram com a cabeça e então Sandy voltou a chorar. — Não sei! As pessoas não param de me perguntar isso. Eu não sei. Não sei. Eu não sei quem poderia ter feito isso conosco. — Sua última palavra se alongou e se emendou em um lamento.

Pensando em dar um momento ao casal, Elle olhou em volta buscando o policial que as recebera na porta. Ele provavelmente estaria na cozinha. — Com licença — murmurou ela, deixando o cômodo.

O policial estava enchendo uma chaleira de água na pia da cozinha e a ergueu, exibindo-a, quando Elle entrou. — Pensei em fazer um chá. Tentei duas vezes, mas nas duas eles deixaram esfriar sem tomar. Eles basicamente têm chorado e me perguntado se fiquei sabendo de alguma coisa. — O homem baixo de pele escura estalou os dedos depois de ligar o fogão sob a chaleira.

— Imaginei... — Elle interrompeu. — Como se chama?

— Hamilton. Antes de ele ficar famoso. — Ele sorriu, piscando um olho.

— Acho que Alexander Hamilton ficaria ofendido com essa ressalva, mas tudo bem — disse ela. — Sou Elle Castillo. Sou consultora da polícia. — Ela se sentiu bem ao dizer essas palavras, mas conteve um sorriso. — Está me dizendo que está aqui há, o que, quatro horas? E eles não disseram nada?

Hamilton verificou seu relógio de pulso. — Estou dizendo, troquei de turno com o policial Eastley às oito da manhã e esses dois não disseram nada que não fosse uma resposta para uma pergunta direta. O cara fica olhando pela janela o tempo todo e a moça está alternando entre dormir e chorar. Nunca vi duas pessoas tão devastadas.

— O que perguntou a eles?

— Só se eles viram alguém estranho no bairro recentemente ou se alguém tinha algo contra algum deles. Sabe, talvez alguém no trabalho ou coisa assim?

Elle assentiu. — E o que disseram?

Hamilton riu ironicamente e balançou a cabeça, parecendo desapontado. — Nada de útil. Eles não conseguem imaginar uma razão pela qual alguém faria isso com a filha deles. — Ele olhou para Elle, seus olhos castanhos carregados de preocupação. — Já vi muita coisa, mas nunca vi pessoas abaladas dessa maneira antes. Espero que possamos encontrá-la.

Ele permaneceu na cozinha quando Elle voltou para a sala. Dave estava em pé ao lado da janela agora, olhando para fora como se Amanda pudesse aparecer a qualquer momento, caminhando em direção à casa. Ayaan estava sentada em frente a Sandy. Seu corpo estava ereto e ela parecia desconfortável em uma poltrona reclinável de uma maneira que Elle nunca vira antes. Seu rosto se suavizou em uma expressão esperançosa quando Elle voltou para a sala, mas ela balançou a cabeça negativamente. Ayaan assentiu de maneira quase imperceptível.

Em vez de se sentar na cadeira ao lado de Ayaan, Elle ocupou o lugar no sofá ao lado de Sandy. O corpo dela se levantou com o novo peso sobre as almofadas e pendeu em direção a Elle. Foi o suficiente para despertá-la de seu torpor. Sandy finalmente endireitou o corpo e ergueu a cabeça, que antes estivera apoiada no encosto do sofá. Ela olhou para Elle e seus olhos levaram um segundo para focá-la.

— Aonde foi? — perguntou ela com a voz embargada.

— Só conversar com o policial — respondeu Elle. Ela olhou para a comandante. — Ayaan, você mencionou que uma das crianças descreveu alguém que foi visto na área, não é?

Ayaan acenou positivamente com a cabeça, pegando seu caderno e virando várias páginas antes de encontrar o que procurava. — Isso mesmo, uma menina de dez anos nos disse que viu um homem perto da rua quando ela estava esperando o ônibus, embora ela não o tenha visto se aproximando de Amanda. Ela disse que ele era bastante alto com cabelo preto e pele pálida, e que ele usava uma jaqueta bege. Ela não o reconheceu.

Elle olhou para os Jordan. — Soa como alguém que vocês conhecem?

— Não sei. A comandante Bishar nos perguntou isso ontem à noite. Não sei... Eu não consigo. — O rosto de Sandy se retorceu. Ela dobrou o corpo escondendo o rosto entre as mãos e secando as lágrimas que voltavam a cair. — Não consigo pensar. É como se... é como se meu cérebro estivesse dando um branco.

Ayaan respondeu em tom suave. — Ninguém gosta de pensar nisso, Sandy, mas algumas vezes as pessoas com quem mais acreditamos que nossos filhos estão seguros são as que os colocam em risco. Não vemos que nossos filhos têm medo delas, que têm motivos para estar. Há alguém em sua vida, qualquer pessoa, de quem Amanda possa ter demonstrado sentir medo anteriormente? Um tio? Um primo? Um amigo que visitou vocês? Alguém que trabalha com você, Dave?

Quando nenhum dos dois respondeu, Elle falou novamente. — Tentem se lembrar se alguma vez já tiveram que incentivar Amanda a cumprimentar alguém, a abraçar alguém, talvez. Alguém com quem ela não queria interagir inicialmente em um gesto que talvez tenha sido interpretado como desobediência. Provavelmente não deve ter parecido estranho para vocês no momento, mas crianças nem sempre nos dão informações importantes de maneiras alarmantes. Mas havia algo nesse homem, nesse homem alto, branco e de cabelos escuros, que Amanda não gostava. Ela não gostava dele. Conhecem alguém assim?

A vermelhidão nos olhos de Sandy piorava, mas ela não piscou enquanto duas lágrimas correram por sua bochecha direita. Dave continuou a olhar pela janela, imóvel. Elle respirou fundo, enterrando as unhas nas palmas das mãos.

Hamilton veio da cozinha segurando uma bandeja com um bule, algumas xícaras e uma porção de bolachas. Ele pousou a bandeja na mesa de centro e sorriu para Elle, sussurrando: — Tentativa número três.

Dessa vez ele pareceu ter sucesso. Como se estivesse no piloto automático, Sandy se esticou e se serviu de uma xícara de chá. Seus olhos estavam focados em algum lugar no meio da sala. Ela por pouco não espirrou o líquido escaldante sobre a mão, mas por fim não derramou nem mesmo uma gota. Sem desviar o olhar, ela levou a xícara aos lábios, soprou o líquido e tomou um pequeno gole. Então ela respirou profunda e ruidosamente, soltando o ar pelo nariz, e disse: — Se bem me lembro, ela nunca gostou de Graham Wallace.

Todo o corpo de Elle se enrijeceu. Hamilton parou em meio a um movimento e voltou a cabeça em direção a Elle, perplexo. Ayaan foi a primeira a se mover. Ela buscou seu tablet e começou a digitar, provavelmente procurando pelo nome na base de dados da polícia.

— Quem é Graham Wallace? — perguntou Elle.

Mas antes que Sandy pudesse responder, Dave desmoronou no chão com um longo e assolado gemido. Num salto, Sandy deixou o sofá e correu até ele, segurando a cabeça dele em seu colo enquanto ele soluçava. As costas das mãos de Elle formigavam. Ela olhou para Ayaan, mas a comandante estava ocupada demais olhando para a tela do tablet. Hamilton olhava para o casal no chão como se quisesse se certificar de que não estavam fisicamente feridos.

Quando Dave se sentou, seu rosto estava marcado por lágrimas. — Se foi Graham Wallace, é minha culpa. Eu o contratei há três anos. Eu sabia o que ele era, mas o contratei mesmo assim. — Seu corpo estremeceu, mas Sandy o puxou para mais perto.

— O que quer dizer com "o que ele era"? — perguntou Elle. — O que ele era?

— Ele é um agressor sexual — respondeu Ayaan, virando a tela do tablet para que Elle pudesse ver. — Ele é um agressor sexual que mora a cerca de três quilômetros daqui.

15

Elle
15 de janeiro de 2020

Levou alguns minutos para que Elle conseguisse convencer Ayaan a permitir que ela fosse com eles até a casa de Graham. Ela prometeu permanecer no carro enquanto a comandante e os dois policiais que ela solicitara como apoio entrariam na casa.

Agora, assistindo do carro enquanto a polícia se aproximava da casa quieta e despretensiosa, Elle estremecia, embora o carro estivesse aquecido. No caminho, Ayaan dissera a ela que Graham Wallace fora preso duas vezes por conduta sexual com um menor de idade. Sua primeira vítima tinha treze anos de idade e ele tinha dezesseis. Ele fez um acordo judicial e não foi preso, mas cometeu outro delito ao ter relações sexuais com uma garota de quinze anos — consensualmente, de acordo com ela, embora legalmente ela fosse jovem demais para consentir — quando ele tinha vinte e dois. Graham fora solto quatro anos atrás depois de cumprir sua pena.

Desde então ele não tivera registros de novos delitos, e sequestro seria um grande salto de seus crimes anteriores. Ainda assim, ele era um forte suspeito.

Os pais de Graham aparentemente o deixavam ficar em uma das propriedades que alugavam, uma pequena casa não muito longe da casa dos Jordan. Todas as outras casas da comunidade haviam retirado a neve de suas calçadas e quintal da frente, então não foi difícil identificar a que pertencia a alguém preguiçoso e cheio de privilégios. Depósitos de neve de cerca de um metro de altura se acumulavam em frente à casa de Wallace, sopradas sobre a calçada. Na rua, em frente ao carro de Ayaan, havia uma pequena parede de neve onde alguém claramente havia deixado o carro estacionado durante a noite e sido vítima de um trator limpa-neve que passara por ali. Embora o carro não estivesse mais lá, a neve permanecia congelada no formato aproximado de um sedan.

Elle observou enquanto Ayaan organizava os policiais que chamara como reforço e se preparava para bater na porta. Sentindo que estava prestes a enlouquecer ali sem fazer nada, Elle pegou o celular e ligou para Martín.

— *Bueno*. — Atendeu ele depois de quatro toques. Ao fundo podia-se ouvir pessoas conversando e rindo. — Tudo certo? Estou um pouquinho ocupado.

— Ah, tudo bem. — Sua voz trêmula a entregou. — Posso ligar depois.

Ela ouviu um zunido na ligação e então um clique quando uma porta se fechou. — Tudo bem, Elle, é só um jogo de pôquer no horário de almoço. Posso falar. O que houve?

Elle olhava pelo para-brisas enquanto falava.

— Houve um sequestro ontem em Bloomington. Os pais pediram a Ayaan para que eu ajudasse. É... é uma garotinha. Ela tem onze anos.

Martín sabia que Elle entendia a situação da menina, ao menos mentalmente.

Houve uma pausa do outro lado da linha, então Martín inspirou o ar lenta e sonoramente. Essa era a maneira como Martín a acalmava — ele sabia que quando respirasse fundo, ela também respiraria. Era um reflexo, contagioso como um bocejo. Ela puxou o ar pelo nariz e fechou os olhos, correndo a ponta dos dedos pelo ponto e vírgula tatuado no pulso.

— Um pouco melhor?

— Sim. Obrigada.

— Está tendo ataques de pânico?

Em vez de responder, ela disse: — Eles pediram por minha ajuda. Não quero estragar tudo.

— Não vai estragar, amor.

— Já tem mais de vinte e quatro horas. Se ele tinha planos de matá-la, ela tem menos de um por cento de chance de ainda estar viva.

— Você é a prova viva de que há exceções para todas as estatísticas. Por favor, tome cuidado.

Elle franziu as sobrancelhas. — Vou tomar. Não sei quanto tempo vai levar. Eu liguei porque, bom, queria ouvir sua voz, mas também queria dizer que talvez eu não esteja em casa para o jantar, dependendo de como as coisas correrem.

— Elle... — Ele pausou, então disse apenas: — Tudo bem. Vejo você quando chegar em casa.

— *Te amo* — disse ela. — Detona eles no pôquer.

Ele riu baixinho. — Pode deixar. *Yo también te amo*.

Enquanto guardava o celular no bolso, Elle enxergou um borrão de cor com sua visão periférica. Ela voltou os olhos em direção à casa. Os policiais haviam desaparecido, mas um jovem usando pijama saía pela janela lateral da casa. Ao alcançar o chão, ele se levantou e começou a saltar através da neve alta em uma tentativa falha de correr. Elle conseguia ver a porta da casa aberta, mas não enxergava Ayaan ou os outros policiais em lugar nenhum. Talvez eles não soubessem que Graham estava fugindo. Ela levou em conta por um segundo a gravidade dos problemas em que se meteria se fosse atrás dele, mas se esse homem sabia onde Amanda estava, ela não podia permitir que ele fugisse. Ela abriu a porta do carro lentamente, tentando não fazer barulho, e a deixou aberta depois de sair. Graham olhava para trás na tentativa de verificar se estava sendo seguido quando Elle ergueu as mãos e gritou: — Pare!

Graham obedeceu, encarando-a enquanto seu corpo tremia dos pés à cabeça. A pele de suas mãos e de seu rosto adquiriram um tom rubro devido ao frio. — Quem é você?

Quando ele viu que ela não segurava uma arma, voltou a se mover. A Ruger estava presa ao seu quadril, mas ela não tinha permissão para apontá-la para uma pessoa a não ser em situações de autodefesa, e mesmo ela sabia que ele não apresentava ameaça alguma. Ele mal conseguia andar quando se virou e tentou seguir em direção ao gramado do vizinho.

— Aqui fora! — gritou Elle, torcendo para que Ayaan a ouvisse. — Ele está fugindo! — Então ela disparou em seu encalço e o jogou na neve. Ele a empurrava, mas não conseguia tirá-la de cima dele. Seu casaco volumoso fazia com que fosse difícil fechar os braços em volta dele, mas ela estava grata por estar usando-o. A temperatura lá fora estava abaixo de zero, e ela percebia que o frio estava deixando-o mais letárgico a cada segundo. Ele precisava ser levado para dentro.

No momento seguinte, dois policiais o afastavam dela e o arrastavam para o banco traseiro da viatura policial em que vieram, onde havia cobertores e um velho par de botas para ele usar nos pés descalços.

— Onde estava com a cabeça? Você está bem? — perguntou Ayaan quando Graham já estava na viatura e ela e Elle estavam de volta ao carro.

— Ele estava fugindo. Saiu pela janela. Eu chamei vocês. — Elle tentou disfarçar o fato de que estava tremendo ao esquentar as mãos nas saídas de ar quente. — Suponho que não tenham encontrado Amanda?

Ayaan balançou a cabeça negativamente. — Ele trancou a porta e correu para dentro assim que nos identificamos. Tivemos que arrombar a porta e ele deve ter saído escondido enquanto revistávamos a casa. Mas ela não está lá, ao menos nós não a encontramos.

— Acha que ele pode tê-la deixado em outro lugar?

O rosto redondo da detetive estava sombrio. — Talvez. Mas não imagino por que ele teria razões para fazer isso. A casa não é exatamente isolada, mas ele mora aqui sozinho. Ele tem uma garagem anexa onde poderia ter estacionado e a movido para dentro e para fora de um carro sem ser visto. Por que ele a levaria para outro lugar? A menos que...

O corpo de Elle finalmente parou de tremer. — A menos que ele já a tenha matado.

* * *

Assim que Ayaan conduziu Graham pela porta da delegacia, uma jovem que estava sentada na recepção se levantou. Ela tinha cabelos ruivos presos em um rabo de cavalo e cumprimentou Graham com um sorriso discreto. Elle se perguntou qual dos detetives teria permitido que ele fizesse uma ligação a caminho da delegacia, mas ela não estava surpresa. Não era novidade que homens brancos eram mais bem tratados pela polícia.

— Sr. Wallace. Se manteve em silêncio? — perguntou a mulher.

— Ele foi informado sobre seus direitos — disse Ayaan, fitando os olhos acinzentados da mulher. — Venha conosco, senhorita...

— Delaney. — A advogada sorriu de maneira afetada, provavelmente ao ver o rosto de Elle. Delaney, Block & Gomez era um escritório de advocacia relativamente novo na cidade, mas eles já eram famosos por serem implacáveis. O olhar dela agora estava sob Elle, mas ela continuava se dirigindo a Ayaan. — Soube que vocês estavam trabalhando com uma consultora civil. Suponho que o acesso dela não tenha sido autorizado a nenhuma evidência no caso de meu cliente?

— Ela me atacou! — gritou Graham.

Um sorriso surgiu nos lábios da srta. Delaney. — É mesmo?

Elle cruzou os braços. — Foi uma prisão legal feita por cidadão. Estou autorizada a impedir qualquer um que esteja cometendo um crime em minha presença, e ele estava fugindo da polícia. — Ela poderia não ser policial, mas passara anos no Serviço de Proteção à Criança e conhecia as leis. Seu trabalho como investigadora independente não serviria de nada se tudo em que ela se envolvesse fosse parar no tribunal. Ela sabia quais eram as regras e escolhia cuidadosamente quais quebrar.

— Veremos. — Srta. Delaney segurou o braço de Graham, liberando-o das mãos de Ayaan.

A expressão da comandante se manteve neutra. — Por aqui, srta. Delaney. — Ela os conduziu para uma sala de interrogatório e Elle os seguiu.

A advogada parou em frente à porta. — Gostaria de alguns minutos a sós com meu cliente.

— Certamente. — Ayaan deu passagem para que entrassem na sala e fechou a porta antes de sair, virando-se para Elle. — Não precisa ficar. Mas obrigada por toda sua ajuda. Tem certeza de que não está machucada?

Elle balançou a cabeça. — Estou bem. Dolorida, mas nada que um bom banho não cure. — Ela gesticulou com a cabeça em direção à sala. — O que está pensando em relação a esse cara?

Ayaan mordeu o lábio inferior. Era a primeira vez que Elle via dúvida em seu rosto. — Não tenho certeza. Ele é um bom suspeito, mas não gosto do fato de não termos encontrado nenhum sinal de Amanda na casa. Estão colhendo amostras do carro dele nesse momento, mas vai demorar pelo menos uns dias até que saibamos alguma coisa. Se ele a tiver prendido em algum outro lugar...

— Será tarde demais.

— Ele é um agressor sexual que tem uma relação com a família e se encaixa na descrição física do homem que a estudante relata ter visto na área — disse Ayaan, como se tentasse convencer a si mesma. — É quase como se tivesse que ser ele.

O telefone no escritório dela tocou e Ayaan passou depressa por Elle para atendê-lo. Enquanto ela falava ao telefone em um tom abafado, Elle foi se sentar no escritório ao lado, que estava vazio e escuro. Ela fitou o relógio na parede. Quase três horas da tarde. Amanda estava desaparecida havia mais de trinta horas. Imerso nas sombras, o relógio batia ruidosamente, marchando em frente sem levar em conta o fato de que cada segundo passado fazia com que fosse cada vez menos provável que Amanda fosse encontrada viva. Uma onda inesperada de pânico a deixou zonza e ela fechou os olhos.

Assim, num piscar de olhos, ela já não estava mais na delegacia. Ela estava encolhida em um quarto frio e isolado, sentindo-se sozinha e amedrontada. O medo percorreu seu corpo quando o som do relógio foi abafado pelo som dos passos de um homem enquanto ele subia as escadas. Graças a dobradiças lubrificadas, a porta se abriu silenciosamente e se fechou com um clique suave. Ele caminhou em direção a ela. Ela tentou se afastar, mas seu corpo não obedecia à sua mente. A náusea e a dor estavam prestes a engoli-la e cobriam seus olhos como uma névoa escura.

O celular de Elle vibrou em seu bolso acordando-a de seu flashback. Ela o puxou depressa do bolso. Era Martín.

— Oi. — Sua voz estava ofegante.

— Oi, só queria saber de você. Está tudo bem?

Elle se levantou e fechou a porta do escritório. — Sim, estou bem.

— Tem certeza? Sua voz está meio trêmula.

— Vou ficar bem, Martín. Eu consigo fazer isso.

Ele ficou em silêncio por um momento. Então disse: — Eu sei que consegue, mas não precisa. Não pode ajudar todo mundo. Antes disso estava tão focada no caso do ACR que mal tem dormido há semanas. Então começou a buscar uma família depois que um cara entrou em contato com você e acabou morrendo. E agora está se envolvendo em mais uma coisa? O sequestro de uma garotinha?

Uma dor de cabeça aguda começou no olho de Elle, irradiando-se para trás. Ela se inclinou para a frente e, apoiando os cotovelos nos joelhos, começou a massagear as têmporas com a mão livre. — Consigo fazer isso. O caso de Leo estava estagnado, de qualquer forma.

— É que da última vez que se envolveu em um sequestro ativo as coisas não deram muito certo.

De repente, Elle ficou feliz por ter entrado em uma sala onde ninguém poderia vê-la. A sensação trêmula de vazio causada por seu flashback deu lugar a um sentimento de raiva que fez com que ela retesasse os músculos da mandíbula. — Isso foi muito tempo atrás, Martín. Eu tenho muito mais experiências em casos como esse agora.

— *Mi vida,* acredito em você. Confio em você, se isso é o que quer fazer. Só não quero que sinta que precisa... agradar todo mundo. Só estou querendo me certificar de que você está bem. Nunca vi você assim, correndo tantos riscos.

— Estou bem. Não preciso que me proteja. — Elle esfregou o rosto com a mão. — Vejo você em casa se conseguir *me lembrar* do caminho sem a sua ajuda.

— Elle...

Ela encerrou a chamada e desligou o telefone, colocando-o de volta no bolso. Respirando irregularmente, em intervalos curtos, ela parou para inspirar pelo nariz, profunda e lentamente. Muita gente parecia acreditar saber melhor do que ela o que ela era capaz de aguentar ou não. Mas normalmente seu marido não era uma dessas pessoas. O caso do ACR estava fadado a ser grande desde o começo, algo que demandava cento e dez por cento de seu tempo. E como ela poderia saber que sua ajuda seria solicitada em um caso de sequestro? Como ela poderia dizer não? Se ela podia ajudar, precisava estar aqui. Martín provavelmente estaria tentando ligar para ela de novo, mas ela resistiu à vontade de religar o celular para checar. Eles resolveriam quando ela chegasse em casa.

O som da voz de Ayaan no corredor a sobressaltou. — Encontramos o suposto veículo usado no sequestro nos registros de uma câmera de segurança — informou ela, os olhos brilhando de empolgação. — Você está bem?

— Estou. — Elle forçou um sorriso, se levantou depressa e seguiu Ayaan até o escritório dela. Ela puxou uma cadeira para se sentar à mesa ao lado da comandante, olhando para as janelas abertas lado a lado no monitor.

Ayaan apontou para a tela. — Temos a filmagem de seis câmeras de segurança de comércios naquela área. Começa uma hora antes e vai até uma hora depois do sequestro de Amanda.

— Você assistiu? — perguntou Elle.

— Sim, acreditamos que essa é a van usada para o sequestro. Ao menos se encaixa na descrição da motorista de ônibus: azul-escuro liso, sem placas.

Ayaan pressionou uma tecla e todos os vídeos começaram ao mesmo tempo. Dígitos brancos no canto inferior da tela contabilizavam a passagem do tempo desde os milésimos de segundo. Depois de alguns segundos, ela pausou novamente e apontou para uma van na tela. — Olhe só, aqui no vídeo número quatro em

8:35:31 há uma van de cor escura passando pelo posto de gasolina Super America e seguindo na direção norte em Lyndale.

Elle cerrou os olhos para enxergar a tela. — É Graham? Não consigo ver o rosto dele.

Ayaan balançou a cabeça. — Não tenho certeza. O para-brisas tem insulfilme e há um reflexo que nossos técnicos não conseguiram remover na edição.

Elle voltou a barra de progresso do vídeo e o pausou. — Ele não é descuidado, isso é certo. Se ele está com uma garota sequestrada no carro, demonstra muita disciplina o fato de continuar dirigindo na mesma velocidade que os outros carros para não chamar atenção em uma situação de tanto estresse.

— Sim, está certa, mas ainda assim parece muito arriscado — disse Ayaan olhando para Elle. — Acho que, para ele, talvez valha mais a pena correr o risco de ser parado por não ter placas do que correr o risco ainda maior de ser pego em alguma filmagem ou por uma testemunha que pudesse rastrear a placa.

Elle observava a van. — Ele provavelmente dirigiu por poucos quilômetros nesse veículo, e durante o horário de pico na manhã de um dia de semana, quando ele sabia que eram pequenas as chances de ser parado por algo tão pequeno. Sendo ele um homem branco, pelo menos.

Ayaan esboçou um sorriso irônico, assentindo. — Demonstra um certo nível de sofisticação criminal que se encaixa com quão perfeitamente ele executou o sequestro. É pouco provável que seja a primeira vez dele fazendo isso. Talvez Graham não esteja se comportando tão bem quanto sua ficha sugere.

— Sabemos se ele tem acesso a uma van como essa? — perguntou Elle.

— Não, mas tudo indica que é roubada, de qualquer forma. Estou investigando o álibi dele. Ele tem outro emprego além de trabalhar com Dave Jordan. Ele lava janelas para uma empresa de limpeza de escritórios. Disseram que ele estava trabalhando ontem até às duas da tarde. Comprova a história do pai. — Ayaan olhou para Elle. — Vou precisar investigar melhor esse álibi, mas pode tentar encontrar alguma coisa usando seus métodos investigativos hoje à tarde? Podemos nos encontrar amanhã e comparar nossas descobertas. Aviso você se algo mudar enquanto isso.

— Claro. Com certeza. Nos falamos amanhã.

Ela não queria ir para casa onde teria que falar sobre o caso com Martín, mas não tinha muita escolha. Elle reprimiu o pânico crescente em suas entranhas enquanto se levantava e deixava o escritório. Nesse momento, uma garotinha dependia dela. Ela não poderia se dar ao luxo de desmoronar.

16

Podcast *Justiça Tardia*
2 de janeiro de 2020
Transcrição: Quarto episódio da quinta temporada

[DESCRIÇÃO SONORA: *Som de relógio batendo.*]

NARRAÇÃO DE ELLE
Dr. Sage trabalha na Universidade Mitchell, uma faculdade local em Minneapolis com um dos melhores cursos em psicologia forense no estado. Essa entrevista aconteceu em dezembro de 2019, antes do lançamento do primeiro episódio, e obviamente antes da revelação desse episódio sobre as identidades em potencial dos corpos carbonizados no chalé. Tenho certeza de que dr. Sage teria muito a dizer sobre essa nova informação, mas enquanto aguardamos por possíveis identificações de DNA acho importante que mantenhamos o foco no ACR. Quanto mais informações tivermos sobre ele — quem ele é, o que o motivou a fazer o que fez — mais chances teremos de encontrá-lo.

ELLE
Doutor, você estudou os casos do ACR alguns anos depois de ele ter sido arquivado, correto? Em algum ponto no início dos anos 2000?

DR. SAGE
Isso mesmo. Sou um dos psiquiatras que falaram com o FBI sobre o perfil que haviam criado para ele antes que o caso deixasse de ser investigado.

ELLE
Certo. Gostaria de saber sua opinião enquanto especialista sobre como podemos interpretar o processo de assassinato dele. Para fins de contexto, meu marido é médico-legista e ele abertamente discorda da avaliação do médico que examinou Katrina Connelly. Enquanto os relatórios oficiais reportam que ela foi morta em um ataque de fúria por estar resistindo, meu marido teorizou que o ACR a matou

daquela maneira porque ela não estava morrendo com o veneno, já que, para se sentir realizado com o assassinato dela, ela precisava morrer no dia designado por ele, o sétimo dia.

DR. SAGE
É possível. Com base em tudo o que vi sobre o Assassino da Contagem Regressiva, fica evidente que ele opera em uma linha do tempo restrita com critérios inflexíveis para seus assassinatos. Ele é imensamente detalhista e é bastante possível que ele tenha algum distúrbio compulsivo. Mas eu seria negligente se não dissesse que isso provavelmente não teve nada a ver com as razões pelas quais ele comete os assassinatos. A grande maioria das pessoas com distúrbios compulsivos leva vidas plenas e prósperas e causam tantos danos às pessoas ao seu redor quanto aqueles que não têm distúrbio algum. Mas com base na obsessão dele pelos números três, sete e vinte e um, parece plausível que esses números funcionem como um gatilho para que ele cometa o assassinato. Se for esse o caso, eles provavelmente se originaram em alguma espécie de trauma para ele.

ELLE
Espere, trauma para o assassino?

DR. SAGE
Sim, esse é muito provavelmente o caso.

ELLE
Mas... essa não é... não é possível que isso seja interpretado como uma desculpa ofensiva? Muitas pessoas passam por experiências traumáticas quando crianças. Se todos que passaram por uma infância violenta usassem essa desculpa para assassinar pessoas inocentes, haveria muito mais homicídios a serem investigados.

DR. SAGE
É verdade, e você está certa. Não é uma desculpa, mas é um fato. A maioria de nós não gosta de ver as pessoas que cometem atos bárbaros de violência como pessoas que já foram vítimas também, mas, na realidade, é o caso para grande parte delas. O extenso número de pesquisas sobre serial-killers demonstrou que quase todos eles têm ocorrências de abuso severo e negligência na infância. É um contexto importante para se ter conhecimento ao analisar os motivos de um assassino e ao tentar compreender que tipo de pessoa eles podem ser. No entanto, há algo a ser dito sobre isso. Existe um analista comportamental do FBI chamado Jim Clemente que diz: "A genética carrega a arma, a personalidade e a psicologia

servem de mira e as experiências puxam o gatilho". É necessário uma mistura perfeita e terrível de circunstâncias para criar um serial-killer. Trauma na infância é apenas uma parcela disso.

ELLE
Entendo, faz sentido. De volta aos números: passei anos estudando-os e tenho certeza de que alguns de meus ouvintes também. Tem alguma ideia sobre o que eles podem significar para ele?

DR. SAGE
Exceto por significados pessoais ou manifestos, que é o que vemos nos assassinos várias vezes, é impossível afirmar. No entanto, a vítima que escapou relatou haver símbolos do cristianismo no chalé onde foi mantida. Bíblias, crucifixos nas paredes, cartões-postais com a Escritura. Isso me levou a revisar o significado dos números na Bíblia. Pesquisadores bíblicos e teólogos encontraram significados em todo tipo de números ao longo dos séculos — em alguns mais do que em outros. Mas os dois primeiros números nas séries do ACR são universalmente considerados importantes. O três simboliza a trindade: o Pai, o Filho e o Espírito Santo. Também representa o número de dias pelos quais Jesus desceu ao inferno antes de voltar depois da crucificação, e é um dos que são considerados números espiritualmente perfeitos, assim como o número sete. O sete significa inteireza, perfeição. O mundo foi criado em seis dias, e no sétimo dia Deus descansou.

ELLE
E quanto ao vinte e um?

DR. SAGE
Bom, a primeira coisa a ser levada em consideração é que ao multiplicar sete por três temos vinte e um como resultado. Isso pode ser importante. Na verdade, pode ser que seja a única razão pela qual ele escolheu esse número. Mas se estamos seguindo a linha de raciocínio do simbolismo bíblico, em II Timóteo, Paulo lista vinte e um pecados que demonstram a perversidade em um indivíduo. Vinte e um é visto como a combinação do número treze, o número da depravação e do pecado, e do número oito, o número dos novos começos. Usados juntos, eles simbolizam um empenho novo e ativo relacionado à rebeldia e à perversidade. Se acredita na ideia de que o ACR foi motivado por uma visão deturpada do significado bíblico desses números — como muitos investigadores originais acreditavam, considerando os itens no chalé e o contexto religioso conservador da área naquela época —, faz sentido ele ter escolhido o vinte e um como seu terceiro número. Sugere uma

decisão consciente de se rebelar, de se desviar da Palavra de Deus. No entanto, se estivermos certos em relação a isso, é difícil explicar as razões pelas quais ele começaria com uma garota de vinte anos e não com uma de vinte e um. Dentro do padrão dele, todo o resto relacionado aos números é consistente, então é estranho que ele tenha se desviado disso com algo tão importante quanto a idade de sua primeira vítima.

NARRAÇÃO DE ELLE
Dr. Sage traz um ponto que nós discutimos nos episódios anteriores — uma coisa que, alguns ouvintes devem se lembrar, também é uma obsessão para o detetive Sykes em certo nível. Eu e minha produtora temos trabalhado muito nisso nos bastidores, e hoje estou muito entusiasmada em poder dizer a vocês que temos uma pista promissora. Ainda é cedo demais para confirmar, mas espero poder falar mais sobre nossas descobertas em breve. Continuem conosco. De volta para a entrevista.

ELLE
Com base no que disse, parece acreditar que o padrão é uma decisão, não uma compulsão que ele não consegue controlar. Está correto?

DR. SAGE
É como avalio. Ele é um assassino muito meticuloso e isso fica evidente em vários aspectos de seus crimes, desde sua escolha de vítimas até a maneira como ele deixa seus corpos ao terminar. Ele tem controle total de suas capacidades, e uma posição de poder, na verdade, ocupa um importante lugar em seus crimes. Desde o padrão minucioso estabelecido por ele até a forma como ele força essas mulheres a obedecê-lo, ele demonstra controle demais em seus assassinatos para que eles se resumam a uma ação impulsiva e desenfreada.

ELLE
Vamos falar sobre isso. Entendo, com base em minhas próprias pesquisas, que há dois tipos diferentes de serial-killers. Pode dar uma ideia geral aos meus ouvintes de quais são eles?

DR. SAGE
A razão pela qual eu tenho uma carreira é John Douglas, o pai da análise do comportamento criminal. Já viu aquela série, *Mindhunter*? É mais ou menos baseada no início de sua carreira. Douglas entrevistou centenas de serial-killers em todo o território nacional, descobriu por que e como eles fizeram o que fizeram e usou

esse conhecimento para ajudar o FBI e outros órgãos de segurança a pegar assassinos ativos. Depois de um tempo, ele percebeu que havia diferenças cruciais entre muitos dos homens que entrevistava, e passou a categorizar os assassinos com base em vários fatores: o que os motivava, como eles matavam suas vítimas, quão organizados eram etc.

Assim, temos os assassinos visionários, que normalmente estão vivenciando uma ruptura com a realidade e acreditam estar sendo instruídos por Deus ou pelo demônio a cometer assassinatos. Temos os assassinos hedonistas, que matam pela adrenalina sexual, pelo prazer de controlar e em seguida destruir um indivíduo. Se o indivíduo sente prazer ao exercer poder ou autoridade sobre suas vítimas e ao prolongar suas mortes, o chamamos de assassino de poder/ controle. E, por fim, temos os assassinos missionários, que cometem seus assassinatos motivados por um senso de dever de livrar o mundo de um tipo específico de indivíduo.

ELLE
E, normalmente, os serial-killers se encaixam em apenas uma categoria? Porque mais de uma dessas remetem ao ACR.

DR. SAGE
Alguns se encaixam em mais de uma categoria, sim. Geralmente, assassinos de poder/ controle cometem atos de violência sexual com suas vítimas como um penúltimo exercício de poder antes de matá-las, mas não vemos isso com as vítimas do ACR. No entanto, como eu mencionei, controle é um elemento-chave para o que ele faz, então eu ainda diria que ele é um assassino de poder/ controle. Ele as degrada não as alimentando, fazendo com que elas cuidem da limpeza — que o sirvam, basicamente — antes de envenená-las e açoitar seus corpos. A maneira como a violência dele é voltada especificamente a garotas me faz pensar que ele sofreu algum tipo de abuso enquanto criança e que ele, de alguma forma, culpa uma mulher em sua vida por esse abuso, provavelmente a mãe, quer ela seja realmente culpada ou não. Ele não parece encontrar prazer sexual matando suas vítimas então eu não o classificaria como um assassino hedonista, e ele me parece ser organizado demais para ser um assassino visionário. Mas eu diria que sua escolha de vítimas, seu critério rigoroso, faz alusão às características de um assassino missionário. Ainda que ele não selecione vítimas de um grupo marginalizado como muitos dos assassinos missionários, ele escolhe o mesmo tipo de vítimas de novo e de novo: pessoas do sexo feminino de famílias de classe média alta. Apenas as idades são diferentes, e isso obviamente também é intencional.

Esse homem, quem quer que seja, é muito inteligente. É bem provável que tenha educação superior, talvez até um diploma de mestrado ou doutorado. Ele é branco, como Nora Watson o descreveu. E ele sem dúvida estaria ciente da conotação de escolher uma jovem mulher branca como sua vítima. Elas são historicamente consideradas o símbolo da inocência, algo que, é claro, está enraizado em clichês nocivos de discriminação de classes, supremacia branca e do patriarcado.

Também é importante ressaltar que embora o adágio popular seja de que assassinos apenas matam pessoas de sua própria raça, isso nem sempre é verdade. Samuel Little é possivelmente um dos serial-killers mais prolíficos do país e aparentemente matava mulheres de maneira indiscriminada, sem dar importância para sua idade ou raça. A questão era o acesso. Estatisticamente, indivíduos de fato tendem a matar pessoas de suas próprias raças, mas isso comumente se trata mais de proximidade do que de psicologia.

ELLE
Você mencionou que ele não sentia prazer ao matar suas vítimas, mas e quanto à maneira como ele as torturava e torturava psicologicamente o público?

DR. SAGE
O que quer dizer?

ELLE
Bom, depois dos primeiros assassinatos, todos sabíamos qual seria o padrão dele. Sabíamos que quando uma garota era sequestrada por ele, ela tinha uma semana de vida. Havia a forma como ele as torturava, é claro — com uma morte lenta e dolorosa somada ao tormento de trabalhar por cada migalha de comida que ele dava a elas. O veneno. O açoitamento. Mas também havíamos nós, as pessoas da comunidade, assistindo e nos preparando para o inevitável. É como se ele estivesse torturando a nós também, como se ele soubesse que estávamos todos sentados em nossas respectivas casas, assistindo ao jornal no sétimo dia, esperando pela notícia de que um corpo fora encontrado. Os corpos não eram escondidos, eram posicionados de forma a serem encontrados, eram deixados expostos em locais públicos. Eu era criança, mas me lembro da sensação do sétimo dia. Era como se uma sirene tivesse sido disparada nos avisando de que um tornado se aproximava e nós estivéssemos nos preparando para o desastre iminente.

DR. SAGE
Suponho que tenha razão.

ELLE
Como sabemos que os números, os rituais e os padrões eram compulsões reais? Como podemos saber se tudo não passava de um plano para despistar as pessoas e fazer com que os detetives andassem em círculos enquanto ele matava mais e mais garotas?

DR. SAGE
Resumidamente, não sabemos.

NARRAÇÃO DE ELLE
Depois de tudo o que descobri conversando com o dr. Sage, o detetive Sykes, Tina e Martín, tracei a minha versão de um perfil do ACR. Pode não estar à altura de um perfil traçado pelo FBI, mas ainda assim é baseado em toda as evidências que coletamos até agora. É importante se lembrar de que perfis criminais não ajudam os investigadores a identificar uma única pessoa. Perfis não são evidências, são suposições baseadas em raciocínio dedutivo e em estatísticas. Mas em um caso sem solução como esse, um feixe de luz apontado para uma direção plausível é melhor do que tropeçar no escuro.

 Quero que ouçam com atenção e pensem em tudo o que já sabemos. Lembrem-se, as pessoas que investigamos e pegamos nas temporadas anteriores do *Justiça Tardia* eram pessoas comuns, pessoas normais com vizinhos, familiares e amigos que nunca suspeitaram delas. É comum que pessoas que cometem atos monstruosos não aparentem ser os monstros que são.

 Caso tenha perguntas ou teorias, gostaria de ouvi-las. Falaremos sobre elas no próximo encontro.

 O Assassino da Contagem Regressiva é inteligente e tem educação superior, talvez mestrado ou doutorado. É provável que ele tenha sofrido abuso quando criança e que seja abusivo com mulheres em sua vida cotidiana, possivelmente fisicamente, mas com certeza emocionalmente. Ele tem interesse por números, o que significa que pode ter uma carreira relacionada à matemática ou uma carreira científica, embora, como pontuado pelo dr. Sage, todos os números escolhidos por ele pareçam ter relevância na Bíblia. Pelo menos em algum momento da vida ele demonstrou uma predileção por chás Darjeeling — Majestic Sterling, mais especificamente.

 Ele é branco, provavelmente estava entre os vinte e cinco e os trinta e cinco anos quando matou pela primeira vez, o que significa que hoje ele está entre os quarenta e cinco e os cinquenta e cinco anos. A única descrição física que temos é que ele era forte, robusto, tem olhos azuis e uma voz grave. Ele usava roupas de cores vivas e acessórios nas pouquíssimas vezes em que foi visto perto de uma vítima. Devido ao longo tempo que acreditamos que ele passa observando suas vítimas, assim como ao fato de que a maioria delas foi sequestrada durante o dia, ele provavelmente tem um emprego flexível que dá a liberdade de fazer suas próprias horas, ou também é possível que ele trabalhe no período noturno. Ele provavelmente tem um veículo, talvez vários, e talvez tenha experiência em furto de carros. É até mesmo possível que ele já tenha sido detido por isso sem que a polícia soubesse o que ele pretendia fazer com o veículo.

Ele parece ter conhecimento sobre processos e iniciativas de aplicação da lei, o que fez com que algumas pessoas suspeitassem que ele é um policial ou algum tipo de investigador particular. Mas ele também tem uma noção apurada do corpo humano, de como aferir os sinais vitais de suas vítimas bem o suficiente para que possa envenená-las na medida exata para que morram no dia que ele deseja. Ele gosta de ter controle e de fazer com que as pessoas o obedeçam e não sente empatia quando suas ações ferem outras pessoas. Na verdade, ele talvez goste disso.

E nesse podcast trabalhamos a partir da suposição de que ele esteja vivo, de que ainda esteja entre nós. E podemos encontrá-lo para que a justiça seja feita.

No próximo episódio de *Justiça Tardia*...

17

Elle
15 de janeiro de 2020

O sol se punha e Martín ainda estava no trabalho quando Elle chegou em casa. Ela ligou o celular e uma mensagem dele apareceu na tela: DESCULPE. Ela suspirou, relaxando os ombros. Depois de passar um café, começou a trabalhar no estúdio.

Elle não tinha acesso às bases de dados da polícia, mas as redes sociais eram gratuitas — e era onde ela fizera suas maiores descobertas. Hashtags, informações de localização, fotos de pontos turísticos — tudo isso era útil ao rastrear pessoas quando se sabia onde procurar.

Não demorou para que ela encontrasse os perfis de Graham nas redes sociais. O Facebook dele era problemático — montes de memes racistas e links para blogs misóginos. A última atividade era de dois dias atrás, quando ele comentou em um artigo do *New York Times* sobre a Fundação Clinton com um meme manipulado de Hillary Clinton contando pilhas de dinheiro com um exagerado sorriso ganancioso no rosto. O Instagram não era muito melhor e consistia em mais posts de memes e selfies em várias poses com bandana e óculos de sol tentando parecer barra pesada. Ele a fazia lembrar de todo avatar da legião de *haters* em suas menções no Twitter depois que ela postava algo ligeiramente liberal.

Uma notificação surgiu na tela de Elle. Era de Sash.

E AÍ! INVESTIGANDO OU MATANDO TEMPO?

Elle sorriu e respondeu. NÃO VAI ACREDITAR: TRABALHANDO EM UM CASO DE SEQUESTRO EM PARCERIA COM A POLÍCIA. MARTÍN NÃO ESTÁ MUITO FELIZ COM ISSO.

Os três pontos saltaram na tela por um momento, indicando que Sash estava digitando uma resposta. Eles desapareceram e reapareceram algumas vezes até que uma breve mensagem foi enviada. POR QUE ACHA QUE ELE NÃO ESTÁ FELIZ COM ISSO?

Enquanto seu sorriso desaparecia, Elle digitou com mais firmeza do que era necessário. ELE SÓ SE PREOCUPA. ESTOU BEM. SEI ME VIRAR.

NENHUM DE NÓS DUVIDA QUE SAIBA SE VIRAR. QUERIDA, ALGUMAS VEZES VOCÊ

SACRIFICA SUA PRÓPRIA FELICIDADE PARA AJUDAR OS OUTROS, SÓ ISSO. SÓ QUERO QUE VOCÊ FIQUE BEM – É O QUE NÓS DOIS QUEREMOS.

Elle encarou a tela. MARTÍN TE PEDIU PRA FALAR COMIGO?

Dois minutos se passaram antes de Sash enviar uma resposta. SÓ TOME CUIDADO, POR FAVOR, ELLE. NÃO QUERO QUE NINGUÉM SE MACHUQUE.

Ninguém. Querendo dizer não apenas Elle. O comentário foi como um soco no estômago. Sash nunca havia mencionado o que Elle lhe contara sobre a razão pela qual ela deixou o Serviço de Proteção à Criança, mas esse era um lembrete não muito sutil. Ela errara no passado e pessoas saíram feridas.

Fechando a conversa, ela retornou às redes de Graham. Foi preciso tentar algumas vezes até encontrar sua página no Twitter, já que ele não usava o mesmo nome de usuário do Instagram e do Facebook. Mas Elle sentiu calafrios quando finalmente começou a explorar a linha do tempo dele. Ela se inclinou para a frente para ler a tela com mais atenção.

Graham era um *hater* de Twitter registrado com uma predileção por enviar longas respostas para as pessoas. Na manhã anterior, ele estivera envolvido por tempo considerável em uma discussão perversa com uma conta verificada que aparentemente pertencia a um blogueiro esquerdista de Montreal.

Elle fez capturas de tela de cada um dos tuítes e depois analisou os horários, sentindo seu coração afundar.

Passava das nove da noite quando Elle saiu do estúdio e foi envolvida pelo aroma da receita de *pollo asado* da família Castillo. Entrando na cozinha, ela observou o marido por um momento enquanto ele se movia em frente ao fogão.

— Você preparou o jantar — disse ela.

Martín se virou e se aproximou dela, puxando seu corpo exausto para seus braços. Ela absorveu o perfume de pós-barba e cominho em seu pescoço enquanto se esvaíam todos os vestígios de raiva que restaram depois da conversa que tiveram ao telefone.

— Cheguei em casa há uma hora — disse ele. — Estava tenso demais para ler, então pensei em fazer um jantar fora de hora para nós.

Ainda com os braços em volta do corpo de Martín, ela levantou os olhos para ele. — O que te deixou tenso?

Ele a apertou carinhosamente mais uma vez e voltou sua atenção para a comida. — Estou tendo problemas para identificar a causa da morte em um corpo que chegou hoje.

Ela pousou a mão nas costas dele enquanto ele regava a carne com molho caseiro de urucum. — Distraído demais falindo todo mundo no pôquer?

Seu peito vibrou com um riso baixo. — Eu de fato fiz isso. Embora não apostemos dinheiro, só papelada a ser feita. — Depois de virar a carne, ele se voltou para ela outra vez, apoiando a lombar na beirada do balcão ao lado do fogão.

— Qual é o lance com o corpo? — perguntou ela.

— Cara jovem na casa dos trinta. O colega de quarto o encontrou morto depois de perceber que ele não tinha saído da cama no domingo de manhã. Até onde sabemos ele não tinha nenhum problema preexistente, nada que explicasse uma morte repentina. Ele não teve um ataque cardíaco, um AVC ou um aneurisma. Não há nada que indique suicídio. Seus pais estão obviamente devastados. Queria ter alguma resposta para dar a eles, mas não sei se há uma.

Elle o olhou com um sorriso triste. — As pessoas acham que vão se sentir melhor se tiverem uma explicação sobre como uma pessoa querida morreu. Mas saber não melhora nada, não é?

Martín balançou a cabeça. — Não, não melhora. Enfim, não se preocupe com isso. Talvez eu sonhe com uma resposta e perceba algo que não notei. Não estava muito focado hoje à tarde.

Os olhos de Elle se desviaram para o frango que estalava na panela e em seguida para a panela com polenta que ele cobrira para manter aquecida. — Sim, entendo. — Elle foi até a geladeira e pegou uma garrafa de vinho branco. Martín colocou duas taças na ilha onde eles costumavam jantar quando estavam sozinhos.

— Teve sorte com seu caso? — perguntou ele, pondo a mesa.

Ela se sentou e serviu as duas taças. — Temos um suspeito na delegacia, um cara muito esquisito, mas acho que infelizmente acabei de provar que não foi ele. Mandei uma mensagem para Ayaan, mas acho que ela foi para casa para tentar dormir um pouco.

Martín pousou um prato em frente a Elle e deu a volta na ilha para se sentar ao seu lado. Ela fez um beicinho como pedido de trégua e Martín se inclinou para beijá-la, acariciando sua bochecha ao afastar o rosto. — Conte-me sobre o suspeito.

Ela levou um pouco de polenta à boca e revirou os olhos, satisfeita, o que provocou um sorriso em Martín. — Os Jordan tinham certeza de que era ele — disse ela enquanto mastigava. — Os Jordan são os pais da menina que desapareceu. Ele é um agressor sexual com passagem pela polícia e trabalhava para o pai da menina. Mas encontrei evidências nas redes sociais que mostram que ele estava no meio de uma discussão na hora do sequestro, então basicamente o dia de investigação foi por água abaixo. E ela já está desaparecida há mais de trinta e seis horas.

— Se alguém pode ajudar a encontrá-la, essa pessoa é você.

Ela olhou pra ele, surpresa, mas Martín tinha a atenção voltada para seu prato. — Só está dizendo isso porque eu fiquei brava mais cedo — disse ela depois de um momento.

— Não estou falando da boca pra fora. Eu estava preocupado. — Ele espetou um pedaço de frango com o garfo. — Ainda estou. Mas acho que entendo a razão pela qual quer estar nesse caso. Trabalho com detetives todos os dias, mas você é uma das melhores investigadoras que conheço. Você sabe mais sobre sequestros infantis do que a maioria deles, ainda que esteja começando a investigá-los. Se acha que só estou dizendo isso para me redimir, não está se dando o crédito que merece. — Ele finalmente levantou o rosto, olhando para ela. — Não vou pedir desculpas por me preocupar com você, mas peço desculpas por ter feito você se sentir como se não pudesse tomar suas próprias decisões.

No entanto, uma parte dela queria que a decisão estivesse fora de suas mãos. Talvez fosse o vinho ou a refeição pesada, mas a exaustão dos últimos dias estava batendo forte.

— Você me vê de maneira melhor do que eu realmente sou — respondeu ela, por fim. As palavras trouxeram uma inesperada onda de emoções e ela precisou conter as lágrimas que marejaram seus olhos enquanto olhava para ele.

— Não, Elle. — A voz de Martín era firme. — Apenas sei que é melhor do que pensa.

Enquanto lavava as louças do jantar, a tela do celular de Elle se acendeu com uma notificação de mensagem. Ela secou as mãos ensaboadas no pano de prato e desbloqueou a tela. Era uma mensagem de Natalie.

MAMÃE DISSE QUE ESTÁ BRAVA COM ELA.

Elle suspirou e respondeu. NÃO ESTOU.

QUER DIZER QUE NÃO VAI ME BUSCAR NA AULA DE PIANO SEXTA?

CLARO QUE VOU BUSCAR VOCÊ. E NÃO ESTOU BRAVA COM SUA MÃE.

Natalie respondeu com um emoji dando de ombros.

TE VEJO SEXTA ÀS 17. SEJA LEGAL COM A SRTA. TURNER.

NÃO POSSO PROMETER NADA :*

Elle riu e deixou o celular de lado. Depois de terminar a louça, apagou todas as luzes e subiu para o quarto. Martín não conseguira esperar por ela e roncava levemente. Conseguir dormir a qualquer momento, em qualquer lugar, era parte da carreira de médico. Quando Martín estava na residência, Elle o obrigara a passar uns meses sem dirigir quando o viu piscar na direção enquanto esperava o semáforo abrir.

Ela se deitou ao lado de Martín, envolvendo seu corpo com um braço e o puxando para mais perto. Mas quando fechou os olhos ela estava em um quarto diferente. Ela ouviu a voz de outro homem dizendo seu nome, chamando-a até ele. Ela sentiu as mãos dele, fortes e geladas, em sua pele.

Elle escondeu o rosto no ombro do marido, encolhendo seu corpo como se isso pudesse bloquear as memórias.

18

Elle
16 de janeiro de 2020

Na manhã seguinte, Elle chegou na delegacia pouco depois das nove. Seus olhos ardiam de exaustão. Ayaan acenou para que ela entrasse antes mesmo que ela tivesse a oportunidade de bater na porta. Com a pasta contendo os tuítes de Graham em mãos, Elle entrou na sala e se sentou em frente à comandante.

— A equipe forense já terminou na casa de Wallace — informou Ayaan, parecendo estar decepcionada. — Além de um pouco de maconha, a coisa mais suspeita era o registro das coisas que ele assistiu. Há algumas noites ele assistiu um filme erótico com duas garotas adolescentes mantendo relações sexuais.

— Pornografia infantil? — Elle franziu os lábios.

Ayaan balançou a cabeça. — Duas mulheres adultas *agindo* como se fossem adolescentes. Não encontramos evidências de que o sr. Wallace tinha pornografia infantil em suas posses. — Ela suspirou. — Vi sua mensagem. O que encontrou no Twitter dele?

Elle dispôs os papéis sobre a mesa e os empurrou em direção a Ayaan. — Não acho que ele esteja com Amanda. Graham estava no auge de uma guerra no Twitter no exato intervalo em que ela foi sequestrada. Eu chequei os horários duas vezes. Ele postou oito tuítes nos cinco minutos em que a motorista de ônibus disse ter estado no ponto onde Amanda deveria subir.

Ayaan examinou os papéis e em seguida abriu algo em seu computador, provavelmente os depoimentos das testemunhas sobre a hora do sequestro. Por fim, ela levantou os olhos para Elle. — Há alguma chance de ele ter agendado a postagem desses tuítes?

Elle antecipara essa pergunta. — Acho que não. É possível agendar tuítes, mas não dá para agendar uma discussão inteira e em tempo real com uma pessoa. Eu dei uma olhada na blogueira com quem ele estava interagindo. A conta dela é verificada, ela mora em Montreal. Ela tem blogs desde 2012 e mais de sete anos de fotos nas redes sociais que claramente foram tiradas em partes diferentes do

Canadá. Parece um golpe a longo prazo muito bem elaborado, sem falar em um salto enorme para uma pessoa cujos crimes anteriores foram cometidos sob o pretexto de uma relação romântica.

— Provavelmente tem razão. Com uma expressão neutra, Ayaan pegou o celular e pressionou três teclas. — Cruise, pode dar uma olhada na conta do Twitter de Wallace no horário do sequestro? O nome de usuário é @wallyg420. Se o horário bater, por favor telefone para a srta. Delaney e diga que o cliente dela pode ir embora. Não, se ela quiser falar comigo diga a ela para agendar uma reunião. Obrigada.

Depois de desligar, Ayaan olhou novamente para os papéis em sua mesa. — Talvez estejamos de volta à estaca zero.

— Acho que sim. Desculpe.

— Não precisa se desculpar. Estou feliz por ter encontrado isso agora, assim não vamos desperdiçar mais tempo com ele. Mas estou preocupada. Se houvesse a intenção de pedir resgate, eles já deveriam ter ligado a essa altura. Não que isso tenha parecido possível em algum momento, mas eu tinha essa esperança.

— Então acha que ela foi morta. — As palavras tiveram sabor metálico na boca de Elle. Tão derradeiras, tão prováveis.

Ayaan permaneceu em silêncio, levando o polegar até a boca e correndo a unha pelo lábio inferior. Era um tique nervoso dela, algo que fazia quando estava perdida em pensamentos importantes. Elle se deu conta de como prestava atenção em Ayaan, em como queria entendê-la. A comandante era muito boa em manter as pessoas do lado de fora. Elle queria ser alguém com quem Ayaan se abria, alguém para quem ela dava abertura.

Finalmente, Ayaan disse: — A essa altura, temo que sim. Nunca trabalhei em um caso de sequestro em que a criança apareceu viva depois de três dias de ter sido levada, a não ser que o sequestrador a trocasse por dinheiro ou leniência.

O silêncio pairou sobre elas, sombrio como a noite.

— Como consegue? — perguntou Elle, um momento mais tarde. — Ainda passo noites em claro pensando em alguns dos casos em que trabalhamos juntas no SPC, e olha que saí de lá há quase seis anos. Agora posso escolher o que investigar e manter distância dos casos mais perturbadores. Como você não enlouquece lidando diariamente com as coisas horríveis que fazem a crianças?

Ayaan se recostou na cadeira e cruzou os braços sobre o corpo. — Meus pais não queriam que eu fosse policial. Eles esperavam que eu estudasse medicina, como meu irmão. Mas eu via a forma como o mundo pressionava e até mesmo forçava algumas mulheres a engravidar para depois maltratá-las quando seus filhos nasciam. Eu queria protegê-las disso. Sei muito bem quem são aqueles que o sistema negligencia. Nesse país, a polícia raramente trabalha a favor de pessoas parecidas comigo. Por isso estou aqui: eu trabalho por eles.

— O que seus pais pensam sobre você ser detetive hoje? — perguntou Elle.

— Eles me apoiam, e hoje em dia mais ainda, já que sou comandante e não estou tão em perigo quanto estava quando estava nas ruas. — Ayaan exibia um sorriso afável. — Eles vieram para cá quando minha mãe estava grávida, fugindo da guerra civil na Somália. Tudo o que sempre quiseram foi me dar uma vida melhor, mais oportunidades do que eu teria de onde vieram. Muitos imigrantes da Somália vieram para Minnesota ao longo dos anos, antes da interdição.

Havia tanta injustiça contida naquelas três palavras. Elle se perguntou se Ayaan ainda teria familiares na Somália, pessoas que gostariam de vir para os Estados Unidos, mas estavam sendo barradas devido ao ódio e ao medo. Ela não tirou os olhos da comandante, mas se manteve em silêncio. Não havia nada que pudesse dizer.

Ayaan correspondeu o olhar. — E você? Sei que adora seu trabalho, mas já pensou em se tornar detetive um dia?

— Não quero ser policial.

Suas palavras estavam carregadas de negatividade. Ela abriu a boca para continuar, mas foi interrompida pelo telefone de Ayaan. Ela o atendeu e, depois de palavras breves, pressionou um botão no aparelho.

— Camilla, acabei de colocar a chamada no viva-voz para que outra investigadora possa participar. Pode repetir o que disse?

Uma voz com sotaque francês ressoou pelo alto-falante. — Sim, minha filha Danika disse ter conversado com você ontem na escola, sobre a menina que desapareceu. Ela disse não ter falado nada quando você perguntou se alguma das crianças havia visto a pessoa que sequestrou Amanda, mas hoje de manhã ela me contou que viu o homem. Posso colocá-la ao telefone?

— Pode, claro. — Ayaan esfregou a testa, coçando a pele sob seu hijab antes de ajeitá-lo novamente sobre o cabelo. Elle percebeu que os dedos dela estavam trêmulos.

— Oi — disse uma voz de criança vinda do telefone. — Desculpe por ter mentido.

— Não acho que tenha mentido, Danika — respondeu Ayaan. — Eu me lembro de você. Estava tentando me dizer uma coisa, mas foi interrompida por outra menina, não foi? Isso fez você sentir que o que tinha para me dizer não era importante?

— Sim. — Sua voz deixava transparecer que estivera chorando. — Eu disse à *maman* que não foi minha culpa. — Camilla murmurou algo ao fundo e Danika continuou. — Eu deveria ter dito que Brooklyn estava errada. Mas fiquei com medo. Às vezes ela é muito maldosa comigo.

— Sobre o que ela estava errada, Danika?

— O homem que falou com Amanda... Ele não era tão alto e não tinha cabelo preto. Não sei se Brooklyn o viu. Ela só queria atenção.

Elle pegou uma caneta na mesa de Ayaan e começou a escrever no papel impresso. Ayaan assentiu e continuou a conversa. — Entendi, querida. Que bom que ligou para me contar isso. Se lembra da aparência do homem?

Danika e sua mãe sussurraram entre si do outro lado da linha, então Danika voltou a falar. — Ele tinha a mesma altura que o papai. *Maman* disse que ele tem um metro e setenta. — Mais suspiros. — E cinco. E ele não tinha cabelo.

— Então ele não tinha cabelos pretos? — perguntou Ayaan.

— Não, e ele não estava usando chapéu, só um cachecol e botas grandes. Eu não consegui ver o rosto dele. Ele tinha uma cabeça branca brilhante e bochechas vermelhas, e estava usando óculos de sol grandes como os que meu pai tem. Vi Amanda perto da calçada da casa dela quando eu estava indo para o ônibus. O homem foi correndo até ela e disse: "Você precisa vir comigo. Trabalho com seu pai e ele sofreu um acidente". E ela simplesmente foi com ele.

Ayaan olhou para Elle ao perguntar ao telefone: — Viu de onde o homem veio? Ele saiu de um carro?

— Não sei. Não tinha visto ele até ele chamar a Amanda.

— Ele viu você?

— Acho que não. Eu tentei me esconder atrás da árvore quando o vi. Ele não parecia ser legal.

— E você viu Amanda ir para algum lugar com ele? Viu Amanda entrar em um carro?

— Ele pegou na mão dela e foi correndo até uma van azul. Mas não vi ela entrando. Assim que ele virou as costas, atravessei a rua correndo. Não queria perder o ônibus.

— Eu entendo — disse Ayaan com um tom de voz doce. — Não fez nada de errado, Danika. — Ela voltou o olhar para Elle, erguendo as sobrancelhas como se para verificar se Elle tinha alguma pergunta.

Para que a menina não ficasse surpresa ao ouvir uma voz desconhecida, Elle escreveu "cor?" ao lado de "cachecol" em suas anotações, grifando a palavra antes de virar o papel para Ayaan.

— Você se lembra da cor do cachecol, Danika? — perguntou Ayaan.

— Laranja. Bem laranja, como os cones que ficam na rua.

Os dedos trêmulos de Elle atrapalhavam sua caligrafia enquanto ela tomava nota.

Ayaan a fitou por um instante, esperando mais perguntas. Elle balançou a cabeça negativamente. — Está ótimo, Danika. Você está nos ajudando muito. Acha que conseguiria descrevê-lo para que possam desenhá-lo?

— Não sei. Estou com medo.

— Não vou deixar que nada aconteça com você, tudo bem? Eu prometo.

Os olhos de Elle ardiam. Ela os pressionou com os dedos, esfregando o peito com a palma da outra mão. Um par de olhos surgiu em sua mente, avermelhados e de um azul tão escuro que parecia ser preto. Quando ela abriu os olhos novamente, Ayaan ainda a observava com atenção.

— Posso falar mais um pouquinho com sua mãe, querida? — perguntou Ayaan.

A voz de Camilla respondeu. — Sim?

— Camilla, acredito que sua filha tenha informações cruciais para nossa investigação. Imagino que já saiba que Amanda Jordan desapareceu e que estamos considerando o desaparecimento dela como um sequestro.

— Sim. Danika não vai à escola até que ela seja encontrada. Não vou tirar os olhos de minha filha até ter certeza de que ela estará segura.

Ela nunca estará segura, Elle sentiu vontade de dizer. *Nenhum de nós está.*

Ayaan respondeu: — Tudo bem. Acha que pode trazê-la até a delegacia ainda hoje, se possível? Eu quero que ela converse com um retratista forense para descrever o homem que viu.

— Hoje?

— Sei que está em cima da hora, mas isso é de suma importância. Enquanto Amanda estiver desaparecida, cada segundo se torna mais perigoso para ela. Uma pequena inconveniência não é nada se sua filha puder nos ajudar a encontrá-la antes que ela seja ferida, não acha?

Depois de um momento, Camilla respondeu: — Certo. *Oui.* Posso levá-la depois do almoço.

O resultado do retrato falado parecia estar impresso nas pálpebras de Elle toda vez que ela fechava os olhos. O homem aparentava ter por volta de cinquenta anos, tinha uma cabeça calva e quadrada e usava óculos de sol grandes e um cachecol laranja neon enrolado sobre a boca. Elle passara a tarde toda comparando o retrato com criminosos sexuais da região, mas o homem não era familiar. Definitivamente não era alguém que trabalhava com Dave. Depois de suas atividades no Twitter terem sido confirmadas pela polícia e de Danika não o ter reconhecido em uma pilha de fotos, Graham Wallace foi liberado.

De alguma maneira, mais um dia se passara e não havia sinal algum de Amanda.

No entanto, também não havia um corpo. Ao menos isso dava esperanças a Elle.

Naquela noite Sash fizera o jantar para eles e se mostrara curiosa por mais detalhes sobre o podcast, mas Elle mal conseguira se concentrar na conversa. Ela ficara aliviada quando Martín mudou de assunto, perguntando a Natalie sobre as aulas de ciências. Elle imaginara que uma noite com Sash e Natalie fosse fazer com que parasse de pensar no caso por um momento, mas se enganara. Ao olhar para Natalie, Elle só conseguia pensar em Amanda, em seu paradeiro, em quem a havia sequestrado.

Àquela altura, o retrato falado provavelmente estava sendo exibido em todos os noticiários da região, sendo divulgado em canais locais, em sites e nas redes sociais. Uma rede de policiais estava buscando uma van azul sem placas pelas Cidades Gêmeas. Tudo isso estava sendo feito sem sua ajuda. Em seus canais, Elle divulgara o retrato em seções normalmente destinadas a anunciantes pagos. Não havia mais nada que ela pudesse fazer. Não naquela noite.

Mas ela não conseguia dormir.

Na cama, ao lado de seu marido, que roncava levemente, Elle estava deitada de olhos abertos. A descrição feita por Danika não saía de sua mente. O cachecol de cores vibrantes só poderia ser uma coincidência. Ela estava completamente imersa na investigação do ACR para o podcast, por isso não conseguia parar de pensar a respeito. Ela esperara anos por uma nova pista. Ela estava tão perto que isso quase lhe causava uma dor física, uma ferroada no estômago. Essa era a única razão pela qual ela estava estabelecendo conexões entre ele e o desaparecimento de Amanda.

Precisa vir comigo. Seu pai sofreu um acidente.

Aquela desculpa provavelmente fora usada por milhares de sequestradores ao longo dos anos para convencer garotinhas a entrar em seus carros. Mas ela não conseguia parar de pensar nisso. Ayaan e sua equipe não conseguiram encontrar nenhuma razão pela qual a família de Amanda pudesse estar sendo alvo de vingança. O sequestro cuidadosamente planejado, feito à luz do dia por um homem que sabia o nome da menina sugeria que o sequestrador era organizado e vinha observando a criança de perto. Não houvera ligação de resgate, o que significava que as opções restantes para Amanda eram sombrias. Para fazer um bom trabalho nesse caso, era dever de Elle considerar todas as possibilidades — até mesmo as mais absurdas. Mas nem mesmo as possibilidades mais absurdas pareciam improváveis naquele momento.

Talvez fosse o podcast ou a possível pista de Leo seguida de seu assassinato. Talvez fossem traumas antigos vindo à tona em sua mente.

Ou talvez fosse a porcaria do cachecol laranja.

Ela olhou para Martín, que dormia um sono profundo. Nem mesmo ele acreditaria nela em relação a isso.

Elle conhecia o trabalho do ACR, conhecia suas assinaturas e idiossincrasias como conhecia a voz de seu artista favorito. Era absurdo que ele começasse a matar novamente depois de mais de vinte anos. Era ridículo que ela sequer considerasse isso. Mas ela não conseguia calar a voz em sua mente.

O visor do relógio ao lado da cama informava o horário: 0h05. Aquela era, então, a terceira noite desde que Amanda fora sequestrada. Se ela tiver sido sequestrada pelo ACR, aquele seria o dia em que ele serviria a ela comida com sementes de mamona, que ela comeria depois de ter sido privada de alimentos e trabalhado à exaustão. Ela começaria a apresentar diarreia e vômito e a se sentir febril dentro de poucas horas. Elle agarrou os lençóis com os dedos úmidos de suor, enterrando as unhas com tanta intensidade no tecido que temeu rasgá-los.

Que bobagem. Ela não poderia perder uma noite de sono com fantasias sobre o sequestro de Amanda Jordan. O tempo estava se esgotando, se é que já não havia se esgotado.

Se fosse o ACR, Amanda Jordan seria envenenada. Se fosse o ACR, outra garota seria sequestrada hoje.

Não pode ser o ACR. Ela fechou os olhos com força, tentando desacelerar os pensamentos, sem sucesso. *Ele não pode ter retomado a contagem regressiva. É apenas uma coincidência.*

Afinal de contas, por que agora? O que havia de especial em Amanda para que ele se expusesse e arriscasse ser descoberto depois de ter saído impune por tantos anos? Ele estaria melhor continuando no lugar para onde foi em 1999, seguindo sua vida. A menos que seu desejo tenha se tornado insustentável.

A menos que não fosse ele.

Frustrada, Elle pegou o celular e abriu o Twitter.

@fajusticatardia
@castillomn Ainda não superei o quinto episódio. O ACR é mais monstruoso do que imaginei. Que bom que está mostrando quem ele é! #morteaoACR

Elle estremeceu ao ler a hashtag, controlando-se para não clicar nela. Nada de bom sairia dali. Ela rolou a tela. A maioria de suas notificações celebrava a nova pista que ela havia encontrado e revelado no episódio daquele dia. Elle curtiu alguns tuítes e respondeu com "em breve..." algumas perguntas que não podiam ser respondidas.

Como sempre, havia alguns *haters* para bloquear e reportar. Mas hoje não havia nenhuma DM ameaçadora, o que já era um progresso. Ela continuou a descer a tela.

@velasdafatimah
@castillomn É monstruoso o que fizeram com essas meninas. Mas não tem medo de estar dando palco para o assassino, descrevendo os crimes com tantos detalhes?

O tuíte tinha cerca de cem curtidas e vinte respostas, a maioria de opiniões contrárias, mas Elle sentiu uma pontada de mal-estar. Talvez Fatimah tivesse razão. O foco do podcast não costumava ser no assassino e na vítima em iguais medidas, mas agora era diferente. O ACR era um tipo especial de assassino. Seus crimes eram muito complexos. Analisar cada detalhe era a única maneira para encontrar algo que outras pessoas haviam deixado passar.

Uma notificação surgiu na tela: uma mensagem de Tina. NÃO CONSEGUE DORMIR?

NÃO. E VOCÊ?

NEGATIVO. ESTAVA DANDO UMA OLHADA NOS E-MAILS QUE TEMOS RECEBIDO, TENTANDO LEVANTAR OS IPS PARA MANDAR PARA A POLÍCIA. NÃO VOU MENTIR — MEIO PREOCUPADA.

Mordendo o lábio inferior, Elle digitou: ARQUIVEI ALGUNS QUE EU REPORTEI HOJE. SE PIORAR MUITO, VOU FALAR COM AYAAN.

CERTO. TAMBÉM RECEBEMOS ALGUMAS MENSAGENS SOBRE EXPOR AQUELES CARAS "DESAPARECIDOS" PARA SUAS RESPECTIVAS FAMÍLIAS, MAS ESSAS SÃO PARA MIM. ;)

Elle sorriu e respondeu com um emoji de polegar para cima. Ela ainda não contara para sua produtora sobre a investigação de sequestro na qual estava trabalhando. Elas estavam no auge da investigação do ACR e a rede do podcast estava pulando de alegria. Eles não ficariam felizes em saber que ela estava sacrificando tempo de trabalho no *Justiça Tardia* para auxiliar em um caso externo. Mas Tina a conhecia melhor do que a maioria das pessoas. Ter alguém ao seu lado seria de grande ajuda.

ESTOU VENDO QUE ESTAMOS SOB OS HOLOFOTES COM A REVELAÇÃO DE HOJE. OUVI MAIS CEDO. VOCÊ ARRASOU NO DESIGN DE SOM ESSA SEMANA.

VALEU, E. VAMOS TORCER PRA QUE NOS AJUDE A PEGAR ESSE CARA.

Elle respirou fundo e se acomodou nos travesseiros, pousando o celular no edredom que a cobria. QUERIA TE CONTAR QUE ESTOU TRABALHANDO EM UM CASO COM AYAAN. AQUELE SEQUESTRO EM BLOOMINGTON. AINDA ESTOU INVESTIGANDO O ACR, MAS UMA OUVINTE PEDIU MINHA AJUDA. NÃO CONSEGUI DIZER NÃO.

O símbolo de mensagem lida apareceu na tela, mas não houve resposta por alguns momentos. Passando a língua pelos dentes, Elle deitou a cabeça para trás e fechou os olhos. Havia uma nova mensagem quando os abriu novamente.

MANDA BALA.

OBRIGADA. ME AVISE SE DESCOBRIR ALGUMA COISA SOBRE AQUELES E-MAILS.

Completamente sem sono, Elle desligou o celular e saiu da cama. Ela sentiu o chão de madeira gelado sob seus pés ao caminhar até os chinelos. Ela os calçou, em seguida vestiu um roupão e, tentando não fazer barulho, se dirigiu para a cozinha para fazer café.

No pé da escada ela notou seu reflexo no espelho de entrada. Seu cabelo estava preso em um rabo de cavalo desordenado e sua franja era um emaranhado de cachos com *frizz*, emoldurando seus olhos exaustos. Ela se parecia muito com sua mãe. Ela sofrera de insônia crônica por boa parte da infância de Elle, vagando pela casa tarde da noite enquanto todos estavam dormindo. Para ela, contanto que estivesse acordada, conseguiria manter os monstros longe. Essa era sua maneira silenciosa de lidar com o que acontecera com a filha.

O olhar de Elle se endureceu no espelho ao pensar em sua mãe andando na ponta dos pés, no escuro, como um espectro. Tudo o que ela sempre quisera era que sua mãe fosse se deitar na cama junto dela, abraçando-a até que ela caísse no sono. Em vez disso, os passos suaves da mulher subiam e desciam as escadas, patrulhando o perímetro em torno do quarto de Elle que permanecia lá dentro, solitária e com frio.

Ela deu as costas para seu reflexo e se dirigiu ao estúdio.

19

Podcast *Justiça Tardia*
Gravado em 16 de janeiro de 2020
Gravação não publicada: Elle Castillo, monólogo

ELLE
O estúdio é o lugar aonde venho para pensar, e hoje à noite não estou conseguindo parar de fazer isso. Quando se investigam casos como o que estou cobrindo nesse podcast, você se acostuma com o fato de que eles não vão embora. Quando estou fazendo compras, cozinhando, fazendo sexo, tentando dormir... Eu vejo o rosto das vítimas do ACR quando pisco os olhos. Estou vendo-as agora, e há um novo rosto.
    Apagar essa última frase.
    Estou em meu estúdio agora, por volta da uma da manhã, porque outra garota desapareceu. Talvez seja esse caso, esse podcast, o que me faz suspeitar que o ACR está envolvido. Então aqui estou eu, com uma caneca de café no meio da noite, gravando. Porque é assim que penso.
    Estou começando a acreditar que algo dito impossível por muitas pessoas está acontecendo. Sei quão improvável isso soa. Sei de todas as razões pelas quais não deve ser real. Mas acredito que o Assassino da Contagem Regressiva pode ter retornado a Minnesota — hoje, em 2020.
    Há três dias uma garota de onze anos desapareceu. Ela aparentemente foi sequestrada a caminho do ponto de ônibus por um homem careca que usava um cachecol laranja vibrante e que, apesar da temperatura congelante, não usava um gorro ou chapéu. A cabeça descoberta pode significar algumas coisas. Ele pode ser idiota ou esquecido — talvez ele tenha pensado em colocar um gorro e no fim não o fez, resultado da onda de adrenalina causada pelo que estava prestes a fazer. Ou ele pode ter feito isso de propósito. Um homem careca com a cabeça exposta em pleno inverno é algo memorável, assim como um cachecol de cor laranja vibrante. Ele estava sequestrando uma garota sob os olhos de testemunhas — talvez ele quisesse que elas notassem essas partes de sua aparência para que não notassem nada mais. O ACR fez a mesma coisa nas raras vezes em que foi visto perto de suas vítimas.

O homem disse a Amanda que ela precisava ir com ele porque seu pai havia sofrido um acidente. Isso soa como a desculpa que sabemos que ele usou para convencer Nora Watson a acompanhá-lo, e, com base na vitimologia de seus outros alvos, é uma estratégia que ele provavelmente já usou antes.

Amanda está na idade certa para que ele continue a sequência de sua contagem regressiva caso ele queira substituir a vítima que escapou. E não encontramos nenhuma outra pista de que ela fora sequestrada por outra pessoa. O único suspeito que tínhamos já foi liberado. Uma van desconhecida na área e sem identificação foi vista nas proximidades. Não houve ligação de resgate.

Se ele realmente está de volta, se voltou a matar, a próxima garota será sequestrada amanhã — hoje, na verdade. Se realmente for ele, ele não teria tomado a decisão de voltar a matar de maneira leviana. Nada do que ele faz é por acaso. Para descobrir onde ele vai atacar em seguida, primeiramente precisamos saber a razão pela qual ele voltou.

Talvez ele tenha voltado por minha causa.

Apagar a última frase na edição.

Talvez isso esteja relacionado ao homem que me disse saber quem era o ACR. Ainda não sei o que ele pretendia me dizer. Mas acho que poderia ter sido um começo. Se o ACR sabia que estava prestes a ser exposto, talvez isso tenha sido suficiente para fazê-lo matar Leo. E talvez esse assassinato tenha sido um aperitivo que fez com que ele se desse conta de como gosta do controle, de como sentiu falta de sua missão.

Mas isso não combina com a maneira como ele observava de perto suas vítimas anteriores, com a forma como ele as escolhia cuidadosamente e descobria tudo sobre suas rotinas. Ele precisaria ter começado meses atrás, antes mesmo de saber que estava em risco. Poderia ter sido isso o que Leo viu? Um homem perseguindo meninas? Talvez Leo tenha sido seu vizinho ou colega de trabalho, talvez ele tenha visto um homem se comportando de maneira estranha. Ele mencionou algo parecido com "antes que seja tarde demais para ela". Poderia *ela* ser Amanda? Haveria evidência disso no pen drive que ele ia me dar?

Apagar a última frase na edição.

Não pode ser coincidência uma vítima de assassinato que diz saber quem é o ACR seguida do sequestro de uma garota que corresponde exatamente ao perfil de suas vítimas de preferência.

Ninguém vai acreditar em mim. Ou talvez todos me culpem.

Apagar a última frase na edição.

Não vou poder usar nada disso.

20

Elle
17 de janeiro de 2020

Na delegacia, o som do elevador fez com que Elle levantasse o olhar de suas anotações na esperança de ver Ayaan. Mas era apenas Sam Hyde.

Ela bocejou e voltou os olhos para os papéis. Ela chegara bem cedo, saindo de casa antes mesmo de Martín acordar, e seus olhos queimavam devido à noite insone. Ela passara a noite toda narrando pensamentos desconexos no microfone, mas não gravara absolutamente nada usável. Então finalmente tentara organizar seus pensamentos e suspeitas de maneira minimamente coerente e agora tinha duas páginas de tópicos escritos à mão, prontas para serem mostradas à comandante.

Sam caminhou lentamente até ela. — Ouvi dizer que Bishar colocou você em um dos casos dela. Como conseguiu desenrolar isso?

Sem paciência, Elle virou a página do caderno. No entanto, isso não pareceu suficiente para convencê-lo a deixá-la em paz.

— Está trabalhando nesse caso para seu podcast também? — perguntou ele, puxando o caderno com o polegar.

Ela puxou o caderno com rispidez e olhou para ele. — Como anda o caso do assassinato? Alguma pista sobre a pessoa que atirou a sangue-frio em Leo Toca uma semana atrás?

Um sorriso lento surgiu nos cantos da boca de Sam. — Na verdade, tivemos progresso. Ainda estamos investigando Duane Grove, mas a ex-mulher de Leo aparentemente tem um novo parceiro e seus colegas de trabalho relataram ter presenciado uma crise de ciúmes. Não conseguimos entrar em contato com ela, mas o último ponto de localização em seu celular foi próximo a uma torre de telefonia em Stillwater. Achamos que ela está por lá com o novo namorado, tentando ficar fora dos holofotes.

Isso confirmava que as suspeitas de Maria Alvarez sobre o namorado da filha estavam erradas. Ela nem mesmo acertou a cidade. Quanto mais Elle pensava nisso, mais acreditava que Luisa era um beco sem saída. Se ela estava saindo com uma pessoa que morava a trinta minutos de distância e trabalhando em tempo integral, provavelmente não tinha tempo para se manter atualizada sobre o ex-marido — se é que eles ainda tinham contato. Era estranho que ela não atendesse o telefone, mas se o namorado dela tivesse matado Leo numa crise boba de ciúmes, isso explicaria seu desaparecimento.

Ocupada com o caso de Amanda e com o episódio a ser gravado na semana seguinte, Elle não teve tempo para continuar investigando a família de Leo. O que a fez lembrar: havia ao menos um outro elemento desse caso sobre o qual ela tinha conhecimento sem que Sam soubesse.

Tentando agir naturalmente, ela desviou o olhar ao perguntar: — Você encontrou algo com Leo? Algo parecido com a pista que ele estava prestes a compartilhar comigo? Estou supondo que seria algo impresso, ou talvez algo no computador dele.

Uma faísca de desconfiança passou pelos olhos dele, mas o sorriso afetado não deixou seu rosto. — Sinto muito, informação confidencial. Não poderia te dizer nem se quisesse. — Ele se virou e passou pelas portas de segurança, entrando no escritório principal.

Elle o observou, sentindo seus ânimos se exaltarem. Se eles tivessem conseguido acesso ao pen drive e se houvesse algo importante nele, não haveria forma de ela saber. E se Sam falasse com Luisa primeiro, ele certamente diria a ela para não conversar com Elle caso ela aparecesse em busca de informações. Ela resmungou, contrariada, voltando os olhos para o caderno. Um longo bocejo fez com que seus olhos lacrimejassem. O dia se arrastou, interminável e exaustivo. Se ela conseguisse convencer Ayaan a dar uma olhada em sua teoria, elas teriam várias horas para analisá-la antes do horário em que ela teria que buscar Natalie na aula de piano. Mas, primeiro, a comandante precisava chegar na delegacia.

Quinze minutos depois, Ayaan finalmente saiu do elevador e entrou no lobby. Ela usava um hijab rosé e brincos de argola no mesmo tom, e vestia um blazer azul-escuro e calças de alfaiataria. Seu visual era sofisticado, mas seus olhos a entregavam — ela estava tão exausta quanto Elle. Não se tinha muitas horas de sono em meio a uma investigação de criança desaparecida. Elle fechou o caderno e se levantou, chamando o nome da comandante um pouco alto demais.

Ayaan pareceu surpresa em vê-la. — Elle, há quanto tempo está aqui?

— Não muito tempo — mentiu Elle. — Queria falar com você antes que ficasse ocupada.

Ela analisou o rosto de Elle por um momento antes de assentir com a cabeça. — Vamos entrar. Quero verificar se recebemos alguma coisa relacionada ao retrato falado de ontem para hoje, depois podemos conversar.

Enquanto Ayaan conversava com o tenente do turno da noite, Elle pegou um café na cozinha da delegacia e se sentou no escritório da comandante, agitada e inquieta devido à noite sem dormir e à cafeína. Depois de alguns minutos, ela abriu a bolsa e pegou todos os papéis que havia lá dentro. Além de suas próprias anotações, ela tinha transcrições de seu podcast com trechos destacados, fotos de cenas de crime, depoimentos de testemunhas sobre a inclinação do ACR a usar roupas de cores vibrantes. Ela espalhou tudo pela mesa do escritório, como se tentasse cobrir o móvel com evidências suficientes para que Ayaan acreditasse nela.

— Bom, recebemos cerca de sessenta informações, mas nada que pareça promissor — disse Ayaan ao entrar em sua sala. Ela pausou ao se deparar com a mesa, analisando o que havia sobre ela.

Prendendo a respiração, Elle observava a expressão de Ayaan, aguardando pelo lampejo de compreensão em seus olhos. Mas ele nunca veio. Alguns minutos se passaram até que Ayaan olhou para ela. Ela parecia preocupada. Elle detestava isso.

— Estou bem — disse Elle, tomando um gole do café.

— Acha que Amanda Jordan foi sequestrada pelo Assassino da Contagem Regressiva? — Ayaan soava desnorteada.

Elle se levantou e deu a volta na mesa, ficando ao lado de Ayaan. Ela apontou para a foto de uma garota de treze anos. — Katrina Connelly. Ela foi sequestrada em um ponto de ônibus por um homem que dirigia uma van. As testemunhas relataram ter visto um homem dizendo a Katrina que sua mãe estava doente e que ele havia sido enviado para buscá-la. Ele usava um cachecol chamativo de lã e um chapéu verde neon.

Ayaan não levantou o olhar dos papéis sobre a mesa. — Isso foi há vinte e dois anos, Elle.

— Ele fez a mesma coisa com Jessica Elerson. — O nome fez cócegas na garganta de Elle e seus olhos ficaram marejados. — Depois Nora Watson disse que ele a convenceu a entrar em seu carro dizendo que a mãe dela havia sofrido um acidente e estava no hospital. É uma posição muito vulnerável para se colocar uma garota jovem, a de preocupação com a mãe.

Diante do silêncio de Ayaan, Elle continuou. — Ele não morreu, Ayaan. Eu nunca acreditei que tinha morrido, e descobri no podcast que o corpo que todos acreditavam ser do ACR provavelmente pertencia a alguém pelo menos dez anos mais velho. Talvez ele tenha estado preso por outra razão esse tempo todo e tenha saído agora. Talvez ele tenha se casado, talvez o que quer que fizesse dele um assassino tenha estado adormecido por um tempo. Talvez ele esteja irritado com o avanço da minha investigação e tenha escolhido alguém em Minneapolis propositalmente para me atingir.

Elle pausou para recuperar o fôlego e percebeu que suas mãos tremiam em volta da caneca de café que segurava. Ela se virou em direção à mesa, fitando o rosto de todas aquelas garotas, agora reduzido a cinzas, destruídas.

Um momento mais tarde, Ayaan pousou as mãos sobre os ombros de Elle, que teve um sobressalto com o toque inesperado. Ayaan gentilmente virou Elle para si e ela levantou o rosto, fitando os olhos castanhos da comandante.

— Elle, você precisa dormir.

— Já faz quase setenta e duas horas desde que Amanda foi sequestrada.

— Eu consigo segurar as pontas por algumas horas. Vá para casa e descanse um pouco. Não pode ajudar Amanda se estiver exausta.

Elle piscou para afastar as lágrimas que invadiram seus olhos, voltando o olhar para o chão. Ela não podia chorar ali. Não precisava de mais uma razão para que todos pensassem que ela não conseguia cuidar de si mesma. Mas um instante mais tarde lágrimas jorraram por seus olhos, escorrendo por suas bochechas. Depois de alguns minutos, Elle se recompôs e, afastando-se do toque reconfortante de Ayaan, abriu sua bolsa e apanhou um lenço de papel para secar os olhos. Ela endireitou a postura e olhou para Ayaan.

— Não acredita em mim.

Ayaan inclinou a cabeça para o lado. Seu olhar estava odiosamente tomado por pena. — Elle, por favor.

— Conheço o trabalho do ACR, Ayaan. Conheço os métodos dele. Esse caso *tem tudo a ver* com ele. Não sei de que outra forma posso colocar isso. Sei que é uma detetive experiente, sei que só estou nesse caso para fazer a vontade da família de Amanda, mas imaginei que estivesse começando a confiar em mim.

— Não é justo que diga isso, Elle. Em circunstâncias normais, você é uma das melhores investigadoras que já vi. Mas isso é diferente. Esse caso mexe com você, enevoa seus instintos.

Elle jogou as mãos para o alto. — Tudo bem, então, qual é a *sua* grande teoria? Quem você acha que sequestrou Amanda? Algum vizinho que, por alguma razão, nenhuma das crianças reconheceu? Porque três dias já se passaram, o que significa que, se eu estiver certa, ele vai começar a envenená-la, e, se eu estiver errada, ela já está morta, segundo as estatísticas.

— Mesmo que ela ainda não tenha sido morta, isso não significa que é o ACR. — Ayaan não elevou sua voz ao volume da de Elle, o que fez com que ela se sentisse ainda pior. — Temos recebido pistas desde que divulgaram o retrato falado ontem à noite. Ainda não demos um tiro certeiro, mas vamos encontrá-la.

Elle balançou a cabeça olhando para os papéis sobre a mesa. — Não consigo tirá-lo da cabeça.

— Talvez o problema seja esse.

— Não, você não entende. Nunca senti isso antes. É como se... como se ele estivesse me provocando, mostrando que está de volta, me lembrando do que ele é capaz.

— Isso não é inteiramente verdade.

— O quê?

Ayaan voltou a se sentar na cadeira ao lado da mesa, cruzando os braços. — Já fez isso antes. Já sentiu isso antes.

A boca de Elle ficou seca. Ela desviou o olhar, mas Ayaan continuou.

— Cerca de cinco anos atrás. O caso de Maddie Black, antes de sair do SPC. Você tinha certeza naquela época também.

Elle encarava as anotações e as fotos. Seus batimentos cardíacos estavam acelerados. — Foi diferente. Foi há muito tempo.

— Você tinha certeza de que era o ACR. Eu até mesmo acreditei em você por um momento e isso quase custou a vida daquela menina.

Cerrando os punhos, Elle sussurrou: — Não foi assim.

Ayaan balançou a cabeça de um lado para o outro. — Por que acha que demorei tanto para te dar um retorno sobre Jair Brown dois anos atrás, Elle? Precisei solicitar a aprovação do delegado geral para ser autorizada a trabalhar com você. Mesmo depois de sua ajuda, ele ainda tinha receio de chamá-la para outro caso. Talvez ele tivesse razão.

— Eu cometi um erro.

— Você tentou nos convencer a ignorar as testemunhas que denunciaram o pai dela.

— Pare.

— Nós chegamos em cima da hora. Ela poderia ter morrido.

— Eu não tinha certeza como tenho agora. — Mesmo enquanto as palavras saíam de sua boca, Elle não estava certa do que dizia.

— Vou telefonar para Martín para que ele venha buscá-la — disse Ayaan. — Não pode dirigir nesse estado. — Ela se levantou e se pôs entre Elle e o material sobre a mesa. Quando Elle retribuiu o olhar de Ayaan, seus olhos eram gentis, mas firmes. — Talvez isso não seja mais uma boa ideia.

Quando Elle entrou no carro, Martín fez a ela apenas uma pergunta: — Quer conversar sobre isso?

— Não.

Eles voltaram para casa em silêncio.

Ela nunca fora muito boa em falar sobre o que a incomodava. Isso deveria ter mudado depois de anos de terapia, mas, levando em consideração acontecimentos passados, as coisas não acabavam bem quando ela falava sobre o que sentia. Seus pais nunca conseguiram aceitar o que acontecera com Elle na infância. Depois de um tempo, ela começou a acreditar na versão deles — que não havia sido tão ruim quanto ela fizera ser em sua cabeça, que as coisas das quais ela se lembrava não eram reais. Já na adolescência, Elle havia reprimido tão bem as memórias daquele incidente que elas levariam mais de uma década para voltar à tona.

Então ela conheceu Martín.

Elle olhou para ele. Seus olhos estavam concentrados na rua adiante e ele estava levemente inclinado em direção ao volante, como se estivesse esperando que algo saltasse na frente do carro. Embora tivesse tido tempo suficiente para se acostumar com isso, Martín detestava dirigir em Minnesota durante o inverno. Ele nasceu no México, mas morava na terra dos dez mil lagos há dezessete anos, quando se mudou por causa da faculdade. Ainda assim, ele jamais se acostumara com toda a neve e gelo.

A família Castillo era o oposto da família de Elle em todos os sentidos possíveis. Ele tinha quatro irmãos, todos casados, e onze sobrinhas e sobrinhos. De ano em ano, Elle e Martín alugavam uma van espaçosa, buscavam Angelica e a família em Wisconsin e viajavam para se reunir com o restante dos irmãos na casa dos pais deles no México. Não havia um momento sequer de silêncio pelas duas semanas seguintes. Bebês chorando e risos escandalosos e comida sendo passada de mão em mão ao redor da mesa até que você tivesse que abrir o botão da calça. Elle absorvia a energia potente e o amor espontâneo da família como se fosse um solo ressecado sob a chuva. A mãe de Martín a ensinara a cozinhar — algo que ela nunca aprendera com a própria mãe, que trabalhou todos os dias de sua vida e contava com as comidas congeladas. De certa forma, essa era uma das coisas que Elle mais respeitava sobre a mãe: ela se recusava a investir várias horas de seu dia para colocar comida na mesa só porque seu marido não faria isso.

Havia mais de uma década desde que Elle cortara os pais de sua vida, mas algumas vezes ela imaginava como sua mãe estaria agora: um pouco mais grisalha, as cavidades de suas bochechas mais acentuadas, ainda no fogão com uma caixa de hambúrgueres industrializados em uma mão e uma taça de Cabernet na outra. Talvez, agora que havia se aposentado, ela tenha aprendido a cozinhar de verdade. Mas Elle duvidava.

No semáforo, Martín procurou uma estação no aparelho de som do carro até parar em seu *talk show* favorito. Ele não gostava muito de música, ao menos não enquanto dirigia. Dirigir ouvindo algo divertido o mantinha alerta. Ele olhou para ela por um instante, oferecendo um pequeno sorriso. Exausta demais para forçar um sorriso em resposta, ela se voltou para a janela do passageiro. A luz do semáforo rapidamente ficou verde e eles seguiram em frente.

O caso de Maddie Black ao qual Ayaan se referira funcionou como um tipo esquisito de salvação. Por um lado, Elle não estaria trabalhando no *Justiça Tardia* se não fosse por ele. Por outro, ela quase havia sido responsável pela morte da menina e havia demonstrado que tinha pontos cegos ao investigar certos tipos de caso. Mas isso aconteceu há mais de cinco anos, e mesmo que tivesse gravado um monólogo a respeito, Elle ainda não encontrara o episódio certo do caso do ACR para incluí-lo. Se fosse honesta consigo mesma, provavelmente nunca o faria. Não se encaixava com a narrativa.

Apoiando o cotovelo na porta do carro, ela encostou a testa na mão, massageando as têmporas com o polegar e o dedo médio. Ela sentia a própria pulsação na ponta dos dedos.

— Você está bem? — perguntou Martín enquanto estacionava. Quando o carro estava parado, ele esticou o braço e cobriu a mão dela com sua mão enluvada. — Ei, Elle. O que está sentindo?

Ela balançou de um lado para o outro. — Nada. Vamos entrar, preciso dormir.

— O que aconteceu na delegacia, *cariño?* Converse comigo.

— Nada. — Abrindo a porta, Elle saiu do carro e se dirigiu até a porta da frente.

Uma vez lá dentro, Elle pendurou o casaco e o cachecol e sacudiu as botas no tapete antes de descalçá-las.

Sem tirar as próprias botas, Martín entregou a ela as chaves do carro. — Vou chamar um táxi para que o carro possa ficar aqui para você. Mais tarde buscamos o seu.

— Obrigada. Desculpe por fazer você se atrasar — disse ela.

— Não tem problema, eu avisei que me atrasaria. Para Ayaan ter me ligado, sei que deve ter sido sério. — Ele segurou o rosto dela com as mãos aquecidas. — Seus olhos estão vermelhos.

— Eu não dormi.

Ele parecia prestes a dizer algo mais, mas, depois de alguns segundos, assentiu. — Tudo bem. Vá para a cama, *mi amor.* O caso ainda estará aqui depois de algumas horas de descanso, e não pode ajudar aquela garotinha se não conseguir raciocinar.

Ela conteve uma nova remessa de lágrimas. — Está tudo bem entre a gente?

Em vez de responder, ele inclinou a cabeça e pressionou os lábios contra os dela.

— Tudo bem — murmurou ela em resposta, exausta demais para dizer algo mais. Ela seguiu para a escada em direção ao quarto.

— Elle — chamou ele.

— O quê? — Ela se voltou para olhá-lo.

Martín cruzou os braços sobre o peito, franzindo a testa como fazia quando estava sob estresse. — Eu acredito em você.

— O quê? — repetiu ela, dessa vez em um sussurro.

— Estou percebendo que há algo que você não está me contando, e não sei o porquê. Mas quero que saiba que tem meu apoio, não importa o que aconteça. — Martín avançou dois degraus, chegando mais perto dela. — Não importa quão absurdo soe, lembre-se de que sempre vou acreditar em você antes de mais nada. — Ele se aproximou, a beijou na bochecha e depois desceu as escadas, indo embora.

21

Elle
17 de janeiro de 2020

Elle estava no quarto outra vez. Deitada de costas, ela podia sentir a aspereza dos lençóis cinza sob a pele de seus dedos enquanto encarava o teto mofado. Havia mais de um dia desde que ele viera pela última vez. A água havia acabado e seu estômago doía de fome. Isso fazia com que ela... quisesse vê-lo. Mesmo que soubesse o que seria obrigada a fazer quando ele voltasse.

Ela fechou os olhos, e, quando os abriu novamente, estava escurecendo e o débil feixe de sol que entrava pela única janela pequena desaparecia como se fosse a luz de uma lanterna prestes a ficar sem bateria. Ela já mal conseguia enxergar o teto.

De repente, ele estava no quarto com ela, a silhueta do corpo e dos braços fortes em contraste com a luz que se esvaía.

O homem se sentou na cama, mas o corpo dela permaneceu imóvel, congelado, enquanto ele se inclinou sobre ela. Ele retirou o cobertor fino que estava sobre seu corpo, analisando seus joelhos machucados. Ela queria dizer a ele que parasse. Ela queria implorar por um copo d'água. Ela queria que ele a deixasse sozinha.

Ela não queria estar sozinha.

No crepúsculo, o rosto dele era um borrão de traços indistinguíveis. Seus dedos correram por seu umbigo, por seu esterno e pararam, por fim, em sua garganta. Ele fechou a mão, pressionando, e isso era inédito, essa dor, essa força que ele não havia usado até então e que dificultava sua respiração. Ela ofegou buscando ar, sentindo a palma da mão dele em sua garganta, sua respiração limitada de uma maneira que nunca estivera antes. Seu peito se comprimia dolorosamente.

— *Por favor.* — *O suspiro soou irregular no ar gelado do quarto.* — *Por favor.*

Elle acordou com um sobressalto e se sentou na cama. Seus dedos pulsavam contra o travesseiro que sua mão agarrava. Ela o soltou como se estivesse ardendo em chamas e se levantou, vacilante. O quarto estava escuro e ela demorou um instante para se situar. Ela não sabia por quanto tempo havia dormido, mas algo parecia estar errado. Algo havia acontecido.

Então ela percebeu com um arrepio de ansiedade: ela devia ter buscado Natalie na aula de piano hoje. O relógio preto na mesa de cabeceira de Martín exibia o horário em números garrafais: 5h22.

— Merda! — Ela não conseguia encontrar o celular em lugar nenhum. Ela desceu as escadas e revirou a bolsa. Como era de se esperar, ela tinha seis chamadas de diversos números e tinha recebido três mensagens de Natalie perguntando onde ela estava. Embora estivesse apenas vinte minutos atrasada, a primeira mensagem de Natalie era de quase uma hora atrás, pouco depois do horário em que ela normalmente chegava de ônibus na casa da srta. Turner.

Algo estava errado.

Depois de calçar as botas e apanhar o primeiro casaco que encontrou, Elle correu até o carro de Martín. Sem tempo para esperar o motor esquentar, ela deu ré em direção à rua enquanto o carro guinchava em protesto. Dirigindo até a casa da srta. Turner em direção ao sol que se punha, Elle telefonou para Natalie. A ligação caiu na caixa postal. Ao parar em um semáforo, Elle digitou uma mensagem.

ESTOU CHEGANDO. DESCULPE.

O semáforo ficou verde e ela afundou o pé no acelerador, fazendo com que os pneus derrapassem no sal e no gelo da rua.

A casa da srta. Turner ficava a apenas dez quarteirões de distância, e nas vezes anteriores em que Elle fora buscar Natalie, todas as luzes de ambos os andares estavam acesas. A mulher idosa morava sozinha e tinha medo de escuro, por isso mantinha todas as luzes acesas independentemente do cômodo em que estivesse. Quando Elle parou em frente à casa, uma pontada de mau pressentimento a atingiu em cheio, deixando-a sem fôlego. A casa estava cinzenta sob o pôr do sol e suas cortinas estavam fechadas. Parecia abandonada. Ela correu até a porta e bateu mesmo assim, mas não ficou surpresa quando não houve resposta. O telefone tocou quando Elle ligou de seu celular, mas ninguém atendeu. Depois de a ligação chamar vinte vezes, ela finalmente desistiu.

Ela tentou imaginar o que havia acontecido. Talvez a srta. Turner tenha saído da cidade e esquecido de avisar Sash. Então Natalie chegou para sua aula e telefonou para Elle quando percebeu que a srta. Turner não estava em casa, razão pela qual as chamadas perdidas e as mensagens começaram mais cedo do que deveriam. Talvez a srta. Turner tenha levado Natalie para algum lugar especial, e as ligações eram justamente para avisá-la da mudança de planos. Mas isso não explicaria as mensagens desesperadas de Natalie perguntando onde Elle estava.

Elle grunhiu, frustrada, e voltou para o carro pela calçada cheia de gelo, se esquecendo de tomar cuidado e quase caindo duas vezes no trajeto. Ela se obrigou a dirigir muito lentamente enquanto seus olhos perscrutavam as calçadas em busca de algum sinal de movimento. Se Natalie saiu de lá uma hora atrás, ela deve ter chegado em casa a essa altura, mas talvez ainda estivesse a caminho, brincando na neve ou algo assim. Ela gostava de escalar os montes altos de neve que se acumulavam no estacionamento de um posto de gasolina entre a casa da srta. Turner e a casa dos Castillo. Talvez ela tivesse parado lá e Elle não a tivesse visto no caminho de ida. Seus olhos estavam tão atentos ao posto de gasolina que ela quase bateu na traseira de outro carro que estava parado no sinal vermelho. Ela freou bem a tempo e esticou o pescoço para examinar os montes de neve, mas Natalie não estava em lugar nenhum.

— Está sendo paranoica — disse ela, em voz alta. Ela respirou fundo lentamente, mas isso não ajudou a acalmar seus nervos, que ricocheteavam em seu corpo. Ela se lembrava da última vez que ficara brava com Natalie. Há cerca de um ano, a menina, então com nove anos, estava em seu modo obcecado por pessoas em situação de rua em Minnesota. Sem dizer a ninguém, ela pegou um ônibus para a região central de Minneapolis e visitou um grupo de pessoas que estavam acampadas perto da ponte, no Mississippi. Sash usara um aplicativo para rastrear o GPS do celular de Natalie e eles finalmente a encontraram uma hora mais tarde. Enquanto Sash ficara frustrada e preocupada, Elle estivera em pânico e depois ficara furiosa. Ela gritara com Natalie pela primeira e única vez, e isso fizera com que a menina ficasse três semanas sem falar com ela.

Esse foi o momento em que Elle percebeu como se apegara a Natalie — quando ela começou a entrar em pânico pensando em todas as circunstâncias hipotéticas que poderiam levá-la embora. Coisas normais que antes eram triviais agora pareciam cercadas de perigo. Ir a festas de aniversário. Participar de excursões. Caminhar de volta para casa.

Quando Elle era criança, ela e os amigos costumavam perambular juntos pelo bairro fazendo coisas imprudentes como descer trechos íngremes de patins ou andar de bicicleta sem usar as mãos. Durante os verões de sua infância, ela normalmente saía com alguns amigos logo depois do café da manhã, voltava para um rápido almoço e depois ficava fora até o sol se pôr. Ela nem sequer se lembrava do que eles faziam para ocupar todas aquelas horas. Provavelmente ficavam de bobeira durante a maior parte do tempo. Iam até o parque mais próximo, brincavam no balanço e no escorregador por horas. Escalavam os brinquedos do parquinho. Tentavam fazer acrobacias no trepa-trepa. Nessa época, brincar em um parquinho era uma aventura arriscada. Eles eram construídos em metal e borracha. Os balanços eram suportados por correntes que beliscavam os dedos e os trepa-trepas causavam calos vermelhos na palma das mãos. O que quer que fizessem, aonde quer que fossem, sempre sabiam exatamente onde estava o limite entre as ruas do bairro e lugares longe demais para ouvir o chamado de suas respectivas mães. Os pais os deixavam livres e ninguém ligava.

As pessoas já não podiam mais fazer isso.

Pouco importava que o perigo naquela época fosse igual ao perigo daquele momento, a pressão da sociedade era diferente. Era esperado que se soubesse onde os filhos estavam a todo momento e que eles pudessem ser localizados apenas apertando um botão.

Sash deu um celular a Natalie para que ela usasse no caminho entre a escola e sua casa, e ela devia sempre, sempre atender quando um adulto telefonasse. Ainda dirigindo devagar, Elle telefonou para ela novamente. Sem resposta.

A tela de seu celular se acendeu e Elle olhou para o aparelho, ansiosa. Martín. Ela atendeu, sem fôlego, emitindo sons que mal poderiam ser considerados palavras.

— Oi, *dormilón*.

— Você buscou a Natalie? — Sua voz tinha um tom agudo.

— Hm, não. Achei que você ia buscá-la.

— Eu ia. — As mãos de Elle tremiam, adormecidas. Um soluço escapou de seus lábios. — Quer dizer, eu tentei. Eu dormi e me atrasei, Martín. Ela não estava na casa da srta. Turner. Não havia ninguém lá. E ela não está atendendo o celular.

Martín ficou em silêncio do outro lado. Os dois já haviam visto coisas demais para não imaginar imediatamente o pior cenário possível.

— Onde está?

Elle queria encontrar alívio nas lágrimas, mas elas não vinham. — Perto de casa. Voltei dirigindo devagar, mas ela não estava na calçada. Também não a vi a caminho da casa da srta. Turner. Onde ela poderia estar?

— Tudo bem, *mi vida, cálmate*.

— Não me peça pra ficar calma. Sabe o quanto odeio isso.

— Certo. Desculpe. É que... Não sei. — Houve um som de movimento do outro lado da linha e então Martín voltou a falar. — Vou voltar pra casa. Foi até a casa dela? Talvez Sash tenha chegado mais cedo ou coisa assim.

— Ela não deveria...

— Eu sei, tá bom? Eu sei. Mas tente mesmo assim. Preciso cuidar desse corpo e depois descobrir como voltar pra casa.

Quando ele desligou, Elle telefonou para Sash. A ligação foi diretamente para a caixa postal. Ela provavelmente estava no tribunal.

Nenhum deles estava aqui quando ela precisava de alguém. Uma onda de raiva percorreu seu corpo, ainda que fosse injusto. Martín estava tentando ir para casa para encontrá-la e Sash ligaria de volta assim que pudesse. Ela sabia disso, mas a raiva e o medo persistiam.

Elle estivera congelando poucos minutos antes, mas agora sentia que estava fervendo em um caldeirão. Ela estacionou na casa de Sash e saiu do carro depressa, sem fechar o casaco. O único jeito de driblar o pânico cego e absoluto era ficando brava com Natalie. Ela tentou conjurar a fúria maternal porque, ainda que não fosse uma mãe, ora, ela poderia sentir a fúria maternal. Porque, é claro, Natalie apenas voltara andando para casa quando Elle não atendeu o celular para buscá-la. Eram apenas dez quarteirões. Nada de mais.

Mas ela não fora encontrada em lugar nenhum. As luzes estavam apagadas na casa, mas Elle caminhou pelo chão congelado e bateu na porta mesmo assim.
— Natalie? — chamou ela, vasculhando sua bolsa à procura da cópia da chave. Assim que a encontrou e abriu a porta, ela soube que Natalie não estava em casa. A casa estava gelada, o aquecedor estava programado para a temperatura diurna que era o suficiente para impedir que os canos congelassem.

Elle voltou tropegamente para o lado de fora, seus olhos finalmente sendo invadidos por lágrimas enquanto ela olhava para os dois lados da rua, examinando a calçada ao longo do quarteirão. O sol do fim de tarde era refletido pela neve fresca em um pálido tom laranja. As luzes da rua iluminavam os galhos brilhantes das árvores, os carros estacionados e uma dupla de trenós de plástico abandonados. Mas não havia ninguém à vista.

Natalie desaparecera.

22

Podcast *Justiça Tardia*
Gravado em 28 de novembro de 2019
Gravação não publicada: Elle Castillo, monólogo

ELLE
Toda investigação tem problemas. Todo investigador comete erros. Ao longo das décadas, desde que ele se tornou oficialmente inativo, detetives e até mesmo alguns jornalistas investigativos atribuíram casos ao esquivo ACR. Algumas vezes o fizeram munidos de evidências convincentes: um caso de envenenamento por ricina, garotas de onze anos que desapareciam ou eram mortas, outro casal encontrado morto em uma cabana a cerca de oitenta quilômetros ao norte do local de onde a última vítima do ACR escapara. Até mesmo o detetive Sykes admitiu ter se enganado uma vez, em 2008, por uma série de quatro assassinatos em Fargo que parecia girar em torno de uma obsessão por números.

Mas todos eles se enganaram. Todos nós nos enganamos.

Ouvintes de longa data devem se lembrar de que eu, na verdade, conheci Ayaan Bishar, comandante do departamento de polícia de crimes infantis de Minneapolis, antes de trabalharmos juntas no caso de Jair Brown. Nos conhecemos na época em que eu trabalhava no SPC, quando comecei a trabalhar no caso de uma criança desaparecida.

Respondi ao contato de vizinhos que estavam preocupados com uma jovem chamada Maddie Black. Eles não a viam havia dias, o que era incomum visto que ela costumava brincar nos balanços de seu prédio. A mãe dela se separara do pai e vivia com um homem que os vizinhos afirmaram ser, com frequência, verbalmente abusivo. Ambos, o namorado e a mãe, disseram não fazer ideia do paradeiro de Maddie, e, com base nos depoimentos dos amigos da menina, ela aparentemente fora vista pela última vez descendo do ônibus escolar onde começaria o trajeto de dois quarteirões até sua casa. Ninguém a viu sendo levada, mas ela nunca chegou em casa.

Eu... eu deveria ter ouvido. Esse é o tipo de pista que desperta a intuição de boas assistentes sociais, mas eu as ignorei.

As circunstâncias de seu sequestro eram assustadoramente familiares para mim. Mesmo naquela época, eu conhecia o ACR como a palma da minha mão. Maddie tinha onze anos de idade, e embora a família dela fosse muito mais instável do que as famílias de suas outras vítimas, me pareceu possível que ele fosse o responsável. Quando comecei a analisar as similaridades, me pareceu óbvio. Ela tinha a idade certa e o histórico certo. Ela desaparecera da mesma maneira que a maioria das vítimas do ACR — caminhando sozinha por um trecho que fazia parte de sua rotina. Então quando falei com Ayaan Bishar, a detetive responsável por aquele caso, disse a ela que tinha certeza de que o ACR havia decidido voltar a matar. Quando dois dias se passaram e ainda não havia sinal do corpo ou ligação de resgate, pensei tê-la convencido. Maddie havia sido levada pelo ACR e outra garota deveria ser sequestrada no dia seguinte. Recebemos outras pistas, um casal de amigos próximos da família sugeriu que deveríamos investigar o pai de Maddie com mais atenção, mas o ACR era tão engenhoso que eu não descartaria a possibilidade de ele ter escolhido uma vítima que nos fizesse suspeitar de outras pessoas. Talvez fosse um aperfeiçoamento, uma sofisticação de sua técnica que ele adquirira ao longo dos anos.

Mas não era. Quatro dias depois do desaparecimento de Maddie, Ayaan investigava uma pista sobre um pseudônimo usado pelo pai da menina quando rastreou um apartamento que ele alugara com o nome falso. Ao ouvir a polícia arrombando a porta, o homem decidiu que se a filha não pudesse ser dele, não seria de mais ninguém. Eles invadiram o apartamento instantes antes que ela fosse baleada. Ela foi salva, mas no dia seguinte fui para o trabalho levando comigo uma carta de demissão.

Eu tive um caso de *burnout* no trabalho. Temia que meu erro chegara perto de custar a vida de uma menina. Ao mesmo tempo, em minha vida pessoal, experimentei pela primeira e única vez a sensação de uma reunião parental por meio de uma amizade que florescia com minha vizinha e a filha.

Passei algumas semanas no sofá, em luto pelo que parecia ser o fim da minha carreira, ouvindo um episódio atrás do outro de todos os podcasts de true crime que encontrei pela frente. Finalmente, em uma certa madrugada, embriagada por uma combinação de privação de sono e metade de uma garrafa de Shiraz, decidi que eu também poderia criar um. Apesar do meu fracasso no caso de Maddie, eu não havia perdido minha paixão por ajudar crianças vítimas de crimes. Talvez eu só devesse fazer isso de maneira diferente.

A ideia de um predador ameaçando a segurança da filha da minha vizinha — uma menina perfeita, pequenina e de olhos brilhantes, cheia de opiniões e com uma covinha na bochecha que desarma qualquer um — me deixava nauseada de raiva. Mas sabia que fazia parte da realidade. Há homens que enxergam meninas como ela como presas. Conheci muitos deles em minha vida, vi muitos deles saindo impunes por seus crimes, e eu sabia que poderia fazer algo para impedir isso. Naquela noite, gravei o primeiro episódio do que se tornaria o *Justiça Tardia*. Alguns meses mais tarde, lancei a primeira temporada.

Como acontece com muitas coisas na vida, mais de um acontecimento me trouxe até esse trabalho — uma confluência de eventos ao mesmo tempo, na hora certa. Somos resultado não apenas das experiências que temos, mas de nossas reações a elas. Mas se eu precisasse escolher apenas uma coisa, algo que tenha dado início a tudo isso, diria que foi o caso de Maddie Black. Todos nós temos um catalisador, uma pessoa ou um acontecimento ou uma mensagem que inicia uma jornada. Algo que, quando olhamos para trás, para nossa história, conseguimos enxergar como ponto de partida. Vemos como tudo o que aconteceu depois foi fruto dessa única coisa.

Nossa origem.

PARTE III
O ESTOPIM

23

DJ
1971 a 1978

A primeira mulher que DJ matou foi a mãe. Ela morreu no parto, gritando ao expelir um corpo que se debatia junto com uma quantia exacerbada de seu próprio sangue.

A morte dela foi vontade de Deus. Seu pai o lembrava disso sempre que um de seus colegas de escola zombava dele por não ter mãe. O senhor havia criado DJ com um propósito, e o último ato do plano de Deus foi que sua mãe o trouxesse ao mundo. Quando ele nasceu, o propósito de sua mãe havia sido cumprido e o senhor a levara de volta para casa. Isso o consolava de certa forma, saber que ele devia ser especial, já que Deus estava disposto a sacrificar sua mãe para colocá-lo no mundo.

DJ nunca se sentiu privado de algo por não ter mãe. Os homens de sua família eram de uma linhagem robusta. Seu pai, Josiah, era encanador e trabalhava seis dias por semana. Até onde DJ conseguia se lembrar, ele nunca precisara ir ao médico. Seus irmãos eram jogadores de futebol e trabalhavam como ajudantes rurais por meio período quando chegaram à adolescência. Eles jantavam juntos nas noites em que Charles e Thomas não tinham treino. Iam à missa todo domingo, e Josiah lia trechos da Bíblia para DJ todos os dias antes de dormir. Não era uma vida incrível e cheia de acontecimentos, mas a familiaridade de cada dia o envolvia como um cobertor aconchegante.

Tudo mudou em uma terça-feira de verão quando DJ tinha sete anos. Charles e Thomas estavam passando uma semana fora, no acampamento da igreja, e DJ estava sozinho com o pai. Eles jogavam xadrez na varanda ao som do canto das cigarras enquanto a tarde quente e úmida lentamente dava lugar ao frescor do entardecer. Então o telefone tocou e Josiah entrou para atender. DJ planejava sua próxima jogada quando um som alto e brutal veio de dentro da casa.

Ele correu para a cozinha e encontrou o pai no chão. Josiah segurava o telefone na altura do ouvido e o fio estava enrolado em seu antebraço. Seu rosto estava molhado de lágrimas. DJ nunca havia visto o pai chorar antes, e precisou insistir muito para que ele explicasse o que acontecera.

Na noite anterior, Charles e Thomas haviam saído escondidos de barco pelo lago Superior e não haviam retornado. Josiah o colocou na caminhonete e os dois partiram em direção ao acampamento de verão em Duluth. DJ passou as cinco horas de viagem calado e atônito. Seu pai revezava entre esbravejar em negação e orações feitas em um sussurro.

Nada havia mudado quando eles chegaram. O barco ainda estava desaparecido, perdido no enorme lago que se estendia além de qualquer porção de água que DJ já vira. Ele se perguntou se esse era o tamanho do oceano. Certamente não poderia ser maior do que aquilo. Ele varreu o horizonte com os olhos, como se, de alguma maneira, as outras pessoas apenas não tivessem conseguido enxergar e seus irmãos fossem estar ali, acenando em pedido de ajuda ou rindo de um jeito despreocupado como costumavam fazer, surpresos com a comoção quando eles só haviam saído para uma aventura.

As horas se arrastavam e mais grupos de busca foram despachados. Um helicóptero agitava o ar sobre a cabeça de DJ.

— Charles e Thomas vão voltar logo — disse ele ao pai. Seus irmãos só estavam aprontando. Eles estavam no verão. Eles provavelmente haviam encontrado algumas garotas e saído com elas para o que Charles chamava de "brincadeirinhas noturnas".

Enquanto esperavam, DJ prestou atenção no número de policiais, veículos, supervisores de acampamento e outras pessoas que ajudavam na busca, todos aglomerados na margem do lago. Ele mal conseguia acreditar na quantidade de pessoas que estavam ali. Ele gostava de números. Não era bom na escrita e não era um atleta como os irmãos mais velhos, mas aos seis anos, quando recebeu a primeira atividade de matemática, sentiu que estava vendo no papel pela primeira vez um idioma que sempre falara. Os números eram o alicerce do mundo. Todo ângulo, átomo e célula poderiam ser definidos por uma equação. Descobrir isso permitira que ele compreendesse um mundo que normalmente o escapava. Ele tentou calcular as chances de os garotos retornarem em segurança conforme as horas passavam, mas havia variáveis demais, incógnitas demais.

Vinte e uma horas. Esse foi o tempo que a polícia levou para encontrar os corpos de seus irmãos. Eles foram levados pelas águas até a margem da ilha Manitou, uma das ilhas Apostle na região costeira de Wisconsin. Uma tempestade os arrastara para lá, destroçando o barco e seus corpos contra as pedras. DJ foi proibido de vê-los, o que tornou tudo pior. Ele imaginou os ossos quebrados dos irmãos, suas peles retorcidas, suas cabeças esmagadas. Ele visualizou seus últimos momentos, quando eles sabiam que morreriam. DJ descobriu mais tarde que eles haviam se afogado, que já estavam mortos antes de seus corpos serem destruídos, mas as imagens permaneceram.

Na noite em que foram encontrados, o pai de DJ o levou para casa. Ele não disse nada no carro, não proferiu uma palavra sequer quando chegaram na casa abafada e vazia. Eles receberam visitas de hora em hora durante aquela primeira semana. Vizinhos e amigos da igreja abasteciam a geladeira com lasanha e outros pratos estranhos. Então veio o funeral e, depois disso, o silêncio.

Josiah não falou por dias. DJ tentou perguntar coisas a ele. Tentou fingir cair e se machucar. Fez as coisas que sabia que seu pai mais odiava: tocou a bateria de Charles no celeiro, assoviou alto enquanto urinava, bebeu suco de laranja direto da garrafa. Nada disso fez diferença.

Então ele se lembrou da planta. Ficava no solário de sua mãe, o santuário especial que o pai construíra para ela quando eles se mudaram para aquela casa. A folhagem da planta era de um tom vermelho, vibrante e vistoso. A mãe a plantara usando sementes da versão maior que crescia selvagem na fazenda. Certa vez, sem contar ao pai, ele levara a planta para a escola para exibi-la. Quando Josiah descobriu, gritou com DJ até que a veia em sua mandíbula adquirisse uma cor arroxeada. Ele disse que as sementes da planta o deixariam doente e que era perigoso demais levá-la para a escola.

Talvez a planta acordasse seu pai.

DJ a levou para a sala de jantar e a colocou no meio da mesa, empurrando uma semana de pratos acumulados para liberar espaço. Ele a deixou lá e subiu para seu quarto quando ouviu Josiah se aproximando. Ele esperava ouvir os passos furiosos do pai subindo as escadas a qualquer momento, mas isso nunca aconteceu.

Quando desceu para o jantar no dia seguinte, seu pai estava sentado à mesa e bebia seu café sentado bem de frente para a planta. Era como se ele nem sequer a estivesse vendo.

Uma onda de raiva tomou conta de DJ como se corresse em suas veias feito lava. Seus irmãos estavam mortos, mas ele ainda estava ali, e se seu pai nem sequer notava os brotos coloridos da planta intocável, então que chances ele tinha? Então ele teve uma ideia: se ele ficasse doente, seu pai teria que cuidar dele.

Quando Josiah saiu para o trabalho, DJ puxou um dos frutos da planta e, depois de abri-lo, levou a semente marrom à boca. Era oleosa, mas não amarga.

DJ pegou sua mochila e foi para a escola.

Na hora do intervalo, o estômago de DJ começou a doer enquanto ele comia seu sanduíche de pasta de amendoim com geleia. Sua boca e sua garganta queimavam como se ele tivesse engolido um fósforo aceso. No fim do dia, seu corpo ardia em febre. Ele voltou para casa aos tropeços e se jogou no sofá deixando um copo de água morna na mesa de centro. DJ acordou com uma sensação que nunca sentira antes: a pressão da mão áspera do pai em sua testa. Josiah o carregou e o levou para sua própria cama, deitando-o no lado que pertencia à mãe, embora ele não tenha tido a chance de vê-la descansando ali.

Ele voltou a pegar no sono.

No dia seguinte, o pai não foi para o trabalho e cuidou dele, pressionando compressas frias sobre a testa do menino e alimentando-o com caldos mornos. Ele se sentou ao lado da cama de DJ e leu a Bíblia como fazia toda noite antes de Charles e Thomas morrerem. Havia um conforto nisso, a voz de seu pai conduzindo a poesia dos Salmos e a sabedoria dos provérbios. Aqueles eram os dois livros favoritos dele. Todos os conselhos dos quais precisaria na vida estavam ali — era o que Josiah sempre dizia.

DJ revezava entre o sono e o estado de vigília sem se dar conta. Certa vez ele abriu os olhos e seu pai estava deitado ao seu lado. Seus olhos estavam fechados e lágrimas corriam por seu rosto. — Por favor — sussurrava ele. — Por favor, ele não. Você me prometeu.

Ele se sentia pior a cada vez que acordava. Um médico, amigo de Josiah, o visitou para examiná-lo, e DJ pensou em contar a ele, mas seu pai se recusou a sair do quarto e ele não conseguiu suportar a ideia da fúria que sua confissão causaria.

Mas quando o médico voltou no dia seguinte, DJ nem mesmo conseguia se mover, seu corpo inteiro era uma massa de músculos dolorida e atrofiada depois de todos os dias de vômito e diarreia. Quando viu a expressão sombria no rosto do médico, a expectativa ingênua de que tudo ficaria bem finalmente foi substituída por um leve terror. — Posso falar com você a sós? — sussurrou ele para o médico. O homem olhou para o pai de DJ, que hesitou antes de deixar o quarto.

Assim que DJ contou em um cochicho o que havia feito, o médico o tirou da cama e o carregou para fora da casa. Josiah os seguia em um interrogatório desesperado enquanto o garoto era acomodado no banco de trás do carro do médico. Os dois homens entraram no banco da frente e o médico saiu em disparada.

O período no hospital passou em flashes. Havia a agulha no braço de DJ e o bipe das máquinas e os rostos preocupados pairando sobre ele quando ele abria e fechava seus olhos pesados. Então, de repente, ele estava acordado e conseguia se lembrar como era não sentir dor o tempo todo, como era não sentir que alguém estava virando seu estômago do avesso. Seu pai estava a seu lado, mas ele não pareceu aliviado quando DJ abriu os olhos. Havia algo diferente em seu olhar, uma escuridão que DJ nunca vira até então.

Ele recebeu alta depois de três dias.

Ao chegarem em casa, Josiah não disse nada a ele. DJ se dirigiu à cozinha, seu corpo ainda débil e fraco depois dos dias de doença e pouco movimento. Ele se serviu de um copo de água e se sentou à mesa. A planta ainda estava lá, no centro do móvel, como se lá sempre tivesse sido seu lugar. Ele bebericou a água enquanto fitava os estranhos e coloridos frutos. Quando seu pai entrou na cozinha, DJ não tirou os olhos da planta. Não queria ver a expressão de raiva e decepção que, agora ele sabia, poderiam nunca mais desaparecer.

— Isso é o que quer? — perguntou Josiah, finalmente.

DJ continuou a encarar a planta. A imagem do rosto do pai, retorcido em angústia quando os policiais finalmente bateram na porta do quarto de hotel onde eles estavam em Duluth, não deixava sua mente.

— Responda, garoto. Você quer jogar no lixo a vida que Deus te deu? Você quer me torturar? Você quer ser o centro das atenções? Quer que eu e o médico fiquemos rodeando a sua cama? — DJ levantou o olhar a tempo de ver um lampejo nos olhos do pai. — Então vá em frente. Coma mais um pouco. — Ele empurrou a planta, que deslizou para a outra extremidade da mesa. DJ saiu do caminho e a planta foi ao chão. O vaso explodiu no piso cinzento, espalhando pelo chão terra e frutos vermelhos espinhentos que se assemelhavam a coágulos de sangue.

— Seu merdinha mimado — atacou o pai. Ele avançou até o outro lado da mesa e segurou DJ pela nuca, arrastando-o da cozinha e levando-o para o quintal. A tarde de verão estava abafada e repleta de mosquitos que se apinharam em volta da boca e dos olhos de DJ, que chorava. Seu pai nunca o tocara assim antes, segurando seu pescoço como se ele fosse um cão que se comportou mal. Quase erguendo-o pelo pescoço, Josiah arrastava DJ para os fundos do velho galpão, onde havia um capim alto em que ele e os primos costumavam brincar de polícia e ladrão. O assento de um trator muito antigo separava as lâminas de grama que chegavam à altura da cintura, uma relíquia da época em que a casa pertencia ao avô de seu pai. DJ adorava brincar ali, e agora seu pai posicionara suas mãos no assento e dissera a ele para ficar imóvel. Josiah desceu as calças do menino, e DJ sentiu o ar gelado em sua pele exposta embora lá fora fizesse quase quarenta graus.

— "Ensine uma criança a seguir o caminho certo e, quando adulto, ela não se desviará dele."— A voz de Josiah ressoava sobre o canto das cigarras. — "Aquele que poupa a vara aborrece a seu filho." Eu sabia que era maleável demais com vocês. Primeiro seus irmãos pegam aquele barco, e agora você... — Ele não terminou.

O primeiro golpe atingiu DJ com tanta força que ele teve certeza de que sua pele se rompera. Ele endireitou os joelhos, tentando se manter de pé.

— Meu pai me batia aqui. Eu jurei que jamais seria como ele, mas talvez nisso ele tenha acertado.

Ele disparou um segundo golpe com o cinto, seguido de outro e de outro. Josiah arfava entre as cintadas enquanto as palavras ferviam em sua boca como gordura em uma panela quente.

— É... culpa... sua... — Uma palavra para cada golpe, que se repetia de novo e de novo.

O cinto se chocava com a pele nua das pernas de DJ, deixando suas coxas e as batatas de suas pernas em chamas. Ele tentou contar os segundos entre elas, mas os números se embaralhavam. Isso o deixou em pânico, fez com que sua respiração se tornasse entrecortada e cerrada enquanto ele se segurava na parte de metal do encosto do assento. Os números eram a única coisa que importava para ele, a única coisa que fazia sentido. Se ele não pudesse pensar em números, jamais conseguiria escapar daquilo.

Em vez de contar os segundos, ele tentou contar as cintadas, tentando lembrar a si mesmo o significado dos números, o que eles representavam. *Sete, o número de oceanos, o número de continentes, o número de anões da* Branca de Neve, *o número da plenitude e da perfeição. Oito, o maior número par de apenas um dígito, divisível por dois e por quatro, o menor cubo de números primos, o número dos recomeços.*

Sua mente se agitava, levando-o para longe.

Treze, azar, o sexto número primo, um número da sequência de Fibonacci, o número da depravação e da pecaminosidade.

Dezessete, o único número primo que é a soma de quatro números primos consecutivos, o número da vitória plena.

Vinte e um, um número triangular, a soma dos seis primeiros números naturais, o número da rebeldia e do pecado.

A surra finalmente cessou.

DJ ficou imóvel pelo que pareceu ser horas. O metal do assento se enterrava nas juntas sobre os nós de seus dedos e seus joelhos tremiam. Por fim, Josiah pousou a mão sobre o ombro dele. O menino estremeceu e conteve um grito ao sentir uma nova onda de dor, embora tenha se mantido em completo silêncio até então.

— "Golpes que ferem exterminam o mal." — Era um verso da Bíblia que Josiah lera alguns dias atrás, um dos provérbios. Quando DJ olhou para o pai, seus olhos e seu rosto estavam vermelhos e lágrimas corriam por suas bochechas. A fúria de momentos antes foi substituída por pânico. O homem virava o corpo do filho, fitando de olhos arregalados os ferimentos que ele deixara. — Me desculpe, filho. Me desculpe. Me desculpe.

DJ se desvencilhou do pai. Por alguma razão, a vergonha de seu pai era ainda mais insuportável do que a surra que levara. Talvez isso fosse parte do que o tornaria limpo, puro e santo. Talvez agora ele pudesse ser perdoado por mentir para seu pai, por ter causado mais sofrimento quando ele já havia sofrido tanto na vida. Esse era um novo começo. Ele seria tudo o que seu pai desejava dos filhos. Ele seria o melhor em tudo o que fizesse.

Ele seria suficiente por três filhos.

24

Elle
17 de janeiro de 2020

Os primeiros policiais chegaram à casa de Elle menos de dez minutos depois de ela ter telefonado para Ayaan. Martín chegou em seguida, entrando depressa pela porta, aflito. Ele puxou o corpo de Elle para si em um abraço apertado que cheirava a desinfetante. Então Sash chegou, sua aparência a de uma estátua cuja vida fora ceifada, praticamente incapaz de dizer qualquer coisa que não fosse. *Onde ela está? Onde ela está? Onde ela está?*

Em pares, eles vasculharam o bairro — Martín e Elle acompanhados por um policial de um lado da rua e Sash acompanhada por outro policial do lado oposto — e bateram em todas as portas. Ninguém vira a menina. Então voltaram andando até a casa da srta. Turner e verificaram a casa novamente, mas a propriedade ainda parecia abandonada. A única coisa que encontraram foi um objeto de vidro e plástico avistado por Martín na rua congelada.

Era o celular de Natalie. A polícia levou o aparelho como evidência e percorreu a área ao redor, mas não encontrou nada além dele. O celular estava destruído; fora esmagado por um pneu.

Eles finalmente voltaram para a casa dos Castillo e esperaram. Esperar, nesse caso, envolvia muitas lágrimas, passos ansiosos de um lado para o outro e olhares pela janela, de novo e de novo e de novo.

Tudo era um borrão. Elle permanecia encolhida no sofá com os olhos fitando o chão quando, de repente, Ayaan estava ajoelhada à sua frente. Com uma voz nítida, ela se dirigiu a Elle, despertando-a de seu torpor:

— Elle, me diga o que sabe.

Ela contou a história novamente com todos os detalhes dos quais conseguia se lembrar. Contou sobre como dormiu e acordou com a sensação de que algo estava errado, sobre as chamadas perdidas e mensagens de Natalie. Elle falou até mesmo sobre o vazio gelado da casa de Natalie e sobre como ela percebeu que a menina não voltara para casa.

Depois de terminar seu relato, um pensamento subitamente surgiu em sua mente e ela finalmente levantou o rosto para retribuir o olhar sério de Ayaan. — Amanda foi sequestrada há três noites, Ayaan.

Os lábios cheios de Ayaan se comprimiram em uma linha fina e reta. — Elle.

— Não entende? Esse é... — Ela não concluiu a frase. Lágrimas de horror tomaram seus olhos. — Esse é exatamente o padrão dele. Natalie tem dez anos. Ela é a próxima na contagem regressiva.

Martín vinha da cozinha com uma caneca de chá, mas parou no meio do caminho, imóvel, ao ouvir o que Elle dissera. Ele e Ayaan trocaram olhares carregados de pena, e Elle estava prestes a abrir a boca para dizer algo quando Sash surpreendeu a todos com um grito.

— Você está falando sério, Elle? — bradou ela, se levantando da poltrona favorita de Martín onde estivera sentada. — Realmente acha que *isso* gira em torno do seu podcast? Minha filha... desapareceu... e você está falando sobre a porra do ACR?

Pousando o chá diante de Elle, Martín se voltou para Sash, posicionando ambas as mãos à frente de seu corpo em um gesto que pedia calma. — Sash, sinto muito. É uma circunstância traumática para todos. Por favor, dê uma chance para que Elle possa...

— Possa o quê? — Elle interrompeu, se levantando do sofá. Ayaan também ficou de pé. — Você disse que sempre acreditaria em mim. Então acredite em mim agora, Martín. É o ACR. Tudo se encaixa, isso é exatamente o que ele faz.

Com um rosnado furioso, Sash arremessou sua caneca de chá pela sala. Ela se partiu contra a parede próxima a Elle e o líquido âmbar respingou sobre as roupas dela e escorreu pela parede. Elle recuou quando o líquido tocou sua pele. Um policial correu até elas, mas Ayaan acenou com a mão para que ele se afastasse. Sash estava em pé, suas pernas plantadas firmemente ao chão. Seu peito arfava e ela olhava furiosa para Elle. — Cale. A. Boca. — Seu rosto tinha uma expressão que Elle nunca vira, seu peito e seu pescoço estavam avermelhados e havia um clarão em seus olhos. — O ACR morreu, Elle. Ele se matou naquele chalé há vinte anos, e você *sabe disso*. Todo mundo sabe disso, as pessoas só entram na onda dessa sua fantasia idiota de encontrá-lo porque sentem pena de você.

Elle recuou. Seu rosto queimava. — Não é verdade.

Mas Sash não terminara. Ela avançou um passo na direção de Elle com o dedo em riste. — Pare de se esquivar. É culpa sua que Natalie tenha ido embora sozinha daquela casa. Você me prometeu que sempre estaria lá para buscá-la. Você me prometeu e eu confiei em você como se fosse uma irmã.

As pernas de Elle falharam e ela abruptamente voltou a se sentar. As palavras cheias de ira de Sash batiam em seus tímpanos como punhos, eram dolorosamente certeiras. Era *mesmo* culpa dela. Ela não devia ter pegado no sono. Ela deveria ter estado lá no instante em que Natalie percebeu que a srta. Turner não estava em casa.

— Srta. Hunter, nós vamos fazer tudo o que estiver ao nosso alcance para encontrar sua filha — disse Ayaan. Sua voz era uma força tranquilizadora que nenhum deles conseguia contrariar. Então, para a surpresa de Elle, ela se sentou ao seu lado e acolhedoramente envolveu um braço por suas costas. — Já vi relações sendo destruídas quando algo assim acontece, mas acredite em mim quando digo que isso é mais fácil de suportar se permanecerem unidos. Apontar um culpado não vai nos ajudar a encontrar Natalie mais depressa. Tentem não se voltar uns contra os outros, tudo bem?

Sash olhou de Ayaan para Elle por um momento e depois, sem dizer uma palavra, pegou o casaco e saiu da casa.

Elle secou os olhos enquanto a amiga saía e olhou para Ayaan. — Acredita em mim?

Ayaan desviou o olhar, um gesto sutil, mas desolador. — Acho que precisa dar um passo atrás nessa história, Elle. Nem mesmo sabemos se os sequestros estão conectados e você já está certa de quem é o responsável. Essa situação é familiar demais para que você consiga ver com clareza, especialmente agora que Natalie desapareceu também.

— Ayaan... — Elle interrompeu com um soluço. Entre as lágrimas, ela conseguia ver que Martín ainda estava de pé do outro lado da sala, mas ela não tinha forças para encará-lo. A vergonha queimava em seu pescoço, enrolada em seus ombros.

— Sei que está sofrendo, Elle. — Os olhos castanhos de Ayaan pareciam preocupados quando olhou para Elle. — Espero que consiga ajuda.

Alguns minutos se passaram em silêncio depois que Ayaan foi embora. Sentada no sofá, Elle encarava a parede e deixava que suas lágrimas rolassem livremente. Martín finalmente atravessou o cômodo e se sentou ao lado dela. Devagar, ele posicionou uma mão no meio de suas costas como se para impedi-la de cair.

— O que aconteceu? — murmurou ele. — O que posso fazer?

Enrijecendo o corpo, Elle mudou de posição e se afastou da mão dele. — Não pode fazer nada, Martín. — No entanto, ao olhar para ele, a dor em seus olhos a deixou sem fôlego. Ela sentiu uma súbita onda de culpa. Ele também perdera Natalie.

— Preciso fazer alguma coisa — respondeu ele, sua voz rouca. — Deve haver algo que podemos fazer.

— Você acredita em mim? — perguntou ela. Ela se levantou e andou a passos largos até a janela que dava para a rua. Estava completamente escuro lá fora. Se alguém estivesse na rua poderia vê-la perfeitamente, mas do lado de dentro a janela estava tão opaca que parecia ser um espelho. Seu cabelo escuro estava armado e bagunçado, havia mechas se soltando do rabo de cavalo. Ela não conseguia ver os próprios olhos, mas sua testa exibia uma ruga de preocupação. Ela via no reflexo o marido sentado atrás dela, onde ela o deixara no sofá. A cabeça dele estava apoiada nas mãos e ela sabia que ele estava rezando e pedindo por força.

— Acredito que esse caso está te afetando mais do que você pensou inicialmente — disse Martín. — Acredito que você está vendo pistas aqui que talvez não veria se não tivesse estado tão profundamente imersa nesse caso pelos últimos meses.

— Estou imersa nesse caso há anos.

— É verdade. — Ele levantou a cabeça e ela imaginou que seu olhar poderia encontrar o dele no reflexo azul escuro da janela. — Mas agora é diferente. Você não tem dormido. Mentiu para mim quando foi encontrar uma testemunha. Concordou em trabalhar em um caso ativo sem nem mesmo conversar comigo, e você, de todas as pessoas, sabe como isso pode ser perigoso. Só estou preocupado com você.

Elle se voltou para ele. — Não quero que se preocupe comigo. Quero que acredite em mim.

— E eu acredito, Elle. Acabei de dizer que acredito. Mas acreditar em você e concordar com você são coisas diferentes. Acredito que você tenha razões para deduzir que seja o ACR, mas não pode me pedir para dizer que está certa quando não tenho certeza de que está.

Sua visão se tornou um borrão novamente e ela balançou a cabeça. — Mas tudo bate com o padrão do ACR: as cidades, os acessórios de cores vibrantes, o planejamento meticuloso. A única coisa que não consigo entender é onde está a srta. Turner, como ele sabia que ela não estaria lá para a aula de Natalie. Talvez o ACR tenha dado um jeito de tirá-la de casa para que Natalie não tivesse escolha a não ser voltar andando sozinha para casa.

— Mas como ele saberia que você não atenderia o telefone quando Natalie telefonasse? — perguntou Martín, gentilmente.

Ela apertou a ponte do nariz com os dedos. — Não sei.

— Tudo o que eu sei sobre o ACR indica que ele é extremamente cuidadoso. Meticuloso, como disse no podcast. Ele teria planejado cada detalhe.

Elle olhou para ele. — Então talvez ele não soubesse que eu não atenderia o celular. Talvez ele tivesse um plano caso eu atendesse. — A boca de Martín se retorceu em uma expressão incrédula, mas ela continuou. — Acredita-se que ele tenha feito isso antes. Feito planos para todos os cenários.

Ele a observou por um momento, tamborilando os dedos sobre o joelho. — Isso tem algo a ver com os dois últimos episódios? — perguntou Martín, finalmente.

Elle se virou para ele. — O quê?

— Eu vi as respostas dos episódios. Seus fãs apoiam você, mas alguns dos comentários são terríveis. Seria completamente compreensível se eles despertassem algo em você, *mi vida*. As coisas que as pessoas têm dito. Alguns dizem que você está mentindo. Se eles soubessem...

— Estou bem, Martín. Não tem nada a ver com isso. — Elle fechou os olhos. Naquele momento, as ameaças na internet pareciam distantes, imaginárias. O que alguém poderia fazer com ela que fosse pior do que o que estava acontecendo naquele momento?

Quando ela voltou a abrir os olhos, Martín caminhava em sua direção. Ele a segurou pelos ombros e olhou para ela de olhos marejados. Então ela foi atingida em cheio novamente: Natalie desaparecera. A nova onda de pesar poderia tê-la derrubado não fosse a firmeza gentil das mãos do marido.

Martín a segurou perto de si e ela sentiu uma das lágrimas dele caindo em sua cabeça. — Sei que não quer ser o centro das atenções, mas deveria falar com Ayaan sobre aqueles e-mails, Elle.

Elle recuou e olhou para ele, surpresa. Martín tinha uma expressão sombria no rosto. — Como sabia sobre os e-mails? — perguntou ela.

— Tina. Quando não atendeu o telefone enquanto cochilava hoje à tarde, ela me ligou para dizer que rastreou algumas das pessoas que estavam ameaçando você. Ela queria te dizer que nenhuma das que ela havia encontrado até agora morava por aqui.

Elle baixou os olhos, mexendo nos botões da camisa dele. — Desculpe por não ter dito nada. Só não queria deixar você preocupado.

— Sempre diz que eu deveria confiar em você, Elle. Bom, você também pode confiar em mim. Confie que eu sei lidar com meus próprios sentimentos. Já chega de esconder de mim coisas importantes como essa.

— Sim, tudo bem, já chega.

Martín cobriu a mão de Elle com a sua para que ela parasse de se mexer e levou sua outra mão ao queixo dela, erguendo seu rosto para olhá-la nos olhos. — Só quero que fique em segurança.

— Eu jamais estarei em segurança fazendo o que faço. — As palavras soavam ríspidas, mas eram verdadeiras, e algumas vezes a verdade é a coisa mais cruel de todas.

— Então tenha astúcia. Se não pode estar segura, precisa conseguir passar a perna em qualquer um que queira te fazer mal. Consegue fazer isso?

Depois de pensar por um instante, ela assentiu. — Posso tentar.

25

Podcast *Justiça Tardia*
9 de janeiro de 2020

Transcrição: Quinto episódio da quinta temporada

NARRAÇÃO NÃO IDENTIFICADA
Você está trancada em um quarto com outra garota. Ela está aqui há um dia, mas você está há mais tempo. Pelo menos três ou quatro — você já perdeu a conta. Para comer, você recebeu apenas alguns restos de comida e teve que trabalhar duro para consegui-los. Lavou as paredes com uma esponja, tirou o pó de cada centímetro das cortinas, esfregou o chão com tanta força que os nós de seus dedos estão em carne viva. Sua pele tem um cheiro de água sanitária que não vai embora e você tem queimaduras químicas para provar.

Seu corpo está fraco, débil, e, mesmo movida pelo medo, você mal consegue se movimentar quando escuta aquele que a prendeu se aproximando da porta. Mas dessa vez ele está trazendo comida. É um mingau espesso que você teria desprezado duas semanas atrás, mas agora você quase derruba a outra garota ao avançar para pegá-lo. Ele a assiste comer. Quando você já comeu mais da metade, percebe que ele não trouxe nada para a outra garota. Oferece o mingau a ela, relutante, mas ele balança a cabeça. Não, é só para você. Ele observa enquanto você termina a refeição, até a última colher, e então leva a tigela embora.

Você fica deitada no colchão sujo por algumas horas, de estômago cheio pela primeira vez no que parecem ser séculos. Acaba pegando no sono.

A sensação de ardência faz com que você desperte. Começa na garganta, uma sensação de queimação como quando você pegou uma gripe e vomitou seis vezes no mesmo dia. Mais uma hora se passa. Seu estômago, há pouco satisfeito, começa a se retorcer de dor e náusea. A outra garota tenta ajudá-la quando vomita pela primeira vez, mas sua garganta dói tanto que mal consegue falar.

O dia seguinte é ainda pior, mas ele obriga você a trabalhar mesmo assim. Você limpa o banheiro para ter acesso fácil ao vaso sanitário, e passa metade do tempo dobrada sobre ele. Então é hora de voltar para a cama, onde você desaba. Você mal consegue se mexer quando ele a procura outra vez. No dia seguinte, você não consegue se mexer nem um pouco. Há pouco tempo, você teria feito qualquer coisa para escapar desse pequeno quarto cinza. Até mesmo as horas passadas em outras partes da casa eram um alívio. Mas agora você não tem forças para sonhar com uma fuga.

Consegue sentir seu corpo parando de funcionar e sabe que é o que ele queria. Ele queria assistir toda sua força deixando seu corpo. Ele queria enfraquecê-la para que fosse mais fácil eliminá-la completamente.

[*MÚSICA TEMA + INTRODUÇÃO*]

NARRAÇÃO DE ELLE
O formato do episódio desta semana é um pouco diferente. No lugar das diferentes entrevistas, histórias de apoio e monólogo, estou dedicando o episódio inteiro a uma entrevista especial. Há uma pilha de jornais à minha frente com tudo o que consegui reunir sobre a primeira vez em que ela se tornou uma figura pública. Embora hoje em dia o nome dela seja reconhecido por fãs de true crime em todo o mundo, quando ela desapareceu a manchete do *Tribune* nem sequer o mencionava. Dizia apenas:
MAIS UMA GAROTA, ONZE ANOS, SEQUESTRADA PELO ACR?

Depois de muito tempo, de muita ponderação e de uma persuasão amistosa, Nora Watson concordou em contar sua história no *Justiça Tardia*. Como aqueles que estão familiarizados com o caso devem saber, Nora hoje usa um novo nome e recusa entrevistas públicas desde que era adolescente. No entanto, ela concordou em quebrar décadas de silêncio na esperança de que suas lembranças contribuam para a captura do elusivo assassino que roubou sua infância — e que chegou perto de roubar sua vida.

Alterei a voz dela nesse episódio. A entrevista não foi editada, mas ela também pôde escolher as perguntas que queria responder. Acima de tudo, minha intenção era que ela contasse sua história sem se preocupar com perguntas e interrupções. Vamos para a entrevista.

ELLE
Vamos começar do começo. O que aconteceu quando você foi sequestrada?

NORA
Você já contou a história sobre como fui enganada e convencida a entrar no carro do ACR quando estava na casa de uma amiga. Tudo o que relatou estava correto. Quando percebi que ele não estava dirigindo em direção à minha casa, comecei a gritar e a chutar o encosto do assento do motorista. Ele me disse para calar a

boca e ameaçou me agredir, mas assim que ele parou em um semáforo pulei do carro e tentei correr. Não cheguei muito longe. Ele me alcançou em segundos e me jogou de volta no carro, e então picou minha perna com alguma coisa. Deve ter sido algum tipo de sedativo, porque a próxima coisa da qual me lembro era de acordar naquele quarto, no chalé. E Jéssica estava lá.

Ela foi muito protetora comigo logo de cara, agindo como se fosse minha irmã mais velha. Ela gritou com o homem quando eu chorava até que ele saísse do quarto. Ela me alertou sobre como deveria me comportar com ele, mas no começo eu não a ouvi. Quando ele voltou mais tarde e me chamou para que eu fosse até a porta, eu o ignorei. Jéssica me disse para ir, mas eu apenas fechei meus olhos e virei o rosto. Nesse momento, ele abriu a porta e entrou. Ele se sentou ao meu lado na cama e me olhou nos olhos. Não me lembro do rosto dele, mas me lembro de seus olhos duros e cheios de ódio. Ele não disse nada por alguns instantes, o que foi pior do que se ele tivesse gritado. O silêncio enquanto eu aguardava para saber qual seria meu castigo quase me fez urinar na cama. Então ele me deu um forte tapa no rosto, apenas uma vez. Meus pais nunca me bateram, então, em um primeiro momento, eu fiquei espantada demais para chorar. Ele disse: — Da próxima vez, venha quando eu te chamar. — Depois se levantou e saiu do quarto. Eu não o ignorei mais depois disso.

ELLE
O que aconteceu quando ele voltou a chamá-la?

NORA
Jessica tentou convencê-lo a levá-la em meu lugar, mas ela estava vomitando constantemente. Embora ela tenha dito que achava que a comida trazida por ele a estava deixando doente, àquela altura eu estava havia mais de um dia sem comida, eu sentia que ia morrer de fome. Não parecia ser um problema para ele que eu visse tudo quando saía no corredor. Era um lugar bonito: grande e arejado, embora o quarto onde ele nos mantinha fosse minúsculo. Em retrospectiva, acho que pode ter sido um escritório. O resto da propriedade era completamente diferente. Eu lembro de haver quatro quartos, duas salas, uma lareira enorme. Havia uma Bíblia na mesa de centro em uma das salas, alguns crucifixos nas paredes. Fora isso, o resto da decoração seguia uma temática de caça: patos empalhados como se estivessem em pleno voo, uma dúzia de placas com galhadas, uma cabeça inteira de um animal. Era de arrepiar.

Ele me levou até a cozinha no andar de baixo e disse que me daria comida depois que eu limpasse o cômodo inteiro. — Se vai comer da minha comida, precisa fazer algo em troca — disse ele. — A Bíblia diz: "Se alguém não quiser trabalhar, também não coma."

Eu já decorara dezenas de trechos da Bíblia quando tinha onze anos, mas nunca tinha ouvido alguém recitá-los com tanto rancor como aquele homem. Nosso pastor dizia que a Bíblia era como um martelo: poderia ser usada como uma ferramenta ou como uma arma, dependia apenas de quem a tinha em mãos. Homens maus a usam como instrumentos de controle, e ele parecia gostar de nos controlar.

Mas ele não parecia mau. Eu me lembro de pensar isso. Eu não teria entrado em um carro com ele se fosse diferente. Sempre foi um grande motivo de frustração para mim que eu não consiga me lembrar de nada específico de seu rosto, mas acho que isso se dá, em partes, porque ele tinha uma aparência tão normal. Como se ele devesse ser mais bondoso do que era.

ELLE
Então não se lembra de nada na aparência dele?

NORA
Nada além do que eu reportei à polícia quando tinha onze anos. Eles tentaram me ajudar a lembrar mais coisas de várias maneiras: hipnose, terapia, entrevista forense. Mas eu simplesmente não conseguia. A psiquiatra que me consultou disse que eu havia reprimido as lembranças dele, que minha memória havia sido completamente apagada devido à ansiedade como um mecanismo de defesa. Algumas vezes me pergunto se eu o reconheceria se o visse na rua, mas não sei se seria capaz. Eu nunca tive uma boa memória para rostos, não sei se devido ao que aconteceu ou se sempre foi assim. Não é incomum que eu "conheça" alguém três ou quatro vezes por não me lembrar de interações anteriores.

ELLE
Entendo. E o que aconteceu em seguida?

NORA
Quando ele saiu do cômodo, tentei encontrar alguma forma de escapar, mas não havia porta de saída na cozinha e as janelas não abriam pelo lado de dentro. Estava escurecendo, tudo o que eu conseguia enxergar era um denso aglomerado de árvores e neve sobre o chão. Por ter estado inconsciente enquanto ele me levava para lá, eu não fazia ideia de quão distante de casa eu estava. Eu estava desesperada por comida, mas tinha a sensação de que ele estava me observando e de que saberia se eu roubasse biscoitos da despensa. Então peguei os produtos de limpeza no armário que ficava debaixo da pia e comecei a limpar.

Eu já tinha limpado coisas antes. Minha mãe nunca me mimou, embora ela mesma não fosse a típica dona de casa. Se uma faxina era o que eu tinha que fazer para conseguir uma refeição, eu me certificaria de que a cozinha estava limpa o suficiente para que eu pudesse comer comida do chão se fosse preciso. Eu lavei os armários todos com água e sabão, limpei os farelos da torradeira, esfreguei o forno para tirar a gordura, tirei toda a comida da geladeira para limpá-la por dentro. Esse era um tipo muito específico de tortura, mexer em toda aquela comida sem poder comer nada. Mas eu sabia que Jessica estava com fome também, e imaginei que se eu fizesse um bom trabalho ele me daria o suficiente para dividir com ela.

Havia mais coisas relacionadas à Bíblia na cozinha: citações cafonas sobre fé e superação escritas em letras cursivas em cartões florais. A única coisa que se destacava era um cartão escrito à mão fixado na geladeira com um imã. Êxodo 34:21. "Trabalharás por seis dias e descansará no sétimo."

Nesse momento, eu percebi. Eu era jovem, mas já tinha ouvido rumores sobre o Assassino da Contagem Regressiva na escola. Naquela época, sabíamos que ele estaria buscando por garotas da nossa idade, e os garotos na escola brincavam com isso, diziam que o ACR ia nos pegar se não os beijássemos atrás das arquibancadas, como se ele fosse uma espécie de bicho-papão. Jessica tinha me dito que tinha doze anos. Eu tinha onze. Continuei limpando, mas daquele momento em diante só conseguia pensar no que faríamos para escapar.

Levei mais de três horas para terminar. Depois de passar pano, me sentei no balcão enquanto o chão secava e, por um momento, só por um segundo, senti orgulho do que eu havia feito. Então o medo e a saudade da minha mãe voltaram a me atingir em cheio e eu comecei a chorar, soluçando. Não sei por quanto tempo chorei antes de ouvir que o homem voltava para a cozinha. Olhei para ele e perguntei: — Por que está fazendo isso comigo?

Ele se aproximou e agora eu já sabia que não deveria me afastar, então deixei que ele me tocasse e brincasse com meu cabelo. — Ah, Nora — disse ele. — Nora, eu escolhi você. Você é especial. Deveria se sentir sortuda.

Então ele me disse para pegar os produtos de limpeza e me conduziu por um corredor até chegar no banheiro. As regras haviam mudado: agora, enquanto eu esperava que ele preparasse a comida, eu deveria limpar o banheiro também. Eu fiquei furiosa, mas àquela altura teria feito qualquer coisa para poder comer. Não levou muito tempo, e, quando terminei, conseguia sentir o cheiro de tomate e manjericão vindo da cozinha. Ele estava fazendo macarrão. Ainda não sei se ele sabia que era minha comida favorita ou se era uma coincidência. De qualquer forma, precisei me controlar para andar em uma velocidade normal até a cozinha. Quando abri a porta, acho que não consegui conter uma exclamação de espanto.

Havia molho vermelho em todo lugar: espalhado pelos balcões, espirrado por todos os armários, respingado até mesmo no teto branco. Havia panelas e frigideiras sujas na pia. O homem estava sentado em um banco na ilha da cozinha, girando o garfo em um prato de macarrão. Ele ergueu o garfo com comida e o levou à boca enquanto olhava para mim. Ainda me lembro de seus olhos azuis inexpressíveis, parecidos com os de um lagarto.

Depois de engolir a comida, ele disse, com um sorriso: — Veja a bagunça que você fez. Infelizmente não sobrou nada pra você. Cozinhar me deixou com muita fome. — Nunca vou me esquecer da maneira como ele me olhava, como se eu fosse patética, como se ele esperasse me ver chorar. Então ele me disse para limpar toda aquela sujeira e talvez, mais tarde, ele me desse algo para comer.

Mas ele não deu. Quando terminei de limpar pela segunda vez, ele me pegou pelo braço e me arrastou de volta para o quarto onde eu ficava com Jessica. Eu estava com tanta raiva que tentei me desvencilhar dele e correr de volta para a cozinha, mas quando vi o estado em que Jessica estava me esqueci completamente de que estava com fome. Ela estava claramente muito doente, mas ele não parecia se importar. Eu gritei que ele tinha que levá-la ao médico e ele olhou para mim como se eu fosse uma idiota. Porque, é claro, ele estava tentando matá-la e iria me matar também.

ELLE
Jessica conseguiu ajudar você de alguma forma?

NORA
Não, ela estava muito mal. Era perfeito, na verdade, o sistema dele. Ele enfraquecia a primeira garota e a deixava paralisada de medo antes de trazer a próxima e começar o processo do zero. Isso fazia com que sobreviver, revidar, parecesse impossível. Você assiste a vida se esvaindo de uma pessoa sabendo que você será a próxima. Se o ACR é bom em alguma coisa, é em saber como causar e intensificar o medo até um nível excruciante.

Eu tentava convencer Jessica de que ela deveria vir comigo, de que nós precisávamos encontrar uma maneira de escapar, mas ela mal conseguia se mexer. Ele veio e a levou uma vez, acho que em minha segunda manhã lá, mas a trouxe de volta depois de vinte minutos. Ela mal conseguia se mexer. Ela me disse que ele saía bem cedo todos os dias de manhã e ficava fora por cerca de uma hora. Aparentemente ele ia para a zona rural. Aquela era nossa chance, mas a única forma de sair do quarto era por uma janela. Era muito pequena e ficava no alto, então não tinha fechadura. Ele nos dissera que havia cachorros agressivos na propriedade, que estávamos a quase cinquenta quilômetros da cidade mais próxima. Durante o inverno em Minnesota, sem casaco e sem sapatos, aquela era uma sentença de morte por si só. Ele fazia qualquer possibilidade de fuga parecer impossível. Acho que ele também ficou um pouco arrogante. Ninguém conseguira fugir dele antes — ele passou a acreditar que exercia um controle tão grande sobre nós que nem sequer tentaríamos.

Em meu terceiro dia, eu soube que não tinha mais tempo. Não sabia se ele mataria Jessica antes de sequestrar outra garota ou se ele saíra naquela manhã para seguir e sequestrar a próxima vítima. De qualquer maneira, eu disse a Jessica que precisávamos fugir naquele momento ou jamais fugiríamos. As garotas antes de nós provavelmente eram grandes demais, mas nós duas éramos pequenas para passar pela janela se saíssemos primeiro pela cabeça. Pensei que, se nos esticássemos, conseguiríamos alcançar o cano e escorregar para baixo. Eu não fazia ideia se o cano aguentaria nosso peso, e assim que chegássemos no chão teríamos que lidar com os cachorros e a neve vestindo apenas os pijamas que ele nos dera, mas era a única forma.

[Em prantos.] Eu estava errada. Tentei alcançar o cano, mas não consegui segurar com firmeza e perdi o equilíbrio, caindo dentro do quarto. Não havia espaço suficiente para que eu passasse uma perna pela janela para me apoiar de maneira firme. Então, quando eu estava me esticando pelo que pareceu a décima vez, no momento em que eu comecei a cair para a frente, senti uma mão segurar minhas roupas. Jessica estava atrás de mim, me impedindo de cair no chão congelado. Eu disse que não, que nós duas tínhamos que ir, mas ela apenas balançou a cabeça. Ela não disse nada. Tudo o que ela fez foi segurar minha mão e acenar com a cabeça em direção à janela.

Quando ela me segurou, consegui me esticar o suficiente para segurar o cano sem perder o equilíbrio. Ela se inclinou para fora da janela, escorando os pés na parede dentro do chalé para apoiar suas pernas trêmulas. Ela me segurou até que eu conseguisse me apoiar no cano com meus pés, e então ela soltou.

Eu não tive tempo para pensar, não tive tempo para chorar. Isso viria depois. Eu já estava congelando quando cheguei no chão. Até onde eu sei, os cachorros eram só mais uma das mentiras contadas por ele. Eu nunca os vi ou ouvi, mas não fiquei lá por muito tempo. Eu corri o mais rápido que pude no escuro do início da manhã. Em retrospectiva, acho que essa foi a única razão pela qual sobrevivi. Se o sol já tivesse nascido, não teria conseguido ver as luzes do posto de gasolina. Havia luz suficiente no céu para que eu soubesse que direção seguir, e o posto estava apenas a cerca de oitocentos metros. Mais uma mentira contada pelo ACR — e essa salvou minha vida.

ELLE
Por que você decidiu ficar longe da mídia até agora? Você com certeza ganharia uma fortuna contando sua história.

NORA

Não quero *lucrar* com o que aconteceu comigo. Quero que o ACR seja encontrado. Quero que ele seja punido pelo que fez comigo, com Jessica — com todas aquelas garotas.

ELLE

O que acha que as pessoas devem saber sobre o ACR com base em sua experiência?

NORA

Duas coisas pareciam importantes para ele: controle e medo. Tudo o que ele fazia, cada ação com as garotas que ele sequestrou e cada palavra dita para mim enquanto eu tremia em seu chalé alimentava essas duas necessidades. Acredito que a imagem que se tem dele hoje e o status místico que ele criou para si mesmo tenham alimentado essa necessidade pelos últimos vinte anos. Acho que essa é a razão pela qual ele não voltou a matar. Não porque eu escapei e estraguei tudo, mas porque ele já estava conseguindo o que queria mesmo que não estivesse cometendo assassinatos. Por nunca ter sido pego, ele controla a narrativa, e ainda é temido.

Mas se isso acabar um dia, se ele vier a sentir que seu trabalho ou legado estão sendo ameaçados, ele vai voltar. E se ele voltar, será muito, muito pior.

26

DJ
1978

Cada canto da casa estava brilhando.
 Era um sábado no fim de setembro, mais de dois meses desde a morte de seus irmãos, e as camadas de luto e sujeira espalhadas pela casa estavam visíveis em todos os cômodos em que ele entrava. Enquanto seu pai estava fora pescando, DJ abriu as janelas para deixar entrar a brisa de outono com cheiro de adubo enquanto ele varria e passava o aspirador de pó no chão. Ele encheu um balde com água morna e sabão e ficou de joelhos para esfregar o chão de linóleo. DJ até mesmo usou uma escova de dentes velha para esfregar o rejunte e pequenos vãos que juntavam sujeira. Ele levou seis horas para lavar cada peça de roupa e cada roupa de cama na casa e pendurá-las no varal para secar.
 Agora a casa estava limpa, tomada pelo cheiro de roupas quentes de sol e madeira polida. Ele se sentou na escada da varanda esperando por Josiah. Seus dedos estavam vermelhos e levemente irritados devido ao contato com os produtos químicos fortes que ele usara para limpar a banheira de meses de resto de sabonete acumulado e bolor. Ele não encontrara luvas de borracha no armário sob a pia, então aguentara a dor, mergulhando a mão dentro do balde de novo e de novo para molhar a esponja. Seu corpo doía, mas a banheira estava brilhando.
 Era quase noite quando Josiah chegou, estacionando a caminhonete vermelha em um ângulo torto. O freio de mão guinchou em protesto ao ser acionado. DJ se levantou, ajeitando a frente das calças para desamarrotá-la por ter ficado sentado por tanto tempo. Ele havia até mesmo se arrumado e vestia suas calças de ir à igreja e uma camisa de botões — a "enforcadora de crianças", como seu irmão a apelidara —, puxando o colarinho quando era obrigado a fechar até o último botão para a missa de Páscoa.
 Josiah abriu a porta da caminhonete e saiu do carro. DJ observou enquanto ele dava a volta até a traseira do veículo e apanhava um balde grande e branco.

Apenas na metade do caminho até a casa Josiah notou que seu filho estava nos degraus, esperando por ele.

— O que está fazendo aqui? — perguntou Josiah, sua voz beirando o ininteligível. Seu olhar estava em algum lugar à direita do rosto de DJ. Ele não olhara o filho nos olhos desde a noite em que dera uma surra nele, dois meses atrás. Ele também não tocara DJ desde então, fosse com afeto ou com ira.

Depois de um momento, ele levantou o balde e se dirigiu ao filho. — Não importa. Pegue isso, leve para o galpão e os limpe como ensinei.

DJ pegou o balde. A fina alça de metal machucava seus dedos já feridos enquanto ele o carregava até o galpão. Ao chegar na mesa que seu pai construíra especialmente para limpar peixes, DJ olhou pra sua camisa. Ele não queria correr o risco de sujá-la com tripas de peixe e escamas, mas não poderia entrar em casa de mãos vazias. Ainda estava quente, especialmente dentro do galpão, longe da brisa noturna fresca. Como não encontrara outra alternativa, ele despiu a calça e a camisa e as pendurou em um gancho na porta. Então abriu o balde e pegou o primeiro peixe.

Ele inseriu o dedo indicador dentro da boca do picão-verde para segurá-lo firme antes de usar a extremidade pontuda da faca na bochecha do peixe. O olho inexpressivo o encarava. Seu pai o havia ensinado a sempre remover as bochechas primeiro, a melhor parte do picão-verde, para ter certeza de que não esqueceria de fazer isso mais tarde. DJ traçou a circunferência da bochecha com a lâmina até chegar na outra extremidade. Então usou o dedo para abrir a pele e puxou a carne, reservando-a. Levantando a barbatana, DJ abriu as laterais e subiu até a espinha do peixe, sua faca vibrando contra o osso enquanto ele a deslizava sobre a pele do animal, da cabeça à cauda. Quando conseguiu um bom filé, virou o peixe e repetiu o mesmo movimento do outro lado antes de retirar os pedaços de carne. Ele descartou a carcaça do primeiro peixe na lata de lixo ao lado da mesa e pegou o segundo, piscando para afastar o cansaço.

Quando terminou de limpar os sete peixes, o peito, os braços e as mãos de DJ estavam cobertos de escamas e de sangue. Havia pequenos cortes em suas mãos, mas ele tinha um prato cheio dos filés mais bonitos que ele já cortara, então entrou na cozinha pela porta dos fundos orgulhoso de si mesmo. Ele finalmente veria a reação do pai diante da casa limpa.

Lá dentro, Josiah estava sentado à mesa. Segurava uma cerveja e seu cabelo estava molhado do banho. DJ guardou os filés na geladeira e foi até a pia, onde lavou os braços com água e sabão. Ele se secou com uma toalha e se virou em direção ao pai, que o observava levando a garrafa à boca.

Josiah sorveu um longo gole da cerveja. Depois de pousar a garrafa na mesa, olhou da cabeça aos pés. — Que aconteceu com as suas roupas?

— Não queria sujá-las.

— Então deixou suas roupas de domingo no chão do galpão?

DJ balançou a cabeça. — Não, senhor. Eu as deixei no gancho.

— Não seja insolente, garoto.

— Vou buscá-las.

— Não perca tempo. Já estão cheias de poeira, de qualquer maneira. Terá que lavá-las amanhã.

DJ mordeu o lábio e correu os olhos pela cozinha. Ainda estava orgulhoso de seu trabalho. Ele não se lembrava de a casa já ter estado tão limpa um dia. Charles e Thomas definitivamente nunca limparam as coisas tão bem. Mas Josiah não parecia se importar.

Depois de um momento, seu pai olhou para ele novamente. — Bom, o que está esperando? Vá se limpar.

Assentindo com a cabeça, DJ subiu as escadas em direção ao banheiro. Ele ficou espantado ao acender a luz. Havia lama por todo o banheiro. Tufos de grama e pedrinhas de cascalho estavam espalhados pelo chão. A banheira estava vazia, mas havia uma fina camada de areia e terra acumuladas em poças de água no fundo. A pia estava suja de creme de barbear e havia marcas de dedo no espelho. Josiah deixara uma toalha molhada enrolada no chão.

O senso de injustiça cresceu em seu peito como uma tempestade, mas ele mordeu o interior das bochechas para se obrigar a ficar de boca calada. Josiah perdera tudo. Ele estava fazendo o melhor que podia, e DJ era tudo o que ele tinha.

Ele apanhou um pano no armário, o molhou na pia e se ajoelhou para limpar a bagunça.

27

Elle
18 de janeiro de 2020

Havia uma fileira de carros na rua em frente à casa de Sash. Piscando os olhos contra a luz ofuscante da manhã, Elle analisava os automóveis tentando reconhecer as placas. Era estranho pensar em Sash passando tempo com outras pessoas que não ela e Martín. Além dela e de Tina, Elle não tinha outros amigos — algumas vezes ela se esquecia de que isso era esquisito.

Sua melhor amiga não atendera o telefone na noite passada depois de tudo que acontecera. Sabendo que Sash não queria vê-la, Elle enviara Martín para saber como ela estava, mas ele foi mandado embora por um policial que estava em sua porta. Elle ficou no sofá a noite toda, alternando entre crises de choro e longos períodos encarando a parede, esperando por uma ligação dizendo que Natalie fora encontrada.

Mas o telefone não tocou.

Ouvia-se um som de conversas vindo da casa de Sash, como se uma reunião ou um evento social estivesse acontecendo lá dentro. Espiando pela fresta entre a janela e a cortina do lado de dentro, via-se uma sala cheia de pessoas vestidas formalmente com expressões sérias no rosto. Era como um velório.

Erguendo a mão, Elle bateu na porta. Um segundo mais tarde, alguém a abriu, um jovem de cabelos densos e escuros penteados em um topete. — Veio para a oração?

Interessante. Até onde Elle sabia, Sash nunca seguira uma religião, mas talvez tenha começado a fazer isso para apoiar o interesse de Natalie na Bíblia. E, é claro, se havia um momento para se rezar, era esse.

Sem dizer uma palavra, Elle assentiu. Com um gesto, o homem a convidou para entrar e ela o seguiu, desconfortável por estar sendo conduzida por um estranho em uma casa que ela conhecia tão bem. Quando entraram na sala de estar, Elle arregalou os olhos ao ver sua melhor amiga rodeada por, pelo menos, vinte pessoas. Todas elas tinham a cabeça baixa e uma mulher vestindo um suéter cor-de-rosa rezava em voz alta com a mão esquerda erguida e voltada em direção a Sash. O homem que abrira a porta trouxe uma cadeira da cozinha e ofereceu a ela, em silêncio. Elle sorriu para ele e se sentou, juntando-se ao círculo.

— O que está fazendo aqui?

A voz de Sash interrompeu a oração da mulher do suéter cor-de-rosa. Todos pareceram erguer a cabeça e voltar os olhares em direção a Elle em um movimento fluido.

— Eu... eu vim ver como você está.

— Não devia estar aqui.

Elle hesitou, mas não se esquivou do olhar furioso da amiga. Ela ignorou os murmúrios e movimentos desconcertados das outras pessoas na sala. — Sinto muito pelo que aconteceu, Sash.

— Você *sente muito*? Minha filha ligou para você. Você deveria ter estado lá para ela. Prometeu que estaria. Mas estava ocupada demais investigando um serial-killer idiota. — Um riso amargurado escapou de seus lábios. — Na verdade, você *ainda* está ocupada demais investigando-o para fazer o que é melhor para Natalie.

Dessa vez Elle baixou o olhar, encarando o carpete verde com flores desbotadas. Fora instalado pelo dono anterior e Natalie costumava dizer que elas tinham um "chão de floresta" quando era pequena. Talvez Sash estivesse certa. Talvez ela tenha se deixado levar por esse caso apesar dos anos de preparação e treinamento que levara para chegar até lá. Se sua obsessão em encontrar o ACR acabasse ferindo Natalie, ela jamais se perdoaria.

— O que posso fazer? O que quer que eu faça? — perguntou Elle.

Sash buscou a mão de uma mulher que estava a seu lado e a segurou firme, olhando para Elle. Suas narinas se inflaram e seus olhos ficaram marejados. — Quero que a encontre. E quero que a traga de volta para casa como prometeu que sempre faria. Até lá, não quero ver você.

Elle umedeceu o lábio inferior com a língua e assentiu, lutando contra suas próprias lágrimas. Sem conseguir pensar em mais nada para dizer, ela se levantou e deixou a sala.

Do lado de fora, a neve refletia a luz do sol em um clarão ofuscante. Elle fechou o zíper do casaco e olhou para os dois lados da rua. Uma parte dela esperava ver policiais ainda procurando por evidências, mas eles devem ter concluído que não havia mais nada a ser encontrado. Ela voltou para casa caminhando devagar e estudando o chão congelado enquanto avançava, para o caso de encontrar algo que passara despercebido para os outros. Mas não havia nada de Natalie ali, apenas pedregulhos, sal e neve.

Ao chegar à porta de entrada de sua casa, Elle inseriu a chave na fechadura e ficou imóvel. Ela não conseguia suportar a ideia de passar o dia todo em uma casa vazia. Martín fora para o trabalho para tentar manter a mente ocupada. Tudo o que havia lá dentro esperando por ela era um estúdio cheio de anotações e tarefas que ela não tinha a intenção de organizar.

Para cumprir sua promessa e trazer Natalie de volta para casa, a melhor alternativa seria trabalhar com Ayaan. Se ela conseguisse convencer a comandante de que suas suspeitas sobre o ACR foram um lapso momentâneo causado por exaustão e emoções à flor da pele, talvez Ayaan permitisse que ela continuasse a ajudar na investigação. Deveria haver algo que ela pudesse fazer, mesmo que Ayaan não permitisse que ela voltasse a trabalhar em campo. Ela poderia cuidar da burocracia, poderia analisar os vídeos de segurança, qualquer coisa que não fosse ficar sentada em casa.

Tirando a chave da fechadura, ela se virou e foi em direção ao carro, sentindo-se grata por Ayaan ter solicitado que um dos policiais o trouxesse de volta da delegacia na noite anterior.

A delegacia estava agitada como sempre. Vários policiais matavam tempo na cozinha, tomando café e batendo papo em volta de uma caixa de bolinhos provavelmente trazidos por Ronny, o recepcionista, cujo marido tinha uma padaria. Alguns deles acenaram com a cabeça e um deles estendeu um prato de plástico com doces de padaria na direção dela, que recusou. Ela não conseguia se lembrar da última vez que comera, mas estava sem fome. Sam Hyde estava encostado na pia, adicionando leite ao café enquanto olhava para ela de maneira curiosa. Ela baixou a cabeça, se odiando por estar parecendo um cachorro com o rabo entre as pernas.

Através das paredes de vidro do escritório de Ayaan, Elle viu a comandante inclinada sobre uma pilha de papéis. Ayaan levantou a cabeça quando ela bateu na porta. Ayaan a encarou em silêncio por um instante, mas em seguida gesticulou com a cabeça para que ela entrasse.

— Elle, em que posso ajudar?

Ayaan não a convidou para se sentar, então Elle ficou em pé atrás de uma cadeira, apoiando o peso do corpo em um pé e depois no outro.

— Gostaria de falar com você sobre os casos. Eu sei que está com o pé atrás comigo nesse momento, mas realmente acho que posso oferecer alguns insights sobre a identidade do sequestrador.

— Sequestradores.

Elle congelou. — O quê?

— Até onde sabemos, são dois incidentes diferentes.

— Ayaan...

— A vitimologia é completamente diferente. Amanda é uma criança de uma casa com dois responsáveis. Ela desapareceu bem cedo pela manhã durante sua rotina normal, quando esperava no ponto de ônibus. O acontecimento foi orquestrado de maneira que sua mãe estaria distraída no exato momento em que ela foi sequestrada, o que indica um planejamento minucioso. Uma vítima viu o sequestrador, mas quem quer que ele seja foi destemido o suficiente para seguir em frente mesmo assim.

Elle cerrou os punhos.

Ayaan prosseguiu. — De modo oposto, Natalie vem de uma casa com apenas um responsável. Ela desapareceu no fim da tarde fazendo algo imprevisto que a deixou em uma situação vulnerável, voltando para casa sozinha. Aparentemente, ninguém viu ou ouviu nada, o que sugere que ela não tenha gritado ou feito qualquer barulho que chamasse a atenção. Foi provavelmente um crime de oportunidade. Ela estava no lugar errado na hora errada, e alguém tirou vantagem de sua vulnerabilidade.

Elle balançou a cabeça, mas Ayaan a interrompeu erguendo a mão. — Elle, está misturando a investigação de seu podcast com esses sequestros, mas simplesmente não há evidência de que eles estejam conectados. É compreensível. Já fiquei confusa e vi conexões entre meus casos antes. Acontece. Mas Natalie é como sua própria filha. Não há chances de você estar envolvida no caso dela. Acho melhor que você mantenha distância por ora. Falei com os pais de Amanda e eles concordaram. Sam está trabalhando em poucos casos no momento, então ele está me ajudando.

Por alguma razão, a ideia de Sam tomando seu lugar era um punhado a mais de sal na ferida. Elle engoliu seus argumentos e tentou conter o pânico que crescia dentro dela. — Mas, Ayaan, eu... eu preciso fazer alguma coisa.

Os olhos de Ayaan estavam tomados por pena quando ela disse: — Sei que quer ajudar.

— Quero.

— Mas você claramente é parcial quando se trata do ACR e isso a impede de enxergar as coisas com clareza. Não posso mais trabalhar com você. Desculpe. É muito arriscado.

Ao ouvir isso, a última centelha de esperança dentro de Elle se esvaiu como um pavio em chamas afundando em cera quente derretida.

Enquanto esperava em frente ao elevador, uma voz masculina a chamou. Ao se virar, ela viu Sam do outro lado das portas de segurança, caminhando em sua direção com a mão estendida.

— Espere aí — disse ele.

O elevador chegou e ela se sentiu tentada a apenas entrar nele e ir embora. A última coisa da qual ela precisava era um discurso sobre como ela era uma detetive de sofá e atrapalhava investigações policiais reais. Mas ela se deteve, uma mão segurando a porta do elevador, sabendo que ele iria atrás dela caso ela fosse embora.

Ele atravessou o saguão e apontou com a cabeça para o elevador. — Posso acompanhar você?

Ela olhou para ele e para o elevador aberto, confusa. Então deu de ombros. — Claro, por que não? — Eles entraram juntos e ela pressionou o botão do térreo antes de se virar para encará-lo, de braços cruzados. — O que você quer?

Sam desviou o olhar. Era a primeira vez que ela o via sendo qualquer coisa que não fosse arrogante e presunçoso. Era uma guinada desconcertante. — Sei que tem trabalhado no caso de sequestro com a Ayaan, mas queria saber se encontrou algo mais sobre Leo Toca. Sabe, sobre o que ele ia te dizer a respeito do ACR.

Ela o observava, aguardando o desfecho, mas a expressão dele não mudou. Era uma pergunta genuína. Ele estava realmente empacado. — Não sei, eu tenho estado muito ocupada com meu falso mestrado e falando com minhas falsas testemunhas em meu trabalho como falsa detetive.

Ele cruzou os braços. — Por favor, me dê uma colher de chá.

— Por que eu deveria? — Eles chegaram ao térreo e as portas do elevador se abriram revelando o saguão do prédio. — Você não pode acordar e decidir que quer a minha ajuda depois de me dizer pra não meter o nariz no seu caso.

Sam coçou a nuca, desviando o olhar. — Desculpe, tudo bem? É que... estou em um beco sem saída nesse momento. Interroguei as pessoas com quem ele trabalhava, estudei o registro de ligações dele, até mesmo liguei para os pais dele no México. Fui até Stillwater para tentar encontrar Luisa, mas não dei sorte. Nem mesmo sei quem era a pessoa com quem ela estava lá. Duane ainda é um grande suspeito, mas não gosto do fato de que não consigo localizar a ex-mulher de Leo. Divulguei um alerta com a placa dela, mas até agora, nada. Então Ayaan basicamente atribuiu o caso de Amanda Jordan para mim porque ela o está investigando como um homicídio, então passei a noite toda revisando as anotações e as evidências.

— Espere, o quê? — Elle sentiu um frio na barriga como se estivesse despencando de um prédio alto. — Disse que Ayaan está investigando o caso de Amanda como homicídio? Oficialmente?

Sam pareceu confuso por um instante. Em seguida ele xingou e olhou em volta, como se para verificar que não havia nenhuma testemunha. — Achei que soubesse. Ela está desaparecida há quatro dias, sem sinal de vida. Há grandes chances de que ela esteja morta. Por isso estou ajudando Ayaan agora.

Elle balançou a cabeça tentando conter uma onda de raiva. Era compreensível que Ayaan não compartilhasse informações com ela, mas ela ainda teve uma sensação de traição. Ela nunca fora parte dessa investigação, não de verdade. Então ela se deu conta de uma coisa. Se Sam estava atrás dela, pedindo ajuda com sua investigação de homicídio, ele provavelmente não sabia ainda que Ayaan a havia afastado do caso de Amanda Jordan. Essa poderia ser sua única chance de obter mais detalhes sobre o progresso do caso antes que ele descobrisse que ela era persona non grata no departamento de polícia de Minneapolis.

— Algumas das pistas provenientes do retrato falado foram promissoras? — perguntou ela.

Sam respirou fundo, frustrado. — Não muito. Há alguns dias, uma pessoa relatou ter visto uma van cuja descrição correspondia ao veículo que procuramos em Snelling, seguindo na direção norte. Mas foi isso. Vai me ajudar com o caso de Toca ou não?

— Não. — Ela refletiu por um momento e então voltou a olhar para Sam. — Ou talvez eu ajude. Sabe o que fica em Snelling, não sabe?

Ele a encarou. De repente se deu conta. — A oficina. Vamos.

— Eu também? — perguntou ela, tentando não demonstrar sua empolgação.

— Quer que eu mude de ideia?

— Não.

Ela lia as notícias do dia no celular enquanto Sam dirigia. Todos os jornais locais haviam publicado artigos sobre Natalie, embora mencionassem seu nome de maneira superficial. Para todas as outras pessoas, ela era simplesmente *mais uma garota jovem a desaparecer nos subúrbios de Minnesota.* Ela conteve as lágrimas que invadiram seus olhos e reprimiu a preocupação por Natalie a um compartimento empoeirado em sua mente que ela aprendera a desenvolver quando trabalhava no SPC. Era para lá que ela mandava toda a raiva e o medo e a dor até que conseguisse respirar outra vez, até que conseguisse recuperar o foco. Foi a única coisa que a ajudou a suportar seu trabalho. Ela sabia que Martín fazia isso também, assim como todas as pessoas que lidavam com o pior lado da humanidade em seus trabalhos.

Na oficina Simple Mechanic, Duane estava parado diante da enorme porta que parecia ser grande o suficiente para acomodar um caminhão semipesado. Suas bochechas estavam coradas e ele tinha a barba por fazer. Havia uma expressão de mau humor em seu rosto quando Sam e Elle desceram do carro. Não era necessário sorrir. Eles não eram clientes.

— Olá, Duane — cumprimentou Sam em tom descontraído.

— O que veio fazer aqui? — Duane olhou de Sam para Elle. — Espere, não é a moça que...

— Sim, fui eu que encontrei você com o corpo de Leo.

O rosto dele se tornou ainda mais vermelho. — Detetive, eu e os rapazes respondemos todas as suas perguntas na semana passada. Você fez com que fechássemos a oficina por quase um dia inteiro, fez com que perdêssemos uma boa grana. Eu já disse que não tive nada a ver com o assassinato dele e que não sei quem teve.

— Não vim falar sobre Leo. — Sam olhou para Elle e depois de volta para Duane. — *Nós* estamos aqui para falar de um carro. De uma van, na verdade.

Com um grunhido disfarçado de suspiro, Duane olhou por trás dos ombros e então fez um gesto com a mão para que eles o seguissem até uma área interna anexa à oficina. Eles o acompanharam e Elle saboreou a onda de calor ao entrarem em um pequeno escritório. Mal havia espaço para dar a volta na mesa, mas Duane se espremeu para passar com uma facilidade que só poderia ser resultado de prática. Elle se sentou na única cadeira disponível, deixando Sam perto da porta.

À direita de Elle, gaveteiros e caixas de plástico estavam empilhados contra a parede do chão ao teto, tão perto dela que seu cotovelo roçou em um deles quando ela o pousou no apoio de braço da cadeira. Os pequenos trechos de carpete que ela conseguia ver estavam encardidos devido aos anos de acúmulo de sujeira e areia. Havia manchas de óleo automotivo na superfície da mesa de madeira onde Duane descansava as mãos fechadas em concha.

— Certo, que van é essa? — perguntou Duane. Ele tirou o gorro que usava e passou uma das mãos pela cabeça calva.

— Estou investigando um caso — disse Sam. — Uma van Dodge Ram 1500 azul, de 2001 e sem placas fugiu de uma cena de crime. Viu algo assim por aqui nos últimos dias? — Sam pegou o celular e mostrou uma foto a Duane. Elle percebeu ser o mesmo material estudado por ela e Ayaan dias atrás no computador.

Esticando o lábio inferior em reflexão, Duane deu de ombros. Ele mal olhou para a foto. — Está me perguntando se troquei o óleo de um carro desse recentemente? Provavelmente. Eu vejo cerca de trinta carros por dia aqui, algumas vezes mais.

Sam riu. — Ah, Duane, você pode não ser um assassino, mas nós dois sabemos que também não é mecânico. Ou, pelo menos, não é apenas mecânico. Fiz algumas pesquisas sobre você na semana passada, falei com alguns amigos seus que estão cumprindo pena em Hennepin County, e parece que você tem um negócio muito lucrativo de "reaproveitamento de peças" aqui.

A expressão no rosto de Duane não se alterou, mas ele não respondeu. Sam continuou: — Talvez eu não possa pegar você pelo assassinato de Leo, mas fiquei sabendo de algumas histórias interessantes. Para mim seria muito fácil compartilhar minhas descobertas com o departamento de roubos para ver o que eles têm a dizer sobre elas, ou eu poderia reportar seus amigos como informantes de cadeia que diriam qualquer coisa pra conseguir alguma vantagem. Depende de você.

Alguns instantes mais tarde, Duane passou a língua pelos dentes e gesticulou com a cabeça em direção a Elle. — Sério, cara, que diabos ela está fazendo aqui?

Elle cerrou os dentes e Sam respondeu: — Não se preocupe com isso. O que pode me dizer sobre essa van?

— O que quer saber?

Sam sorriu outra vez. — Quero saber se alguém trouxe uma van Dodge Ram 1500 azul até sua oficina nos últimos quatro dias, e, se sim, gostaria que nos levasse até ela agora mesmo.

Duane olhou para Elle novamente. Ela retribuiu o olhar. Suspirando, ele disse: — Certo, está bem. Trouxeram uma van como essa outro dia.

— Que dia? — perguntou Sam.

— Não sei. Umas três noites atrás, eu acho.

Elle se intrometeu. — Em que noite? Segunda ou terça? Onde ela está?

— Não sei! Não... não está mais aqui.

Ela bateu as duas mãos no apoio de braços da cadeira e deslizou para a beirada do assento, prestes a segurá-lo pelo pescoço. — Como assim não está mais aqui? — Então ela se deteve, horrorizada. — Você... você já a desmanchou, não é?

Duane nem mesmo pareceu envergonhado. — O que vai fazer? — perguntou ele. — Me prender?

— Nós, não. — Sam cruzou os braços imitando o gesto de Duane. — Vamos deixar a unidade de roubos cuidar disso.

— Ei, ei, ei, espere aí. — Duane levantou as mãos com as palmas voltadas para cima. — Eu posso não estar mais com a van, mas posso te dizer quem a trouxe. — Ele levantou as sobrancelhas.

Elle emitiu um som de escárnio e olhou para Sam. — E ele não vai nos contar a menos que entremos em um acordo. Aparentemente isso é o que merecemos ao pedir ajuda para um picareta como ele.

Duane ergueu os ombros, exibindo um sorriso arrogante em seu rosto rubro. — É o que dizem: cuidado com o que deseja.

— Sabe quem trouxe a van? Tem certeza? — perguntou Elle.

— Não se dê ao trabalho de tentar escapar com uma mentira — interrompeu Sam. — Não será difícil encontrá-lo se sua informação se provar falsa.

— Está brincando? Eu jamais mentiria para um detetive digno e honrado como você. — Os olhos de Duane pousaram em Elle e ele gesticulou em sua direção. — Ou para uma detetive de sofá intrometida que tem um programa de rádio.

Antes que Elle pudesse responder, Duane continuou. — Isso mesmo, sabia que reconhecia sua voz. Leo costumava ouvir suas baboseiras o tempo todo na oficina. Essas porcarias mentirosas e sensacionalistas. Talvez se você não o tivesse deixado todo perturbado, crente que poderia brincar de detetive, ele não teria se metido nessa e não estaria morto agora. Você não é investigadora coisa nenhuma.

Você só é uma vagabunda convencida com um microfone e sem ninguém pra te mandar calar a boca.

Por um instante, Elle o encarou em silêncio. Tudo o que ele disse era exatamente o que a preocupava havia dias, desde que ela encontrara o corpo sem vida de Leo. Mas o zunido de medo em sua mente quando ela pensava em Amanda e Natalie, a ideia de que ele sabia mais do que estava dizendo a eles, essas coisas deram coragem a ela. Fizeram com que ela se tornasse destemida.

O rosto dela se esticou em um largo sorriso que deixava seus dentes à mostra. — Não entende, Duane? Essa é a melhor parte. Eu não sou policial. Sou apenas uma cidadã que quer encontrar aquela van. Sou apenas a criadora de um podcast com milhares de ouvintes que ficariam felizes em divulgar seu nome e local de trabalho para toda a internet. Além, é claro, da informação de que você não apenas destruiu as evidências do sequestro de uma garotinha, mas também nos fez de bobos quando pedimos sua ajuda para encontrar a pessoa que trouxe a van até você. Mas não se preocupe. As pessoas na internet são conhecidas por estarem abertas a ouvir ambos os lados da história quando se trata de crimes infantis.

O rosto de Duane empalideceu. — Que porra é essa? — Ele se virou para Sam. — Vai deixar que ela me ameace assim?

Sam franziu a sobrancelha com uma expressão dissimulada de confusão. — Desculpe, o que foi? Não estava prestando atenção.

— O nome dele é Eduardo, tudo bem? Não sei qual é o sobrenome. — Os olhos de Duane iam de Elle para Sam. Gotas de suor surgiram em sua testa e entre os fios ralos em sua cabeça. — Não fale sobre mim em seu podcast, está bem? Sei o tipo de coisa que você faz, tirando do contexto trechos do que as pessoas dizem e fazendo análises para que soem de maneira diferente. Estou dizendo a verdade, é só isso que eu sei. E vocês não me disseram que isso era sobre a porra do sequestro de uma criança. Eu teria contado tudo logo de cara. Meu Deus.

Elle ignorou os insultos. Os homens que tinham problemas com sua voz e com suas teorias nos casos que ela investigava não eram novidade a essa altura.

— É sério? Isso é o que tem a nos dizer? — Sam deu a volta na mesa para ficar de frente para Duane. Seu tom de voz era informal, amigável. Fazia com que ele soasse ainda mais amedrontador. — Viemos de tão longe, cara. Tenho certeza de que você tem mais informações sobre ele. Você provavelmente conhece todos que frequentam a oficina, não conhece?

— Hm, sim, acho que sim.

— Claro que conhece! Um profissional com jogo de cintura como você. Sabe que não pode esquecer um rosto. Com certeza consegue se lembrar de mais coisas sobre esse cara.

A expressão de Duane mudou e seu rosto recuperou as cores habituais. Ele olhou para Sam em um misto de medo e admiração. — O-o nome dele é Eduardo. Ele tem mais ou menos sua altura e é mexicano. Ou é centro-americano, eu não sei. Ele trabalha na Universidade Mitchell, limpando o chão e essas coisas. Isso é tudo que sei, eu juro.

Sam endireitou a postura com um sorriso largo e genuíno no rosto e, num gesto amigável, apertou o ombro de Duane. Duane se retraiu e Elle sorriu maliciosamente ao perceber a força no aperto de Sam. — Beleza, valeu, cara. — Ele se voltou para ela, ainda sorrindo, e fez um gesto de conclusão com a mão. — Podemos ir.

28

Podcast *Justiça Tardia*
16 de janeiro de 2020

Transcrição: Sexto episódio da quinta temporada

NARRAÇÃO DE ELLE
Vinte e um.
    Sete.
    Três.
    Esses são os números que ocupam minha mente a todo momento, todos os dias. Eu os misturo, os analiso separadamente e depois os junto outra vez — dividindo, multiplicando, somando, subtraindo. Eles se repetem de novo e de novo nas séries do Assassino da Contagem Regressiva, tantas e tantas vezes que é evidente quando isso não acontece. Os assassinatos do ACR de 1996 não se encaixam no padrão estabelecido por ele em 1997, mas estou certa de que podem ser atribuídos a ele apesar disso. Portanto o fato de serem diferentes deve significar alguma coisa. Matar não está em nossa natureza, não importa o que possam dizer. Mesmo aqueles que parecem ter nascido com o desejo de ceifar vidas alheias precisam desenvolver a habilidade de matar. E eles cometem erros — algumas vezes ao longo de suas carreiras, algumas vezes apenas no início.
    Nunca fez sentido que o ACR tenha começado com uma vítima de vinte anos quando sabemos que ele tem uma obsessão pelo número vinte e um. Nos últimos dois meses, eu e Tina, minha produtora, temos investigado todos os registros de homicídio que conseguimos encontrar de pessoas desaparecidas na região, na esperança de encontrar algo que possa ter passado despercebido. Na esperança de encontrar o início da contagem regressiva.

[DESCRIÇÃO SONORA: *Um telefone toca.*]

SYKES
Alô?

ELLE
Detetive Sykes, pediu para que eu ligasse para você?

SYKES
Elle, acho que conseguiu. Eu... eu acho que é realmente ele.

[*MÚSICA TEMA + INTRODUÇÃO*]

NARRAÇÃO DE ELLE
Algumas pessoas me perguntam por que faço esse podcast. Elas me acusam de agir como se eu fosse capaz de algo que a polícia não é. Mas meu objetivo nunca foi substituir a polícia com o *Justiça Tardia*. Meu objetivo sempre foi chamar atenção para histórias que caíram no esquecimento, para trazer o foco para novos recursos e ideias em investigações que há muito tempo foram arquivadas. Há algumas semanas, tomei conhecimento de um caso exatamente como esse por meio de uma ouvinte. Antiga moradora de Eden Prairie, Christina Presley vive hoje em dia na área rural da Dakota do Norte. Ela gentilmente concordou em me encontrar na metade do caminho, em uma pequena parada de caminhões na beira da rodovia logo na saída para Fargo. Peço desculpas caso ouçam mais ruídos de fundo do que o normal. Fizemos o possível para removê-los, mas havia um jogo naquele dia, então provavelmente ouvirão comemoração ao fundo em certos momentos. Skol, Vikings.

    Christina é uma mulher branca na casa dos sessenta anos. Ela passou boa parte da vida adulta como dona de casa, cuidando dos quatro filhos. Hoje ela tem um emprego de meio período na biblioteca pública da cidade. Ela é uma mulher de rosto gentil, mas há marcas de expressão profundas ao redor da boca que se tornam visíveis enquanto ela me conta sua história. Conversamos por cerca de duas horas e, apesar de tudo o que ela relatou, em nenhum momento a vi chorar. O luto pode ser como uma dor crônica — tão pungente no começo, ele se torna parte de você até que não consegue mais se lembrar de como é a vida sem ele. Quando a dor é constante por anos, derramar lágrimas por ela parece exagero.

[*DESCRIÇÃO SONORA: Apito distante do juiz; conversa moderada ao fundo.*]

ELLE
Obrigada por concordar em me encontrar aqui. Como disse ao telefone, meu contato na polícia, o detetive Sykes, conseguiu acesso ao arquivo do caso. Mas antes de entrarmos nisso, por favor, pode falar um pouco sobre Kerry?

CHRISTINA
Claro. Kerry estava no último ano em 1996. Ele estudava física. Era o início do semestre de primavera, faltavam apenas quatro meses para a formatura. Todo filho é motivo de orgulho para os pais, mas sabíamos que Kerry tinha algo especial. Todos os professores pareciam concordar, e ele estava recebendo propostas de programas de doutorado do país inteiro. Mas então... apenas algumas semanas depois de retornar ao campus, ele desapareceu.

ELLE
Quando ficou sabendo?

CHRISTINA
Demorou alguns dias. Ninguém tinha celular na época, e Kerry normalmente telefonava apenas uma ou duas vezes por semana. O primeiro indício de que algo estava errado foi uma ligação de um dos rapazes que morava com ele. Nenhum deles o tinha visto, então queriam saber se ele tinha vindo nos visitar. É claro que ficamos imediatamente aflitos. Não era típico dele desaparecer sem dizer nada. Liguei para a namorada e perguntei se ele estava com ela, mas ela disse que eles tinham terminado quatro dias antes. Eles eram muito próximos e eu sabia que Kerry estava fazendo planos para se casar, então isso me deixou ainda mais preocupada. Meu marido e eu imaginamos... imaginamos que talvez ele tivesse ido a algum lugar para espairecer, talvez tivesse feito algo irresponsável como pegar um avião para passar uns dias em Las Vegas. Mas isso ainda não explicava por que ele não estava falando conosco.

ELLE
[Sobrepondo a voz a sons de comemoração ao fundo.] Quando ele foi dado como desaparecido?

CHRISTINA
Nunca fizemos isso oficialmente. Fomos à polícia, é claro, mas eles nos disseram que Kerry era uma vítima de baixo risco e que ele provavelmente tinha apenas tirado alguns dias para si mesmo. Havia o estresse do último ano, do término de um relacionamento, sabe como é. E então... então eles nos ligaram alguns dias depois para dizer que haviam encontrado o corpo.

NARRAÇÃO DE ELLE
Kerry Presley foi encontrado parcialmente coberto por um monte de neve na margem do rio Mississippi a poucos quilômetros de distância da casa alugada

onde vivia com quatro estudantes. Inicialmente, a polícia acreditou ter sido um suicídio. Havia uma corda em seu pescoço que estava amarrada a uma árvore atrás dele, e seu corpo estava posicionado como se ele tivesse se atirado para a frente, usando o próprio peso para se enforcar.

ELLE
Pode nos explicar os resultados da autópsia, Martín?

MARTÍN
Certamente. Primeiro, gostaria de fazer um esclarecimento. Como médico-legista, é minha responsabilidade estabelecer duas coisas em uma autópsia: a causa da morte e a maneira como ela aconteceu. Basicamente o que matou o indivíduo e como ele morreu, seja por homicídio, suicídio, causas naturais etc. Como disse, a cena foi planejada para fazer parecer que Kerry havia tirado a própria vida. A forma como ele morreu fora classificada inicialmente como suicídio, mas depois do parecer do médico-legista as coisas se tornaram mais complexas.

ELLE
Para os ouvintes que não estão familiarizados com a área, quando fala sobre o médico-legista ter dado um parecer, quer dizer que ele realizou uma autópsia, correto?

MARTÍN
Correto. Sem entrar em detalhes sórdidos, o médico-legista confirmou que o osso hioide de Kerry havia sido fraturado, um sinal clássico de estrangulamento. No entanto, não havia sinal de que uma corda, ou item semelhante, tivesse sido usada para causar sua morte. As marcas comumente encontradas no pescoço de vítimas de enforcamento — hematomas, hemorragia — não estavam lá. Na verdade, o relatório de autópsia demonstrou que, com base na ausência de abrasões na pele, era altamente provável que a corda tivesse sido colocada em seu pescoço muito tempo depois de sua morte.

ELLE
Então foi um suicídio encenado.

MARTÍN
Correto. Pelo menos é o que me parece. No entanto, quando o médico-legista examinou o estômago da vítima, encontrou manchas vermelho-escuras e marrons pela parede do órgão.

ELLE
O que isso significa?

MARTÍN
Isso acontece quando há queda na temperatura do corpo, quando o sangue se redireciona para os órgãos vitais na tentativa de salvá-los. Apesar das lesões por estrangulamento, Kerry não morreu por asfixia. A causa de morte oficial foi hipotermia, e, com base em minha análise dos resultados da autópsia, eu concordo. O que nos leva à forma como ele morreu. A investigação determinou que o suicídio foi encenado, o que automaticamente faz com que a maioria das pessoas deduza que ele foi assassinado. Mas o médico-legista responsável pelo caso não foi capaz de declarar se foi um homicídio ou um acidente que mais tarde foi encoberto na tentativa de fazer parecer que Kerry tirara a própria vida. A hipotermia é um método muito raro de homicídio, por isso é compreensível que o médico-legista tenha se mostrado relutante em concluir isso, apesar de ter sido pressionado pela família. Mas fazia sentido que eles quisessem que a morte de Kerry fosse declarada como homicídio, visto que isso obrigaria a polícia a investigá-la com mais seriedade.

NARRAÇÃO DE ELLE
Infelizmente, a forma como Kerry morreu foi listada como "indeterminada" em seu atestado de óbito, e o que a família temia se tornou realidade: sem pistas reais sobre os responsáveis pelo suicídio encenado e sem evidências de atividades criminosas, a polícia rapidamente voltou as atenções para casos mais urgentes. E a família Presley ficou sem respostas por mais de vinte anos.

ELLE
Obrigada por compartilhar a história do seu filho comigo. Sinto muito por tudo o que passaram. A falta de respostas, a morte do seu filho caindo no esquecimento. É extremamente doloroso.

CHRISTINA
Sim, é. Ninguém parece se importar com a razão ou a forma como ele congelou até a morte, ou com a pessoa responsável por fazer parecer que ele se matara. Nunca fez sentido para mim. Como poderiam simplesmente não se importar? De qualquer forma, quando estava ouvindo seu podcast, você disse algo sobre tentar encontrar a primeira vítima do ACR. Você queria saber sobre mortes não explicadas ou não solucionadas na época da morte de Beverly Anderson, por isso entrei em contato com você sobre Kerry. Imaginei que não houvesse relação, mas, não sei... Precisava que alguém me ouvisse, entende?

ELLE
Entendo. E está certa, parece não haver relação. Nada na morte de Kerry se parece com um assassinato do ACR. Mas seu e-mail chamou minha atenção. Em grande parte, isso aconteceu porque você soa como muitas das outras mães com quem eu converso em minhas investigações. Mulheres que esperaram anos, décadas, por respostas que nunca vieram. Então nós investigamos. E, sra. Presley, acreditamos que pode ter razão.

CHRISTINA
[Inaudível.]

ELLE
Por favor, fique à vontade.

CHRISTINA
Você... você tem certeza?

ELLE
O detetive Sykes conseguiu uma cópia do arquivo e nós o estudamos juntos. Com base nos depoimentos dados por você e pelos amigos de Kerry, aparentemente ele desapareceu no dia primeiro de fevereiro de 1996. Três dias antes da primeira vítima oficial do ACR, Beverly Anderson.

CHRISTINA
Meu deus. Eu... Você sabe algo mais?

ELLE
Sim. Há várias testemunhas que percorreram o mesmo caminho naquela parte do rio que disseram não ter visto Kerry lá no dia anterior à data em que seu corpo foi descoberto. O médico-legista não foi capaz de determinar a hora da morte porque seu corpo estava congelado, mas as substâncias em seu estômago estavam apenas parcialmente digeridas e pareciam conter abacaxi e alguma substância suína. Segundo a namorada de Kerry, eles comeram uma pizza havaiana na última vez em que se viram, na noite em que terminaram. Sendo assim, ele teria sido morto horas depois disso.

CHRISTINA
Então está dizendo que ele foi morto na noite em que desapareceu e... e mantido em algum lugar?

ELLE
Sinto muito. Sinto muito por ter que informá-la disso. Mas posso prometer uma coisa, sra. Presley. Se seu filho realmente foi morto pelo ACR, acabo de ficar um passo mais perto de encontrá-lo. Mas não importa o que aconteça, farei tudo o que estiver ao meu alcance para obter justiça por seu filho.

NARRAÇÃO DE ELLE
Kerry tinha vinte e um anos. Como as outras duas vítimas de 1996, ele era um estudante universitário da região de Minneapolis. Embora tenha morrido de uma maneira diferente das garotas, outros aspectos se encaixam no padrão que conhecemos. Ele desapareceu três dias antes de Beverly. Seu corpo foi encontrado sete dias depois do desaparecimento. Ele nunca foi listado como uma possível vítima por ter sido morto de forma muito diferente, e, é claro, por ser um homem, enquanto as demais vítimas do ACR foram mulheres. No entanto, ao olhar nos olhos de Christina Presley, não pude deixar de notar a ironia das circunstâncias. Mesmo quando sua vítima foi um homem, o ACR conseguiu encontrar uma maneira de destruir a vida de uma mulher.

Tudo nos assassinatos de 1996 parece indicar que o ACR ainda estava descobrindo seu estilo, e para mim faz muito sentido que sua primeira vítima tenha sido tão diferente. Isso explica a razão pela qual ele mudou. Ele obviamente não tinha a intenção de matar Kerry, pelo menos não como o fez. O assassinato foi desleixado, não foi planejado — nada como o envenenamento calculado que vimos nos casos das garotas.

Talvez ele tenha estrangulado Kerry em um ímpeto de emoção e, acreditando tê-lo matado, entrou em pânico e transportou o corpo para onde quer que tenha mantido os demais corpos mais tarde. Caso tenha escondido o corpo de Kerry em um galpão ou outro tipo de estrutura externa e o deixado lá por dias, o ACR jamais saberia que ele, na verdade, morrera de hipotermia. Torço apenas para que Kerry não tenha recobrado a consciência antes de isso acontecer.

Acredito que o fato de a primeira vítima ser um homem também nos diga algo sobre o perfil. Nos diz que o instinto homicida inicial do ACR provavelmente não tem origens misóginas, mas que, por não encontrar satisfação assassinando um jovem rapaz, ele mudou para mulheres e jovens garotas depois. Se Kerry tiver sido a primeira vítima do ACR, e eu acredito que seja o caso, isso significa que os números sempre foram importantes para ele. As evidências médicas provam que Kerry foi morto horas depois de desaparecer, mas ele só foi encontrado sete dias mais tarde.

Mesmo que o ACR não tenha encontrado prazer no assassinato de um homem, ele encontrou uma assinatura, — esperando até o sétimo dia para permitir que seu corpo fosse descoberto. Não consigo deixar de pensar no trecho da Bíblia que Nora viu no chalé do ACR: "Trabalharás por seis dias e descansarás no sétimo." Consigo pensar em muitos significados por trás disso, mas eis o que eu penso. Para mim, apresentar um corpo no sétimo dia e se certificar de que ele seja encontrado é o que faz com que o ACR se sinta realizado. Assim ele encontra paz.

Mas fazer com que a morte de Kerry se parecesse com um suicídio também me diz algo. Me diz que o ACR não quis o crédito por esse assassinato, e a única razão pela qual um assassino investiria tanto tempo encenando um suicídio e arriscando ser descoberto é se ele tivesse algum tipo de relacionamento ou conexão pública com a vítima. E isso é o que vou descobrir.

No próximo episódio de *Justiça Tardia*...

29

DJ
1989 a 1992

Não foi suficiente para o pai de DJ quando ele apresentou um desempenho excelente na escola. Não foi suficiente quando ele foi especialmente selecionado para ser coroinha na missa de Natal da igreja. Não foi suficiente quando ele recebeu bolsas para participar do programa de matemática que aconteceria no verão.

Nada que ele fizesse fazia com que seu pai olhasse para ele como olhara para seus filhos mais velhos: com orgulho e amor refletidos em seus olhos. Seu pai continuava sendo apenas a casca do homem que um dia fora. O exterior de Josiah estava lá para que todos vissem, mas ele estava oco por dentro.

DJ saiu de casa aos dezesseis anos depois de se formar um ano mais cedo no ensino médio. Ele juntou todo o dinheiro que economizara cortando grama nos dois últimos verões e comprou uma passagem de ônibus para Nova York. Ele não se despediu.

Nova York era muito mais do que ele imaginara, embora ele tivesse assistido a todos os filmes e séries de TV ambientados na cidade que encontrara pela frente. Nada o preparara para o barulho, para a luz incessante, para a falta de espaço ou privacidade. Ele dividia um pequeno apartamento com três outros jovens e, por várias semanas, contribuiu com dinheiro para comprar itens comuns para toda a casa até perceber que ele era o único a fazer isso. Depois disso, passou a comprar macarrão instantâneo só para ele. DJ os guardava debaixo do colchão para mantê-los fora do alcance das mãos leves dos colegas. Além disso, ele comprava também vegetais frescos, mas esses pareciam não atrair o interesse de ninguém.

DJ fazia vários bicos, mentindo a idade para conseguir dinheiro vivo trabalhando como bartender à noite e transportando encomendas em uma bicicleta durante o dia. Dividir apartamento com pessoas que eram um pesadelo e economizar cada centavo valeu a pena quando sua carta de aprovação finalmente chegou, dezoito meses depois: ele iria para Harvard, e tinha em sua conta bancária praticamente a quantia exata para a mensalidade do primeiro ano e alimentação.

Ele foi embora do apartamento sem aviso prévio, levando consigo apenas uma mochila com suas melhores roupas.

Harvard era um mundo completamente diferente. Depois de quase dois anos cercado de cerveja barata, fumaça de maconha e vagabundos sequelados, a comunidade acadêmica foi como uma pomada que apaziguou uma coceira persistente. Havia pessoas com a mesma paixão por números que ele. Pessoas que conheciam equações e fórmulas das quais ele nunca tinha ouvido falar. Professores de filosofia que não ridicularizavam suas referências religiosas, mas as desenvolviam junto dele.

Depois de apresentar um excelente desempenho no primeiro ano, ele se qualificou para bolsas de estudo e conseguiu reduzir seus turnos de trabalho para três por semana. Todo semestre ele enviava seu boletim perfeito para Josiah. Era a única comunicação entre os dois. DJ nunca recebeu uma resposta.

Ele estava no segundo ano em Harvard quando conheceu Loretta. Ela estudava a mesma coisa que ele, matemática e física — era uma das únicas mulheres fazendo isso em 1990. DJ nunca tivera muita sorte com as mulheres, já que crescera em uma casa só de homens e estudara em uma escola católica só para garotos. Nas poucas vezes em que se deixara arrastar para uma festa em Nova York, seus colegas de apartamento zombaram de sua falta de habilidade com as mulheres. Ele nunca bebia, nunca tentava abordar mulheres — ele simplesmente assistia enquanto seus colegas se humilhavam tentando chamar atenção das mulheres, encorajados pelo álcool correndo em suas veias. Quando eles levavam suas conquistas para casa, ele permanecia insone na cama, ouvindo os movimentos e os gemidos no escuro do apartamento.

Mas Loretta era diferente. Como seu nome sugeria, ela tivera uma vida tradicional, em uma casa com valores e bons costumes. Ela usava camisas abotoadas até o pescoço, saias abaixo do joelho e sapatos pretos de saltos baixos. Seus cabelos castanhos-avermelhados caíam sobre seus ombros esbeltos e sua franja grossa emoldurava seus olhos azuis. A coisa mais intimidante nela era sua mente, e nesse quesito DJ sabia estar à altura. Então ele a convidou para jantar certa noite, disposto a gastar o orçamento de uma semana inteira para poder levá-la ao melhor restaurante a uma distância possível de ser percorrida a pé do campus.

Ele buscou Loretta em seu dormitório e prendeu a respiração quando ela passou pela porta. Uma blusa rosa-pastel flutuava ao redor de seu corpo delgado e ela vestia uma longa saia preta que pairava na altura de suas panturrilhas. Ela usava o cabelo preso, expondo seu pescoço e parte de sua clavícula. Loretta estava deslumbrante, arrumada, e parecia inocente — tudo isso para ele. DJ estendeu o braço como havia visto os homens fazendo nos filmes e Loretta passou seu braço pelo dele com um sorriso tímido.

Durante o jantar eles tiveram uma animada discussão sobre aulas e colegas de classe, debateram sobre a teoria das cordas e tiveram a conversa de praxe sobre suas respectivas vidas e histórias — embora DJ tenha omitido grande parte da sua. Quando ele a levou de volta para casa, estava convencido de que ela era a mulher de sua vida.

A partir de então, eles começaram a passar todo tempo livre juntos, estudando para provas e fazendo perguntas um para o outro sobre o conteúdo. Depois de alguns meses, ele a convenceu a pedir demissão do emprego que tinha em um dos cafés da faculdade para que eles pudessem passar mais tempo juntos. Assim, eles tinham várias horas a mais durante a semana quando não estavam em aula e quando DJ não estava trabalhando de vigia noturno no campus.

No início do terceiro ano dos dois em Harvard, DJ economizava para comprar uma aliança simples e procurava um lugar onde pudessem morar juntos. Em uma noite de outubro, ele escreveu uma carta ao pai, a primeira em muito tempo. Após encontrar coragem em meia garrafa de uísque, ele escreveu abertamente sobre todas as formas como Josiah o havia decepcionado e sobre tudo o que ele havia feito para tentar ser suficiente. Ele contou ao pai sobre como encontrara uma mulher que o amava, uma mulher inteligente, pura e bonita. Depois, escolheu duas fotos para mandar: uma dele ao lado de Loretta e outra só dela: uma foto do anuário que evidenciava seus traços charmosos e olhos gentis.

Ao chegar para o encontro dos dois no dia seguinte, DJ se afastou por um instante para pegar um casaco, e, quando voltou, ela estava em pé ao lado da mesa, segurando a carta.

— O que é isso? — perguntou ela, voltando-se para ele.

— Nada! Por que está mexendo em minha correspondência particular?

Ela recuou como se tivesse levado uma bofetada, encarando-o. — Eu vi minha foto e quis ver o que era. Sua carta é tão... insensível, DJ. Não imaginava que fosse tão cruel.

Ele deu um passo na direção dela, chegando perto o suficiente para enxergar que os músculos ao redor de sua boca tremiam. — Não faz ideia do que está dizendo. Não faz ideia de como é a minha vida. Agora vamos.

Mas em vez de irem ao cinema como planejado, Loretta deu meia-volta e saiu do apartamento.

Foi a maior briga dos dois até então. Os amigos dele o aconselharam a deixar a poeira baixar e a esperar que ela o procurasse, mas depois de três dias DJ se deu por vencido. Ele foi até o dormitório de Loretta com uma dúzia de rosas e disse a ela que se livrara da carta, o que não era exatamente verdade. Ele "se livrara" da carta colocando-a na caixa do correio. Por fim ela cedeu e o deixou entrar.

Depois disso, o relacionamento dos dois mudou. Ao vê-la, DJ sentia um frio na barriga, não por se sentir apaixonado como quando se conheceram, mas por pura ansiedade. Ele começou a segui-la pelo campus, escondendo-se atrás de árvores e prédios para observar a maneira como ela interagia com outros homens. Ela estaria sendo infiel? Por que ela olhou para ele daquele jeito? Ela estaria se preparando para deixá-lo? Ele tentou conversar com ela, mas Loretta não deu ouvidos quando ele disse sentir que as coisas tinham mudado entre eles.

Assim como ele, Loretta queria fazer uma pós-graduação e estava analisando diferentes programas ao mesmo tempo em que cumpria com as atividades de seu curso. Ela passou a adiar datas, alegando estar sobrecarregada. Quando ele perguntava quais universidades ela estava considerando para a pós-graduação, ela se esquivava da pergunta. DJ conseguia ver toda a vida de Loretta se estendendo diante dela e tinha cada vez menos certeza de que faria parte de seu futuro.

No aniversário de vinte e um anos de Loretta, DJ estava em frente a um restaurante no rio Charles que os pais dela haviam reservado para comemorarem. Suor escorria pelo meio de suas omoplatas e a caixinha de uma aliança fazia volume em seu bolso. Do outro lado do vidro, uma luz amarelada iluminava cerca de trinta pessoas que socializavam com bebidas nas mãos. Garçons e garçonetes pairavam entre eles, equilibrando bandejas cobertas por aperitivos. A mãe de Loretta organizara tudo, mas DJ fornecera uma consultoria sobre suas comidas favoritas. Aparentemente os gostos dela haviam mudado desde que ela deixara a casa dos pais, no sul de Boston, há quase quatro anos, e ele se sentiu orgulhoso de si mesmo por saber coisas sobre Loretta que seus pais não sabiam.

Enxugando o suor que se acumulara acima do lábio superior, DJ abriu a porta do restaurante. Loretta se aproximou para recebê-lo usando um vestido vermelho-vivo. Era tão diferente de seu estilo, tão sedutor, tão diferente das roupas que costumava usar, que ele ficou sem fôlego por um momento.

— Vestido novo? — perguntou ele, beijando-a na bochecha.

— Sim, você gostou? — Seus dedos pressionaram os ombros dele ao se abraçarem.

— É meio... exagerado — respondeu ele, antes que pudesse filtrar o que estava pensando. Loretta o encarou, aturdida, e então ele foi arrastado para longe pelo pai dela.

— Ela sabe? — perguntou o pai de Loretta. Ele dera sua bênção para que DJ a pedisse em casamento havia apenas dois dias, com a condição de que ele a apoiasse em qualquer que fosse a pós-graduação escolhida por ela. DJ se sentira nervoso ao falar com ele, não apenas pelas razões óbvias, mas também por suspeitar que Loretta planejava terminar com ele. Naturalmente ela não compartilhara esse desejo com os pais — fato esse que fez com que ele se perguntasse se não estaria imaginando a distância dela nas últimas semanas.

DJ balançou a cabeça. — Será surpresa. Pensei em fazer o pedido quando o bolo for servido, depois de cantarmos parabéns e antes de ela soprar as velas. Quero uma foto da luz das velas refletidas em seus olhos quando ela disser *sim*.

Em meio a uma risada, o pai de Loretta disse: — Você tem cada ideia, não é?

Por não saber se aquele havia sido um elogio ou um insulto, DJ apenas assentiu. — Sim, senhor.

A hora seguinte passou em um borrão permeado por comida, vinho e conversas triviais. Cada um dos membros da família de Loretta que morava em um raio de aproximadamente 160 quilômetros parecia ter comparecido, e DJ conversou com todos eles. Em breve ele também seria parte da família, então era bom que todos o conhecessem.

Então o momento finalmente chegou, e, de repente, DJ se sentiu despreparado. Ele não tivera a chance de falar com Loretta desde que ela se afastara, magoada com o comentário que ele fizera sobre o vestido, e ele não estava certo de que ela receberia bem um pedido de casamento quando eles estavam em meio a um desentendimento. No entanto, certamente não haveria maneira melhor de pedir desculpas do que com um anel de noivado de diamantes, por mais estranha que fosse a pedra. DJ endireitou os ombros e corrigiu sua postura enquanto traziam o bolo até o salão. Era uma obra de arte de seis andares e a mãe de Loretta parecia mais empolgada do que a própria aniversariante quando as pessoas começaram a cantar parabéns.

Quando a canção acabou e Loretta se aproximou para soprar as velas, DJ ergueu sua taça de vinho com a mão trêmula e, com um garfo, deu pancadinhas contra o vidro para chamar a atenção dos presentes. Loretta ficou imóvel e se voltou para ele com uma expressão ilegível no rosto.

Quando todos estavam olhando para ele, DJ pigarreou para limpar a garganta. Esse era o maior grupo de pessoas diante do qual ele já falara, exceto pelos seminários durante as aulas. De repente ocorreu a ele que deveria ter preparado algumas anotações. Ou seria muito impessoal? Não importava. Agora era tarde.

— Olá a todos. Hm, como sabem, sou o DJ, namorado de Loretta. — Depois de correr os olhos pelas pessoas reunidas, ele olhou mais uma vez para Loretta. Seu rosto estava ruborizado. Assim como ele, ela não gostava de ser o centro das atenções. — Hm, eu conheci Loretta na saída de uma aula de mecânica quântica há um ano e meio, e naquele momento soube que ela era especial. — A audiência murmurava prazerosamente, encorajando DJ a continuar. — Eu nunca havia conhecido alguém que parecesse compreender como minha mente funciona e que se envolvesse tão profundamente em coisas que me interessam também. Loretta é pura e íntegra de dentro para fora, e tenho sorte de poder dizer que ela é minha namorada.

Ele pausou e voltou a olhar para Loretta. Seus olhos brilhavam como brasa sob a luz das velas.

— Loretta, desde o momento em que conheci você soube que seria loucura não a querer sempre ao meu lado. Passamos todos os momentos possíveis juntos, mas, para mim, ainda não é suficiente. — DJ colocou a mão no bolso e tirou a caixa da aliança.

As pessoas deixaram escapar exclamações de surpresa e guinchos de alegria ecoaram no salão. Loretta permaneceu imóvel, a boca entreaberta, enquanto DJ atravessava o salão e se colocava diante dela, de joelhos.

— Loretta, quer se casar comigo? — Ele abriu a caixa exibindo o anel como uma humilde oferenda.

Por um momento ela permaneceu parada, boquiaberta. *Está tudo bem,* pensou ele. *Só a peguei de surpresa. Será que ela não queria um pedido em público?* DJ afastou o pensamento. As mulheres adoravam grandes gestos românticos, e, além disso, ele queria que todos soubessem o quanto ele a amava, quão orgulhoso ele se sentia por estar com ela.

Então Loretta mordeu o lábio inferior e ele percebeu que seus olhos estavam marejados. Eram lágrimas de tristeza, não de alegria. DJ sentiu seu estômago despencar como se houvesse sido puxado por uma nova força gravitacional.

— DJ, me desculpe — disse ela em um sussurro. Os olhos dela correram pelo salão, fitando todas as pessoas reunidas atrás dele. DJ sentiu olhares de pena queimando suas costas, sentiu a dor de seu constrangimento por ele de maneira semelhante ao que sentiu vindo de seus amigos quando seu pai aparecera bêbado na escola gritando por ele. — Eu... Eu não acho que devemos nos casar.

Ele abaixou lentamente a mão que segurava o anel. Sem conseguir olhar para ela, ele encarava o chão. — P-por quê? Achei que estivéssemos felizes.

— Podemos conversar lá fora?

Uma onda de raiva tomou seu peito e ele tomou coragem para encará-la. — Lá fora? Não pareceu um problema para você me humilhar na frente de todo mundo. Por que ir lá para fora agora?

Loretta ergueu o queixo de maneira desafiadora como sempre fazia quando eles discutiam. A luz da chama quase extinta das velas dançava em suas bochechas. — Tudo bem! Quer saber por que não quero me casar com você? Porque não quero passar o resto da minha vida sendo uma de suas *conquistas*. Acha que não sei como fala sobre mim para seus amigos? Nas cartas para seu pai? Como se eu fosse um prêmio que você ganhou. "Inteligente, pura e bonita", como se eu fosse uma estatueta em formato humano, não uma mulher de verdade. Mas eu sou de verdade e sou mais do que um troféu na sua estante.

— Nunca vi você dessa maneira! — protestou ele, esticando os braços para segurar seus ombros. Seus movimentos foram mais bruscos do que ele antecipara e Loretta recuou com um grito, afastando-se dele com uma emoção que ele nunca antes vira em seus olhos: medo. Então seu pai apareceu com o irmão dela e outros convidados homens, empurrando-o para fora. Em uma confusão de gritos e empurrões desajeitados, DJ foi jogado para fora e aterrissou de quatro na calçada.

Quando recuperou o fôlego, ele se sentou no chão e olhou para a caixa da aliança, ainda em sua mão. Erguendo os olhos para enxergar o lado de dentro, ele assistiu Loretta sendo cercada pela família e amigos que lhe ofereciam abraços e bolo e bebidas enquanto ela chorava. Então ele jogou a cabeça para trás e gritou com todas as forças de seus pulmões.

30

Elle
18 de janeiro de 2020

Não foi muito trabalhoso convencer os seguranças da Universidade Mitchell que estavam de plantão naquele fim de semana a confirmar que conheciam um zelador chamado Eduardo Mendez. Eles deram um número de telefone a Sam e ele telefonou diversas vezes, mas ninguém atendeu. Sam deixou algumas mensagens na caixa postal, mas Elle não tinha a ilusão de que ele entraria em contato. O turno de Eduardo começaria às seis da tarde naquele dia, então eles concordaram em matar algumas horas até que pudessem fazer uma visita a ele.

Em vez de atravessar a cidade para voltar à delegacia, Elle sugeriu que eles se organizassem em um restaurante enquanto esperavam. Ela ficou aliviada quando Sam concordou, embora soubesse que Ayaan poderia ligar para ele a qualquer momento e descobrir o que Elle estava fazendo. Assim que se acomodaram em uma mesa e pediram dois cafés puros, Sam pegou seu laptop e começou a pesquisar sobre a vida de Eduardo. Seu registro criminal não era grave e continha algumas infrações leves e contravenções penais de baixa gravidade, mas ele evitara confusão ao menos pelos últimos seis meses.

Depois de um tempo, eles decidiram jantar mais cedo e Sam afastou as coisas para o lado para abrir espaço para a comida que pediram. A culpa e o pesar que Elle sentia reviraram seu estômago quando ela pensou em Natalie, mas ela beliscou seu sanduíche mesmo assim. Era a primeira coisa que comia desde o dia anterior.

Ela estava na metade do sanduíche quando Sam pousou o garfo na mesa e endireitou a coluna. — Leo Toca trabalhava como zelador na Universidade Mitchell.

— O quê? — perguntou Elle com a boca cheia de peito de peru.

— Leo Toca. Sabia que havia uma razão pela qual esse cargo soava familiar. Ele e Eduardo devem ter trabalhado juntos.

Elle limpou os dedos engordurados em um guardanapo de papel e pegou o celular. — É verdade, me lembro de ter visto algo sobre isso nas redes sociais de

Leo. — Ela acessou o perfil dele e virou a tela na direção de Sam. — Ele e Eduardo são amigos no Facebook.

— Talvez essa tenha sido a razão pela qual Eduardo levou a van até a oficina de Duane.

— Talvez. — Ele analisou a foto de perfil dele, um jovem latino com um sorriso sutil e olhos castanhos e brilhantes, rindo em frente à câmera com uma mão esticada como se tentasse impedir o fotógrafo de capturar o momento.

Sam tomou um longo gole de café. — E então? Acha que Eduardo sequestrou Amanda?

Elle balançou a cabeça. — Se for mesmo ele na foto do Facebook, ele não se encaixa na descrição. Danika disse que o homem tinha a pele pálida e a pele de Eduardo é um pouco escura. E ele não parece ser careca. Mas se a van que ele levou até a oficina foi usada para sequestrar Amanda, ele certamente deve saber algo. E se ele conhece Leo, talvez ele tenha alguma informação sobre quem possa tê-lo matado.

— Mais um motivo para fazermos uma visita a ele então — disse Sam, levando à boca a última porção de comida em seu prato.

— Com certeza. — Elle olhou pela janela tentando descobrir o que poderia significar a relação entre os dois casos. Não era apenas uma possível conexão entre o sequestro de Amanda e o desmanche — é provável que Leo tenha conhecido a pessoa a levar a van até lá. Mas ele já estava morto quando Amanda foi sequestrada. Por mais que ela detestasse coincidências, essa situação poderia não passar disso.

Ela tentou se focar, unir os fragmentos em sua mente, mas algo a estava incomodando. Ela finalmente perguntou: — Sam, o que fez você mudar de ideia? Em relação a mim?

Ele torceu os lábios, pensativo, e então um sorriso sutil surgiu no canto de sua boca. — Ouvi seu podcast.

Ela abriu a boca para responder, mas não conseguiu pensar em nada. Mesmo tendo milhares de ouvintes, ficou envergonhada ao saber que o detetive era um deles. Pareceu algo íntimo.

— Seus instintos são aguçados. Você faz boas perguntas. E me pareceu que você realmente está ajudando as pessoas. Ayaan é a melhor comandante da delegacia (não conte ao meu comandante que eu disse isso). Mas ela confia em você, então acho que também confio.

O rosto de Elle ficou quente de vergonha e ela perdeu o fôlego. Um momento mais tarde, tudo o que ela conseguiu murmurar foi: — Obrigada. — Era bom sentir que ele a respeitava, mas não duraria muito. Em breve ele descobriria que Ayaan a havia tirado do caso. Sabendo que ela havia mentido, mesmo que tecnicamente ela tivesse apenas omitido uma informação, ele passaria a enxergar esse momento como uma traição.

A menos que... a menos que conseguissem encontrar uma pista suficientemente importante, então o que ela estava fazendo valeria a pena. Afinal, foi ela quem percebeu que a van estava indo no sentido da oficina de Duane.

Depois que escureceu, eles voltaram para o carro de Sam e partiram em direção à universidade. As luzes vermelhas dos freios de carros próximos iluminaram o rosto de Elle enquanto eles circulavam pelas ruas da cidade. As pessoas caminhavam pelas calçadas, andando a passos largos e rápidos com seus casacos abotoados até o pescoço. Alguém buzinou e o riso de uma jovem ressoou na noite. Elle avistou uma fila de jovens mais à frente no quarteirão. Eles aguardavam do lado de fora de um teatro, provavelmente esperando a abertura das portas na esperança de conseguir lugares de última hora para o espetáculo das sete. Mesmo nos finais de semana mais frios a vida noturna em Minneapolis era agitada. Era impossível não pensar em Beverly Anderson, que se despedia de seus amigos em uma noite como aquela vinte e quatro anos atrás. O homem responsável por tirar sua vida ainda estava solto.

Vinte minutos depois, eles entraram no estacionamento anexo a um imponente prédio de tijolos e saíram do carro.

— A mulher da equipe de segurança com quem falei disse que o zelador estaria limpando o prédio da administração esta noite. Aparentemente houve uma importante conferência hoje. — Sam conduziu o caminho pelas portas de entrada, que estavam destrancadas. — O que acha de nos separarmos? Ligue para mim se o encontrar. Eu farei o mesmo. — Eles trocaram números de celular e, depois de escolherem direções diferentes, começaram a busca.

Os corredores eram parecidos com os da universidade que ela frequentara. As paredes eram bege e exibiam alguns trabalhos artísticos e poemas escritos pelos alunos. Havia quadros de mensagens cobertos por flyers de pessoas que buscavam colegas de quarto ou voluntários para um experimento ou membros para a união cristã. Em cada um dos flyers havia tiras de papel penduradas informando números de telefone ou sites da internet. Havia também portas fechadas pelo corredor. De madeira azul-escura, elas ostentavam uma grande janela quadrada de vidro por onde era possível ver as salas iluminadas apenas pela luz do monitor.

Era estranho estar em uma universidade fora do horário de aulas, quando não havia toda a agitação e algazarra dos estudantes.

O celular vibrou em seu bolso. — Onde ele está? — perguntou ela, sem cumprimentar.

— Perto da secretaria. É no mesmo andar. Siga reto e vire à esquerda.

Ela andou depressa no sentido oposto do corredor, torcendo para que Sam não fizesse muitas perguntas antes de ela chegar. Ela era a razão pela qual eles ao menos sabiam da existência de Eduardo. Ela não queria perder nenhuma das coisas que ele tinha para dizer.

Mas ela não deveria ter se preocupado. Quando os encontrou, Eduardo estava apoiado contra a parede com seus braços grandes cruzados sobre o peito esculpido. Sua mandíbula estava cerrada. Em silêncio, ele se recusava a falar. Eduardo ganhara pelo menos vinte quilos de massa muscular desde a data em que sua foto no Facebook fora tirada e ele tinha uma tatuagem nova no antebraço esquerdo. Não era surpresa que estivesse tentando andar na linha. Aparentemente, tinha encontrado Jesus.

— Oi, Eduardo — cumprimentou ela, seu coração disparado. Ela não sabia dizer se era por ter corrido até lá ou se era devido à empolgação por conversar com uma possível testemunha. Ela não acreditava que ele era o responsável pelo sequestro de Amanda, mas ele era o mais próximo de um suspeito desde que Graham Wallace fora liberado. — Meu nome é Elle Castillo, estou investigando...

— Sei quem você é — respondeu ele. Sua voz grave tinha um tom irritado. — Esse cara já me falou. Por que estão aqui, me emboscando no trabalho? O que eu fiz?

— Peço desculpas, mas Sam tentou falar com você pelo telefone várias vezes. — Ela forçou uma expressão de camaradagem. — Tenho certeza de que você apenas não teve tempo para verificar suas mensagens. Eu entendo completamente. Odeio atrapalhar as pessoas no trabalho, mas, infelizmente, não podíamos mais esperar.

Eduardo olhou para o carrinho de transporte repleto de produtos de limpeza. — Eu preciso trabalhar. Estamos com poucos funcionários, então estou tendo que dar duro para terminar tudo a tempo.

— Claro, eu entendo. Na verdade, já que tocou no assunto, posso fazer uma pergunta sobre isso? Soube que você conhecia um rapaz que trabalhava aqui até pouco tempo atrás. Leo Toca. E possivelmente o amigo dele, Duane Grove. Reconhece esses nomes?

Os olhos de Eduardo se acenderam quando ele compreendeu. Por um segundo, ela imaginou que ele pudesse sair correndo, mas em vez disso ele simplesmente deslizou com as costas contra a parede até desabar no chão, seu rosto enterrado nos joelhos. — Eu sabia que não iria funcionar. Sabia que era inútil tentar.

Sam se ajoelhou ao seu lado, segurando seu ombro com uma das mãos. — Nunca é inútil tentar fazer a coisa certa. Sabemos sobre a van que você levou até a oficina de Duane algumas noites atrás, uma Dodge Ram 1500 azul. Podemos perguntar onde a arranjou?

Eduardo levantou a cabeça. Seus olhos verdes estavam vermelhos, mas ele não chorava. Apenas parecia exausto. — Não vou dizer mais nada. Pode me prender se foi isso que veio fazer.

Assim como Sam, Elle também se abaixou, mas, em vez de se ajoelhar, ela se sentou de pernas cruzadas na frente dele como se estivessem em um acampamento de verão contando histórias ao lado da fogueira. — Onde conseguiu a van, Eduardo? É muito importante que nos diga a verdade.

Ele não se mexeu, mantendo os lábios franzidos e os olhos focados no chão.

— É importante que você nos diga a verdade porque a van foi usada para sequestrar uma garota quatro dias atrás.

Ele olhou para ela com olhos arregalados e amedrontados. — O quê?

— É verdade — confirmou Sam. — Amanda Jordan. Ela tem onze anos de idade. Ela foi sequestrada em um ponto de ônibus na terça-feira de manhã por um homem que dirigia uma Dodge Ram 1500 azul.

Eduardo pareceu recuperar a energia bem depressa. Ele se levantou e, apontando o dedo para Sam, disse: — Eu não sequestrei menina nenhuma. Não sou um pervertido!

— Então conte-nos quem foi, Eduardo, já que não foi você. Onde conseguiu a van? Você a roubou? — perguntou Sam.

Eduardo balançou a cabeça. — Me deram.

— Quem?

— Eu não sei. Não sei o nome dele. Ele... ele veio até mim quando eu estava indo para o estacionamento depois do trabalho.

— Qual era a aparência dele? — perguntou Elle.

Eduardo fez um gesto ao redor da cabeça. — Ele estava todo enrolado em um casaco grande, usava um chapéu, daqueles aveludados por dentro, com abas que cobrem as orelhas, e um cachecol. Não consegui ver o rosto dele. Ele era branco... talvez estivesse na casa dos cinquenta ou algo assim. Tinha mais ou menos minha altura. Ele me entregou um molho de chaves e disse que me pagaria dois mil dólares para dar um sumiço na van. Ele disse que sabia que eu conhecia um desmanche na região. Não sei como ele sabia disso. Eu só conhecia o desmanche por causa de Leo. — Ele riu mesmo sem achar graça, balançando a cabeça com o olhar fixo no teto. — Eu pensei: dois mil paus. Juntando isso com o dinheiro que eu sabia que conseguiria pelo veículo, eu poderia pagar meu cartão de crédito e ficar sem dívidas de vez. Viver honestamente, pagar meus impostos, criar meus filhos. Todas as coisas que preciso fazer, tudo certo.

Elle olhou para Sam esperando encontrar uma expressão impassível em seu rosto, mas, em vez disso, ele parecia estar sentindo pena do sujeito. Ela meio que sentia também.

— Nunca o tinha visto antes? — perguntou Sam.

— Não sei. Eu acho que não.

Tirando o celular do bolso, Elle abriu a galeria buscando o retrato falado que Danika ajudara o artista policial a esboçar. Ela o mostrou para Eduardo. — Ele se parecia com esse homem de alguma forma?

Eduardo pegou o celular e olhou para a tela de olhos semicerrados. — É... é difícil dizer. Como eu falei, ele estava todo empacotado. Mas talvez se pareça. O nariz... o nariz é meio parecido. — Ele devolveu o celular a Elle.

— Esse homem abordou você nesse estacionamento? O estacionamento do lado de fora desse prédio? — perguntou ela.

— Não — respondeu Eduardo. Ele apontou para a outra extremidade do corredor onde havia portas duplas que levavam para o lado de fora. — A dois prédios daqui, no edifício J. É o prédio de física. Há um estacionamento pequeno lá, deve ter umas trinta vagas.

— Havia algum outro carro no estacionamento além da van? — perguntou Sam. Seus braços estavam cruzados e ele concentrava o próprio peso sobre a ponta dos pés como se estivesse preparado para saltar para fora do corpo.

— Não sei.

— Então tente se lembrar! Isso é de extrema importância, cara. Você não entendeu? A vida de uma menina está em jogo.

— Está bem, está bem! — Eduardo fechou os olhos, suas sobrancelhas se unindo, franzidas. Ele estendeu as mãos, gesticulando com a esquerda. — A van estava aqui, bem na frente da porta. Ele estava estacionado na vaga preferencial, me lembro disso. Meu carro estava nos fundos do estacionamento, bem no canto. Ele apontou para a esquerda. — Acho que havia outro carro. À direita. Me lembro de ter achado estranho porque imaginei que não haveria mais ninguém aqui no horário em que termino meu turno. Acho que era por volta de uma da manhã. Mas, sim, havia outro carro além da van. Isso. — Ele abriu os olhos, encontrando o olhar de Elle.

— Você se lembra de como ele era? De que cor? De que marca?

Ele balançou a cabeça. — Só me lembro de ser um sedan escuro. Não consegui ver a cor. Não sei se pertencia a ele. Ele entrou no prédio depois de ter me dado as chaves da van. Como ele teria levado a van até lá se também estivesse de carro?

— Há um ônibus que entra no campus e vai para o centro da cidade — disse Sam. — Ele pode ter tomado esse ônibus, especialmente se mora nos arredores. Ou pode ter chamado um táxi. Você se lembra de mais alguma coisa?

— Não, desculpe. Eu... Eu nunca teria me envolvido se soubesse...

— Nós sabemos — disse Elle. Ela não podia falar por Sam, mas se alguma coisa fosse capaz de tirar Eduardo do crime, provavelmente seria esse caso.

— Obrigado pela conversa — Sam agradeceu, estendendo a mão. Parecendo surpreso, Eduardo a segurou e eles trocaram um aperto de mãos firme.

— Caso se lembre de qualquer outra coisa, por favor, ligue para nós imediatamente. Não importa o horário — disse Sam, entregando um cartão a Eduardo.

Eduardo aceitou o cartão e olhou para Sam. — É só isso? Você não vai me prender?

— Você não é quem estamos procurando, Eduardo. Considere isso como um presente de Natal atrasado.

Sam e Elle se viraram e seguiram na direção do estacionamento onde Eduardo disse ter encontrado a van. Provavelmente não encontrariam nada, mas seria bom ter ao menos uma ideia do tamanho do estacionamento.

— Espere, acabei de perceber uma coisa — disse Sam quando eles estavam quase na saída.

— O quê?

Mas ele a ignorou e deu meia-volta. — Eduardo? — gritou Sam.

Eduardo estava prestes a colocar fones de ouvido na orelha. Ele pausou e olhou para eles.

— Você disse que o homem entrou no prédio depois de ter dado a van para você?

— Foi.

— Você o viu entrar?

Eduardo assentiu mais uma vez.

— Acha que ele trabalha aqui?

Eduardo refletiu por um segundo. — Sim, acho que teria que trabalhar.

— Por quê? — perguntou Elle, dando alguns passos na direção dele.

— Porque ele precisaria de uma chave para entrar no prédio depois do horário comercial.

31

Podcast *Justiça Tardia*
Gravado em 18 de janeiro de 2020
Gravação não divulgada: Elle Castillo, monólogo

ELLE
Eu estava certa. Tudo se encaixa para comprovar isso. Há coincidências demais para não as levar em consideração, mas mesmo assim ninguém quer enxergar.

Quando eu era criança, meu pai costumava ler histórias da mitologia grega para mim. Algo sempre me chamou a atenção na história de Cassandra, a sacerdotisa a quem foi dado o poder de prever o futuro com precisão e que depois recebeu o castigo de as pessoas nunca acreditarem nela. Seu dom de profecia lhe foi dado por Apolo, que queria seduzi-la. Quando ela não correspondeu, ele transformou o dom em uma maldição. A história de Cassandra é familiar. Ela não é diferente das muitas mulheres cujas vidas são destruídas pelo rancor de um homem que foi rejeitado — mulheres que dizem a verdade, mas nunca são ouvidas.

Eu nem sempre tenho razão, mas sei que estou certa nisso.

Outra garota foi sequestrada ontem. O mundo pode não saber quem ela é, mas ela é especial para mim — o alvo perfeito para me atingir. Natalie Hunter foi sequestrada enquanto caminhava pela calçada. Ela percorria os dez quarteirões do lugar onde fazia aulas de piano até a minha casa. Eu deveria... eu deveria ter estado lá para ela, mas falhei.

Enquanto eu estiver viva, jamais me perdoarei por isso.

Natalie é o tipo de criança impossível de se esquecer depois que você a conhece. Talvez seja porque sua mãe é impetuosa e independente ou porque ela teve que aprender a lidar com o bullying de outras crianças por não ter um pai. Ou talvez seja simplesmente por ela ser quem é — mas Natalie é a criança mais valente, mais decidida, mais entusiasmada, e eu não consigo...

Não consigo acreditar que ela se foi.

Me lembro do dia em que nos conhecemos. Eu estava assistindo TV quando a campainha tocou. Havia uma criança em minha porta. Ela mal tinha quatro anos de idade. Seus cabelos cacheados estavam desordenados e ela tinha pelo menos três cores diferentes de canetinha pelo corpo. Isso aconteceu na época em que eu trabalhava no SPC, e por meio segundo pensei ser uma criança de um dos meus casos. Naquele período eu estava me esforçando muito para engravidar, mas raramente passava tempo com crianças fora do trabalho. Eu não conseguia enxergar mais ninguém por perto, mas ela era nova demais para sair por aí sozinha. Antes que eu pudesse abrir a boca para perguntar onde sua mãe estava, ela ergueu uma tigela e perguntou: — Você tem ovo? Minha mãe está tomando banho. Eu derrubei o último sem querer.

Aparentemente, a minha foi a quarta porta em que ela bateu, e eu fui a primeira a abrir. Ela obviamente estava bem, mas eu tinha visto o suficiente no trabalho para ficar em estado de alerta — qualquer um que abrisse as portas anteriores poderia tê-la colocado em perigo. Morávamos ali havia seis meses e ainda não conhecíamos nenhum dos vizinhos. É possível que, não fosse por aquele momento, eu nunca teria conhecido a família Hunter.

Eu peguei um ovo para ela e a acompanhei até o outro lado da rua para garantir que ela chegasse à casa em segurança. Àquela altura sua mãe já saíra do banho e notara que a filha desaparecera. Ela correu para o jardim quando nos viu chegando pela calçada e quase perdemos o outro ovo quando Sash levantou a filha do chão para segurá-la no colo.

Quando as coisas se acalmaram ela me convidou para entrar. De certa forma eu nunca mais fui embora.

No fim das contas, o ovo era para um bolo de aniversário surpresa. Natalie, de quatro anos com ambições de catorze, conseguiu preparar uma mistura de bolo de chocolate praticamente sozinha. Sua mãe despejou a massa na assadeira e a levou ao forno, mas foi só.

Não sei por que estou dizendo tudo isso. Acho que não poderia usar nada no podcast. É que... quero que fique registrado em algum lugar que Natalie é uma criança boa. Ela é muito especial para muita gente — para mim, para Martín. Para a mãe dela, Sash, acima de qualquer outra pessoa. Natalie tem um coração puro e uma determinação incansável, e eu mataria qualquer um que tentasse tirar isso dela. Eu vou...

Eu sei que existe uma relação. Ninguém quer acreditar que o ACR voltou, mas duas garotas desapareceram com três dias de intervalo e elas têm a idade certa e isso é mais do que suficiente para mim. Não precisamos esperar até que Amanda apareça morta no fim de semana. Conseguiremos impedir isso antes que o pior aconteça.

Estamos chegando perto. Eu e Sam temos informações sólidas e vamos resolver isso. Vamos encontrar essas garotas e parar este homem antes que elas sejam feridas.

Precisamos fazer isso.

32

Elle
19 de janeiro de 2020

— Estou vendo que ainda está acordada.

A voz de Martín rompeu o silêncio no quarto escuro. Ele tirou as roupas e entrou debaixo dos cobertores, estremecendo. Elle se virou para olhá-lo. Nas sombras, conseguia enxergar apenas sua silhueta.

— Assassinato? — perguntou ela.

Ele fora chamado para investigar o local de uma morte suspeita, o que significava que Elle chegara e encontrara uma casa escura, comera uma maçã no jantar e passara uma longa noite gravando pensamentos que ainda não podia compartilhar publicamente no podcast, se é que poderia um dia. Ela tentara acessar as páginas do corpo docente no site da Universidade Mitchell procurando pelo homem empacotado que Eduardo vira, mas o site era uma bagunça e metade dos links não funcionava mais. Depois de um tempo desistira, torcendo para que Sam tivesse mais sorte na delegacia.

Martín se deitou de lado passando um braço sobre o corpo dela. — Suicídio, aparentemente. Saberei mais depois da autópsia amanhã. Você está bem?

— Não consigo parar de pensar em Natalie. Conversou com Sash? Sabe se descobriram alguma coisa?

— Um detetive me fez algumas perguntas hoje de manhã no necrotério. Estou com a sensação de que eles estão descartando todos os homens que elas conhecem primeiro, que não devem ser muitos. — Ele apertou o quadril de Elle se aproximando até que suas testas se tocassem. O hálito de Martín estava fresco e cheirava a pasta de dente. — Como você está? Sei que deve estar se sentindo frustrada por não poder ajudar.

Ela o beijou e em seguida ajeitou seu corpo para enterrar o rosto no peito dele. Então ela contou a ele tudo o que acontecera desde aquela manhã: contou sobre ter sido dispensada por Ayaan, sobre o convite surpresa de Sam, sobre a conversa com Duane e sobre como se deu conta do quanto ele a detestava e sobre o encontro com Eduardo na universidade. Quando terminou, sua mente estava a mil por hora.

— Continuo tentando entender as razões pelas quais o assassinato de Leo e o sequestro de Amanda podem estar relacionados. Simplesmente não parece ser uma coincidência. — Ela parou de falar e respirou fundo enquanto Martín a puxava para mais perto.

Encontrar Eduardo parecera uma descoberta importante, mas nada estava diferente. Natalie e Amanda ainda estavam desaparecidas. Tecnicamente, Elle ainda estava barrada da investigação e Sam provavelmente ficaria sabendo quando visse Ayaan no dia seguinte. Ela sentia que o ACR a estava provocando, dando a ela evidências suficientes para convencê-la sem revelar nada que fosse ajudá-la a persuadir os demais.

— Eu estava pensando — começou Martín, parando no meio da frase.

— No quê?

— Quando o detetive veio falar comigo hoje de manhã, me pareceu evidente que eles acreditam que os sequestros de Amanda e de Natalie foram feitos por duas pessoas diferentes. Mas você ainda acredita que eles estão relacionados, não é?

Ela pressionou o nariz contra a pele quente do pescoço de Martín, relutando em confirmar isso em voz alta, mesmo depois de tudo que ela acabara de dizer. Porque embora fosse verdade que ela ainda suspeitasse do ACR, era algo que ela não queria encarar. Toda vez que se permitia pensar nisso, via a dúvida no rosto de Ayaan, a ira de Sash. Se ela admitisse isso para Martín e ele continuasse não acreditando nela, ela não saberia o que fazer.

— Por que a pergunta? — questionou Elle, finalmente.

— Bom, você está procurando a relação entre o caso de Leo e o caso de Amanda, mas há uma coisa que você ainda não sugeriu. — Martín se afastou e ergueu o queixo dela. Mesmo no escuro, eles estavam perto o suficiente para que ela conseguisse enxergar sua expressão. — E você?

Ela não se mexeu. — O quê?

— E se a conexão for você? Leo enviou um e-mail para você e apareceu morto. E Natalie... Natalie é nossa. E se isso se tratar de uma vingança contra você?

A região de seu pescoço que o hálito de Martín tocara ficou quente. — Está dizendo que agora acredita em mim quando eu digo que é o ACR?

— Não dá para ter certeza, mas o desmanche de Leo sendo usado para dar sumiço no carro que serviu para o sequestro adiciona uma camada que não existia até agora. Não podemos descartar uma conexão entre os três casos. Se quisermos convencer a polícia de que é o ACR, precisamos saber a razão pela qual ele de repente resolveu atacar de novo.

Elle mordeu o lábio, brincando com a barra da camiseta de Martín. — Mas e quanto a Amanda? Ela não tinha nenhuma relação comigo. Não tinha como ele saber que os pais dela pediriam para que eu trabalhasse no caso.

— Estava pensando sobre isso hoje. E se Natalie tivesse sido o alvo o tempo todo, mas não tivesse a idade certa? Ele teve que pegar Amanda primeiro porque ela tinha a idade necessária, mas Natalie era quem ele queria.

As palavras de Martín a deixaram com vontade de vomitar. — Mas por que agora? — perguntou ela, sentindo que estava fazendo as perguntas que Ayaan ou Sam fariam se ela contasse a eles a teoria de Martín. — Por que não esperar mais um ano até Natalie completar onze anos? O ACR é extremamente paciente. Ele já esperou vinte anos, que diferença faria esperar mais um? Além disso, como você disse, Ayaan nem sequer acha que os casos estejam conectados. Ela disse que o sequestro de Amanda parece ter sido planejado e perfeitamente orquestrado, enquanto o de Natalie parece não passar de um crime de oportunidade.

— Talvez você tenha acertado no que disse antes, então. Que o fato de ela ter voltado a pé para casa era parte do plano dele.

Ela se sentou e acendeu a lâmpada do seu lado da cama. Eles se entreolharam, intrigados, na luz amarelada. — Mas como?

— Não sei. Algo inesperado *de fato* aconteceu. A professora de piano não estava em casa. Até onde eu sei, a polícia não sabe até agora para onde a srta. Turner foi. Se o ACR soubesse que ela não estaria lá, se isso fazia parte do plano dele de alguma forma, ele talvez soubesse que Natalie voltaria para casa sozinha.

— Mas ele não teria como ter certeza de que ela iria de fato, e também não teria como saber que eu não atenderia quando ela ligasse.

Martín ficou em silêncio novamente enquanto a mente dela viajava, tentando costurar a história. Ele poderia estar certo. Se o ACR a estivesse observando com atenção, poderia ter feito tudo o que Martín acabara de dizer.

— Mas, de novo, por que agora? — perguntou Elle.

O marido olhou para ela, seus olhos ardentes. — Algo aconteceu, algo que o motivou a agir mais cedo do que ele havia planejado.

Elle olhou para ele, com medo do que ele diria a seguir.

— Você.

Lágrimas inundaram seus olhos.

— O objetivo de seu trabalho é fazer com que ele seja exposto, Elle. Você teve mais avanços nesse caso do que qualquer outra pessoa nos últimos vinte anos. Seu podcast está alcançando milhares de novos ouvintes... Você se tornou o alvo dele porque, caso contrário, ele sabe que vai pegá-lo.

Ela abrira a boca para responder quando o som da campainha perturbou a quietude da casa. Martín arregalou os olhos, e ela saiu da cama. O relógio digital informava que era 1h13 da manhã. Elle abriu a gaveta da sua mesa de cabeceira, pegou sua arma e encaixou o cartucho. Ela saiu do quarto seguida por Martín.

Os dois desceram a escada, desconfiados. A luz da lâmpada externa com sensor de movimento entrava pelo vidro da porta. Ela respirou fundo, tentando imaginar quem viria à casa deles no meio da madrugada. Talvez fosse Sash, buscando conforto após dois dias tentando lidar sozinha com o desaparecimento da filha. Elle esperava que fosse ela. Ela tentou espiar lá fora pela pequena janela da porta, mas não conseguiu enxergar ninguém.

Segurando a maçaneta da porta, ela olhou para Martín. Ele acenou com a cabeça, segurando um guarda-chuva que pegara no armário. Não era uma ótima arma, mas era melhor do que nada. Apontando a arma para a porta, Elle puxou a maçaneta e a abriu.

Uma brisa congelante carregou um redemoinho de neve fresca para dentro da casa. Não havia ninguém ali. Havia, no entanto, uma pequena figura abandonada nos degraus e apoiada contra o corrimão. Suas mãos e pés foram atados juntos, não para impedir que ela se movesse, mas para fazer com que fosse mais fácil carregá-la, como se ela fosse um pacote. Ao reconhecer o casaco amarelo-ovo e as botas marrons felpudas de Natalie, Elle levou a mão à boca. Os olhos da menina estavam vidrados, encarando-os.

Elle não era tão experiente quanto o marido, mas conseguia perceber que Amanda Jordan não estava morta havia muito tempo.

PARTE IV
O SACRIFÍCIO

33

DJ
1996

DJ não gostava de festas, mas decidiu comparecer ao evento da Universidade Mitchell "PhDs com menos de trinta" porque garantiram a ele que poderia encontrar mulheres qualificadas lá. Ele se envolvera com algumas pessoas ao longo dos anos depois de Loretta, mas nada durou muito mais que uma semana. Agora que passava quase todo seu tempo livre com um velho ranzinza que só abria a boca para distribuir insultos, DJ ficava feliz com toda e qualquer oportunidade para sair de casa. A pensão por invalidez de seu pai ajudava a pagar a enfermeira de meio-período, mas, tirando isso, DJ era responsável pelos cuidados dele, além de seus estudos e dos dois empregos que tinha para conseguir arcar com as despesas de saúde. Ele estava pronto para uma noite inteira fora de casa pela primeira vez desde que voltara para Minnesota seis meses atrás.

Fora decepcionante para ele abrir mão de sua vaga no programa de doutorado de Yale para cuidar do pai após seu derrame, mas havia algumas vantagens em continuar os estudos na Mitchell. Aqui, ao menos, ele era um peixe grande em um aquário pequeno. Ele era reconhecido pelas pessoas. O evento aconteceria em um local no centro de Minneapolis e era aberto a todas as universidades, mas nos primeiros cinco minutos em que esteve no evento foi cumprimentado por no mínimo dez pessoas. DJ sorria e apertava mãos manchadas de tinta de caneta, roçava seus lábios em bochechas cobertas de blush, inalava os perfumes baratos favoritos de acadêmicos de longa data.

— DJ, como vai? — Uma doutoranda que ele conhecia se aproximou para abraçá-lo com um sorriso, esticando o rosto redondo. DJ aceitou o gesto e pressionou seus lábios na bochecha da mulher. Esse era o máximo de intimidade que ele tivera com uma mulher em semanas. Ele se perguntou o que isso diria sobre ele. Seu último relacionamento fora breve, desimportante. Terminou sem grandes emoções quando ele foi embora de Yale. Ele não exatamente sentia falta de companhia, mas um corpo quente em sua cama em uma noite gelada de inverno não seria nada mau.

Ele se afastou com um sorriso em resposta ao dela e sacudiu a cabeça, tentando parecer adoravelmente esquecido. — Me desculpe, me deu um branco. Pode repetir seu nome?

Ela riu e balançou a cabeça também. Ele era *tão* cabeça de vento! — Maggie Henderson! Lembra? Da lavanderia?

DJ bateu na própria testa. — Claro, agora me lembro. — Ele não se lembrava, mas isso não importava. — Do dia em que...

— Sim, do dia em que a máquina não aceitou minha moeda. Foi muito fofo da sua parte ter me emprestado uma. Ainda estou te devendo. — Ela ergueu as sobrancelhas de uma maneira que despertou algo nas entranhas dele.

Agora ele se lembrava. O incidente acontecera por volta de seis semanas atrás, mas ele mal a notara. Ele tinha uma lavadora e uma secadora em casa, mas a lavanderia do campus era uma excelente fonte de ruído branco quando a biblioteca estava cheia demais. Todas as máquinas funcionando enquanto os estudantes aguardavam em silêncio o fim dos intermináveis ciclos de lavagem. Era um ambiente de estudos profundamente subestimado.

— Eu estava torcendo para encontrar você aqui — continuou ela.

Isso provocou um sorriso genuíno nele. Quando Maggie se apoiou contra a parede atrás dela, ele chegou mais perto, inclinando a cabeça levemente. — É mesmo? Por quê? — Com sua visão periférica ele vislumbrou um borrão vermelho. Ele se voltou para olhar naquela direção e, de repente, ficou sem reação.

Ali estava ela, como se tivesse saído diretamente de seus pesadelos.

Loretta.

Por um momento DJ se desequilibrou e quase caiu para a frente, se apoiando a tempo na parede às costas de Maggie. Ela recuou como se tivesse visto algo perigoso passar como um clarão pelos olhos dele.

— Desculpe — sussurrou ele, olhando para ela antes de voltar o rosto para Loretta. Sem dirigir outra palavra a Maggie, DJ endireitou a postura e ajustou a gravata. Ele observava enquanto Loretta falava com um dos diretores da Mitchell responsável por organizar o evento. Os últimos quatro anos tinham sido gentis com ela, preenchendo os sulcos em suas bochechas, embora agora houvesse olheiras sob seus olhos. Mazelas da academia. Ela cortara seus cabelos castanhos em um penteado curto e arrojado — algo que ele nunca esperaria da garota por quem se apaixonara. Mas caía bem nela.

Seus nervos vibravam sob a pele e corriam por suas costelas. Talvez aquela fosse sua chance. Ele podia mostrar a ela quão longe chegara, quanto ele tinha conquistado depois que ela o deixara. Independentemente de sua intenção, a rejeição dela o havia despertado, feito com que ele mantivesse o foco em suas ambições. Agora ele podia mostrar a ela que ela cometera um erro. O fato de ela estar lá provavelmente significava que também tinha ido para o doutorado e que também estava solteira.

Endireitando os ombros, DJ se aproximou. Mesmo lá dentro ela não se despira de um volumoso casaco vermelho, prova do inverno gelado lá fora. Quando ele estava a poucos metros de distância, Loretta desviou o olhar do homem com quem conversava e seus olhos se iluminaram com uma emoção que DJ não conseguira decifrar. Ele sorriu e estendeu os braços no que esperava que fosse ser interpretado como um convite descontraído e amigável para um abraço. Surpresa, ela soltou uma risada curta, mas aceitou seu abraço. Quando seus corpos se tocaram, ele percebeu e deu um passo atrás, espantado.

Com as mãos sobre os ombros dela, DJ olhou fixamente para sua barriga. Ele não notara devido ao casaco, mas agora era óbvio o quanto estava protuberante. Uma onda de calor subiu de seu pescoço até suas bochechas e ele não conseguiu conter uma expressão de surpresa.

Loretta sorriu de maneira contida. — Olá, DJ, como você está?

— Estou bem — disse ele, finalmente desviando os olhos de sua barriga de grávida e voltando-os para o rosto corado dela. — Desculpe. Eu não esperava.

— Eu também não — respondeu Loretta com uma risada. — Eu obviamente não planejava ter um bebê durante o pós-doutorado, mas essas coisas acontecem, acho.

Sim, acontecem, pensou ele, *quando se é irresponsável*. Mas seria inútil dizer a ela algo que ela sabia. Quando estavam juntos, mantiveram a castidade e nunca trocaram mais do que beijos calorosos devido à origem religiosa de ambos. Apesar de ter feito muito mais desde então, imaginá-la fazendo outras coisas com outro homem fez com que ele fosse invadido por uma onda de ciúmes.

Loretta trocou de posição, coçando a pele atrás da orelha direita. — O que está fazendo aqui em Minnesota? Jenny me disse que você estava em Yale.

DJ a atualizou brevemente sobre como começou seu programa e se mudou logo em seguida para Minnesota depois que seu pai adoeceu. Então ela contou que se mudara para Minneapolis logo após a graduação uma vez que aceitara uma bolsa de estudos na Universidade de Minnesota. Ao erguer a mão esquerda, DJ notou que ela usava um bonito anel de ouro. DJ sentiu um aperto no peito.

— Meu marido é daqui e quis ficar mais perto da família. Foi um pequeno sacrifício a se fazer. A Universidade de Minnesota tem um ótimo...

— Você é casada?

Loretta pareceu confusa. Sua mão se moveu e pousou sobre o estômago. — Sim, é claro.

— Então por que está aqui? — Fúria atravessou as veias de DJ com uma sensação parecida com a que se sente ao ingerir um café muito forte. — Esse evento é para pessoas solteiras.

Comprimindo os lábios, Loretta se aproximou e baixou a voz como se quisesse equilibrar o repentino tom alto da voz de DJ. — Este é um evento de socialização, DJ.

— É desonesto que esteja tomando o lugar de alguém que realmente precisa conhecer pessoas — disse DJ. — Alguns de nós estamos aqui para conhecer colegas doutores, não para flertar com representantes do corpo docente para chegar ao topo.

Por um momento, nenhum dos dois falou. Ele não sabia dizer se todos ao redor haviam parado para assistir ao show ou se ele apenas sentia que o barulho e o movimento na sala tinham cessado. Ele não conseguia desviar o olhar das bochechas rosadas dela, da barriga imensa e de seu corte de cabelo de vagabunda.

— Sabe, eu tinha esperanças de que você mudaria com o tempo, mas agora vejo que não foi o que aconteceu. — A voz de Loretta estava calma, porém firme. Suas mãos repousavam nas laterais do corpo e ela alternava entre relaxar os braços e cerrar os punhos. — O que tínhamos foi bom no começo, DJ. Mas depois de um tempo deixei de sentir que você realmente me via. Você não tinha nenhum interesse em mim enquanto pessoa, não de verdade. Depois li aquela carta que você escreveu para seu pai e tudo fez sentindo. Comecei a prestar atenção na maneira como falava com seus amigos e compreendi. Para você, as pessoas ou são obstáculos para seu sucesso ou um meio de atingir seus objetivos. Eu não queria ser nenhum dos dois.

— Isso não faz nenhum sentido. — Ele odiava perceber a tensão em sua mandíbula ao ouvir as palavras dela, odiava como ela fazia com que seu coração batesse acelerado de raiva e vergonha. — Não consigo acreditar que está fazendo isso de novo. Me humilhando diante de dezenas de pessoas outra vez.

Loretta olhou em volta como se tivesse acabado de se lembrar que eles tinham público. Ele imitou o gesto. As pessoas se agrupavam ao redor deles fingindo conversar enquanto taças tilintavam e a banda de jazz tocava, mas ele conseguia perceber que elas estavam observando. Ouvindo.

Olhando para DJ, ela fechou o casaco ao redor da barriga protuberante e cruzou os braços sobre ela, como se criasse uma barreira. — Não me arrependo de ter terminado com você, mas sinto muito por tê-lo humilhado. Não foi minha intenção.

— "Melhor é morar num canto do eirado do que com a mulher rixosa numa casa ampla." — DJ cerrou a mandíbula. — Tenho pena do seu marido. Esquivando-se do olhar de seus colegas, ele saiu da sala e correu para fora na fria noite de inverno.

Ele caminhou pela calçada, inalando ar gelado até sentir que seu peito queimava. Ele abandonara seu casaco, mas a raiva que sentia fazia com que se esquecesse do frio. Depois de andar sem rumo por um tempo, ele finalmente voltou para o carro. A noite estava nublada e o céu escuro estava repleto de nuvens prontas para explodir em neve. Uma tempestade se aproximava e ele queria estar em casa antes de ela chegar. Os primeiros flocos estavam começando a cair quando ele chegou ao carro e deu partida no motor. DJ saiu do estacionamento e entrou no trânsito.

Uma silhueta franzina cruzou a frente de seu carro e ele precisou pisar fundo no freio, fazendo com que a pessoa saltasse para trás, levando as mãos ao peito. Com o coração disparado mais uma vez, DJ saiu do carro preparado para gritar com quem quer que fosse, então se deparou com um rosto pálido e molhado de lágrimas parcialmente escondido por um cachecol. Era um dos garotos de uma disciplina da qual ele fora professor assistente.

— DJ? — perguntou o jovem, arrastadamente. — Caramba, você quase me pegou. Não vi você vindo.

DJ deu um passo em direção a ele. — Peço desculpas. Saí da vaga bem depressa lá atrás. Você está bem? Kerry, não é?

Kerry assentiu, trêmulo. — Isso. E, sim, estou bem. — Ele se virou para continuar seu caminho.

— Espere! — A palavra saiu da boca de DJ antes que ele tivesse tempo para pensar. Quando Kerry olhou para ele, ele apontou para o carro. A porta do lado do motorista ainda estava aberta. — Quer uma carona? Está muito frio para ir andando.

Kerry olhou de relance para o carro e encolheu os ombros. — Pode ser, obrigado. Esse frio está congelando minhas bolas.

Depois que ambos colocaram o cinto de segurança, Kerry ensinou DJ a chegar em seu apartamento e eles seguiram juntos.

Vários momentos se passaram em silêncio. Kerry se acomodou no banco do passageiro e, puxando seu cachecol para baixo, esfregou uma mão descoberta no rosto.

DJ finalmente quebrou o silêncio: — Por que estava andando por aí? Está uma noite fria para fazer um passeio.

Kerry respondeu com um sorriso amargo. — Pode crer. Minha namorada me deu um pé na bunda, na real.

Segurando o volante com firmeza, DJ diminuiu a velocidade do carro. — Sério?

— Sim. — Kerry limpou a garganta, um som profundo e gutural. — Mas está tranquilo. Estou bem. Tenho certeza de que ela vai mudar de ideia. Ela só explodiu depois de uma briga boba.

— Entendi. — DJ umedeceu o lábio inferior com a língua. Quando pararam no semáforo, ele se virou para o jovem. — Vai ficar melhor sem ela. Pode acreditar.

Kerry olhou para ele na luz fraca e vermelha. Seus olhos estavam molhados, mas não havia mais lágrimas. DJ podia contar nos dedos de uma mão os homens que ele vira chorar ao longo da vida. Era uma cena que o deixava desconfortável.

— Eu a amo.

— Ela obviamente não ama você.

O semáforo ficou verde e DJ pisou no acelerador. Kerry se virou para o outro lado, olhando pela janela.

— Sinto muito se soa ríspido, sei que não é da minha conta, mas pode acreditar em mim. Já estive em seu lugar e não vale a pena ficar assim. — DJ pensou em como Loretta estava naquela noite, hostil e inchada com o filho de outro homem. Ela não teria trazido nada além de problemas.

— É aqui — disse Kerry quando eles dobraram a esquina, mas DJ não diminuiu a velocidade. — Oi? Você passou meu prédio.

DJ olhava para a frente, acelerando o carro.

— O que tá fazendo, cara? Me deixa lá. — Diante da falta de resposta de DJ, Kerry agarrou a maçaneta da porta e a abriu.

DJ perdeu o controle do carro tentando estacionar, mas Kerry já tinha saltado do veículo quando ele conseguiu estacionar no meio-fio. DJ abriu a porta e o seguiu.

Kerry estava claramente ferido devido à queda, mancando enquanto tentava correr pela calçada fria em direção ao seu prédio. DJ ia atrás dele sem ter certeza do que planejava fazer. Ele precisava encontrar uma maneira de impedir isso, de fazê-lo ouvir. Ele não queria ver outro homem cometer os mesmos erros que ele cometera, permitindo que uma mulher idiota que não reconhecia seu valor destruísse sua vida.

DJ rapidamente o alcançou, posicionando-se em frente a Kerry na calçada. Ele era mais alto que o garoto, mais forte também. Mesmo usando um agasalho volumoso, Kerry era esguio, fraco. Não era nenhuma surpresa que a garota o tivesse dispensado, por mais doloroso que isso fosse.

— Na moral, que porra você tá fazendo? — Kerry respirava com dificuldade. Seu corpo estava dobrado ao meio e ele massageava a perna direita sobre a qual caíra ao saltar do carro. — Por que você tá sendo tão esquisito?

— Só quero que me ouça, Kerry! — DJ deu um passo adiante. Se conseguisse fazer com que o garoto olhasse para ele, o tivesse como um exemplo, talvez ele conseguisse entender. — Você está no último ano, já vi você em aula. Tem muito potencial. Deixe essa vagabunda no passado e viva sua vida.

De repente, Kerry endireitou a postura e no segundo seguinte havia um punho indo na direção de DJ, que bloqueou o golpe com facilidade e empurrou o garoto, que caiu no chão. DJ se posicionou em cima dele e depois se agachou, imobilizando os braços do garoto no chão e sentado em seu peito, como seus irmãos faziam com ele quando era criança. Para que ele parasse, para que ele *ouvisse*.

Mas Kerry não ouvia. Ele estava gritando, xingando, esbravejando. A qualquer momento alguém ia aparecer ou chamar a polícia. Então DJ segurou o garoto pelo pescoço, interrompendo a torrente de palavras hostis. Os olhos de Kerry se arregalaram, tomados de terror, e DJ sentiu algo crescer em suas entranhas — prazer, poder. Ele podia consertar isso.

— Agora ouça, Kerry —, disse ele, apertando a garganta dele. — Ouça. Kerry, pare com isso. — Mas o jovem continuou se debatendo, estufando o peito, esperneando, por isso DJ aumentou a força com que pressionava sua garganta, deixando a raiva falar mais alto. Ninguém nunca o escutava.

DJ se aproximou do rosto de Kerry. Mesmo nas sombras da rua, conseguia ver que ele estava ficando vermelho. Por fim, o garoto ficou imóvel. — Pronto. Está vendo? Vai ter que confiar em mim, Kerry. — Os braços de DJ tremiam enquanto a tensão deixava o corpo de Kerry e seus olhos se fechavam. DJ também fechou os seus, respirando fundo. — Pode confiar em mim. É melhor assim.

Então tudo ficou em silêncio. Havia um som distante de carros no trânsito noturno, um sussurro do vento nos ramos secos das árvores. DJ abriu os olhos e olhou fixamente para o garoto. Depois olhou ao seu redor. Havia uma fileira de carros estacionados no meio-fio da outra calçada que funcionava como uma barreira entre eles e as casas escuras do outro lado da rua. Até onde ele sabia, ninguém tinha visto nada. Mesmo assim, cada instante passado ali era um risco.

Com movimentos ágeis, DJ colocou o corpo de Kerry sobre o ombro e se levantou devagar. Ele caminhou cuidadosamente até a porta do passageiro de seu carro, escancarada como se fizesse um convite. Depois de depositar Kerry no banco e prender o cinto de segurança, ele correu para o outro lado e entrou no carro, dando mais uma olhada nos arredores.

Ele precisava ganhar tempo de alguma forma para que pudesse pensar, para que pudesse criar um plano. Ninguém sabia que Kerry tinha entrado em seu carro. Se ele pudesse deixar o garoto em algum lugar, teria tempo para se livrar de qualquer evidência e poderia decidir o que fazer a seguir.

O celeiro. DJ poderia jogar o corpo de Kerry no celeiro, um dos muitos lugares na propriedade onde seu pai não conseguia mais chegar desde o derrame. Focando-se na rua adiante, DJ ligou o motor e foi para casa.

34

Elle
19 de janeiro de 2020

Cinco dias. Havia apenas cinco dias desde o sequestro de Amanda, e agora ela estava morta.

Na sala de interrogatório da delegacia, Elle olhava fixamente para a mesa de madeira lascada onde seus braços estavam apoiados. Seus olhos ardiam.

Toda vez que piscava ela via o rosto da menina outra vez: ferimentos arroxeados nos lábios, manchas vermelhas cobrindo a pele ao redor dos olhos. Asfixia, dissera Martín, enquanto eles esperavam pelos socorristas. Ele estava na sala ao lado sendo interrogado por Sam. Eles não eram suspeitos, ela sabia, mas a situação a deixava ansiosa mesmo assim.

Cinco dias, não sete.

Elle não era Cassandra, no fim das contas — não era uma profeta onisciente que carregava a maldição de não ser ouvida pelas pessoas. Ela não passava de uma vidente charlatã, fazendo previsões sem fundamento na esperança de que uma delas se concretizasse. Os casos de Amanda e de Natalie estavam conectados, nisso ela acertara. Mas elas não foram sequestradas pelo Assassino da Contagem Regressiva. Independentemente de como as mortes variaram ao longo dos anos, ele nunca abandonou sua assinatura. Os corpos sempre eram encontrados no sétimo dia.

Elle levantou os olhos quando a maçaneta da porta girou. Ayaan entrou na sala. A exaustão fez com que sua pele, normalmente brilhante, adquirisse sombras escuras sob os olhos. Seu hijab era de uma cor sóbria, azul-marinho, e estava levemente torto em sua testa como se tivesse sido colocado às pressas.

— Elle, já te ofereceram algo para beber? — perguntou ela.

— Sim. — A palavra saiu áspera de sua boca. — Ronny vai me trazer um chá.

— Ótimo. — Ayaan se sentou na cadeira do outro lado da mesa e abriu uma pasta. Lá dentro havia fotos recentemente impressas da cena do crime.

Elle fechou os olhos, mas as imagens estavam gravadas em sua mente, já que as vira ao vivo horas antes. Àquela altura, Amanda provavelmente estaria sendo aberta por alguém do departamento de seu marido, dissecada em busca de segredos. Talvez o DNA do assassino fosse encontrado, talvez isso resultasse em uma pista, em uma oportunidade para salvar Natalie. Mas isso não mudaria o fato de que uma garota de onze anos estava morta.

Ela pensou em Dave e Sandy Jordan, se perguntou se a polícia já teria dado a notícia a eles. Ayaan teria sido a responsável por fazer isso. A polícia aguardaria um horário mais apropriado para acordar a família Jordan com as piores notícias que receberiam em sua vida ou Ayaan já teria ido à casa deles e voltado? Elle se preparou para perguntar, mas as palavras ficaram presas na garganta. Não importava se eles já sabiam ou não, o resultado seria o mesmo. O casal ficaria devastado.

Ronny trouxe a caneca de chá de hortelã e colocou-a na frente de Elle com um sorriso triste. O aroma refrescante desentupiu seu nariz que estivera congestionado depois das horas de choro. Ela segurou a caneca com as duas mãos e levantou os olhos para Ayaan.

A comandante tinha um olhar firme e sua caneta estava pronta para tomar notas. — Conte-me o que aconteceu.

Entre goles de chá, Elle contou sobre como Martín voltara para casa depois de ter sido chamado até o local de um assassinato, contou sobre a conversa com ele na cama, sobre a campainha e sobre como encontraram o corpo de Amanda. Ela não se lembrava de quando dormira pela última vez, mas a hortelã e a adrenalina dispararam uma descarga elétrica por seu corpo, fazendo com que ela falasse depressa e sem filtros. Ela terminou o relato falando sobre a mensagem que enviara a Ayaan depois de eles terem telefonado para a emergência.

Ayaan permitiu que o silêncio pairasse entre elas por alguns instantes. Ela terminou uma anotação e voltou a olhar para Elle. — Percebi que não mencionou o que fez ontem no início do dia. O tempo que passou com o detetive Hyde.

Elle ficou imóvel, interrompendo no meio do caminho o movimento de levar a caneca aos lábios. Ela pousou a caneca na mesa devagar. — Ah.

— Pois é. Eu e Sam tivemos uma conversa interessante. Aparentemente você não contou a ele que eu te pedi para deixar o caso de Amanda. — Ayaan inclinou a cabeça para o lado e manteve o olhar em Elle.

Elle tomou um gole maior do que pretendia e queimou a garganta. Seus olhos lacrimejaram enquanto ela tentava não tossir. — Desculpe. Conversamos no saguão e ele me perguntou se eu havia descoberto algo sobre Leo, e então tive um palpite do lugar para onde a van estava indo nas filmagens das câmeras de segurança... Eu só queria ajudar. Desculpe. Não tenho justificativas.

Elas olharam uma para a outra em silêncio. Por fim, Ayaan assentiu. — Suponho que não seja o momento ideal para falar sobre isso. Mas você devia ter imaginado que eu descobriria. Queria que você mesma tivesse me contado.

— Você me conhece, Ayaan. Sou do tipo de pessoa que prefere pedir desculpas a pedir permissão.

Ayaan pareceu frustrada. — Se quisermos trabalhar juntas no futuro, não pode agir dessa forma comigo. Eu a considero uma amiga, Elle, não apenas uma colega. Queria que confiássemos uma na outra.

Elle olhou para o líquido esverdeado em sua caneca, brincando com o fio do sachê de chá. — Tem razão. Não vai acontecer de novo.

Ela queria que fosse verdade, mas a promessa soara superficial. Havia tanta coisa que Ayaan não sabia sobre ela. Talvez, se Elle tivesse confiado em Ayaan antes, Amanda ainda estivesse viva. Assim que o pensamento surgiu ela fez questão de reprimi-lo. Ela fizera o melhor que pôde com as informações que tinha. Sentir culpa não traria Amanda de volta e não a ajudaria a encontrar Natalie.

Ayaan pigarreou. — Consegue imaginar alguma razão pela qual o corpo de Amanda teria sido deixado à sua porta?

— Eu... Martín e eu estávamos conversando sobre isso naquele exato momento. Pensamos que talvez o ACR estivesse me atacando por estar falando sobre ele no podcast. Mas eu estava errada a respeito dele, Ayaan. Me desculpe. Eu estava muito certa disso, mas não é o ACR. A vítima aparecer cinco dias depois, sem marcas de açoitamento e morta por asfixia? Não faz sentido.

— Como sabe que ela foi asfixiada?

— Martín. Foi o palpite dele, pelo menos. — Os dedos de Elle tremiam ao segurar a caneca.

Ayaan assentiu, escrevendo algo.

Elle continuou: — Então eu não sei. Se não é o ACR, não entendo a razão pela qual eu seria o alvo. O único outro motivo que consigo imaginar é... — Ela parou de falar, balançando a cabeça. O pensamento pairava em sua mente havia algumas horas, horrível demais para ser dito em voz alta.

— O quê? — Ayaan se inclinou sobre a mesa. — Em que está pensando?

— Com certeza estou exagerando. — Elle desviou o olhar, analisando o espelho que havia atrás de Ayaan. Ela se perguntou se Sam estaria do outro lado, observando-a, e então reprimiu a ideia. Ela não estava sendo interrogada. Por fim, disse: — Tenho recebido alguns e-mails ameaçadores ultimamente. Algumas mensagens nas redes sociais. Tina reportou algumas para a polícia, mas, da última vez que falamos sobre isso, a maioria dos endereços de IP vinham de outro estado. Algumas vinham até mesmo de outros países.

— Por que não mencionou isso antes?

Elle olhou para Ayaan, surpresa ao perceber que Ayaan parecia preocupada. — Eu recebo ameaças o tempo todo por causa do meu trabalho. Pensei que o aumento de mensagens fosse porque o podcast se tornou mais popular e estava ganhando ouvintes. Além disso, as conversas sobre o ACR sempre atraem *haters*. Não imaginei que fosse relevante para nossa investigação, e, como eu disse, Tina reportou aqueles que pareciam saber onde eu morava.

— Mas você estava preocupada com sua segurança. Não achou que eu deveria ficar sabendo?

— Uma garotinha estava desaparecida, Ayaan. Comparado a isso, meus motivos para preocupação pareceram pequenos. Ainda parecem. — Elle limpou a garganta tentando dissipar o aperto causado por outra onda de pesar. — Se alguém tiver sequestrado Natalie para me castigar por causa do podcast... — A crueldade das pessoas não deveria surpreendê-la hoje em dia, mas algumas vezes ela ainda se espantava.

— Certo, Elle. Quando chegar em casa, por favor, me envie tudo o que você e Tina consideraram alarmante, inclusive as coisas que vocês reportaram aos outros departamentos. Vou entrar em contato com eles para avisar que nós daremos continuidade.

Ayaan cruzou as mãos sobre o caderno. Seu rosto estava sério e Elle encolheu os ombros sob seu olhar. Era uma das únicas vezes em que ela vira Ayaan parecer hesitante.

— O que houve? — perguntou Elle.

— Bom, não sabíamos sobre as ameaças on-line, então essa é mais uma possibilidade. Mas eu e Sam chegamos a uma outra teoria que quero compartilhar com você. Na verdade, as duas podem se encaixar.

Elle assentiu para que Ayaan continuasse.

— Estamos alinhados no que se refere a esse caso estar relacionado ao seu podcast. Levando em consideração seu relacionamento próximo com a segunda vítima e o fato de que a primeira vítima apareceu morta em frente à sua casa, isso é quase indiscutível. Mas vemos isso de um ângulo diferente. Acreditamos que é possível que alguém esteja se inspirando nos métodos do ACR e continuando o legado da contagem regressiva dele, por assim dizer.

Elle não sabia o que dizer. A possibilidade lhe passara pela cabeça antes, mas até então todos os detalhes dos sequestros estavam tão alinhados com o ACR que parecia óbvio que fosse ele. Mas um erro crasso como esse — apresentar um corpo dois dias antes quando o ACR nunca fizera isso — indicava um imitador descuidado.

Ayaan prosseguiu: — Você mesma disse que o sequestrador de Amanda e Natalie não poderia ser o ACR, já que ele não apresentaria suas vítimas tão cedo. Mesmo que ele tenha acidentalmente matado uma delas antes do previsto, ele a teria colocado em um lugar público no sétimo dia. Essa é a única parte do padrão dele que não mudou nem uma vez sequer.

— Sim. — Os pensamentos de Elle estavam a mil por hora. Ela tentava juntar as peças do quebra-cabeça e entender o que isso queria dizer. Ayaan tinha razão: ainda fazia sentido levar em conta as ameaças on-line. Se o imitador tinha um problema com o podcast e queria feri-la, não haveria maneira melhor do que reproduzir os métodos horripilantes do vilão da temporada.

— Mas não podemos negar o fato de que o assassino realmente copiou alguns dos métodos do ACR — disse Ayaan. — Você estava certa sobre as semelhanças: os sequestros com três dias de intervalo, continuar da idade em que o ACR parou vinte anos atrás. Sendo um imitador, ele quer o que todos os imitadores criminosos querem: a fama e a notoriedade de seus ídolos. Qual a melhor maneira de conseguir isso do que usar um suposto retorno para atacar a pessoa responsável por fazer com que o assassino viralize em 2020? Todas as informações da qual ele precisa para ser o ACR estão ao alcance dele.

Elle se sobressaltou. — Ao alcance dele? Você quer dizer no *Justiça Tardia*? Está dizendo que o assassino aprendeu a copiar os assassinatos do ACR ouvindo meu podcast?

A expressão no rosto de Ayaan era sombria. — É possível que sim, não acha? As autoridades sempre temeram que séries como *Criminal Minds* dessem ideias demais sobre como cometer um assassinato. Por que assassinos não se inspirariam também em podcasts de true crime?

— Mas não divulgo informações sobre os métodos dele ou padrões que não estão publicamente disponíveis. — Seus batimentos se aceleraram e ela conseguia ouvir o pânico em sua voz, mas estava exausta demais para contê-lo. — Além disso, eu não glorifico o assassino como muitos programas por aí. Estou buscando justiça para as vítimas, não estou tentando contar a história sensacionalista de um serial-killer.

Ayaan mordeu o lábio inferior, pensativa. Em seguida, assentiu. — É verdade. Não estou em dia com a última temporada, mas você sempre fez um bom trabalho ao manter o foco nas vítimas em vez de nos criminosos.

— Sempre foi minha intenção — disse Elle. Ela correu os dedos pelo cabelo, puxando-os sutilmente. A dor repentina ajudou seu cérebro a manter o foco. Apesar das palavras tranquilizantes de Ayaan, seu corpo ainda transbordava fúria. Cada palavra dita por ela no podcast e cada detalhe compartilhado com seus milhares de ouvintes pareciam ecoar em sua mente como o coro de uma multidão. Ela estava errada. Esse caso era diferente e ela sabia. Um usuário no Twitter insinuara justamente isso há poucos dias.

— Aquele verme — disse ela com desprezo. — Vou acabar com ele.

35

Podcast *Justiça Tardia*
19 de janeiro de 2020
Transcrição: Episódio bônus, quinta temporada

ELLE
O corpo de Amanda Jordan foi deixado à minha porta esta madrugada. Agora as evidências não deixam dúvidas de que ela foi sequestrada pelo mesmo homem que sequestrou Natalie Hunter.

Quando assumi essa responsabilidade, a de caçar monstros que ferem crianças, eu sabia que correria alguns riscos. Eu sabia que estaria me colocando em perigo. Mas nunca imaginei que isso poderia fazer com que duas famílias perdessem filhas tão preciosas — uma delas para sempre. Nunca serei capaz de expressar o quanto lamento a perda que essa família sofreu.

O corpo de Amanda à minha porta é a única prova de que eu preciso. Eu sou o alvo do homem que sequestrou as duas meninas. Ele é ouvinte do podcast, disso tenho certeza. Não sei se você é um dos *haters* que me ameaçam nas redes sociais e que me ameaçam de morte por e-mail ou se você é esperto o suficiente para não usar meios que possam fazer com que seja rastreado. Não sei se usou os detalhes deste podcast como inspiração, mas suspeito que, independentemente da razão pela qual você sequestrou essas garotas, sua intenção é fazer com que eu me sinta culpada.

Esse é seu plano. Você fez parecer que o Assassino da Contagem Regressiva voltara à ativa para me fazer sofrer, para acabar com minha credibilidade. Queria que eu me humilhasse, que eu fosse uma fonte de alarmismo e espalhasse pânico entre as pessoas. Mas você quebrou a estrutura ao assassinar Amanda antes do previsto. Não conseguiu se controlar, não conseguiu seguir os padrões meticulosos do ACR. Você gosta do caos, não é?

Mas não sabe com quem está se metendo. Não sabe quem sou.

Vivi pelas últimas duas décadas sem que quase ninguém conhecesse minha verdadeira identidade, mas os segredos acabam aqui, porque quero que saiba que vai perder. Pode estar com a garota mais importante do mundo para mim, mas você subestima até onde eu chegaria para tê-la de volta. Você não faz ideia do que eu faria para encontrá-la. Não enquanto não souber quem sou.

Sou Eleanor Watson.

Há vinte e um anos, eu estava brincando na casa de uma amiga quando um homem bateu à porta e perguntou por mim. Ele me disse que precisava me levar para casa, que minha mãe precisava que eu fosse embora. Ele disse que era um amigo do meu pai, então não teria problema. Eu o acompanhei. Em vez de me levar para casa, ele me dopou e eu acordei em um chalé com outra garota que estava lá havia vários dias. Jessica Elerson, a última garota a ser morta pelo *verdadeiro* ACR. Eu não consigo me lembrar do rosto dele, mas eu me lembro de Jessica — de cada curva e cada covinha do rosto dela. Estou fazendo isso por ela, por todas as outras que vieram antes de mim e não tiveram a mesma sorte que eu tive. Por que motivo eu teria sobrevivido se não para deter homens como você, homens que pensam que têm direitos sobre nossos corpos e nossas vidas?

Por isso criei este podcast — e não existe chance no universo de que um ser desumano como você me amedronte o suficiente para que eu pare.

Eu venci o ACR. Acha mesmo que não consigo derrotar um imitador mequetrefe como você?

36

Elle
19 de janeiro de 2020

Assim que terminou de gravar o episódio, ela enviou um e-mail para Tina com o link do arquivo de áudio. No assunto havia apenas uma frase: *para publicação imediata*. Não havia necessidade de edição ou design de som além do básico, mas sua produtora fizera o upload dos episódios nos últimos dois anos, por isso seria definitivamente mais rápido se fosse feito por suas mãos experientes.

Depois disso, Elle começou a fazer o download de todos os e-mails classificados com a *tag* vermelha e salvou algumas capturas de tela dos tweets e mensagens mais graves. Aquela que ela abrira havia alguns dias, *Cuidado com o que deseja*, saltou aos olhos mais uma vez. Era sinistra em sua simplicidade, mas algo mais a incomodava naquilo — ela não sabia dizer o quê. Ela arrastou tudo para uma pasta intitulada ESCÓRIA e enviou um e-mail para Ayaan com o link, copiando Tina, para que ela soubesse que algo estava sendo feito. Se houvesse alguma chance de o assassino ter sido idiota o suficiente para entrar em contato com ela, os analistas de tecnologia forense talvez conseguissem rastreá-lo.

Era pouco mais de meio-dia. Elle se levantou e se virou para a Parede do Luto, encarando-a. Ela tinha adicionado fotos de Kerry ao lado das de Beverly havia apenas algumas semanas. Ele sorria em uma foto da época em que era calouro na faculdade. Kerry era jovem e teria uma vida promissora, mas isso nunca se concretizou. Alguém tivera coragem de tirar proveito da história dessas vítimas, dessas vidas jovens que foram ceifadas, para atingi-la, para obter um senso doentio de notoriedade para si mesmo. Alguém matara Amanda e levara Natalie, e essa pessoa soubera como fazer isso por causa dela.

Elle pegou o celular no bolso. Martín havia enviado uma mensagem enquanto ela conversava com Ayaan para dizer que fora ao necrotério a fim de acompanhar a autópsia de Amanda. Essa era a única mensagem. Depois de responder, ela enviou uma mensagem breve a Sash.

SINTO SUA FALTA. ME DESCULPE. VOCÊ ESTAVA CERTA. ESTOU FAZENDO TUDO O QUE POSSO PARA TRAZER NAT DE VOLTA PARA CASA.

Quando pressionou o botão para enviar, ouviu uma notificação vinda do computador. Era uma chamada de Tina.

— Então finalmente está pronta para contar ao mundo — disse Tina, assim que Elle aceitou a chamada.

Elle estudou o rosto da amiga do outro lado da tela. Tina estava séria, mas não parecia chateada. — Como ouviu tão rápido?

Tina gesticulou com a mão. — Ah, por favor, vivo de ler os e-mails que você me manda. — Ela sorriu para Elle através da câmera. — Está se sentindo bem? Por abrir o jogo sobre quem você é, quero dizer.

— Não muito. Estou com vontade de vomitar.

— Por quê? O monólogo ficou animal. Adicionei uma trilha sonora fantástica.

Elle balançou a cabeça sem conseguir conter uma risada ansiosa, mas voltou a ficar séria no instante seguinte. — Ayaan acha que talvez ele tenha começado a matar depois de ter ouvido o podcast. Como... como se meus episódios o tivessem treinado para ser como o ACR.

O rosto de Tina se endureceu. — Isso não faz o menor sentido e você sabe disso. Se alguém quisesse aprender a cometer crimes como o ACR, bastaria acessar o Reddit ou a Wikipédia. Você não vai se culpar por isso, Elle. Desde o começo você não fez nada além de tentar resolver esse caso.

— E olha só no que deu. Estou fazendo tudo errado. As pessoas que se aproximam de mim acabam morrendo ou desaparecendo. Tem certeza de que não quer desligar?

Tina revirou os olhos em resposta. — Beleza, mas falando sério. Liguei para confirmar antes de dar *enter*. Quer mesmo que eu publique esse monólogo? Pensou sobre isso? Porque estou vendo só de olhar para você que provavelmente não se lembra quando foi a última vez em que dormiu, e você teve uma noite terrível ontem.

Elle encarou a tela. Por alguma razão, as palavras de Tina a deixaram com vontade de desabar no chão e chorar. Em vez disso, ela apenas acenou positivamente com a cabeça. — Sim. Publique.

— Você é quem manda. — Ainda na chamada, Tina clicou o mouse algumas vezes. Elle assistia pelo reflexo de seus óculos enquanto ela mudava de uma janela para outra. — Feito.

Elle soltou um longo suspiro. — Tudo bem. Ótimo. — Caralho. Ela realmente fizera isso. Talvez ela tivesse acabado de destruir a própria vida, mas naquele exato momento ela se sentia em êxtase.

— Parabéns, Nora. — Tina se inclinou para mais perto da câmera com um olhar travesso típico dela. — Falando nisso, tenho novidades para você. Mas é segredo. Tenho um amigo que trabalha no Departamento de Apreensão Criminal de Minnesota, e, aparentemente, eles vão divulgar amanhã, em uma coletiva de imprensa, que receberam os resultados do teste de DNA feito no homem encontrado no chalé.

— O quê? Eles te disseram quem ele é?

— Bob Jensen: aquele do nome falso, Stanley. O cara que deu no pé com a amante do escritório.

Elle se recostou na cadeira. — Eles... eles acham que ele era o ACR?

Tina negou com um gesto de cabeça. — Não poderia ser. Ele era VP de vendas na empresa dele. Morou fora durante todo o ano de 1997 e não voltou para Minnesota até o fim de 1998. Não tem chances de ele ser o ACR.

— Isso significa que, se os boatos do escritório sobre o caso dele e da colega eram verdadeiros, a mulher provavelmente era casada com o Assassino da Contagem Regressiva. Você se lembra de como disseram que Jensen estava indo pra cama com uma mulher casada?

— Sim, eu me lembro.

— Caralho. — Em qualquer outro momento, ela teria se sentado no escritório e gravado espontaneamente um episódio não programado para o podcast. Esses eram os melhores, os que receberam as melhores avaliações nas temporadas anteriores, quando ela encontrava uma nova evidência que mudava tudo em um caso. Mas ela se sentia enjoada com a ideia de liberar um novo episódio naquele momento. Ela precisava manter o foco em encontrar Natalie.

Tina encarou a câmera. — E então, ainda está ajudando naquela investigação?

— Não, Ayaan praticamente me expulsou da delegacia. — Elle resumiu os seis dias anteriores, incluindo todos os detalhes que descobrira sobre Amanda e a razão pela qual ela fora expulsa do caso por Ayaan. Ela também falou sobre a conversa com Eduardo e sobre a possibilidade de o assassino ter trabalhado na Universidade Mitchell.

Quando Elle terminou, Tina respondeu com um assovio. — Bem, o que estamos esperando? Já verificou os registros dos funcionários deles?

— Eu tentei ontem à noite, mas o site deles é uma bagunça.

Com um riso sugestivo, Tina voltou os olhos para o monitor. Algo surgiu na tela e no momento seguinte Elle estava vendo a área de trabalho dela em seu próprio computador. Tina compartilhou sua tela com Elle enquanto acessava o site da Universidade Mitchell e navegava até a seção de funcionários. Como Elle havia visto na noite anterior, havia centenas de links para diferentes perfis e era impossível saber se a página sequer estava atualizada. Uma intimação solicitando os registros da universidade resultaria em melhores informações para a polícia, mas isso poderia levar semanas.

— O que você sabe sobre a pessoa que procura? — perguntou Tina.

Elle reproduziu mentalmente a conversa com Eduardo. — Só que ele é provavelmente um homem branco de meia-idade.

Tina riu ironicamente — Ainda bem que isso é difícil de encontrar na academia.

Apesar de tudo o que acontecera naquele dia, Elle sorriu. — Nem me fale. Ah, sei também que ele tinha uma chave para o prédio de física. Prédio J. Mas não sei ao certo se ele é estudante ou zelador ou professor ou qualquer outra coisa. A testemunha nos disse que só era permitido o acesso de funcionários antes das dez da noite, e aparentemente o homem abordou a testemunha por volta da uma da manhã.

— Então podemos descartar pelo menos os estudantes — disse Tina.

Elle assentiu. — Em teoria, sim. A menos que um estudante consiga o passe de acesso de outra pessoa.

— Mas se formos analisar todos os cenários hipotéticos, pode ser literalmente qualquer um. Somente funcionários que trabalham naquele prédio podem ter acesso a ele durante a noite ou qualquer funcionário da universidade pode fazer isso?

— Não sei.

Elle via o rosto focado de Tina no pequeno quadrado de vídeo ao lado da tela compartilhada. — Esta é a página das disciplinas de matemática e física.

— Cheguei nisso ontem à noite, mas foi aí que empaquei. O nome do professor responsável está informado ao lado de cada disciplina, mas não consegui encontrar um link com informações de todo o corpo docente e não tive energia para ver dezenas de disciplinas, um por um.

— Hm, deve haver algo aqui... — Tina digitou algumas coisas e deu mais alguns cliques.

— Ei, o que é aquilo? — Elle se sentou na beirada da cadeira. — Ali, onde diz "conheça nossa equipe?"— Havia um link perdido em um bloco de texto na página principal do curso de física.

Tina clicou no link e se recostou na cadeira com um sorriso de vitória no rosto. Na tela surgiu uma página com fotos, nomes e perfis de cerca de trinta homens e mulheres.

Elle leu o título da página em voz alta: — *Corpo Docente dos Cursos de Física e Matemática*. Bom, você demorou longos dois segundos para encontrar isso.

— Você teria levado dois segundos também se andasse dormindo.

— Shhh — respondeu Elle, estudando a lista de nomes. Pelo menos dois terços dessas pessoas se encaixavam na descrição dada por Eduardo. Tina rolou a tela e um novo rosto apareceu.

— A menina que viu o homem conversando com a Amanda não disse que ele era calvo? Tem, tipo, uns dez caras calvos aqui.

— Espere... — sussurrou Elle.

Tina parou de movimentar a barra de rolagem. — Achou algo?

Elle apontou para a tela. — Já vi esse cara. O terceiro de baixo para cima, com uma camisa de colarinho branco. Dr. Stevens. Estive na casa dele na semana passada. Ele é o homem com quem Luisa Toca estava saindo, segundo a mãe dela.

— Luisa Toca? A ex-mulher de Leo?

— Sim — disse Elle, encarando a foto. O homem tinha a barba feita e não estava usando boné como no dia em que ela o visitara, mas ela o reconheceu mesmo assim. — Ele me disse que era vizinho da mãe de Luisa e que flertou com a filha uma vez. Deduzi que a mãe dela tinha se confundido. A explicação dele bateu.

— Hm, que esquisito. Mas você sabe, Minneapolis é a típica pequena grande cidade. E há vários homens aqui que se encaixam na descrição.

— É verdade. — Mesmo assim, Elle abriu o retrato falado no celular e posicionou o aparelho ao lado do monitor, segurando-o na altura da foto do homem. Ela balançou a cabeça, desapontada. — Ele não tem nada a ver com o retrato falado. Mas o cara três fotos acima tem. Ao menos um pouco. Dominic Jackman.

— Massa. Por que não vai até a casa de Stevens novamente para checar se ele tem um álibi? Vou continuar investigando os outros carequinhas.

37

Natalie
19 de janeiro de 2020

Natalie estava sozinha.
    Ela tremia no escuro, encarando a fresta na porta. Horas se passaram desde a última vez que ela fora aberta. O andar de cima estava silencioso. Ela não ouvia passos. Esta poderia ser sua única chance.
    Até ontem, ela e Amanda haviam concordado em esperar por resgate. Natalie lera vários livros de true crime que pegara escondido do estúdio de Elle, por isso sabia que as chances de que elas conseguissem escapar por conta própria eram baixas. Ela aconselhou Amanda a não deixar o homem com raiva repetidas vezes. Elle nunca pararia de procurar por ela. Ela daria um jeito, usaria o podcast para encontrar o homem que as sequestrara. A ajuda estava a caminho, elas só precisavam esperar.
    Mas isso foi ontem.
    Ela se perdera no tempo, mas tinha quase certeza de que uma noite inteira se passara desde que o homem matara Amanda. As duas ficaram presas no porão pelo que pareceu dias, sem janelas que deixassem entrar luz ou escuridão que indicassem a passagem do tempo. Amanda estava doente, chorando e vomitando no vaso sanitário nojento que era o único móvel no quarto além da cama. Elas não tinham comida e Amanda havia tomado quase toda a água disponível na tentativa de repor fluidos.
    Depois de ignorá-las por horas, o homem finalmente abrira a porta. Ele trazia uma tigela para cada uma com um mingau marrom. Depois de comer um pouco, Amanda decidiu fazer o exato oposto do que Natalie sugerira. Ela jogou a tigela quente contra o homem gritando com todas as forças de seus pulmões e se debatendo na cama enquanto ele tentava acalmá-la e Natalie se mantinha encolhida, fraca de medo e fome. Quando Natalie teve certeza de que os vizinhos ouviriam os gritos, ainda que não tivessem ouvido antes, ele subiu na cama, imobilizou o corpo de Amanda com o seu e tentou cobrir a boca dela com as mãos. Ela o mordeu e ele gritou de dor, depois pegou o travesseiro que as duas

dividiam e o pressionou sobre o rosto dela. Ela chutou, se debateu e gritou com uma intensidade que Natalie nunca ouvira antes. Finalmente, depois de vários minutos, ela ficou imóvel.

O homem a deixou no porão e correu escada acima. Natalie conseguia ouvi-lo andando de um lado para o outro, seus passos fazendo com que as tábuas do andar superior rangessem acima de sua cabeça. Quando ele voltou, não olhou para ela. Natalie permaneceu onde estava quando Amanda arremessou a tigela, com o rosto enterrado nos joelhos, até que ele se foi. Amanda não estava mais na cama quando ela abriu os olhos novamente.

Natalie estava sozinha.

Ela se sentou na cama e ouviu com atenção, esperando os sons dos passos dele. Nada. Ele estava furioso quando saiu ontem e não voltara com comida ou água. Ela tinha quase certeza de que ele nem sequer estava na casa. Se ele não voltasse, se Elle não aparecesse logo, ela poderia morrer ali.

Essa era sua chance. Não havia janelas no porão e a porta que dava para a casa estava muito bem trancada, mas havia um duto de ventilação bem no alto, próximo ao teto.

Natalie empurrou a cama para o outro lado do quarto e o metal da estrutura guinchou contra o chão de concreto. Ela pegou o balde grande onde Amanda vomitara quando estava fraca demais para sair da cama e despejou o conteúdo no vaso sanitário. Não havia pia para enxaguá-lo, então ela o virou de cabeça para baixo em cima do colchão. Ela não dormiria aqui outra vez de qualquer forma.

O balde balançou quando ela subiu em cima dele, mas ela conseguiu se equilibrar apoiando as duas mãos abertas na parede. Uma das colunas da cama à direita dela estava quebrada, e sua ponta afiada em formato de lança apontava para o teto. Se caísse sobre aquela coluna, estaria morta. Quando conseguiu se equilibrar, ela esticou o corpo e puxou a grade do duto. No começo, ela não cedeu. Então Natalie deu um soco na grade, machucando a mão. A grade precisava sair.

Então, com um golpe decisivo, o metal se soltou e despencou, quicando no colchão antes de cair no chão.

Natalie prendeu a respiração, fitando o teto. Não ouvia som de passos vindos da casa.

Mais uma vez ela se esticou, mas, dessa vez, para se apoiar na parte interior do duto. Estava empoeirado e um pouco escorregadio sob suas mãos suadas, mas ela conseguiu segurar firme. Mas o que ela faria para erguer o corpo? Não havia nada em que ela pudesse se apoiar na superfície lisa da parede.

A parede.

Com o coração disparado, Natalie desceu de cima do balde e o segurou, tomando cuidado para manter as mãos secas enquanto o arremessava na parede.

Ela bateu inutilmente três vezes antes de finalmente arrancar um pedaço do gesso. Natalie golpeou a parede com o balde outras duas vezes até que um buraco suficientemente satisfatório se abriu, apenas o bastante para que ela conseguisse encaixar um ou dois dedos do pé. Colocando o balde sobre a cama novamente, ela voltou a escalá-lo. Dessa vez, quando conseguiu se segurar na parte interna do duto, Natalie ergueu a perna esquerda e apoiou a ponta do pé no buraco. Então ela tensionou seus músculos e tentou erguer o corpo ao longo da parede.

Ela escorregou, reprimindo um grito, embora já estivesse fazendo muito barulho. Natalie praticou por dias para conseguir conter os gritos. Seus pés aterrissaram sobre o balde novamente. Um cheiro de urina tomou conta do porão. Inicialmente ela imaginou que fosse proveniente do balde, mas percebeu que, na verdade, ela tinha urinado na roupa. Seus olhos foram invadidos por lágrimas e sua visão ficou turva. Ela se sentiu como um bebê, como um animal, como ambos. Ela deveria ser mais forte do que isso. Ela tinha uma vantagem que Amanda não teve. Ela lera os livros, aprendera sobre os monstros. Ela deveria ser mais destemida do que estava sendo.

Depois de fazer uma rápida oração, Natalie respirou fundo, se esticou novamente e, dessa vez, não parou para pensar: deu um impulso como se fosse uma criança fugindo do valentão da escola, e deu certo. Ela sentiu uma dor lancinante nos músculos da panturrilha esquerda e nos ombros ao fazer força para subir até o duto, mas ela chegou lá. De barriga para baixo, ela ficou parada por um segundo, ofegante. Mas apenas por um segundo.

Esse duto não servia como aquecedor. Os aquecedores ficavam no chão. Ela esperava que isso significasse que ele servia para ventilação, e que, portanto, a levaria para o lado de fora, para o ar gelado de inverno e para sua liberdade.

Arrastar-se por dentro do duto foi mais fácil do que entrar nele. Ela se arrastava usando os joelhos e os cotovelos, parando de vez em quando, alerta para qualquer som que não fosse sua respiração pesada. Natalie foi tomada por um súbito pânico quando o túnel do duto terminou em uma parede, mas ela logo percebeu que ele apenas havia mudado de ângulo e que agora ia para cima. Ela ficou de pé e tateou no escuro até sentir a borda de outro túnel na altura do peito. Apoiando as duas mãos, ela puxou o corpo para cima e entrou no túnel seguinte.

Minutos mais tarde, ela sentiu correntes geladas de ar dançando em seu rosto suado. Ela estava chegando perto. O cheiro de neve fez com que ela rastejasse mais rápido, deixando escapar risinhos de euforia à medida que o ar ficava cada vez mais gelado.

Então lá estava ela, batendo na grade do lado de fora da casa, onde quer que ela estivesse. Ela se esquecera completamente do barulho, de manter o silêncio, porque agora ela estava ali e conseguia respirar ar fresco e limpo, tão diferente do fedor de morte e esgoto e vômito que impregnaram seus pulmões por dias. Ela passou pela grade quebrada e aterrissou na neve, ficando deitada e imóvel por um momento enquanto o brilho intenso do mundo exterior queimava suas retinas. Flocos de neve caiam sobre seu corpo de pijama.

Então ela ouviu um som de neve sendo esmagada. Era inconfundível. Aquele som devia fazer com que ela se lembrasse de guerras de bola e trenós e xarope sendo derramado sobre uma tigela de neve fresca, mas, em vez disso, ela sentiu que facas de medo dilaceravam sua pele. Antes mesmo que ela pudesse se levantar, ele a segurou pela nuca, sua mão como uma pinça quente em contato com a pele dela.

— Que espertinha — sussurrou ele. Ele a pegou nos braços como um bebê, como se ela tivesse desmaiado e ele a estivesse ajudando. Seus olhos vasculharam os arredores sob a luz da manhã, mas ela só conseguiu enxergar casas suburbanas com portas fechadas e janelas com cortinas, assim como todas as casas em seu bairro e provavelmente em todos os bairros de Minnesota. Ela não reconheceu o lugar. Não fazia ideia de onde estava e ninguém sabia que ela precisava de ajuda.

Natalie abriu a boca, preparada para gritar, mas a voz dele a paralisou, soando grave e ameaçadora. — Se der um pio vou arrancar todos os dentes da sua boca e, por último, vou arrancar sua língua.

Ela fechou a boca depressa enquanto lágrimas inundavam seus olhos. O homem abriu a porta da frente mesmo com as mãos sob o corpo dela e atravessou a casa com Natalie nos braços. O cheiro de produtos de limpeza e de brócolis fez com que o estômago dela se agitasse.

Ela ainda estava imóvel, incapaz de se mover ou de protestar, quando ele a jogou de volta no colchão imundo. Sob a luz fraca do porão, ele a olhava como se ela fosse um cão desobediente.

— "Se levantará na presença dos anciãos e honrará a presença dos mais velhos, e temerá seu Deus." — A voz dele ressoou pelo porão apertado. — Você não fugirá de seu propósito. Você não me desafiará. Ninguém me desafiará outra vez.

Ele saiu e trancou a porta. No momento seguinte ela ouviu um estrondo lá fora, seguido do som de uma furadeira.

Ele estava selando a única saída.

38

Elle
19 de janeiro de 2020

Quando finalmente partiu em direção a Falcon Heights, Elle se sentia meio grogue. Sua cabeça estava pesada depois de dormir por algumas horas, sob muita insistência de Tina. Seu corpo implorava para dormir mais, mas ela só podia responder com um grande copo térmico de café para viagem que ela tinha na mão.

Enquanto tomava um gole, seu celular vibrou sobre o painel. Ela recebia ligações e mensagens a todo minuto. Deu uma olhada quando parou no semáforo: notificações de jornalistas e blogs que ela entrevistara no passado tomavam sua tela. Havia e-mails da rede de podcast, do detetive Sykes, de cerca de milhares de ouvintes. Seu antigo nome, seu verdadeiro nome, estava nos assuntos do momento no Twitter. A mensagem de Angelica, irmã de Martín, foi a única que abriu.

ESTOU ORGULHOSA DE VOCÊ. HÁ REPÓRTERES EM FRENTE À MINHA CASA, MAS NÃO DIREI NADA ANTES DE FALAR COM VOCÊ.

— Merda — murmurou Elle. Ela respondeu com uma mensagem curta, agradecendo e dizendo à cunhada que em breve conversariam. Naquela manhã, ela tivera certeza de que divulgar o episódio fora a decisão certa, mas ela não se dera conta de que sua vida não seria a única a ser afetada quando ela contasse ao mundo quem era de verdade. Não havia mensagens de Martín, mas ele provavelmente estava recebendo muitas delas também.

Ela desligou o celular e o colocou sobre o painel novamente. Ela teria que encarar as perguntas em algum momento, mas haveria tempo para isso mais tarde.

Quando chegou à casa do dr. Stevens, as cortinas estavam fechadas e não havia carros à vista. Elle se aproximou e tentou espiar pelas janelas da porta da garagem, mas estava muito escuro para enxergar se havia algum carro lá dentro.

Ela se dirigia até a casa quando parou no meio do caminho, olhando para o chão. Indo para o sentido oposto da porta de entrada, havia pegadas levemente cobertas por neve fresca. Olhando de relance para a porta outra vez, ela se virou e seguiu as pegadas dando a volta na casa, feliz por estar usando botas.

Na lateral da casa, as pegadas pararam ao lado de um anjo de neve no chão. Ela se lembrou de quando era criança, antes do ACR, antes de sua infância interrompida, quando corria para fora depois de uma nevasca e se jogava no gelo, balançando os braços e pernas para cima e para baixo para criar formas angelicais na neve em seu quintal.

Dr. Stevens tinha um filho, ou talvez um neto, considerando sua idade. Isso disparou algo no cérebro de Elle e ela foi tomada por dúvida. Talvez não devesse estar ali. Parecia que o dr. Stevens nem sequer estava em casa, e ela não tinha certeza do que perguntaria a ele se estivesse. Ele poderia se encaixar vagamente na descrição de Danika, mas ela podia dizer o mesmo de vários outros homens do corpo docente. Ele nem sequer era completamente calvo; sua foto mostrava um anel escuro de cabelo ao redor da cabeça. Um donut humano, segundo Tina, o que fizera Elle rir até chorar.

Mesmo assim, deveria significar alguma coisa que tanto o assassinato de Leo quanto as investigações do caso de Amanda a tinham conduzido até ali. Ela tinha que, pelo menos, bater à porta. Caso contrário, seria sempre algo não concluído em sua mente.

— É só mais uma tarefa para ser riscada da lista — murmurou para si mesma, caminhando de volta para a frente da casa. Ela bateu à porta.

Um minuto mais tarde, uma mulher da idade de Elle apareceu. Ela abriu a porta de entrada, mas não a tela, e olhou para Elle através dela. — Sim? — perguntou.

Seu cabelo fino era um emaranhado de fios loiros. Ela tinha olheiras cinzentas sob olhos vermelhos e usava apenas uma camiseta e um shorts de algodão, apesar da temperatura congelante.

— Hm, olá. Meu nome é Elle Castillo. Gostaria de falar com o dr. Stevens.
— Ele não está.

Elle franziu as sobrancelhas. Era estranho que ele não houvesse mencionado essa mulher quando ela esteve aqui anteriormente perguntando por Luisa. Eles provavelmente já estavam juntos se o homem confiava nela o suficiente para deixá-la sozinha em sua casa. Mas, é claro, caso ele estivesse mantendo um caso com uma de suas alunas era de seu interesse manter isso por baixo dos panos.

A mulher se precipitou para fechar a porta.

— Não, espere! — Elle esticou o braço. — Por favor, preciso só de um minuto de seu tempo. Posso entrar?

A mulher loira respondeu com um gesto de cabeça negativo, seus olhos arregalados. — Não, ele não gostaria disso. Não deveria estar falando com você.

Os pelos da nuca de Elle se eriçaram quando reconheceu o medo nos olhos da mulher. Era algo que ela vira muitas vezes nos acompanhamentos quando trabalhava no SPC, depois de ser informada pela polícia sobre casos de violência doméstica em lares com crianças. Não era um medo desenfreado, era cauteloso, como autodefesa.

Essa mulher estava se protegendo até mesmo da possibilidade de deixar o parceiro com raiva.

Elle tocou a tela com os dedos cobertos por luvas, esperando que seu gesto fosse visto como uma demonstração de empatia, o que de fato era. — Você está bem? — perguntou ela.

Qualquer que tenha sido o sentimento percebido por Elle no rosto dela, foi devidamente reprimido. — Estou bem. — Ela exibiu um sorriso.

— Você está... está segura nessa casa? — Elle observou os braços dela, as coxas, os pulsos, todos os lugares onde haveria hematomas se eles existissem. Mas ela não viu nenhum. Talvez ele não a oprimisse fisicamente, mas a dominasse de outras formas.

— Que tipo de pergunta é essa? — indagou a mulher. Ela cruzou os braços para se proteger do vento gelado que entrava pela tela, retesando o corpo e se afastando da porta. — É claro que estou segura.

Elle tentou reformular. — Há quanto tempo você está com o dr. Stevens?

— Não é da sua conta.

— Quando ele estará em casa?

— Quando chegar. Ele é professor universitário, não tem muito tempo livre aos fins de semana.

— E você? — Elle inclinou a cabeça para encontrar os olhos da mulher. — Parece que acordei você. Você trabalha no período noturno?

— Sou estudante de doutorado — respondeu ela, rispidamente. — Passei a noite em claro trabalhando na minha tese. E você? Qual sua justificativa para aparentar estar há semanas sem dormir?

Mais uma vez ela tentou fechar a porta.

— Espere, espere! — Elle vasculhou sua bolsa, puxou um cartão e o inseriu na fresta entre a porta telada e o batente de madeira. — Sinto muito por ter atrapalhado você. Caso sinta que quer compartilhar alguma coisa, por favor, entre em contato comigo nesse número. Não sou policial nem nada, mas vou ajudá-la no que puder.

Com um olhar de desdém, ela pegou o cartão e bateu a porta.

Quando voltou para o carro, Elle ligou o motor e, estremecendo, aguardou enquanto as saídas de ar aqueciam o interior do carro. Ela ligou o celular e ficou surpresa quando viu que tinha perdido nove ligações de Martín. Ignorando as demais notificações, ela ligou de volta para ele. Ele atendeu no primeiro toque.

— Elle, há algo que precisa saber sobre a autópsia de Amanda.

— O quê? O que houve?

— Ela foi asfixiada, mas encontramos algo em seu estômago. Parecem ser sementes de mamona.

No necrotério, Martín andava de um lado para o outro em seu escritório. Quando viu Elle, correu até ela e a abraçou, enterrando o rosto em seu pescoço. Ela relaxou em seu abraço, aproveitando o alívio da proximidade de seu corpo por alguns segundos egoístas. Era como se cem anos tivessem se passado desde que eles encontraram o corpo de Amanda Jordan nas primeiras horas daquela manhã.

— Estou aliviado por estar bem. Estava desesperado tentando falar com você. — Ele a segurou pelo ombro olhando para ela como se quisesse ter certeza de que ela realmente estava ali. — Eu pensei... pensei que talvez ele pudesse ter ido atrás de você.

— Realmente encontraram sementes de mamona no estômago dela?

Martín se virou para apanhar um saco plástico de evidência em sua mesa. Dentro dele havia um segundo plástico selado com um conteúdo úmido e de cor marrom. Ela engoliu a bile que subira até a garganta. Havia uma etiqueta onde se lia: *Jordan, Amanda: substâncias encontradas no estômago.*

— Tenho noventa por cento de certeza — disse ele. — Passamos a tarde toda fazendo testes, mas, pelo que estamos percebendo, é o que parece ser. E ela tinha sinais de problemas gastrointestinais e de desidratação que são comuns no envenenamento por ricina. Enviamos uma amostra para outro laboratório que tem mais experiência nisso do que nós. Os resultados devem sair durante a próxima semana.

— Até semana que vem não vai mais fazer diferença.

Fechando os olhos, Martín coçou a lateral dos olhos com o polegar. — Eu sei, mas precisamos confirmar antes de colocar isso no relatório oficial. Estou muito envolvido nesse caso. Nosso departamento não pode cometer nenhum erro.

— Eu sei, você tem razão. Não quero que isso acabe trazendo problemas para você. — Então ela balançou a cabeça. — Eu contei a Ayaan sobre as ameaças que tenho recebido quando ela me interrogou hoje de manhã. Mandei todas as informações para ela, mas não tive tempo para ler minhas mensagens, não sei se eles descobriram alguma coisa. Sam contou a teoria deles para você? De que é um imitador?

Uma sombra passou pelo olhar de Martín. — Não. Então não acham que é o ACR de verdade? Esperava que as sementes de mamona fossem ajudar a provar que era.

Elle olhou para o conteúdo retirado do estômago de Amanda outra vez com lágrimas obstruindo sua visão. — A teoria do imitador faz sentido, mesmo com as sementes de mamona. Ele copiou os padrões da contagem regressiva do ACR, por que não copiar os métodos de assassinato também? A asfixia pode ter sido um erro, ou talvez quem quer que seja apenas tenha perdido a cabeça.

    Martín assentiu. — Talvez. Mas sabemos que o ACR já assassinou uma de suas vítimas por ter perdido a cabeça. Não pode estar fora de cogitação, mas você está certa. Realmente parece descuido, considerando o que sabemos sobre ele.

    Elle desviou o olhar do saco plástico e olhou para Martín. — Ayaan acha que meu podcast serviu de inspiração para ele. Que ele pode ter tirado a ideia de copiar o ACR dos detalhes que forneci sobre os métodos dele no *Justiça Tardia*.

    — Mas isso é...

    — Não. — Elle o interrompeu. — Talvez eu tenha sensacionalizado muito esse caso. Eu tive um foco maior no assassino do que nas vítimas nessa temporada. Deixei que minha relação pessoal com o caso me atrapalhasse, e agora estamos pagando por isso. Os pais de Amanda estão pagando um preço caro por isso.

    — Mas essa é só uma teoria, Elle — argumentou Martín, ainda segurando-a pelos ombros. — Ainda pode ser o ACR em pessoa. Pode ser que ele sempre tenha tido a intenção de ter você como alvo para se vingar por ter escapado.

    — Não importa! — gritou Elle. Então ela riu, sentindo-se à beira da histeria. — De verdade, não importa quem seja. Quem quer que esteja por trás disso está com Natalie, precisamos encontrá-lo e detê-lo antes que ele a mate, e não faço ideia de quando isso vai acontecer. Amanda morreu antes do previsto, então não há razão para acreditar que ele vai respeitar o padrão dessa vez. Eu já analisei isso em minha mente incontáveis vezes e ainda tenho muitas perguntas e nenhuma resposta.

    Lágrimas correram pelas bochechas de Elle. — Falhei com ela. Fui fraca, frágil. — Uma lembrança invadiu sua mente como um veado entrando na frente dos carros em uma rodovia. *Ele* dissera que ela era frágil ao secar o suor em sua testa enquanto fingia estar cuidando dela. Ele parecera tão cuidadoso, tão distante do homem que a obrigara a polir os sapatos dele com suas lágrimas.

    Os olhos castanhos de Martín estavam marejados quando ele segurou as mãos dela. — Sim, você está certa. Mas você não é frágil, *mi vida*. Não falhou com ela. Você tem todas as informações possíveis sobre o ACR, e mesmo que esse seja um imitador, você vai conseguir pegá-lo. O ACR original não foi páreo para você. Não foi o que disse em seu podcast hoje?

    Elle olhou para ele, aturdida. Martín respondeu com um sorriso cansado e gesticulou em direção ao celular dele. — Sei que provavelmente ia me contar hoje à noite, mas acho que milhares de pessoas fizeram isso primeiro. Estou recebendo ligações e visitas de repórteres o dia inteiro.

    — Eu... Me desculpe. Devia ter ligado para você.

— Sempre incentivei você a contar para as pessoas quem é de verdade — disse ele. — Sei que imaginou que isso faria com que a vissem como uma pessoa fraca ou traumatizada, mas para mim é o oposto. Quando me contou o que passou, pude enxergar com muita clareza quão forte você é. Só fiquei surpreso por ter divulgado dessa forma.

Elle apertou a mão dele. — Depois que Ayaan me disse que ele pode ter se inspirado no podcast, me exaltei. Assim que vi as notícias sobre a morte de Amanda sendo divulgadas, gravei o áudio e pedi para que Tina publicasse.

— Consegue entender por que não me agrada muito a ideia de você desafiar um serial-killer diante de seus milhares de ouvintes?

Elle mordeu o interior da bochecha. — Entendo o que quer dizer, mas não é como se ele já não soubesse onde eu moro. Quero que ele saiba que não tenho medo dele.

Martín suspirou, balançando a cabeça. Então ele levou uma mão à nuca de Elle, puxando-a para um beijo. — Você é muito corajosa, ninguém pode negar isso. Mas há uma diferença entre ser corajosa e ser imprudente.

— O que acha que estou sendo?

— Não sei ainda. — Ele pausou por um momento, observando o rosto dela. Então perguntou: — Ayaan e Sam já sabem sobre a sua revelação?

Elle desviou o olhar, fitando o chão. — Não contei para eles diretamente.

— Eles vão descobrir uma hora ou outra, mesmo que não seja pelo podcast. Já está por toda parte na internet.

— Eu sei. Vou lidar com isso quando for a hora.

Elle sentiu o celular vibrando no bolso do casaco. O nome de Tina surgiu na tela e ela atendeu. — Alguma novidade? Descobriu alguma coisa sobre os sujeitos da Mitchell?

A voz de Tina soava preocupada. — Não, por enquanto nada. Mas achei que devia saber... Elle, eu finalmente consegui rastrear o IP de onde estão vindo vários dos e-mails com ameaças. — Ela pausou para respirar. — É da Simple Mechanic. A oficina de Duane e Leo.

Elle olhou para Martín, que conseguiu ouvir claramente o que Tina dissera. Ele empalideceu. De repente ela teve uma lembrança e compreendeu a razão pela qual as palavras em uma das mensagens que ela enviara para Ayaan a incomodava tanto.

Cuidado com o que você deseja.

Duane dissera a mesma coisa quando ela e Sam o interrogaram na oficina.

— Acho que Duane pode ser o imitador.

39

Elle
19 de janeiro de 2020

Quando Elle chegou na delegacia, não havia ninguém no escritório de Sam. Mas no de Ayaan, sim. Quando se aproximou para abrir a porta, Elle viu que a comandante estava inclinada sobre a mesa e tinha o rosto apoiado nas mãos. Ela hesitou. Ayaan massageava as têmporas em movimentos circulares como se estivesse com dor de cabeça. Havia alguns pelos brancos de gato espalhados pelo blazer preto que ela vestia e ele estava amarrotado. Era estranho vê-la de uma maneira que não fosse perfeitamente equilibrada. Por fim, Elle bateu à porta. Ayaan levantou o rosto em um sobressalto.

— Elle. Olá. — A comandante a convidou para entrar com um gesto e Elle se sentou de frente para ela — Você me ligou? Desculpe, não vi minhas chamadas.

— Tentei, mas só para saber se ainda estaria aqui. Que bom que te encontrei.

— O que tem em mente?

Elle estava inquieta na cadeira. A lista que ela e Martín organizaram juntos no necrotério parecia úmida em suas mãos. Eram todas as evidências que encontraram conectando Duane Grove aos assassinatos de Leo e Amanda, assim como ao sequestro de Natalie. Tina prometera enviar para Ayaan as informações que obtivera sobre o IP.

— Acho que sei quem é o imitador. — Elle pôs o papel sobre a mesa e o arrastou para Ayaan. — Duane Grove. Ele era o principal suspeito do assassinato de Leo, é o homem que encontrei ao lado do corpo. Sam disse que vocês nunca tiveram motivos para mantê-lo aqui e que ele foi visto nas câmeras de segurança de um posto de gasolina alguns minutos antes do assassinato, mas acho que há uma explicação para isso. Enquanto criminoso, ele é sutil o suficiente para continuar imune mesmo administrando um desmanche há anos, então tenho certeza de que ele saberia como falsificar um álibi. Se ele sabia que Leo tinha me ligado e que eu estava a caminho, ele poderia ter cometido o assassinato, ido até o posto de gasolina para ser visto nas câmeras e depois voltado para a cena do crime para ser "flagrado" por mim.

Ayaan examinava os papéis. — E quanto aos sequestros?

Elle continuou, ignorando a expressão de dúvida no rosto da comandante. — Você já sabe que o desmanche deu um sumiço na van que acreditamos ter sido usada para sequestrar Amanda. Eduardo era amigo de Duane e de Leo. Para salvar a pele de Duane, ele poderia facilmente ter inventado a história sobre a pessoa misteriosa que deu a van para ele. Além disso, Duane se encaixa na descrição física fornecida por Danika: um homem branco e calvo. Mas a maior razão, Ayaan, é que Tina, minha produtora, descobriu que vários dos e-mails hostis que temos recebido vieram do endereço de IP da oficina de Duane. Eu verifiquei. Ele tem enviado várias mensagens por dia desde que encontrei o corpo de Leo.

Ayaan voltou os olhos para Elle. — Onde está essa informação?

— Ela disse que encaminharia para você.

A comandante se virou para o computador, mexendo no mouse para acender a tela. Depois de alguns minutos lendo em silêncio, ela olhou para Elle novamente. — O problema, Elle, é que já suspeitávamos de Duane. A conexão com o provável veículo usado no sequestro e o desmanche o tornam mais suspeito ainda. Sam passou o dia todo interrogando Duane, mas ele insiste que não sabe nada sobre os sequestros. Fizemos buscas no apartamento dele e na oficina. Não encontramos nada. Não há evidências de Natalie ou de Amanda.

— Então ele pode estar escondendo-a em outro lugar — argumentou Elle. Ela olhou para as notas sobre a mesa, todos os caminhos claramente levando a Duane como ela e Martín suspeitavam. — Só pode ser ele, Ayaan. Ele me detesta, detesta o podcast. Leo disse que a pessoa de quem ele suspeitava bebia o chá Majestic Sterling. Vocês procuraram por isso?

Ayaan balançou a cabeça. — Não, mas mesmo que tivéssemos feito isso, não provaria nada.

Elle foi tomada por uma onda de ansiedade como se tivesse sido atingida por uma corrente de ar gelado. Ela tentou se controlar. — Seria mais uma evidência de que ele é obcecado pelo Assassino da Contagem Regressiva. A pessoa de quem Leo suspeitava só pode ser ele, e por isso ele foi assassinado. Leo viu todos os sinais e deduziu que ele fosse o ACR, não alguém que o tem como ídolo. Então ele entrou em contato com o podcast. Duane descobriu de alguma forma e foi até lá para matá-lo porque queria começar uma série de assassinatos como a do ACR, e sabia que Leo atrapalharia seus planos.

— É uma boa teoria, mas é puramente circunstancial. E há outra questão. Encontramos um fio longo de cabelo preto no local do assassinato de Leo Toca. Recebemos o resultado do DNA hoje. — Ayaan virou a tela para que Elle pudesse ver e abriu um relatório ao lado de uma foto de ficha policial. — Luisa Toca, ex-mulher de Leo, com quem ele supostamente não tinha contato havia meses.

Ela está no sistema por uma infração de trânsito de alguns anos atrás. Não conseguimos localizá-la, mas seu carro foi encontrado ontem à noite em uma casa abandonada em Shoreview. Acreditamos que ela o tenha abandonado lá antes de fugir com alguém, provavelmente o novo namorado sobre quem seus colegas de trabalho nos contaram.

Elle encarava a foto da mulher. Seus olhos castanhos tinham uma expressão desafiadora. — Não foi ela. Não sei onde ela está, mas Leo foi assassinado por ter entrado em contato com o podcast para falar sobre o ACR. Estou certa disso.

— Elle... — Ayaan voltou seu olhar para um ponto às costas de Elle.

Sam estava na porta do escritório de Ayaan. Havia manchas avermelhadas em suas bochechas. — Realmente acha que sabe mais do que todo mundo, não é, Elle? — perguntou ele, indo até ela. Havia círculos escuros em volta de seus olhos vermelhos e a voz dele estava rouca de cansaço. — Temos evidências de DNA de uma pessoa suspeita que está foragida e você ainda está pensando na droga do seu podcast?

— Posso estar enganada, mas há menos de doze horas vocês é que disseram *para mim* que isso tinha algo a ver com a droga do meu podcast! — respondeu ela, exasperada. — Não sei por que o cabelo de Luisa estava na casa de Leo, mas há inúmeras explicações. Pode ser, por exemplo, que o cabelo tenha ficado grudado em algum móvel da casa onde eles moravam juntos. Ou talvez ela tenha ido até lá para tentar reatar com ele. Ou *talvez* Duane tenha plantado o cabelo no local para despistar a polícia.

Sam balançou a cabeça com uma risada áspera. — Nem todo mundo tem um plano mirabolante, embora você queira insistir nisso. Acho que faz sentido quando se leva em consideração o fato de que você passou todo esse tempo mentindo sobre quem é.

Elle mordeu a língua, fechando os olhos. Era só uma questão de tempo. Quando os abriu, Sam tinha uma postura presunçosa e uma expressão vitoriosa no rosto.

— Isso mesmo. Acabei de ouvir o último episódio de seu podcast, *Eleanor* — disse Sam. Ele olhou de Elle para Ayaan. — Você não faz ideia da pessoa com quem está trabalhando, não é? Elle é *Nora Watson*. A razão pela qual ela é tão obcecada pelo ACR é que ela foi uma das vítimas dele.

O rosto de Elle estava em brasa. Seus olhos estavam sobre a mesa. Ela não conseguia encarar a comandante, que permaneceu em silêncio.

— Você sabia disso? — questionou Sam.

É claro que ela não sabia. É claro que não. Elle sentiu seus olhos marejados.

— Você estava trabalhando com uma mulher instável, traumatizada, obcecada em capturar o próprio sequestrador, e não fazia ideia!

— Não! — Elle se voltou para ele, exaltada, ignorando o pânico que crescia em seu âmago. — Eu não sou *instável,* não estou *obcecada.* Não contei a ninguém sobre quem sou porque sabia que essa seria a primeira coisa que todos pensariam de mim. Conheço o caso do ACR como a palma da minha mão por tudo o que ele fez comigo, sim, mas também porque sou uma excelente investigadora. O fato de eu ter vivido um trauma não faz de mim uma imprestável.

— Elle, você mentiu para mim e para Ayaan desde o primeiro momento em que entrou pela porta dessa delegacia — acusou Sam com raiva, mas sem conseguir disfarçar a mágoa em sua voz. — Tem ideia de quão prejudicial isso será quando os pais de Amanda descobrirem? Eles vão ouvi-la admitindo no podcast que a pessoa que matou a filha deles fez isso para atingir você. Seremos trucidados e responsabilizados pela morte dela, tudo por sua causa.

— Já chega, Sam.

Seus olhos ardiam, mas ele parou de falar.

Ayaan olhou para Elle. Havia algum tipo de emoção em seu rosto que Elle não conseguiu decifrar. — Maddie Black... Eu devia ter desconfiado. Por isso o ACR a consome desde que a conheci.

— Ayaan, me desculpe. Eu não... Eu não conto a ninguém o que aconteceu comigo. — Uma onda de calor percorreu o corpo de Elle e ela sentiu suas axilas ficarem úmidas. A comandante a olhava de uma maneira insuportável. Como se tivesse sido traída.

— Imaginou que eu fosse julgá-la por ser uma vítima? Por querer pegar o homem que destruiu sua infância? — perguntou Ayaan. Sua voz tinha um tom áspero.

Elle se sentou na extremidade da cadeira. — Não quero ser uma vítima. Não quero que essa seja a primeira coisa que as pessoas fiquem sabendo sobre mim, e foi isso o que aconteceu no ensino médio, na faculdade. Foi isso o que aconteceu até que me casei com Martín e mudei de nome. As pessoas no SPC conheciam minha história, é claro, mas minha chefe foi gentil o suficiente para não contar para as outras pessoas. Não deveria importar. Não importava.

— Importa para mim. — A voz de Ayaan recuperou a força, ressoando no pequeno escritório. Elle e Sam ficaram em silêncio enquanto ela se recompunha e pousava as duas mãos sobre a mesa. Quando ela voltou a olhar para Elle, seus olhos castanhos estavam sérios. — Eu te disse várias vezes que estava passando dos limites nesse caso. Até mesmo fiz vista grossa quando soube que enganou o detetive Hyde para continuar na investigação quando eu pedi que se afastasse. Mas Sam tem razão: suas ações impulsivas nas últimas semanas colocaram várias pessoas em perigo, inclusive você mesma. Acho que é melhor que vá para casa.

Elle quis se defender, mas mal conseguia sustentar o olhar da comandante. Isso era pior do que se ela estivesse furiosa, do que se ela a expulsasse de seu escritório enquanto Sam ria vendo-a partir. Elle decepcionara Ayaan. Não confiara nela, não contara a história toda, e agora era tarde demais.

Sem mais uma palavra, ela saiu do escritório e da delegacia. Do lado de fora, o vento secou suas lágrimas e provocou um profundo calafrio. Ela ligou o carro sem saber o que fazer em seguida.

Ayaan disse que eles não haviam encontrado nenhum sinal de Natalie na casa de Duane, então ele só poderia estar mantendo-a em um lugar separado, um lugar sobre o qual a polícia não tinha conhecimento. Cada segundo em que Natalie passava desaparecida colocava sua vida em risco. Amanda fora assassinada com dois dias de antecedência, então quem poderia dizer o que aconteceria amanhã, o dia da contagem na qual ela supostamente teria que ser morta? Duane já quebrara o padrão de seu ídolo. O que o impediria de matar Natalie mais cedo também?

A polícia não tinha evidências suficientes para prender Duane, mas isso não significava que ela não poderia falar com ele. Ela teria que conseguir uma confissão.

40

Podcast *Justiça Tardia*
Gravado em 20 de janeiro de 2020
Gravação não publicada: Entrevista com Duane Grove

ELLE
Olá, Duane.

DUANE
O que você quer? Está tarde e eu falei com a polícia a porra do dia inteiro.

ELLE
Só vai levar alguns minutos. Pode me deixar entrar?

DUANE
[Depois de uma pausa.] Tá. Limpe os pés.

ELLE
Sei que não gosta de mim. Deixou isso bem claro. Mas queria fazer algumas perguntas sobre Leo.

DUANE
Pelo amor de Deus, já contei à polícia tudo o que eu sei. Está gravando isso para eles? Acha que sou burro o suficiente pra confessar algo que não fiz direto para o seu microfone?

ELLE
Duane, garanto que não estou aqui para causar problemas. Não estou tentando te manipular. Leo me ligou no dia em que morreu com algumas informações sobre um caso no qual eu venho trabalhando há mais de uma década. Sabe algo sobre isso?

DUANE
[Longo suspiro.] Não. Não sei.

ELLE
Eu acho que sabe.

DUANE
Eu já te disse, Leo estava obcecado com seu podcast idiota. Ele começou a encontrar pelo em ovo, ficou ansioso porque acreditava saber quem era o ACR.

ELLE
Ele te contou isso?

DUANE
Sim, ele não calava a boca falando disso. Você o deixou todo transtornado e olha só o que aconteceu. No mesmo dia em que ele entrou em contato com você, levou um pipoco.

ELLE
Então sabia que ele tinha entrado em contato comigo.

DUANE
Sim, ele me contou. Ele me disse que tinha evidências suficientes para te mostrar.

ELLE
E você sabia sobre quem eram as evidências?

DUANE
Não, eu perguntei, mas ele não quis me contar.

ELLE
Você já suspeitou que fossem sobre você?

DUANE
[Depois de uma longa pausa.] Você é uma vagabunda maluca, sabia disso?

ELLE
Obrigada.

DUANE
Você realmente veio aqui sozinha para me acusar de ser um serial-killer? Acha que esse microfone vai te proteger?

ELLE
Eu sei me proteger sozinha.

DUANE
Ei, porra, o que você tá fazendo? Não pode fazer isso. Não trabalha para a polícia?

ELLE
Responda o que eu perguntei, Duane. Você já suspeitou que Leo acreditava que você era o Assassino da Contagem Regressiva?

DUANE
Eu... não! Porra, não aponta isso pra mim. Calma aí. Não. Não sou a porra do Assassino da Contagem Regressiva, beleza? Eu tinha, tipo, quinze anos quando ele matou aquelas meninas.

ELLE
Pois é, Duane, mas esse é o problema. Não estamos tão certos de que Natalie e Amanda foram sequestradas pelo verdadeiro Assassino da Contagem Regressiva. É muito provável que seja apenas um reles imitador. Um imitador que se inspirou em meu podcast para começar a reproduzir os métodos do ACR e que me tem como alvo, e por isso sequestrou uma pessoa que amo. Porque ele me odeia. E acho que você é uma ótima opção a ser considerada nesse quesito, sabe por quê? Porque eu tenho isso aqui. Dezenas de e-mails da semana passada, ameaçando a minha vida e deixando bem claro que você sabe onde eu moro. Todos eles vieram da sua oficina.

DUANE
Eu... você acha que...

ELLE
Sim, eu acho.

DUANE
Eu não... Eu mandei esses e-mails porque estava furioso com você por ter causado a morte do Leo, não porque eu tinha planos reais de feri-la.

ELLE
Continue.

DUANE
É só isso, tá bom? Leo morreu por compartilhar informações com você sobre o ACR... ou sobre alguém que ele acreditava ser o ACR, eu não sei. Tudo o que sei é que meu melhor amigo te mandou um e-mail sobre a droga do seu caso e apareceu morto uma hora mais tarde. Eu queria que você arcasse com as consequências de fazer com que pessoas se envolvam em casos como esse. Só isso. Só não queria que saísse impune.

ELLE
Então decidiu me ameaçar.

DUANE
Eu não ia fazer nada, eu juro. Só pensei que faria com que você levasse as coisas mais a sério, que parasse de brincar com a vida das pessoas. Pode guardar a arma?

ELLE
Certo, Duane. Vamos supor que eu acredite em você. Eu ainda assim poderia denunciá-lo. Mas estou disposta a deixar para lá se você estiver disposto a parar e refletir. Reflita profundamente sobre tudo o que Leo disse e fez nos últimos dias antes de sua morte. A polícia diz que Luisa esteve no apartamento dele. Eles acham que ela tem algo a ver com o assassinato de Leo.

DUANE
Não, não pode ser, não faz sentido. Ela começou a sair com um cara há uns meses e Leo estava puto com isso, mas eles estavam bem. Ela jamais o machucaria.

ELLE
Se ela estava com outra pessoa, por que teria ido até o apartamento dele?

DUANE
Não sei. Ele não parecia gostar muito do novo namorado dela, mas acho que não era surpresa. Eu tinha a impressão de que ele achava que o cara era perigoso. Mas ele era muito temperamental com esse assunto. Acho que Leo o seguia por aí de vez em quando, tentando pegá-lo no pulo fazendo algo suspeito para que tivesse motivos para convencer Luisa a terminar com ele. Não sei. Acho que deduzi que ele só estivesse com ciúmes.

ELLE
Isso soa como algo que deveria ser reportado à polícia. Você contou a eles?

DUANE
Não sou dedo-duro. Até onde eu sei, Luisa e o cara eram felizes. Leo só estava sendo paranoico. Ele desconfiava de todo mundo por causa de podcasts como o seu.

ELLE
Certo, Duane. Está bem. Sabe onde Luisa está hoje?

DUANE
O namorado dela mora em algum lugar em Falcon Heights. Ela deve estar com ele.

ELLE
Como é?

DUANE
Falcon Heights. É um cara que era vizinho da mãe dela. Luisa o conheceu quando a mãe se meteu em uma briga com ele. Leo já conhecia o cara, por isso ficou tão puto quando Luisa começou a sair com ele. Acho que Leo o conhecia do trabalho ou coisa assim.

ELLE
Do trabalho? Na Universidade Mitchell?

DUANE
Sim, Leo era zelador lá. Acho que o namorado dela era professor, sei lá. Agora pode me deixar em paz? Eu poderia denunciá-la por me ameaçar. É crime apontar a arma para alguém.

ELLE
Vá em frente, Duane. Tenho certeza de que a polícia vai adorar receber outra visita sua. Dê um depoimento.

DUANE
Vai se foder. Saia do meu apartamento.

ELLE
Você ajudou muito. Obrigada.

41

Elle
20 de janeiro de 2020

Quando Elle voltou para casa depois da visita a Duane, tudo estava estranhamente silencioso. Passava das duas da manhã. Havia um policial em uma viatura do lado de fora, vigilante, como Ayaan prometera. Ainda que ela não sentisse que sua vida estava em perigo, Elle se sentia grata pela presença do policial.

Assim que entrou em casa, aumentou a temperatura no termostato e desenrolou o cachecol do pescoço. Depois de desabotoar o casaco, parou diante de sua imagem refletida no espelho. Olheiras profundas sob seus olhos denunciavam quão pouco ela vinha dormindo.

— Você chegou. — Martín apareceu no topo da escada. Seu cabelo ondulado estava desgrenhado depois de um dia inteiro de dedos inquietos correndo por eles.

Ela pousou a mão sobre o corrimão, olhando para ele lá de baixo. — O que está fazendo acordado?

— Não consegui dormir sem você em casa. — Ele desceu as escadas até ela, cobrindo a mão de Elle com sua mão quente. — O que Ayaan disse?

Elle suspirou, lutando contra uma onda de exaustão. — É uma longa história. Ela não acredita em mim, mas já não estou tão certa de que é Duane de qualquer forma.

Martín se sentou alguns degraus acima para que pudesse olhá-la nos olhos. Ele esticou o braço e acariciou a bochecha de Elle, traçando com o polegar as bolsas sob seus olhos. — Por que acha que não é Duane?

Ela fechou os olhos, sabendo que, do contrário, Martín saberia que ela estava mentindo. Ela não tinha energia para explicar o raciocínio que a levara ao apartamento de Duane sozinha, com ou sem arma. Eles acabariam tendo uma discussão sobre a impulsividade dela novamente, o que Elle provavelmente merecia, mas não havia tempo para isso. — É só um palpite. Vá para a cama, Martín. Prometo que irei assim que fizer algumas coisas que preciso fazer.

Ele ficou em silêncio, sondando-a com os olhos. Por fim, disse: — Se serve de consolo, hoje finalmente consegui falar com a srta. Turner. Com a filha dela, na verdade. Aparentemente ela foi levada às pressas para o hospital depois de sofrer um ataque cardíaco cerca de uma hora antes do horário em que seria a aula de piano de Natalie. Uma pessoa anônima ligou para a emergência com o endereço, mas ela estava sozinha quando os paramédicos chegaram.

Elle sentia que seus joelhos poderiam ceder a qualquer momento. Ela segurou o corrimão com mais firmeza. — Ela vai ficar bem?

— A filha dela acredita que sim. Ela não tinha nenhum problema cardíaco diagnosticado, então foi um choque.

— Acha que... acha que deram alguma coisa para ela?

Ele coçou o queixo e deslizou a mão até a nuca, olhando para algo sobre o ombro de Elle.

— Você mesma disse que ele pode ter planejado tudo, que ele saberia que Natalie teria que voltar sozinha para casa. Talvez tenha sido assim que ele soube. Ele garantiu que isso aconteceria.

Elle esfregou os olhos. — É possível.

Martín a observava, parecendo preocupado. — Precisa dormir, *mi amor*.

— Não vou dormir hoje à noite — respondeu ela. — Tenho algumas pesquisas a fazer.

Ele respirou fundo. Então bateu as palmas das duas mãos nos joelhos e se levantou. — Tudo bem. Não vou questioná-la. Apenas, por favor... por favor, me avise se precisar de ajuda.

Elle olhou para ele na esperança de que seu sorriso disfarçasse a culpa que crescia por dentro. Ela teria tempo para contar tudo depois, quando Natalie estivesse em casa e em segurança. Ela assistiu enquanto ele subia as escadas e desaparecia no corredor do andar de cima.

Munida de uma garrafa de café recém-preparado e duas torradas com manteiga de amendoim, Elle levantou acampamento em seu estúdio. Ela mandou uma mensagem para Sam contando a ele o que Duane dissera sobre Luisa. Ele poderia não ser o maior de seus fãs naquele momento, mas mesmo assim ele merecia saber que ela havia conseguido uma informação importante sobre seu caso.

Então ela ligou o computador. O dr. Douglas Stevens estava saindo com Luisa Toca. Luisa Toca estava desaparecida desde pouco antes do assassinato de seu ex-marido. Ele fora morto no intervalo de uma hora depois de ter dito a Elle que sabia quem o ACR era. Ainda que não fosse policial, Elle sabia o que era necessário para acusar uma pessoa de assassinato. Na melhor das hipóteses, Stevens se tornaria um dos suspeitos.

Elle já provara que Ayaan não poderia confiar nela. Ela sugerira teoria atrás de teoria e errara em todas elas. Se ela quisesse apresentar Stevens como um suspeito viável, precisava de um caso incontestável, não um punhado de conexões que pareciam coincidências. Mas algo na visita à casa dele aquela manhã a incomodara: o medo nos olhos da namorada, a linguagem corporal familiar de uma mulher vítima de agressão. Elle tivera o mesmo sentimento de mau agouro quando estivera na casa dele pela primeira vez.

Mas intuição não era evidência.

Depois de algumas buscas, ela encontrou um artigo sobre o dr. Douglas Stevens com uma pequena biografia. Ele cresceu na região sudeste de Minnesota e se formou como um dos melhores alunos de sua turma em física e matemática em Harvard, em 1992. Ele então entrou no doutorado para estudar matemática aplicada em Yale, mas concluiu seus estudos na Universidade Mitchell, em Minneapolis.

Era algo estranho de se fazer, frequentar duas das melhores universidades no país e então retornar ao estado onde crescera para concluir os estudos em uma universidade de nível médio. Ela só conseguia pensar em duas razões pelas quais alguém faria isso: problemas familiares ou relacionamentos românticos. Talvez um de seus pais tenha morrido ou ficado doente, precisando de seus cuidados. Talvez ele tenha retomado um relacionamento e renunciado às universidades da Ivy League para estar com ela. As possibilidades eram infinitas, mas independentemente do motivo de seu retorno, ele ficara.

Douglas Stevens não se encaixava no perfil de um imitador. Ele era velho demais, inteligente demais, maduro demais para ser consumido pelo desejo de obter a fama que pertencia a outro homem. Por isso só restava uma opção.

Na biografia havia uma foto de alguns anos atrás, e Elle a encarou por alguns instantes. Ela queria desesperadamente reconhecer o rosto dele, queria ser atingida em cheio pela lembrança de seus traços. Mas não conseguia. Havia um borrão onde as memórias sobre ele deveriam estar. Ela abriu mais uma vez o retrato falado feito com a ajuda de Danika e o posicionou ao lado da foto no monitor. Ela cerrou os olhos, inclinou a cabeça. *Poderia ser.* Ele não era completamente diferente do retrato falado, embora ela acreditasse que não o reconheceria com base nele. Mas Danika era só uma garotinha. Elle pensou na menina — cabelos finos em contraste com a pele castanha, marias-chiquinhas firmes presas com um elástico azul e um elástico roxo. Ela se sentara ao lado da mãe descrevendo o homem para o desenhista com uma voz trêmula, tímida. Quão precisa ela teria conseguido ser?

Stevens não estava nas redes sociais, mas tinha um perfil completo no site da universidade. Era bastante monótono, cheio de resumos de artigos que ele escrevera ou coescrevera, com equações e linguagens que ela não compreendia. Mas, ao mesmo tempo, fornecia um resumo mais detalhado de seu currículo. Quando chegou até as datas de seu doutorado, Elle pausou: *1995-1999.*

Se ele começou o doutorado em agosto de 1995, ele teria se mudado de volta para Minnesota seis meses antes de a primeira vítima do Assassino da Contagem Regressiva ser morta.

O ar no estúdio pareceu rarefeito.

Balançando na cadeira, Elle estudava a Parede do Luto e as fotos das vítimas, cuidadosamente organizadas em duas fileiras de cinco.

Kerry Presley. Beverly Anderson. Jillian Thompson. Todos eram estudantes universitários.

Respirando de maneira irregular, Elle olhou as anotações que fizera sobre cada uma das vítimas. Kerry e Beverly eram estudantes da Universidade de Minnesota, Jillian era de Bethel. Apesar da riqueza de faculdades e universidades em Minneapolis, as comunidades acadêmicas não eram isoladas nelas mesmas. Havia várias razões pelas quais estudantes de diferentes universidades se conheceriam: eventos esportivos, musicais, debates, clubes de matemática.

A primeira vítima frequentemente fornece muitas informações sobre um assassino. Com ela, o assassino estava aprendendo, aprimorando suas habilidades, e por isso estava mais propenso a cometer erros. Também era a pessoa que o fazia perder o controle, a pessoa que desencadeava um instinto que estivera adormecido até então.

Elle abriu o arquivo que organizara sobre Kerry. Ele estudava física e estava a meses de distância da formatura. Tinha acabado de terminar com a namorada na noite em que desapareceu. Saiu do restaurante onde estavam jantando juntos e deixou o carro para que ela pudesse voltar para casa. Ele estaria abalado, andando sem rumo. Com frio. A polícia está convencida de que ele aceitou pegar carona com alguém. Homens são mais propensos a entrar em um carro com uma pessoa estranha, mas a mãe de Kerry parecia ter certeza de que ele não faria isso. Ele era cauteloso e pequeno quando comparado com os biotipos nórdicos da maioria dos homens da região.

Então Elle viu. O simples item no currículo do jovem pelo qual ela já correra os olhos tantas vezes antes.

- *Ouvinte nas aulas de termodinâmica na Universidade Mitchell — 1996*

Elle cobriu a boca com as mãos, olhando fixamente para a tela. Stevens estaria no programa de pós-graduação na Mitchell no mesmo semestre em que Kerry participou como ouvinte em uma aula do departamento de física. Como a maioria dos estudantes de doutorado, ele provavelmente estava auxiliando professores como parte de suas responsabilidades com a universidade. Era isso. Essa era a razão pela qual o ACR não quis receber o crédito pelo assassinato de Kerry. Ele cometera um erro, matando alguém com quem tinha uma conexão.

Com as mãos tremendo, Elle pegou o celular e deixou o estúdio.

42

DJ
20 de janeiro de 2020

Sentado perto da janela, Douglas tomava chá sob a luz cinzenta do início da manhã.

Ele ainda se lembrava da primeira vez em que seu pai o ensinara sobre sacrifícios. A Bíblia falava brevemente sobre essa prática, sobre a maneira como era preciso rezar e depositar todos os pecados, falhas e fraquezas a algo externo antes de parti-lo e oferecê-lo a Deus. Todas as máculas purificadas pelo sangue alheio. Mais de metade de sua vida fora reivindicada dessa maneira, cada segundo perdido sob o controle de Loretta, de seu pai, desde o momento em que seus irmãos morreram.

Então, tão perto da conclusão, o relógio congelou. A garota escapou.

Por vinte anos, ele esperara. Um dia Eleanor teria uma filha, e essa filha tomaria seu lugar. Um cordeiro tomaria o lugar da cabra. Natalie aparecera quando ele estava prestes a perder as esperanças, e ele assistira de longe enquanto o laço entre elas crescia. Hoje ela cumpriria seu propósito, morrendo no dia em que Amanda deveria ter morrido. Ele não poderia esperar nem mais um momento.

Amanda não foi a primeira garota a morrer antes do previsto, mas ela foi a primeira que ele apresentou antes da hora. Douglas tamborilava na caneca de chá com a unha. Ele a levara até a casa abandonada, pronto para deixá-la na garagem gelada até o sétimo dia. Mas a polícia estava lá, tirando fotos de um carro que ele deduzira que passaria despercebido na entrada. Era arriscado demais levá-la para sua casa, e a última opção estava a mais de uma hora de distância — um trajeto longo demais para ser percorrido com um corpo.

Mas havia um último lugar a minutos de distância que proporcionaria a ele uma satisfação branda, como tentar matar uma sede profunda com uma única gota de água.

Ele planejara esperar até o fim do sexto dia de trabalho de Natalie, mas ao acordar naquela manhã a necessidade estava muito intensa. Era o sétimo dia desde que ele levara Amanda, e ele não conseguia deixar a data passar. A garota descansaria mais cedo. Hoje ele continuaria o que começara com Kerry Presley mais de duas décadas atrás.

Depois de estrangular Kerry, Douglas dirigira até a casa do pai — o único lugar que ele sabia ser seguro. Ele levou o corpo ao celeiro e trancou a porta. Alguns dias depois, viu uma garota desobedecendo o namorado na rua, sem nenhuma consideração pelo orgulho dele. Ele a seguiu e ofereceu a ela uma carona, mostrando seu documento da universidade. O resto foi fácil.

Quando descobriu sua idade, tudo se encaixou. Havia uma razão pela qual ter assassinado aquele garoto, ter destruído a versão ingênua e apaixonada de si mesmo, não ter sido suficiente. Os números se organizaram em uma fórmula. As Escrituras ganharam vida diante dele outra vez. Ele sabia o que precisava fazer. Depois disso, a ânsia por continuar a contagem regressiva se tornou insaciável.

Agora, depois de anos de paciência, ele finalmente ficaria satisfeito. O mundo voltaria aos eixos. Ele esperara tempo suficiente.

Em seu celular, Douglas acessou o vídeo da câmera de segurança do porão. Natalie ainda estava dobrada sobre a beirada da cama, suas costas desnudas emanavam um tom branco azulado na luz fraca. Seu corpo se tensionava e estremecia enquanto ela vomitava no balde que ele deixara para ela. O veneno estava fazendo efeito rápido. Ele havia adicionado o veneno à comida dela apenas na noite passada, mas havia formas de garantir que ela morresse naquele dia.

Douglas foi vê-la. Ele abriu a fechadura e desceu as escadas, ignorando o cheiro azedo dos fluidos corporais da menina. Ela estava na cama encolhida em posição fetal, de costas para ele.

Ele se sentou ao lado dela e se pôs a acariciar suas costas como um pai faria com uma filha, mas ela se esquivou e saiu da cama, caindo no chão do outro lado do quarto. Ela tentou gritar, mas sua voz soou como um grasnar rouco. Levando o joelho ao peito para cobrir o corpo, ela passou os braços em volta das canelas e tentou fazer de si mesma tão pequena quanto possível.

— Está doente, Natalie. — Ele fez com que sua voz soasse amável. Uma mentira gentil. — Deveria estar na cama.

— Minha cama está cheia de merda. — Ela cuspiu a última palavra.

Menina mal-educada. Ele se levantou e avançou um passo na direção dela, mas ela ergueu o queixo e não desviou o olhar. Ela era muito parecida com Eleanor. O Senhor claramente as unira por uma razão, para prepará-la para esse propósito.

— Uma boca suja dessas não cai bem para uma jovem — disse ele. — "Não negligencie a disciplina de uma criança. Se castigá-la com uma vara, ela não morrerá. Castigue-a com uma vara e resgate sua alma do inferno."

Ela o encarou no escuro. — Não é isso que esse trecho significa. Conheço a Bíblia também, seu imbecil.

Ele foi tomado por um acesso de fúria, e, em um passo comprido, ele estava perto o suficiente para pegá-la pelos ombros e levantá-la do chão. Natalie gritou, toda sua petulância desaparecendo quando ele bateu as costas dela contra a parede. — Não é a primeira vez que ameaço cortar uma língua afiada, mas as outras pessoas tiveram o bom senso de ficar de boca fechada depois de serem advertidas. — Ele aproximou o rosto do dela. — Vou precisar adverti-la mais uma vez?

Ela finalmente baixou o olhar e cobriu o peito desnudo com as mãos enquanto a resistência em seu corpo se esvaía como suor. Ele a colocou de pé alguns segundos mais tarde. Ainda olhando para o chão, ela sussurrou: — Estou doente. Por favor. — Ela engoliu em seco — Por favor, me leve para o hospital. Eu direi o que você quiser. Eu só... não quero morrer.

Quão depressa ela se tornara humilde diante dele. Douglas riu, observando-a com um dos ombros apoiado na parede. — Você é mesmo uma criança idiota.

Natalie retribuiu o olhar dele. Então, endireitando sua postura e ainda cobrindo o corpo com as mãos, ela recitou: — "Aquele que fizer mal para os pequenos que em mim creem estarão melhor amarrando uma pedra de moinho no pescoço e se afogando nas profundezas do mar."

Aturdido, Douglas olhava para ela.

Ela continuou: — "Não provoquem seus filhos à ira."

— Cale a boca.

Ela se moveu ao redor dele até ficar de costas para a estrutura da cama. O corpo dele seguiu os movimentos da menina, mantendo o contato visual. Ela se abaixou para pegar sua blusa no chão e a vestiu, então esticou os braços abertos como se o desafiasse a tentar pegá-la. Movido por raiva e emoção, a pulsação de Douglas se acelerava. Quanta força nessa garota, mesmo depois de tudo o que ele fizera para destruí-la.

— Acha que tenho medo de você? — perguntou ela, recuando. *Acho*, pensou ele, mesmo enquanto ela falava. — Está usando a Bíblia como desculpa para torturar meninas, seu monstro. Pode apenas me matar, mas você... — Ela soltou um riso penetrante, beirando o insano, e apontou para ele com o dedo indicador. — Você vai queimar no inferno pelo que fez.

Uma chave se virou dentro dele pela segunda vez nos últimos dias. Primeiro com Amanda, e agora com ela. Cego de raiva, seus olhos não viam mais nada, estavam focados apenas no corpo pequeno e ofegante de Natalie. Ele avançou na direção dela, saltou como se estivesse prestes a dar o bote. No último instante ela se moveu, e só então ele viu a estaca afiada de metal erguendo-se da estrutura da cama.

43

Elle
20 de janeiro de 2020

As cortinas estavam fechadas na casa de Douglas Stevens, impedindo a entrada dos primeiros raios de sol da manhã. Era impossível dizer se havia alguém lá dentro. Elle observou a casa por um momento, aguardando algum sinal de movimento ou de vida. Não houve nenhum.

Martín acordaria a qualquer momento, se perguntando onde ela estaria. Ela desligara o telefone assim que enviara suas últimas descobertas para Ayaan. Elle não conseguia se lembrar de ter decidido vir até aqui, mas, em algum momento desde que encontrou a relação entre Douglas e Kerry, ela entrara no carro e estacionara em frente à casa dele.

A única coisa que importava era resgatar Natalie. Douglas escapara da polícia por décadas; ele teria um plano pronto caso eles aparecessem em sua porta. A garota era a próxima a ser morta em sua lista. Elle não poderia se dar ao luxo de ser paciente.

Quando mais um minuto se passou sem que ela identificasse qualquer tipo de movimento no interior da casa, Elle se certificou de que sua arma estava carregada, saiu do carro e andou depressa pela calçada.

Ninguém abriu a porta quando ela bateu e a casa estava em silêncio. A porta estava trancada com uma fechadura extra. Douglas tinha o hábito de sair todos os dias bem cedo pela manhã quando Elle estava sob seu cárcere. Talvez ele fizesse a mesma coisa ainda hoje. Se ela conseguisse chegar até Natalie enquanto ela estivesse sozinha em casa, ninguém teria que se machucar.

Procurando pela porta dos fundos, Elle desceu os degraus da entrada e deu a volta na casa. Ela olhou rapidamente ao redor e não conseguiu enxergar possíveis vizinhos intrometidos, mas sempre havia a chance de que algum enxerido pudesse chamar a polícia. Aquele era o tipo de vizinhança repleta de aposentados que estavam adiando a mudança inevitável para uma casa de repouso — pessoas sem nada melhor para fazer além de assistir a vida passar. Ela precisava ser rápida.

Ela atravessou o quintal cautelosamente até chegar ao local onde vira o anjo na neve. Ele praticamente desaparecera depois da neve que caíra na noite passada, mas Elle ainda conseguia ver seus traços. Não era tão bem-feito quanto Elle se lembrava, mas isso não necessariamente queria dizer alguma coisa. As crianças se tornavam imprevisíveis no inverno. Quando Natalie tinha cinco ou seis anos, ela costumavam brincar no quintal depois de toda nevasca. Ela se lembrava da menina bamboleando pela neve com calças de frio grossas e botas grandes demais que faziam com que ela tropeçasse a cada passo — e de como ela se jogava nos montes de neve e ria com o *puf* suave da aterrissagem.

Era possível que Douglas tivesse um filho, alguém que viera até aqui para brincar e simplesmente caíra ou fora desleixado ao tentar fazer um anjo na neve. Mas quanto mais olhava para ele, menos ela acreditava que havia sido um design intencional. Parecia ser o resultado de um confronto físico. Ela perdeu o fôlego ao ser atingida por uma rajada de vento gelado.

Elle olhou de um lado para o outro. As pegadas que vira eram grandes, eram pegadas de um homem adulto. Teria ele carregado Natalie até lá, jogando-a na neve? Não fazia sentido. Ela olhou para cima, se perguntando se a garota teria descido de uma janela do andar de cima, assim como Elle fizera em uma casa diferente mais de vinte anos atrás. Mas não havia nada em que ela pudesse ter se segurado, nenhum cano ou árvore próxima.

Quando Elle voltou os olhos para a casa, ela notou algo que não percebera antes. Um pedaço de madeira estava mal disfarçado nas laterais. Parecia recentemente coberto por uma demão fresca de tinta. Ela esticou o braço e correu os dedos pela placa de madeira. Ela se projetava cerca de meio centímetro da lateral da casa, como se estivesse cobrindo algo. Ela aproximou o rosto da parede o máximo que conseguiu, espiando a fresta entre a madeira e a parede. Era difícil de enxergar, mas ela conseguia ver uma grade preta por baixo.

Suas mãos tremiam. Ela recuou um passo, olhando ao redor novamente para se certificar de que não estava sendo observada. Ela queria gritar, chamar por Natalie, mas se Douglas estava lá dentro, ela não podia ser ouvida. Ela tirou do bolso um canivete suíço que fora de seu pai. Ela o ganhara de presente para que se protegesse depois que saiu do hospital em 1999. Foi a única coisa dos pais que guardou depois de sair de casa aos dezoito anos. Abrindo a chave phillips, ela começou a desatarraxar a madeira. Foi um trabalho penoso. Os parafusos haviam sido instalados com uma furadeira. Ela estava suando quando retirou a madeira silenciosamente e a depositou sobre a neve. Ansiosamente antecipando o barulho que viria a seguir, ela segurou a grade com os dedos e a desencaixou do suporte. A grade se soltou com um som metálico que pareceu reverberar pela rua.

Com o coração acelerado, Elle rastejou para dentro do duto de ventilação. Estava escuro como breu, mas ela conseguiu se orientar facilmente no começo. Ela hesitou apenas quando não sentiu a base do túnel sob suas mãos, visto que isso significava que ela teria que descer de cabeça sem fazer ideia de quão longe estava do chão. Ela respirou fundo, sussurrou o nome de Natalie, e desceu. Ela bateu o pulso e os antebraços ao aterrissar. Elle continuou rastejando adiante por mais alguns metros até que suas mãos se chocaram contra outra grade. Ela precisou golpeá-la algumas vezes, mas o metal finalmente despencou para dentro da casa.

Se Douglas estivesse lá, ele com certeza sabia que ela também estava. Ela se arrastou até a extremidade da tubulação e olhou para dentro do cômodo.

Era um quarto pequeno, sujo, com um chão de terra batida. Lá dentro havia uma cama de solteiro e um colchão sujo, e em cima dele se estendia o corpo encolhido de uma pessoa. O corpo inteiro de Elle se inflamou e um soluço escapou de seus lábios. — Natalie!

Antes que pudesse racionar, Elle se lançou para a frente e despencou pela altura de dois metros, caindo dentro da casa com uma cambalhota quando chegou ao chão. Ela sentia uma dor penetrante em seu ombro direito, mas a ignorou e correu até a cama.

A namorada de Douglas encarava Elle com olhos vazios, porém vivos.

As pernas de Elle cederam e ela desabou no chão. Ela abraçou os joelhos e escondeu o rosto entre eles. Era tarde demais.

Natalie não estava lá.

Os acontecimentos seguintes foram um borrão para Elle.

Ela ligara para a emergência assim que reconheceu a namorada de Douglas e eles chegaram dentro de dez minutos.

A mulher foi colocada na maca e levada para a ambulância. Técnicos de cenas de crime começaram a invadir o minúsculo porão tentando expulsar os demais. Um dos socorristas ajudou Elle a se levantar e, quando ela se deu conta, estava sentada no sofá perfeitamente arrumado de Douglas Stevens, segurando uma garrafa de água que ela não conseguia se obrigar a beber. A ideia de qualquer coisa que fosse tocando sua boca fez com que seu estômago se revirasse.

Um dos paramédicos tentou examinar Elle, mas ela o dispensou com um aceno. Seu ombro direito latejava, mas a dor a ajudava a manter o foco. Ela lidaria com isso mais tarde.

Depois que a ambulância foi embora, ela olhou em volta, aturdida. O piso de madeira da sala era polido e encerado e estava coberto por um tapete oriental limpo e colorido. Todas as almofadas do sofá eram elegantes e de costura firme.

As lâmpadas, prateleiras, mesas e livros não tinham um grão de poeira sequer. Era como se aquele fosse um quarto de hotel — frio e sem alma. Natalie e Amanda haviam limpado esse cômodo, trabalhado até a exaustão ao redor desse mesmo sofá. Isso fazia com que Elle tivesse vontade de vomitar.

O tempo se esgotara. Ela deveria ter chegado mais cedo. Não havia vestígios de Douglas ou Natalie, e a única pessoa que poderia ajudá-los com alguma informação estava dopada, quase catatônica, e fora levada às pressas para o hospital. Trabalhando nesse caso, Elle já perdera as esperanças antes. Mas não nesse nível, não com esse peso esmagador.

Sua mente girava enquanto ela encarava a garrafa em suas mãos, tentando descolar o rótulo com a unha do polegar. No rótulo havia a imagem de uma nascente que fluía do topo de uma montanha cheia de árvores. Escondida entre as árvores verdes, havia a figura de um pequeno chalé do tamanho de uma uva-passa. Era um lugar sereno, um refúgio remoto. Talvez não houvesse montanhas e nascentes, mas Minnesota tinha dezenas de chalés como esse. Talvez, quando tudo isso terminasse, ela e Martín pudessem passar uns dias juntos em um deles.

Martín. Ela pegou o celular e, como esperava, havia meia dúzia de ligações perdidas dele. Ela enviou uma mensagem prometendo explicar tudo mais tarde. Até mesmo a ideia de tentar falar sobre isso causou nela um sentimento doentio de exaustão.

Elle ouviu a voz de Ayaan antes mesmo que ela irrompesse sala adentro, usando um hijab laranja-vivo que emoldurava seus olhos determinados. Ayaan abandonou sua bolsa e correu em direção a Elle, abraçando-a. Elle congelou, confusa, antes de se render ao abraço da comandante, ignorando a dor no ombro. Ela esperava ser furiosamente repreendida, talvez até mesmo receber uma intimação legal por ter invadido a casa, não o primeiro abraço de Ayaan desde que elas se tornaram amigas.

Depois de um momento, ela se afastou e encontrou o olhar de Ayaan.

— O que está fazendo aqui?

Com uma risada incrédula, Ayaan conteve uma única lágrima que estava prestes a cair. — Eu poderia perguntar a mesma coisa para você, mas não deveria estar surpresa por você ter vindo até aqui sem esperar por mim. Mais uma para a lista.

— Que lista?

— Das formas como você poderia ter sido morta nos últimos dez dias.

O rosto de Elle ficou quente. — Não acreditou em mim nenhuma das vezes em que contei minhas teorias para você. Eu não queria que você tentasse me convencer a não vir. Quando percebi que era ele, apenas vim. Não consegui suportar a ideia de deixar que Natalie continuasse aqui nem por mais um segundo.

Ayaan cobriu a mão de Elle com a sua. — Eu sei. Sei que nem sempre acreditei em você, mas você já errou antes. Você age de acordo com seu instinto, o que é excelente, mas isso não significa que você não deva pensar sobre as consequências. Em relação a você e às pessoas que ama.

Elle olhou de volta para a garrafa e continuou a descolar o rótulo.

— Mas acho que agora entendo a razão pela qual você faz isso. Agora que sei quem você é.

— Por quê? — A figura do chalé se rasgou nos dedos de Elle.

— Passou os últimos vinte anos acreditando ter enganado a morte. Isso deixaria qualquer um mais destemido. Mas, ao mesmo tempo, acho que se sente culpada por ter sobrevivido, como se fosse sua culpa ter sido a garota que escapou do ACR. — Ayaan apertou a mão de Elle até que ela retribuísse seu olhar. — Elle, você merece viver, entende? Você lutou por sua vida, você mereceu. Não permita que façam com que você pense o oposto, nem mesmo se essa pessoa for você.

Lágrimas invadiram os olhos de Elle. Por não conseguir responder, ela apenas assentiu.

— Quero que sinta que pode confiar em mim. Pode sempre contar comigo, e acho que você sabe disso, do contrário não teria me mandado uma mensagem quando descobriu a relação com Stevens. Apenas sinto muito por não ter recebido antes de você ter entrado na casa reproduzindo uma cena de Missão Impossível.

— Então acredita em mim?

Ficando de pé, Ayaan buscou sua bolsa e a trouxe até Elle. Ela pegou o laptop e o posicionou aberto sobre o colo de Elle. — Sam recebeu sua mensagem sobre o que Duane contou para você. Que Luisa e Douglas estavam envolvidos e que Leo estava atrás dele, tirando fotos. Quando recebeu essa informação, ele conseguiu solicitar uma análise emergencial de uma evidência que até então não estava no topo da lista de prioridades: um pen drive encontrado no bolso de Leo quando ele foi morto. Ele não sabia se tinha relação com o assassinato e o pen drive estava protegido por senha, então Sam estava esperando pela assistência dos técnicos. Isso aconteceu ontem.

Elle olhou para a tela torcendo para que seu rosto estivesse neutro o suficiente para não denunciar que ela já sabia sobre o pen drive.

Ayaan continuou: — O pen drive estava protegido por um tipo sofisticado de criptografia, mas a equipe de tecnologia forense finalmente descobriu a senha e conseguiu acesso hoje de manhã.

Ayaan clicou duas vezes no primeiro arquivo e Elle derrubou a garrafa, que aterrissou no chão com um baque.

— Meu deus.

Havia páginas escaneadas de um diário onde se liam inscrições em espanhol com uma caligrafia perfeita.

— Suponho que consiga lê-los? — perguntou Ayaan.

Elle assentiu, olhando a tela. Parecia errado ler o diário de alguém, mas ela puxou o laptop para mais perto fazendo uma leitura dinâmica das páginas o mais rápido que conseguiu.

Luisa se apaixonara por Douglas assim que o vira, isso estava claro. Eles se conheceram quando ela trabalhava por meio período no salão da universidade, oferecendo cortes baratos a estudantes universitários pobres e professores estressados. Ele investira nela, ligara para ela com frequência. Fazia com que ela se sentisse inteligente, perspicaz e diferente. Depois eles passaram a sair juntos após o trabalho, a flertar e fazer piadas sobre ir para a casa dele, o que a empolgava e assustava em iguais medidas. Até que ela finalmente cedeu algumas semanas mais tarde. Um tom sombrio passou a permear seu diário poucos dias depois da primeira noite dos dois juntos. Ele começou a diminuí-la, fazendo comentários ácidos sutis e brincadeiras que eram como dedos em suas feridas. Mas ela acabava sentindo falta disso quando tentava se afastar da situação, como um atleta ansioso pela dor muscular depois de dias sem fazer exercícios. Ela pensou em terminar, mas a ideia era insuportável. E então os comentários negativos cessaram. Elle quase pôde apontar o exato momento em que ela decidiu que ele estava certo a seu respeito, que deveria ser grata por seus conselhos e orientações sobre como viver a vida.

Quando chegou à última página, Elle levantou o olhar para Ayaan. — Como... como Leo conseguiu isso?

Ayaan balançou a cabeça. — Não sei. Os arquivos foram criados há três semanas. Ele deve ter encontrado o diário dela em algum lugar, digitalizado as páginas e devolvido antes que ela pudesse perceber.

— Ou talvez ela tenha parado de escrever porque ele nunca o devolveu. — Elle desceu a barra de rolagem, mas não havia mais nada no documento. — Mas esse diário não levaria Leo a crer que o namorado dela é o ACR. O que mais você encontrou?

— Plantas desta casa que mostram que não há acesso interior ao porão. O que você claramente descobriu estar errado?

Elle acenou e ficou de pé, conduzindo Ayaan até a cozinha. A porta da despensa já fora aberta pela equipe forense, revelando as prateleiras que se abriam em uma porta estreita. — Entrei pelo lado de fora, pelo duto de ventilação, mas os primeiros socorristas seguiram o som da minha voz quando chegaram.

— Muito inteligente — observou Ayaan, a voz amarga. Ela se virou e examinou a cozinha por um momento antes de caminhar até a chaleira elétrica ao lado da pia. As bancadas eram como o resto da casa: perfeitamente organizadas. O que também era resultado do trabalho duro de Amanda e Natalie, sem dúvida. Ayaan abriu o armário acima da chaleira e recuou. Elle foi até Ayaan e sua respiração ficou presa na garganta. No armário branco havia uma lata de chá Majestic Sterling.

— Ele tinha uma foto disso também — disse Ayaan. — Ele deve ter entrado na casa. Foi assim que encontrou o chá e percebeu que não havia acesso fácil ao porão.

Elle balançou a cabeça. — Ele descobriu tudo isso a partir de um simples palpite.

— Não acabou. — Elas voltaram para a sala, para o laptop.

Os dedos de Ayaan se moveram pelo *trackpad* e ela digitou algumas coisas antes de passar o laptop a Elle. — Ele também tinha isso.

Era a foto do exterior de uma casa. Parecia antiga, abandonada, mas deve ter sido esplêndida um dia. Ela não fazia ideia do que a casa significava. Por que Leo consideraria isso importante? Não havia um endereço e o nome do arquivo não ajudava. A única pista que poderia ajudar a localizá-la era o *213* branco e sujo na lateral.

— O que é isto?

Ayaan balançou a cabeça. — Não sei. Tentei fazer buscas reversas de imagem, vasculhei o Google Earth, mas não encontrei nada. Até onde sei, Douglas não é dono de nenhuma outra casa e não tem nenhum familiar próximo. Sua mãe morreu ao dar à luz a ele e ele teve dois irmãos que morreram quando ele tinha sete anos de idade. Seu pai morreu há alguns anos.

Elle olhou fixamente para a foto da antiga casa. — Todos os outros arquivos foram nomeados. Me pergunto por que esse é o único arquivo cujo título foi gerado automaticamente pela galeria do celular.

— A foto foi copiada para a pasta cinco minutos antes... bem, antes do melhor palpite dos médicos-legistas sobre a hora em que Leo morreu, considerando o intervalo entre a conversa com você ao telefone e o momento em que você encontrou seu corpo.

Isso devia significar que era importante. Esta foi a última coisa que Leo encontrou, algo que ele descobriu depois de ligar para ela, quando já acreditava ter provas suficientes. As evidências reunidas na pasta a fizeram sorrir. Ela viu a si mesma em Leo, pensou nas muitas vezes em que correra atrás do próprio rabo, certa de que encontrara a pessoa certa. Mas Leo *de fato* encontrara, e isso apagou o sorriso de Elle, porque ele nunca saberia que tinha resolvido um caso que havia desafiado tantas pessoas por tanto tempo. Mas ele perdera sua vida fazendo isso, portanto ela se certificaria de que ele fosse lembrado.

Ela finalmente olhou para Ayaan. — O que vamos fazer agora? Douglas está com Natalie e tenho certeza de que ele sabe que estamos atrás dele. Ele vai matá-la assim que tiver uma oportunidade. E nós não temos ideia do lugar para onde ele foi.

Antes que pudesse responder, o telefone de Ayaan tocou. Ela o tirou do bolso do casaco e atendeu. O que quer que ela tenha ouvido do outro lado da linha a deixou imediatamente em estado de alerta. — O quê? Onde?

— O que está acontecendo? — Sussurrou Elle, inclinando-se para a frente.

— Certo, um segundo, vou colocar você no viva-voz para que Elle possa ouvir. — Ayaan pressionou um botão no celular. — Sam encontrou o corpo de Luisa.

Elle encarava o celular enquanto ouvia Sam. — Depois de receber sua mensagem, fui até a casa abandonada onde encontramos o carro de Luisa. No começo pensamos que ela tinha fugido com o namorado, mas sabendo que ela estava com Stevens, a razão pela qual ela desaparecera mudou. Levamos cães farejadores até a floresta perto da casa uma hora atrás e a encontramos em uma cova rasa, enterrada debaixo de uma árvore caída.

Os olhos de Elle ficaram marejados ao pensar em Maria Alvarez recebendo a notícia de que sua filha fora assassinada. — Há quanto tempo?

— Ainda é cedo e será difícil dizer devido à baixa temperatura. O corpo está muito bem conservado. Mas com base na estimativa fornecida pelos vizinhos de quanto tempo o carro dela ficou aqui, eu diria que ela está morta há mais de uma semana. Pensando no fio de cabelo encontrado na casa de Leo, estou supondo que ela estava com Douglas quando ele o matou e que ele a matou em seguida para mantê-la de boca fechada.

Elle e Ayaan se entreolharam, compartilhando o mesmo olhar devastado. — Encontraram algo com ela?

— Um diário foi enterrado debaixo dela, mas está inutilizável agora. Porém o celular dela estava no carro. Estou carregando-o para ver se encontro alguma coisa.

Depois de atualizar Sam sobre a situação na casa de Stevens, Ayaan disse: — Sam, preciso que você verifique o celular dela e que tente encontrar alguma coisa no GPS. Qualquer coisa que liste lugares que ela visitava com frequência, endereços usados recentemente. É nossa melhor chance de descobrir para onde Douglas pode ter levado Natalie.

Ele ficou em silêncio por um momento e elas conseguiram ouvi-lo se mexer do outro lado da linha. Então ele leu uma lista das viagens mais recentes e a maioria dos endereços era de lojas de departamento e restaurantes. Mas um endereço específico chamou a atenção de Elle.

— Pode repetir esse último?

— Forest Drive 213, Stillwater. Ela esteve lá um dia antes de ter sido vista pela última vez no trabalho.

Ayaan observava Elle com atenção. — Você disse duzentos e treze?

Elle se levantou, o corpo vibrando.

— Sim — confirmou Sam.

— Esse era o número da casa em uma das fotos que Leo tinha em seu laptop, a última coisa que ele salvou. — Elle esfregou o peito com os dedos trêmulos. — Sam, está com seu tablet? Consegue descobrir quem é o dono dessa propriedade?

— Claro, deixe-me verificar. — Houve outro breve silêncio. — Os proprietários são Mark e Betty Miller. Eles estão na casa dos sessenta anos. Acho que é uma casa de verão. Parece que eles a compraram do banco há cerca de seis meses. Ela se tornou posse do estado após a morte do proprietário anterior, então saiu por um preço barato.

— Quem era o proprietário antes de ela ter se tornado posse do estado? — perguntou Ayaan. Pelo olhar dela, Elle percebeu que a comandante suspeitava o mesmo que ela.

— Espere aí. Ah, achei. Merda. O dono anterior era Douglas Josiah Stevens, o pai do nosso professor universitário.

44

Elle
20 de janeiro de 2020

Elas levaram quase meia hora para chegar a Stillwater, mesmo sem respeitar o limite de velocidade e com a sirene ligada. Depois da ligação para solicitar mais reforços naquele endereço, Elle não conseguia suportar o silêncio e tentava conter o pânico enquanto elas dirigiam em alta velocidade pela Rodovia 36.

— Por que acha que Douglas abriu mão da propriedade do pai? Mesmo que ele tenha morrido sem fazer um testamento, enquanto filho ele ainda tinha direito sobre o lugar, não?

Ayaan assentiu. — As leis estaduais automaticamente atribuem a propriedade aos filhos vivos ou outros parentes quando não há cônjuge. É raro que um bem seja revertido para o estado por falta de herdeiros. Há duas explicações: os advogados não conseguiram encontrar Douglas Jr. para a transferência de bens, ou ele foi encontrado, mas abriu mão de seus direitos.

— Não faz sentido. Se esse é o lugar onde ele comete os assassinatos e se ele pretendia voltar a matar, por que abriria mão da casa?

Ao fazer a curva na entrada seguinte, Ayaan desligou as luzes e as sirenes. — Talvez ele não tenha planejado cometer os assassinatos aqui. Sabemos que ele usava o chalé onde você ficou presa nos anos 1990. Seu pai estava vivo, então teria sido muito arriscado usar a casa. Se ele matou Luisa e deixou seu corpo naquele lugar abandonado em Shoreview, talvez tenha planejado levar Amanda e Natalie para lá também.

Elle estava inquieta em seu assento, tremendo com a adrenalina que percorria seu corpo.

— Talvez essa tenha sido a razão pela qual ele quebrou o padrão. Ele acidentalmente matou Amanda antes do previsto, e então, quando tentou levá-la para lá, um lugar seguro onde poderia armazenar o corpo, viu os policiais e precisou mudar de planos. — A casa de Elle não ficava muito longe dali. Talvez a dor e o pesar que ele sabia que lhe causaria tenha sido um substituto bom o suficiente, já que ele não conseguira seguir seu padrão.

Elas ficaram em silêncio. Elle olhou pela janela. Uma súplica ininterrupta se repetia em sua mente. *Por favor, esteja viva. Por favor, esteja viva, Natalie.*

Após algumas curvas, o carro entrou em uma frondosa estrada de terra pouco depois da saída da cidade, passando por enormes casas de verão para pessoas que só conseguiam suportar Minnesota de junho a setembro. As janelas estavam fechadas como olhos cerrados contra o frio do inverno. Quando chegaram à casa da foto, Elle respirava com dificuldade.

Natalie estava lá dentro. Ela podia sentir.

— Sam deve estar logo atrás — disse Ayaan. — Quero que você espere no carro.

— Ayaan, disse que quer que eu confie em você, e eu confio. Por isso vou te dizer a verdade: se me deixar aqui eu simplesmente vou esperar até que esteja fora de vista e ir atrás de você.

A comandante ficou em silêncio, cerrando a mandíbula. Elle sabia que estava forçando a barra, mas levou a mão à maçaneta da porta. Elas estavam perdendo tempo.

Por fim, Ayaan olhou para a arma de Elle. — Não toque na arma a menos que eu diga para fazer isso ou a menos que haja uma arma apontada para sua cabeça, entendeu?

Elle evitou o olhar de Ayaan quando assentiu com a cabeça. Se o caminho estivesse livre para um tiro certeiro no ACR, Elle não perderia a chance. A morte era a única coisa capaz de detê-lo.

Elas saíram do carro ao mesmo tempo e Ayaan pegou um colete à prova de balas do banco de trás.

Sam chegou enquanto elas corriam em direção à casa e as alcançou fechando o próprio colete. — Qual é o plano? — perguntou ele.

Ayaan apontou para eles. — Vocês dois dão a volta por trás. Eu fico com a entrada principal.

Eles se dirigiram à porta dos fundos. A neve quase alcançava os quadris de Elle. Ela se movimentou o mais rápido que pôde, imitando Sam e se abaixando ao passar debaixo das janelas.

Sam a olhou por cima do ombro. Seus olhos estavam vermelhos de cansaço. — Sinto muito por não ter acreditado em você, Elle.

Incapaz de pensar em qualquer coisa que não fosse em Natalie, ela simplesmente acenou com a cabeça e eles seguiram em frente.

O silêncio era paralisante. Ela não ouvia nenhum som vindo do interior da casa, nenhum carro passando, nenhum pássaro cantando ou aviões voando no céu. Nada que sugerisse que eles não estavam no meio do nada, mesmo estando a apenas cerca de dez minutos da região central de Stillwater. Assim que Sam chegou ao outro lado da casa, parou para espiar o que havia do lado oposto antes de avançar. Elle se aproximou dele, seguindo seu olhar. Havia um caminho livre de neve que ia da porta dos fundos para um galpão a quase trinta metros de distância. Havia também um varal coberto de neve esticado entre dois postes de metal. Fora isso, o quintal estava praticamente vazio — ou o que quer que houvesse lá estava coberto por metros de neve branca.

O caminho parecia estar limpo. Sam acenou para ela e eles correram para a porta dos fundos. Ele tentou a maçaneta, que estava destrancada. Não era surpresa considerando o fato de que estavam na área rural, mas ainda assim era burrice. Tentando ser o mais silencioso possível, ele abriu a porta. Ela olhou para dentro e se deparou com um comprido e estreito corredor que dava para a porta da frente, por onde Ayaan silenciosamente entrava na casa. Seus olhos se encontraram e ela levantou o queixo em direção a Elle. Sam tomou a frente e Elle o seguiu de perto, protegida atrás de seu porte grande.

O hall de entrada estava sujo. Tudo o que havia nele estava coberto por uma camada de terra. Havia casacos velhos pendurados nas paredes, botas de chuva empoeiradas abandonadas no canto e jornais velhos empilhados contra a parede do lado oposto. Era como se nada daquilo tivesse sido tocado em décadas.

Saindo do saguão, Sam foi para a direita e Elle virou à esquerda, entrando em uma cozinha antiquada, típica dos anos 1970. Os azulejos brancos eram decorados em padrões de laranja e marrom e as paredes eram revestidas por painéis de madeira. Uma velha chaleira jazia sobre a boca fria do fogão. Ela andava na ponta dos pés e suas pernas tremiam pela combinação de músculos tensos e neve derretendo contra a pele.

Ela voltou ao corredor e Ayaan já não estava mais lá. Ela notou o cômodo em frente à cozinha e, ao entrar nele, encontrou uma sala de estar. Elle olhava ao redor, atenta ao mínimo sinal da presença de Natalie. Quase não havia móveis na sala, como se parte da casa tivesse sido limpa antes de os novos compradores desistirem até o verão seguinte. Uma velha cadeira de rodas estava escorada no canto, aguardando o retorno de seu dono. Um fraco raio de luz entrava pela janela suja. Quando Elle olhou para fora através do vidro, um vulto em movimento chamou sua atenção.

Ao longe, logo após o galpão, havia uma silhueta grande erguendo-se no escuro em contraste com a neve. Seu estômago despencou quando ela o viu levantar um braço.

— Natalie! — gritou ela. E então correu. Ela saiu da sala, passou pela porta dos fundos e correu o mais rápido que pôde até o galpão. O único som além de seus batimentos pulsando em seus ouvidos era o de suas botas se chocando contra o chão. Aquela não era uma abordagem muito sutil e ocorreu a ela que isso era um problema, mas já era tarde demais. Quando ela estava perto o suficiente, viu Douglas pairando sobre o pequeno corpo de Natalie, amarrado a um velho trator. Ela percebeu que ele claramente os tinha ouvido chegar e não estava nem um pouco preocupado. Sua pele ardeu em fúria quando ela avistou os vergões vermelhos nas costas trêmulas e pálidas da garota.

— Fique onde está — ordenou ele.

— Arma! — Ayaan gritou.

Elle ficou imóvel. Embora não ouvisse nenhum movimento atrás dela, sabia que Ayaan e Sam estavam lá, olhando para a mesma coisa que ela.

Douglas não segurava mais o cinto. Ele segurava uma arma apontada para a orelha esquerda de Natalie. Elle pegou sua própria arma com a intenção de mirar no peito dele, mas gritou de dor com o movimento e deixou o braço cair ao lado do corpo. Ela sentia espasmos de dor em seu ombro devido à queda no porão de Douglas. Ela podia tentar usar a arma com a mão esquerda, mas não conseguia confiar em sua mira, não quando ele estava a apenas alguns centímetros de distância de Natalie.

Seu corpo foi dominado pelo terror. Ela não conseguia ver o rosto de Natalie, mas o corpo da menina estava tenso e tremia e ela vomitara sobre a neve.

O veneno. Ela estava morrendo.

As pernas de Elle quase cederam com o pensamento, mas ela se obrigou a permanecer em pé quando Douglas finalmente se voltou para ela.

Ele estava completamente diferente do homem que ela conhecera na semana anterior: rosto impassível corado pelo esforço, olhos azuis livres das lentes e brilhantes sob a luz do sol refletida pela neve. Uma touca preta de lã protegia sua cabeça calva do frio. Ele estava indiferente, imóvel, ofegante pelo esforço das cintadas que dera contra a pele de Natalie. O cinto de couro marrom estava abandonado na neve ao lado de seus pés, enrolado como uma cobra morta. Ele provavelmente não conseguira encontrar uma vara fina devido à grossa camada de neve. Em sua bochecha direita havia sangue seco, pegajoso e espesso ao redor de uma ferida recém-aberta que parecia ter sido causada por um objeto afiado. Ela se perguntou se fora causada por Natalie e sentiu uma combinação insana de orgulho e horror ao imaginar a garotinha lutando contra ele.

— Ah, Eleanor.

O som de seu antigo nome vindo dos lábios dele a fez estremecer. Ele a chamava pelo nome frequentemente: algumas vezes como uma maldição, em outras como uma bênção. Ele dizia o nome dela a cada instrução dada, dizia o nome dela quando a punia, dizia o nome dela quando ela o agradava. Ele fez com que ela temesse e desejasse isso em medidas iguais, tudo isso em poucos dias. Ela nunca entenderia como.

Ela queria desesperadamente olhar para Ayaan ou Sam, a fim de entender se eles tinham um plano, mas ela não ousaria interromper o contato visual com Douglas agora que ele olhava para ela. A arma dele ainda estava apontada para a cabeça de Natalie.

— Elle, sinto muito — chorou Natalie. — Eu tentei fugir. — Elle resistiu ao impulso de correr em direção a ela. Natalie só sairia viva se Elle mantivesse o controle, se não cometesse mais nenhum erro. Ela errara o suficiente no que se tratava do ACR, o suficiente para uma vida inteira.

— Está tudo bem, querida. — Sua voz soou estridente no ar gelado do campo. Ela engoliu em seco, tentando soar firme. — Vai ficar tudo bem.

— Ficaria orgulhosa, Eleanor. Ela tentou me matar há algumas horas. E quase conseguiu — contou Douglas. — Ei, ei. Eu não faria isso se fosse você. — Ele olhou na direção de Sam, que agora estava ao lado de Elle e tentava avançar lentamente.

Elle estendeu o braço, impedindo-o. — Não o provoque.

Ayaan gritou, alguns metros atrás: — Douglas Stevens, você está preso pelo sequestro e assassinato de Amanda Jordan, bem como pelo sequestro e lesão corporal qualificada de Natalie Hunter.

Seu tom de voz era o mesmo de sempre, preciso e assertivo. — Solte sua arma e nos acompanhe pacificamente. Não vamos machucá-lo.

Enquanto Douglas olhava para Ayaan, Sam correu em direção a Natalie. Antes que Elle pudesse se dar conta do que acontecia, Douglas levantou a arma, apontou para Sam e atirou.

— Não! — gritou Elle, avançando, mas Douglas já voltara a encostar a arma na cabeça de Natalie. Ela emitiu um som agudo quando o metal quente queimou sua pele e seu corpo se contorceu. Então ela desmoronou sobre o trator. Elle rezou para que ela tivesse ficado inconsciente. Não havia nada que ela pudesse fazer a menos que ele soltasse a arma. Elle olhou de relance para a esquerda. Sam estava estirado no chão, parcialmente coberto por neve. Ele não emitia nenhum som.

Quando Elle olhou de volta para Ayaan, a comandante estava de pé, resoluta, de lábios franzidos e olhos bem abertos. Elas haviam perdido a deixa que Sam havia tentado criar: o breve segundo em que a arma de Douglas não estava apontada para Natalie. Tudo acontecera depressa demais, como um bloco de neve se estilhaçando contra o concreto.

Elle voltou a encarar Douglas. Ela estava alguns metros mais perto, perto o suficiente para enxergar a frieza em seus olhos. Ele estava com raiva porque as coisas não estavam indo de acordo com o planejado. Nada, até agora, tinha ido de acordo com o que planejara. Ela enxergou uma oportunidade.

— Você parou por tantos anos. — Ela balançou a cabeça como se estivesse incrédula. — O que o fez perder a vontade de matar? Conheceu uma mulher que amava de verdade?

Douglas riu. — É isso o que pensa? Que eu era celibatário contra minha vontade, que eu era solitário, que poderia ter encontrado a cura com uma mulher em minha cama? Ah, Eleanor, eu esperava mais de você a essa altura do campeonato. Eu não tenho nenhuma dificuldade com as mulheres. Todas elas acreditam em tudo o que eu digo, inclusive minha falecida esposa. Se lembra dela, não é? Eu disse a ela que você e Jessica eram minhas sobrinhas num dia em que ela chegou mais cedo e encontrou vocês esfregando o chão.

A maneira como ele disse *Jessica* trouxe à tona uma lembrança que cortou sua memória como faca quente. Ele soou exatamente como costumava soar há vinte e um anos. Ela tentou dissipar a névoa em sua mente, tentando se lembrar de ser vista por uma mulher enquanto limpava. Elle não conseguia se lembrar de tê-la visto um dia. Ela estivera com tanta fome e com tanto medo que, quando tudo passara, cada uma das lembranças parecia ser uma carta de baralho em um monte que alguém misturara e arremessara pelos ares.

Então ela se lembrou dos corpos no chalé incendiado.

— Eu sei que você a matou.

— Minha esposa *tirou a própria vida*. Eu apenas a cremei de uma forma pouco convencional.

— Ela foi baleada.

— Ela estava ciente de quais seriam as consequências por ter me traído. Sendo assim, ela causou a própria morte. — Ele sorriu. — Convenientemente, o amante dela acabou sendo um excelente dublê de corpo.

Aturdida, Elle pensava nos dois corpos carbonizados, enterrados sem identificação. Ela imaginou Luisa, esquecida em uma cova solitária atrás de uma casa abandonada, na angústia de sua mãe a quem não restara nada além de perguntas. E havia também a mulher no porão de Douglas, provavelmente dopada com o mesmo tranquilizante que ele usava com as garotas que sequestrava. Talvez fosse a mesma droga que ele usara nela anos atrás, quando ela não parou de chutar a parte de trás de seu banco enquanto o carro que ele dirigia a levava para longe de sua vida, de sua infância. Elle pensava na facilidade com que aquele homem extinguira vidas a fim de encontrar realização em sua própria. Ele provavelmente fazia isso há anos: encontrava mulheres vulneráveis que o admiravam, que ansiavam por sua aprovação, e lentamente destruía suas vidas até que não restasse nada. Talvez essa tenha sido a razão pela qual ele parara de matar por tanto tempo, por ter estado temporariamente satisfeito com o controle que conseguia exercer sobre aquelas mulheres.

Uma rajada de vento soprou, fazendo com que a pele exposta de seu rosto ardesse. Lutando contra a dor no ombro, Elle levantou a arma novamente, mas só conseguiu levantar o braço em um ângulo de quarenta e cinco graus antes que a dor se tornasse lancinante. Ela tentou dar um passo adiante, mas Douglas balançou a cabeça.

— Não, não. Fique por aí.

— Por que agora? — perguntou ela, obedecendo-o e parando onde estava. Natalie ainda estava mole e imóvel. Seu corpo deveria estar praticamente congelado. Ela estava assustadoramente imóvel. *Por favor, Deus. Não permita que ela esteja morta. Não agora.* — Poderia ter me procurado a qualquer momento. Poderia ter se vingado de mil maneiras. Por que está fazendo isso? Por que retomar a contagem regressiva depois de tanto tempo, agora que as pessoas basicamente esqueceram de você?

O comentário de Elle teve o efeito pretendido. Douglas cerrou a mandíbula e o braço com que segurava a arma estremeceu. Então ele riu outra vez. — Não vamos nos esquecer com quem está falando, Eleanor. A história do meu trabalho te deixou famosa. Ninguém se esqueceu de mim.

Ela estendeu o lábio inferior e encolheu os ombros. — Pode ser, mas esse não é seu melhor trabalho. Digo, você está com Natalie há poucos dias. E você estragou as coisas com Amanda. Como elas vão cumprir seus respectivos propósitos na contagem regressiva se não completaram os seis dias de trabalho antes do descanso?

A cor deixou o rosto de Douglas. Ela acertara: o trecho da Bíblia no chalé não era uma coincidência, era sua força motriz. Ela estudou a ponta da arma pressionada contra a cabeça de Natalie. Ele a segurava apenas com uma mão, então se ela o desequilibrasse com um tiro, talvez bastasse para evitar que Natalie fosse atingida. Mas Ayaan atirava melhor do que Elle, e se ela ainda não tentara isso deveria significar que o risco era grande. Mesmo que ele morresse, ele ainda poderia pressionar o gatilho por reflexo e Natalie morreria também.

Elle teria que obrigá-lo a vir até ela. Se ele tirasse a arma da cabeça de Natalie outra vez, Ayaan não perderia uma segunda chance. Elle depositou em sua voz toda a fúria e toda a mágoa acumuladas dentro de si por duas décadas ao dizer: — Então, como isso vai terminar? Você mata Natalie fora da sequência, já que fodeu com tudo e matou Amanda antes do previsto? Que desleixo, Douglas. Não vai conseguir o que quer assim.

— É mesmo? — perguntou ele.

— A contagem regressiva já era. Você não está cumprindo um grande propósito. Você é apenas um velho psicopata qualquer, cego pela raiva e pelo próprio instinto. Foi preciso apenas alguns registros de uma câmera de segurança e um zelador intrometido para que pegássemos você.

— Cale a boca, sua idiota. Não sabe com quem está lidando.

Ela soltou um único riso ríspido ao ouvir a resposta dele. O desejo que sentia de matar aquele homem miserável e minúsculo se dissipou como fumaça. Elle deu mais um passo à frente, provocando-o para que afastasse a arma da cabeça de Natalie, para que ele atirasse nela em seu lugar. Mais quatro passos e ela chegaria até ele. Podia-se ouvir sirenes à distância.

— Me obrigue a calar a boca, seu velho patético. Você não tem mais controle sobre mim. Nós pegamos você. Duas mulheres pegaram o brilhante, o incapturável Assassino da Contagem Regressiva. Seus dias acabaram e eu mal posso esperar para estar diante de um júri dizendo a eles exatamente quem você é.

Douglas fez um movimento brusco com o braço, sua arma se movendo para longe da cabeça de Natalie. Elle se preparou para a bala que sabia que viria.

Então houve um disparo. Douglas ficou imóvel, tentando puxar o ar pela boca. Os cabelos da nuca de Elle se eriçaram quando ela viu Ayaan avançando em sua visão periférica, a arma estendida à sua frente. Mais dois tiros foram disparados, formando um triângulo perfeito em seu peito. Ele cambaleou e olhou para o próprio torso, em choque, enquanto a arma caía de sua mão.

Elle não esperou que ele caísse. Tirando o casaco, correu pelo chão coberto de neve. Ela caiu de joelhos e cobriu o corpo imóvel de Natalie, protegendo-a com todo o calor que restava em seu corpo.

45

Podcast *Justiça Tardia*
18 de fevereiro de 2020
Transcrição: Décimo primeiro episódio da quinta temporada

[*MÚSICA TEMA + ABERTURA*]

NARRAÇÃO DE ELLE
Sou uma investigadora. Sou uma sobrevivente. Sou uma contadora de histórias.

Neste mês, precisei aprender o que fazer quando um capítulo termina sem que eu saiba como o próximo vai começar. Ao longo das últimas semanas, publiquei episódios detalhando os acontecimentos desse caso. Contei a vocês sobre as duas vítimas no chalé na tentativa de devolver suas identidades depois de décadas definhando em túmulos sem identificação. Revelei o que conseguimos descobrir sobre Luisa Toca, sobre como seu ex-marido tentou convencê-la de que o homem com quem ela saía era um assassino. Talvez jamais saibamos por que Luisa foi até a casa onde seu namorado crescera um dia antes de morrer ou o que fez com que ela mandasse uma mensagem para Leo com uma foto da fachada, mas foi a última atividade no celular de ambos antes de serem mortos.

Eu descrevi o que a última namorada dele encontrou ao ouvir os gritos de Natalie, descendo ao porão para investigar e encontrando os dois naquele calabouço. Ele a dopou e a abandonou à própria sorte, mas, assim como nós, ela sobreviveu. Muitas mulheres me escreveram desde que publicamos o episódio sobre o abuso e o comportamento controlador que elas suportaram vindo dele. Todas elas relataram histórias semelhantes: como o ACR as encontrou em suas fases mais vulneráveis, fez com que acreditassem que ele as amava, e então as destruíra, torturando-as até que não tivessem mais amor-próprio. Aquele episódio também inspirou a mulher que quase foi sua noiva, Loretta, a compartilhar sua história no episódio da semana passada. Eu continuo incrivelmente grata às mulheres que se manifestaram e falaram sobre alguns dos piores momentos de suas vidas.

Também contei a vocês como foi o confronto final, como foi encarar o homem que destruiu tantas vidas. Fiz questão de que soubessem o nome de cada um dos detetives que ajudaram no resgate de Natalie. Se os investigadores não tivessem acessado os arquivos de Leo, nós jamais saberíamos onde procurar pelo ACR. Se Sam Hyde não tivesse encontrado Luisa Toca, teríamos chegado tarde demais para salvar Natalie. É com muita alegria que compartilho com vocês que ele já saiu do hospital e está se recuperando bem. E sem o tiro certeiro de Ayaan, não tenho dúvida alguma de que eu e Natalie estaríamos mortas.

Mas há uma coisa que eu não fiz, embora muitos de vocês tenham perguntado sobre isso, e jamais farei. Eu nunca disse o nome real do assassino. Falarei mais sobre isso em breve.

Ao longo das últimas semanas, tenho me sentido muito grata pelas mensagens de apoio e incentivo que tenho recebido. Tenho me sentido grata porque a maioria de vocês respeitou a privacidade de minha amiga e de sua filha, e também da família Jordan, enquanto eles lidam com seus respectivos traumas. Falei com Sash ontem e ela concordou em gravar para o podcast.

SASH
Só queria que todos soubessem que Natalie está bem. Essa criança é mais forte do que eu jamais poderia imaginar, e ela tem se empenhado na terapia física e psicológica sem protestar. Quero agradecer a todos pelo dinheiro arrecadado para que eu pudesse tirar uma licença do trabalho para estar com ela e para arcar com as despesas médicas. E sei que arrecadaram também fundos para o funeral de Amanda Jordan, o que é incrível. Elle, a comunidade que você criou a partir desse podcast é realmente especial. Somos muito gratas.

ELLE
Natalie tem algo a dizer?

SASH
Sim, ela gravou uma mensagem no meu celular.

ELLE
Certo, vá em frente.

[DESCRIÇÃO SONORA: *Um clique, som de movimentos e um gravador sendo colocado sobre uma superfície.*]

SASH
Quer deixar alguma mensagem para o podcast de Elle?

NATALIE
Hm, sim. Não deem atenção para ele.

SASH
Como assim?

NATALIE
Isso é o que ele quer, que as pessoas falem sobre ele, e não acho que vocês devem. Ele matou várias pessoas que nunca foram famosas por nada, apenas por ter morrido. Não acho que ele deveria receber atenção por ter feito isso com elas.

NARRAÇÃO DE ELLE
Quando eu estava investigando os casos de sequestro, chegamos a pensar que a pessoa que estava por trás deles estava copiando os métodos do ACR. Imaginamos que a pessoa tivesse se inspirado nesse podcast para fazer isso. E embora saibamos que isso não é verdade, percebi que não fui completamente franca comigo mesma. Eu me distanciei do meu propósito de manter o foco nas vítimas do crime e de encontrar justiça para elas. Eu nunca tive a intenção de criar mais um podcast que glorifica a vida e a mente de serial-killers, mas consigo enxergar que, de certa forma, fiz isso nesse caso.

Por isso decidi apagar essa temporada de *Justiça Tardia*. Todos os episódios cobrindo o ACR foram removidos, mas os demais continuarão aqui, e também vou deixar esse episódio final para que novos ouvintes entendam a razão pela qual tomei essa decisão. Sendo sincera, ela não foi muito bem recebida pela rede do podcast ou com os patrocinadores, mas, com todo respeito a eles, eu não me importo.

Natalie está certa. O homem que conhecíamos como Assassino da Contagem Regressiva adoraria que cada um de vocês investigasse o passado dele, falando sobre as coisas terríveis que descobrimos sobre a infância dele e sobre relacionamentos fracassados em sua vida que talvez começassem a explicar suas motivações. Ele queria controlar a narrativa sobre ele mesmo. Tenho certeza de que ele teria adorado que vocês analisassem cada um de seus pensamentos e motivos. Então não vou dar isso a ele. E espero que vocês façam o mesmo.

Não falem sobre a vida dele em seus blogs e posts do Reddit. Não mergulhem nos detalhes da maneira terrível como ele controlava e assassinava as garotas, nas teorias improváveis sobre o que ele deve ter feito nos vinte anos entre os assassinatos. Não deem a ele a satisfação de deixar um legado, ainda que esse seja o pior legado possível a ser deixado. Em vez disso, falem sobre as vidas que ele roubou, sobre as mulheres cujos futuros ele interrompeu antes mesmo de que elas pudessem se estabelecer neste planeta. Falem sobre Amanda Jordan e sobre o impacto que ela teve em seus breves onze anos de vida. Concentrem-se nas garotas cujas vidas ele tirou, não na vida patética que ele usava como desculpa para fazer isso.

Com essa temporada oficialmente chegando ao fim, eu tirarei breves férias enquanto procuro um novo caso em que eu possa focar nas pessoas que aguardam por justiça — vítimas, famílias, pessoas queridas. Esse é o objetivo desse podcast. E, sim, ele vai continuar a existir. Vou continuar buscando respostas para pessoas que foram esquecidas e negligenciadas. Vou continuar caçando os monstros que saíram impunes. E, com sua ajuda, vou continuar trazendo-os à justiça.

AGRADECIMENTOS

Escrever um romance é um ato solitário, mas trazê-lo ao mundo é algo impossível de ser feito sem ajuda.

Sou mais do que grata à minha agente, Sharon Pelletier, cujas brilhantes notas editoriais fortaleceram este manuscrito. Você é a melhor defensora e paladina que eu poderia querer — estou feliz por tê-la em meu time. Lauren Abramo, minha indomável agente de direitos estrangeiros, que trabalhou com inúmeros coagentes e olheiros literários para fazer com que este livro fosse mais internacional do que eu sou. Gostaria de agradecer especialmente a Kemi Faderin por tudo o que faz. Toda a equipe da DG&B é inigualável quando se trata de ser incrível. Sério.

Quando falei pela primeira vez ao telefone com minha editora, Jaime Levine, percebi que ela *sacava* esse livro. A história não estaria onde está hoje sem seu feedback incisivo, sem sua recusa em me deixar fazer escolhas fracas de personagem, e sua profunda compreensão do que eu queria dizer. Além disso, obrigada também por me apresentar o termo "donut humano" e por saber tanto sobre o chá Darjeeling.

O entusiasmo de todos na HMH com este livro tem continuado a me surpreender. Helen Astma me apoiou no início da caminhada, e Millicent Bennet e Deb Brody me acompanharam pelo resto da estrada. Ana Deboo, copidesque extraordinária, encontrou uma centena de pequenos errinhos que teriam me dado insônia — você é uma bênção. Romanie Rout varreu cada palavra e cada pontuação com olhos de águia. A equipe de design — Jessica Handelman, Mark Robinson e Margaret Rosewitz — fez com que este livro fosse maravilhoso por dentro e por fora. Johannes Wiebel criou uma ilustração esplêndida para a capa que me deixou sem ar quando vi pela primeira vez. As incríveis Laura Brady, editora de produção, e Fariza Hawke, assistente editorial, ofereceram um auxílio inestimável ao longo do processo. Minha agente publicitária Marissa Page, Liz Anderson, gênia de marketing, e toda a equipe de vendas trabalharam incansavelmente para levar este livro até leitores de todo o país. Obrigada a cada um de vocês.

Também sou grata aos editores do mundo inteiro que viram algo neste livro e estão ajudando a história de Elle a atravessar fronteiras e barreiras linguísticas. Um obrigada especial a Harriet Wade e à equipe da Pushkin Vertigo, no Reino Unido, por criarem um lar para meu livro no país onde descobri que era escritora. E estou muito feliz em ser publicada pela Text na Austrália, minha segunda casa. Obrigada a Alaina Gougoulis, Madeleine Rebbechi, Julia Kathro, Kate Lloyd, Michael Heyward e à equipe inteira por cuidar tão bem deste livro.

Muitos especialistas em vários assuntos me ajudaram a ser o mais precisa possível. Qualquer confusão entre ficção e vida real são escolhas minhas, não erros deles! A dra. Annalisa Durdle foi generosa com sua orientação sobre como seria a identificação forense da mancha de chá. O *Sultan Qaboos University Medical Journal* disponibilizou um estudo sobre um caso de envenenamento por sementes de mamona. A dra. Judy Melinek e T. J. Mitchell coescreveram o mais fascinante dos livros sobre a carreira de médico-legista, e ele inspirou o personagem de Martín, além de fornecer algumas das informações sobre autópsia presentes neste livro. O toxicologista forense Justin Brower respondeu minhas mais ardentes perguntas sobre a ricina e como ela é detectada em uma autópsia. A biblioteca de Hennepin County forneceu uma resposta mais rápida que a velocidade da luz sobre registros de 1996, provando mais uma vez que bibliotecários são super-heróis.

Obrigada ao meu colega escritor Rogelio Juarez, que me auxiliou com atenção diligente com detalhes, insights e sugestões sobre os personagens latinos neste livro. Candice Montgomery, sua generosidade e incentivo na primeira revisão deste livro e na revisão da personagem de Ayaan significaram o mundo para mim. Qualquer infidelidade na representação dos personagens é responsabilidade minha.

O caminho até a publicação é pavimentado por rejeição, e estou certa de que ter outros escritores como amigos é a única forma de sobreviver. Bethany C. Morrow, você é a melhor amiga, confidente e parceira de crítica de toda minha existência. Tap, tap, tap — caso encerrado. Marjorie Brimer, seu entusiasmo e animação se igualaram ao meu durante todo o processo de publicação e são verdadeiras bênçãos. Libby Hubscher, estou muito feliz por ter conseguido seu contrato de publicação quase ao mesmo tempo e por termos compartilhado todos os altos e baixos que o mercado editorial tem a oferecer.

Anna Newallo, Megan Collins, Katherine Locke, Amy Gentry, Rena Olsen, Kosoko Jackson, Kiki Nguyen, Denise Williams, Ryan Licata, Candice Fox, Halley Sutton e dezenas de outros autores foram fonte de inspiração, apoio e insights essenciais ao longo dos anos. Autores de crime e thriller que admiro há anos leram este livro antecipadamente e recomendaram que outros autores lessem também. Não posso agradecê-los o suficiente: Ver o nome de vocês ao lado do meu livro significa o mundo para mim.

A Kingston Writing School em Londres foi onde comecei a levar a escrita a sério, e sou incrivelmente grata aos professores e escritores residentes que a levaram a sério também. James Miller, Adam Baron, Paul Bailey e muitos outros me ajudaram a desenvolver minha voz e a encontrar minha prosa floreada.

Meus colegas de trabalho em todo emprego que tive nos últimos cinco anos foram sempre muito legais em relação à minha escrita, mas sou grata especialmente a Clare, que sempre me encorajou a arranjar tempo para minha carreira como autora quando precisei.

Sou extremamente sortuda por ter o apoio incondicional da minha família, tanto nos Estados Unidos quanto na Austrália, e por terem me motivado enquanto eu escrevia e, mais tarde, celebrado essa conquista comigo. Obrigada especialmente aos meus irmãos — Joel, Erin e Deborah — por terem me proporcionado uma infância rica, hilária e por vezes enfurecedora, que hoje em dia posso mencionar em um infinito número de histórias.

Minha mãe foi a primeira pessoa a acreditar em minha escrita e sempre me encorajou a trabalhar nela, me ajudando a aprimorar minhas habilidades e meu estilo desde cedo. Conversas tarde da noite com meu pai me ajudaram a descobrir no que eu realmente acredito, e ele me motivou a compartilhar essas ideias com o mundo. Estou muito feliz por não terem feito a ideia de ser escritora parecer algo distante — embora fosse!

Finalmente, obrigada ao meu marido, Peter, que sabia que estava se casando com uma escritora e topou mesmo assim. Obrigada por não me deixar desistir, por me trazer lanchinhos, por me mandar para retiros de escrita e por estourar uma garrafa de champagne às seis da manhã quando recebi a oferta. Eu te amo.

ESTA OBRA FOI COMPOSTA PELA ABREU'S SYSTEM EM CAPITOLINA REGULAR
E IMPRESSA EM OFSETE PELA LIS GRÁFICA SOBRE PAPEL PÓLEN SOFT DA
SUZANO S.A. PARA A EDITORA SCHWARCZ EM AGOSTO DE 2021

A marca FSC® é a garantia de que a madeira utilizada na fabricação do papel deste livro provém de florestas que foram gerenciadas de maneira ambientalmente correta, socialmente justa e economicamente viável, além de outras fontes de origem controlada.